세계 속의 길

〈상〉

V. S. 네이폴 지음 · 최인자 옮김

문학세계사

최인자
•
강원도 원주에서 태어났으며
연세대학교 영어영문학과와 동 대학원을 졸업했다.
1992년 조선일보 신춘문예 평론부문 당선으로 등단,
현재 문학평론가로 활동하고 있다. 역서로는 『재즈』『로빈슨 크루소』
『블랙 워터』『유리호수』『천 그루의 밤나무』『외국인 학생』 등이 있다.

세계 속의 길(상)
V.S 네이폴 장편소설
•
초판 1쇄 발행일   1996년 8월 23일
2쇄 발행일   2001년 10월 16일
•
옮긴이 · 최인자
펴낸이 · 김종해
펴낸곳 · 문학세계사
•
주소 · 서울시 마포구 신수동 345-5(121-110)
전화 · 702-1800, 702-7031~3
팩시밀리 · 702-0084
이메일 · mail@msp21.co.kr   www.msp21.co.kr
www.ozclub.co.kr(오즈의 마법사)
출판등록 · 제21-108호(1979.5.16)
•
값 7,500원

ISBN 89-7075-093-2   03840
ⓒ문학세계사, 1996

A WAY IN THE WORLD
by
V. S. Naipaul

ALSO BY V.S. NAIPAUL

NONFICTION

India: A Million Mutinies Now
A Turn in the South
Finding the Center
Among the Believers
The Return of Eva Peron with The Killings in Trinidad
India: A Wounded Civilization
The Overcrowded Barracoon
The Loss of El Dorado
An Area of Darkness
The Middle Passage

FICTION

The Enigma of Arrival
A Bend in the River
Guerrillas
In a Free State
A Flag on the Island
The Mimic Men
Mr. Stone and the Knights Companion
A House for Mr. Biswas
Miguel Street
The Suffrage of Elvira
The Mystic Masseur

A WAY IN THE WORLD
by
V. S. Naipaul

Copyright © V. S. Naipaul, 1994

Korean edition published by arrangement with V. S. NAIPAUL c/o Aitken, Stone & Wylie Ltd. through Shin Won Agency Co., Seoul.

Translation rights © 1996 by MUNHAK SEGYE SA

해가 지날수록 우리의 기억은
언덕으로 둘러싸인 그 둥근 마을로부터 희미해져 간다.

정원과 황야로부터
싱그러운 화합의 바람이 불어올 때까지,
그리고 해가 지날수록 이방인의 아이는
그 풍경에 익숙해진다.

———— 세계 속의 길 ————
차례

〈상권〉
제 1 장
서곡 : 유산 … 11

제 2 장
역사 : 생선 아교풀 냄새 … 25

제 3 장
새로운 의복 : 기록되지 않았던 이야기 … 67

제 4 장
삼십년대의 모습 … 105

제 5 장
도피 … 155

제 6 장
종이묶음, 담배말이, 거북이 : 기록되지 않았던 이야기 … 229

〈하권〉
제 7 장
새로운 사람 … 11

제 8 장
황량한 멕시코 만에서 : 기록되지 않은 이야기 … 57

제 9 장
귀향 … 211

V. S. 네이폴의 작품세계／최인자
'나'와 '세계' 사이의 길 … 253

제1장
서곡 : 유산

제1장
서곡 : 유산

나는 40여 년 전에 고향을 떠났다. 그 당시에 나는 열여덟 살이었다. 그리고 6년이 지난 후에, 증기선을 타고 다시 느릿느릿 고향으로 돌아갔다. 고향으로 돌아가는 길은 2주일이나 걸리는 여행이었다. 갑작스럽게 찾아오는 어두운 저녁과 커다란 잎사귀가 달린 서늘한 나무들, 좁게만 느껴지던 길 그리고 주름진 양철 지붕들. 모든 것들이 낯설고도 친숙한 느낌으로 다가왔다.

거리를 걷노라면, 문이 열린 작은 집들로부터 라디오를 통해 미국 상품을 선전하는 음악이 흘러나왔다. 나도 6년 전에는 라디오 방송에서 나오는 음악을 다 알고 있었다. 그러나 지금은 전혀 새로운 것뿐이었다. 그건 마치 다른 어떤 나라의 민속 음악처럼 들렸다.

거리를 걸어가는 사람들 모두가 내 기억 속의 모습보다 더 검어진 느낌이었다. 아프리카인, 인디언, 백인, 포르투갈인, 혼혈 중국인 등 온갖 인종이 다 모여 있었다. 하지만 집에서 볼 때에는 사람들이 그렇게 검다고 느끼지 못했다. 아마도 거리에 서면, 절반 정도는 관광객의 심정이 되어서 자신도 모르는 사이에 관찰자의 시선으로 바라보기 때문일 것이다. 그러나 일단 집으로 들어가면, 오래 전부터 친숙했던 낯익은 얼굴들뿐이었다. 그러므로 나는 더 편안한 마음으로 그들을 바라보게 되는 것이다.

고향으로 돌아온 것은 마치 생전 처음 쓴 안경을 가지고 이리저리 장난을 칠 때와 같은 느낌이었다. 안경을 쓰고 세상을 바라보면 때로는 작고 또렷하지만 비현실적으로 보이기도 하고, 반대로 벗고 보면 크기는 그대로지만 윤곽이 흐릿하게 보이기도 한다. 그것은 또한 처음으로 선글라스를 쓰고서 햇살이 눈부신 거리와 어두운 집 사이를 오가는 느낌과도 같았다.

에어컨이란 물건을 처음 보았을 때에도, 나는 시원한 방과 무더운 거리를 들락거리면서 좋아했는데, 첫번째 귀향은 그것과도 흡사했다. 그 후로 여러 해 동안 수많은 귀향을 되풀이하면서 나는 점차 새로운 것에 익숙하게 되었다. 하지만 현실로부터 벗어난 듯한 느낌은 결코 사라지지 않았다.

나는 원할 때마다 언제든지 마음 속으로 그 시절을 다시 떠올릴 수 있다. 20여 년이나 지난 후에도 고향에 돌아올 때면, 나는 가끔씩 알쏭달쏭한 꿈을 꾸고 있는 거라고 자신을 설득하곤 했다. 그것은 대단히 유쾌한 기분이었다. 본격적으로 장마가 시작되던 어느 날, 나는 '열병'에 걸린 적이 있었다. 귀향의 느낌은, 어린 나이에 내가 경험했던 열병과도 약간은 닮아 있었다.

내가 케이크 장식가이자 꽃꽂이 선생이었던 레오나드 사이드에 대한 소식을 듣게 된 것도, 그런 '열병'과 같은 귀향을 경험하고 있을 때였다. 그 소식을 전해 주었던 것은 학교 선생님이었다.

그녀는 도시 주변 지역에 새로 설립된 학교에서 가르치고 있었다. 전쟁이 끝날 무렵까지도 이 지역은 농사를 짓고 대규모 농장들이 들어서 있던 곳이었다. 학교 운동장은 정돈이 잘 된 사탕수수나 코코넛 농장의 일부처럼 보였다. 그러나 나무라고는 단 한 그루도 없었다. 오직 초록색 지붕과 크림색 벽으로 단장된 평범한 콘크리트 건물이 눈부신 태양 아래 그 모습을 드러내고 있을 뿐이었다. 그 선생은 이렇게 말했다.

우리가 이곳에서 처음 시작한 일은 노동자 가정의 소녀들과 함께 하는 일종의 사회사업 같은 것이었어요. 그들 중에는 형제나 아버지, 혹은 친척들이 감옥에 가 있는 아이들도 있었지요. 그 아이들은 태연하게 이런 사실들을 떠들어대곤 했어요.

어느 무더운 날, 학교 교사 회의에서 간부급 선생님 가운데 한 사람이었던 장로교 소속의 인도 출신 여선생이 노동절 행사를 갖기로 하고 여학생들에게 알려주자는 제안을 내놓았어요. 모두들 그 제안에 찬성이었죠. 그리고 여학생들에게 꽃꽂이를 시켜서 가장 잘한 학생에게 상을 주기로 결정했지요.

그런데 상을 주려면 반드시 심사위원이 필요했어요. 공정한 심사위원이 없다면 이 계획은 아무런 의미도 없는 것이 될 테니까요. 결국 누가 심사를 하면 가장 좋을까 하는 것이 문제였어요. 우리들이 가르치는 아이들은 매우 냉소적이랍니다. 이 아이들은 자기 가족들로부터 세상을 삐딱하게 바라보도록 배웠죠. 겉으로 보기에는 매우 공손한 것 같지만, 사람들이나 세상 일은 모두 올바르지 못하고 부당하다고 생각하기 때문에 이 아이들의 마음 속 깊은 곳에는 자기들보다 지위가 높은 사람들에 대한 경멸감이 자리잡고 있답니다.

그래서 우리는 정부의 관료나 교육부의 인사처럼 너무 유명한 사람들은 심사위원으로 모실 수가 없었어요. 생각할 수 있는 사람들의 이름이 거의 다 거명되었지만 끝내 마땅한 사람이 없더군요. 그런데 시골 출신으로 공립 사범학교를 나온 한 젊은 여선생이 레오나드 사이드를 소개하면서 그 사람이라면 심사위원으로 가장 적합할 거라고 말하더군요.

그 자리에 있던 사람들은 레오나드 사이드가 어떤 분인지 궁금해 했어요. 젊은 여선생은 잠시 동안 생각에 잠기더니, 레오나드 사이드는 평생을 꽃가꾸는 일로 보낸 사람이라고 했어요.

그런데 선생님 중에서 한 분이 그 이름을 기억했어요. 레오나드 사이드는 '주부연맹'에서 강의를 맡고 있는데, 사람들 사이에서 상당히 인기가 있었대요. 그곳에 가면 그를 만날 수 있다고 했지요.

'주부연맹'은 전쟁 도중에 세워진 단체인데 영국의 WVS를 그대로 본딴 것이지요. 이 단체는 패리스 코너라는 곳에 본부가 있는데, 그 도시의 중심부에 위치해 있답니다. 정말이지 패리스 코너에는 없는 것이 없어요. 이를테면 버스 정류장, 택시 정류장, 장의사, 두 개의 카페, 신사용품점과 건조식품점 외에도, 일부는 사무실이고 일부는 거처로 사용되는 수많은 작은 집들이 있는데, 유명한 패리 가문이 그 일대 모든 것의 소유주이지요.

패리스 코너에 가는 것은 무척 쉬운 일이었기 때문에, 제가 가서 레오나드 사이드에게 말해 보겠다고 자청했어요. '주부연맹'이 위치한 곳은 아주 작은 건물이었어요. 건물의 평평한 앞벽은 두꺼운 벽돌로 되어 있는데 회반죽을 바르고 페인트칠을 한 것이었죠. 양쪽 끝에는 잘 다듬은 석판이 있구요. 그 건물은 좁은 보도를 따라 현관으로 직접 들어갈 수 있도록 되어 있었어요. 커튼이 있는 작은 창문이 벽의 양쪽에 달려 있고 밝은 고동색의 차양이 문과 창문에 설치되어 있었지요. 십자형 나무조각이 이것을 들어 올리고, 닫을 때에는 쇠로 만든 핀을 사용하는 방식이었어요.

책상에는 갈색 피부의 여인이 앉아 있었고 울퉁불퉁하게 회반죽을 바른 벽돌에는 먼지가 잔뜩 끼여 있었는데, 그 벽에는 영국 근교의 런던타워를 선전하는 포스터가 걸려 있었지요.

"이곳에 오면 사이드 씨를 만날 수 있다고 하던데요."

"길 건너편에 계세요."

책상에 앉아있던 여인이 알려준 대로 나는 길을 건너갔어요. 이 무렵이 되면 아스팔트 도로는 뜨거운 열기를 견디지 못해 물렁물렁하게 변하고, 패리 버스들이 서 있는 커다란 차고의 기름때 묻은 바닥처럼 검게 보입니다. 내가 들어간 건물은 석조 건물처럼 보이도록 하기 위해 회색 콘크리트 벽돌로 장식한 현대식 건물이었답니다. 진료소처럼 깨끗하고도 평범한 그런 곳이었어요. 나는 책상에 앉아있던 소녀에게 물어 보았지요.

"사이드 씨를 만날 수 있을까요?"

"안으로 들어가 보세요."

나는 방으로 들어가다가 도저히 믿어지지 않는 장면을 보고 말았어요. 검은 피부의 인도 남자가 앞에 있는 책상 크기의 널빤지 위에 시체를 올려놓고는 손으로 무엇인가를 하고 있는 중이었어요.

내가 들어간 곳은 다름아닌 패리에 있는 장의사였어요. 그곳은 제법 유명한 곳이었지요. 날마다 라디오에서 오르간 음악과 함께 광고를 했으니까요. 레오나드 사이드는 시체에다 옷을 입히고 있는 중이었던 것 같아요. 전 너무나 놀라고 충격을 받은 나머지 아무런 말도 못하고 그 방에서 달아나고 말았답니다. '염'을 한다는 말을 알고는 있었지만 그것이 무엇인지는 전혀 몰랐거든요.

"여보세요!"

레오나드 사이드가 뒤따라 달려 나오면서 부드러운 목소리로 나를 부르고 있었어요. 시체에 옷을 입힐 때 힐끗 보았던 그의 털북숭이 손만 빼고는 정말 인상이 좋아 보이는 사람이더군요. 그는 아이들의 꽃꽂이 대회에서 심사위원으로 수고해 달라는 부탁을 받고는 무척 기뻐하더군요. 그는 특별한 꽃다발을 만들겠다고 했어요. 그리고 그는 정말로 그렇게 했지요. 그건 분홍빛 장미송이로 만든 작은 꽃다발이었어요. 우리의 노동절 행사는 대단한 성공작이었어요.

한 해가 지나고 다시 노동절이 시작되었을 때, 나는 레오나드 사이드를 방문하기로 했어요. 나는 그 당시의 일을 아직 잊어버리지 않았기 때문에 곧장 장의사로 가지는 않았어요. 그곳 이외에 내가 레오나드 사이드를 만날 수 있는 유일한 곳은 '주부연맹'이었기 때문에 나는 그곳으로 가기로 했어요.

방과 후 오후 늦게 나는 그곳에 갔지요. 레오나드 사이드는 반죽으로 무언가를 만들고 있는 중이었어요. 그는 털북숭이 손으로 주무르던 반죽에 약간의 우유와 버터를 넣고 다시 반죽을 하기 시작했어요. 그는 행사에 참여한 부인들에게 빵과 케이크를 만드는 것을 가르치고 있었어요. 반죽하는 것을 끝낸 후 그는 케이크에 설탕을 어떻게 입히는지 가르치기 시작했어요.

그는 특별한 모양의 원뿔과 틀을 이용해서 그의 털북숭이 손으로 여러 색깔의 설탕을 짜서 입히고 그 틀에다 넣어 압력을 가하면서 설탕이 나오게 한 다음, 분홍색과 초록색 장미 봉오리와 꽃을 만들었어요. 그리고 설탕으로 얼룩진 손으로 케이크에 묻어 있는 설탕을 잘 다듬었어요. 부인들은 감탄을 연발하였고 그도 마치 마술사처럼 자기가 만들어낸 작품을 보면서 흡족한 표정을 지었어요.

하지만 나는 그가 털북숭이 손으로 이런 일을 하는 것이 몹시 보기 싫었고, 더구나 마지막 순간에 바로 그의 손가락으로 설탕을 입힌 케이크 조각들을 부인들에게 선심을 쓰듯이 나누어 줄 때에는 더욱 짜증이 났어요. 그는 케이크 조각을 조금씩 부인들에게 맛보게 하면서 즐거운 미소를 지었지요. 부인들은 마치 교회의 성찬식에서 성체를 받을 때처럼 마음을 모으고 경건한 존경심을 품고 그것을 맛보았어요.

그 다음해의 노동절 행사가 열렸을 때, 이번에는 패리스 코너로 가는 대신에 레오나드 사이드의 집으로 직접 찾아가는 것이 좋겠다고 생각했어요. 그가 살고 있는 곳을 알아냈지요. 그는 내가 사는 곳에서 무척 가까운 세인트 제임스에 살았어요. 이 사실에 나는 무척이나 놀랐답니다. 아주 가까운 곳에 그런 별난 삶을 살아가는 사람이 있었는데 전혀 모르고 있었으니까요.

나는 수업이 끝난 후에 그 집을 방문했어요. 그 날 나는 날씬하게 보이는 검은색 스커트와 하얀색 상의를 입고는 두툼한 책이 잔뜩 들어 있는 가방을 들고 갔었지요. 사이드의 집에 도착해서는 자동차 경적을 울렸어요. 그러자 한 여인이 오후의 햇빛을 받으면서 환하게 비치는 현관 앞으로 나오더니 나를 잘 알고 있다는 듯이 맞아 주었어요.

"사이드 씨를 만나고 싶어요."

"어서 들어오세요."

현관의 층계를 따라 올라갈 때, 그 여인은 나를 돌아보면서 이렇게 말했답니다.

"의사 선생님, 서둘러 주세요. 불쌍한 레오나드가 몹시 아프답니다."

의사라니? 그녀는 내가 타고 온 자동차와 경적을 울려댄 것 그리고 가방과 입고 있는 옷 등을 보고 그렇게 생각한 것이지요. 나는 나중에 설명하는 것이 좋겠다고 생각하고는 그녀의 뒤를 따라 비좁고 낡은 세인트 제임스의 목조 주택으로 들어갔어요.

레오나드 사이드는 의사를 만나기 위해 옷을 차려 입고는 몹시 아파하면서 떨고 있었어요. 그는 번쩍거리는 놋쇠 다리와 꽃장식 덮개가 있는 침대에 누워 있었고 초록색 실크 파자마를 입고 있었어요. 그의 털북숭이 손가락은 비단으로 만든 시트 위에 놓여 있었어요. 그는 예절바르게 행동하기 위해 무척이나 신경을 쓰는 것 같았어요. 시트는 단정하게 뒤로 접혀 있었지요.

다리가 가느다란 보조 탁자 위에는 크레이프 종이로 만든 꽃들이 놋쇠 꽃병에 꽂혀 있었고 등나무로 단순하게 만든 두 개의 나무 의자 위에는 인조비단으로 된 쿠션들과 커다란 활들이 놓여 있었어요. 나는 한눈에 그 많은 인조비단과 실크가 장의사에서 가져온 것들이며 관과 시체를 덮는 재료라는 사실을 알 수 있었어요.

레오나드 사이드는 모두가 다 아는 대로 독실한 이슬람 교도였어요. 하지만 직업에도 매우 충실한 사람이어서 기독교인의 시체들도 다 받아 주었어요. 아무도 그런 일을 상상할 수 없었겠지만, 그는 침실 벽에다 황금색 후광을 발산하면서 손을 들어 축복하고 있는 그리스도를 그린 그림 액자까지 걸어 놓고 있었어요. 그 그림은 약간 앞으로 기울어지게 걸려 있었기 때문에, 마치 축복의 손가락이 침대에 누워있는 사람을 가리키는 것 같았어요.

나는 그가 종교적인 이유로만 그 그림을 걸어놓은 것이 아니라는 사실을 알게 되었지요. 또 다른 이유는 여러 색깔들과 황금색 그리고 굽이치는 그리스도의 머리카락이 풍기는 아름다움 때문이었어요.

나는 그가 시체를 단장하는 것을 보았을 때나 나중에 그가 똑 같은 손가락으로 빵반죽을 만들고 케이크에 설탕을 짜면서 그렇게 아름다운 장식을 만드는 것을 보았을 때보다도 그 모습이 더욱 충격적이었다고 생각해요.

늦은 오후였지만 여전히 더웠고 열려진 창문으로 세인트 제임스의 쓰레기 더미에서 나는 냄새가 풍기고 있었어요. 여러 채의 작은 목조 주택들 사이의 마당에는 쓰레기 더미들이 잔뜩 쌓여 있었고 화장실에서 흘러나온 오물들이 작은 수로를 이루면서 초록빛을 띠며 흘러가다가 그대로 말라 붙어 있었어요. 사람들은 색깔이 없는 돌 위에다 빨래들을 널어 말리고 있었구요. 그리고 그곳에는 먼지와 모래 그리고 자갈들이 쌓인 불규칙한 땅들이 있는가 하면 과일나무들과 작은 관목들이 제멋대로 자라서 정원이라기보다는 쓸모없는 땅덩어리에 불과한 작은 터들이 있었어요.

나는 시트 위에 놓인 그의 털북숭이 손을 보면서 그가 살고 있는 집과 나를 데리고 들어온 여인, 즉 그의 어머니에 대한 생각을 하게 되었어요. 그의 삶이 의아스럽기도 하고 안 되었다는 마음이 들기도 하고 그가 무섭기도 했어요. 사이드는 지금 몹시 아프고 누군가의 도움이 필요한 상태였어요.

나는 노동절 행사에 대해 이야기를 할 마음이 생기지 않았어요. 그래서 그 집을 나와 버렸죠. 그 이후에는 두 번 다시 그를 보지 못했답니다.

나의 기분을 상하게 한 것은 아마도 그의 미의식이었던 것 같아요. 그런 미의식으로 그는 장의사의 일을 하면서 침실을 화려하게 꾸민 것입니다. 사이드의 미의식이란 장미와 꽃들과 멋진 음식들을 꾸미는 일과 시체를 치장하는 일이 그대로 혼합되어 있는 것이었어요. 그는 꽃꽂이를 하면서 시체를 꾸미는 일을 머리 속에서 떠올릴 겁니다.

하지만 나의 미의식은 그것과 너무나 달랐어요. 나의 기분을 상하게 만드는 그런 혼합된 미의식이 그에게는 아무렇지도 않았던 거예요.

내가 레오나드 사이드를 처음 보았을 때에도 역시 비슷한 상황이었다고 생각해요.

사이드는 만지고 있던 시체를 내버려 두고 곧바로 거리까지 나의 뒤를 따라 달려나오면서 '여보세요!'하고 불렀으니까요. 마치 내가 그곳에서 왜 달아났는지 그 이유를 정말 알 수 없다는 식이었어요.

그는 세인트 제임스 지역의 거리에서 많이 볼 수 있는 전형적인 인도인이었어요. 허리가 잘룩한 바지에다 목이 열린 Y셔츠를 입고 있는 마르고 평범하면서 잘 생긴 그런 사람들 말이에요. 그런데 그는 미에 대하여 특별한 의식을 갖고 있었던 것 같아요.

그의 미의식은 비밀이 아니었어요. 만약 이러한 것들이 비밀스럽다면 놀랄 만한 일이지요. 많은 사람들도 그런 사실을 알고 있었을 겁니다. 심사위원으로 사이드를 추천했던 젊은 여선생도 물론 예외는 아니었지요. 그에 대해서 어떻게 표현해야 하는지 잘 모르고 있었지만…….

사이드도 다른 사람들이 그를 특별하게 대한다는 사실을 알고 있었을 겁니다. 사이드가 빵 만드는 것을 가르쳤던 부인들은 그에게 열렬한 박수를 보냈지만, 다른 사람들은 그를 조롱하고 경멸했으며 또한 나 같은 사람은 깜짝 놀라면서 달아났으니까요. 미에 대한 그의 느낌이 병적이었다는 사실이 나에겐 놀라운 일이었지요. 이상하게도 그의 정신을 변형시키는 바이러스 같은 것이, 좀 모자라는 그의 어머니로부터 그에게 옮겨졌기 때문에, 그와 그의 어머니 모두는 이제 어떠한 것도 깨달을 수 없도록 되어버린 것 같았어요.

나는 여기까지 그 이야기를 들었다. 그 후에 레오나드 사이드가 어떻게 되었는지는 잘 모른다. 그녀는 알아볼 생각조차 하지 않았다.

사이드는 영국이나 혹은 미국으로 들어가는 이민 대열에 합류했던 것 같다. 나는 사이드가 다른 곳에 가서도 과연 자기 자신에 대해서 어느 정도 이해할 수 있을지 의문이었다. 어떤 깨달음의 경지에 이르게 되어서 모든 것을 정상적으로 회복하게 되었을지도 모르는 일이었다.

사이드가 비록 침실에 그리스도의 초상을 걸어 놓았다고 해도, 그는 여전히 이슬람 교도였다. 하지만 그 자신이나 조상들이 어디 출신인지에 대해서는 전혀 아는 바가 없었을 것이다. 그의 이름이었던 사이드Side가 사이드Sayed의 변형된 형태이며 그의 조부나 증조부가 인도에 있는 시아Shia 교파 무슬림이었다는 사실은 짐작조차 하지 못했을 것이다.

어쩌면 그는 록나우 출신이었는지도 모른다. 세인트 제임스에는 록나우 거리로 부르는 곳이 있으니 말이다. 레오나드 사이드가 조상들에 대해서 알고 있는 거라고는 세인트 제임스에 있는 그의 어머니 집에서 알게 된 사실이 전부였을 것이다.

그런 점에서 그는 우리와 매우 흡사하다. 나는 과거에 우리가 어떤 방법으로 이곳으로 오게 되었는지 잘 알고 있었다. 세인트 제임스 지역에 대한 아메리카 인디언식의 이름은 큐무큐라포였는데, 이것을 유럽에서 온 초기의 여행자들이 콘큐라보 혹은 콘큐라비아(정복한 장소라는 의미를 담고 있다.)로 바꾸었다. 나는 그곳의 식물들을 보면서 콜럼버스가 처음 도착했을 때 그곳에 무엇이 있었고 그 후에 어떤 것들이 들어오게 되었는지 대충 짐작할 수 있었다. 또한 나는 세인트 제임스 지역에 펼쳐져 있었던 농장들을 재건할 수도 있었다.

그 지역에 대한 역사적인 기록은 매우 간결했는데, 3세기 동안 인구감소 현상이 있었고 그 후 2세기 동안 재정착이 있었다는 사실이 고작이었다. 재정착에 관련된 문서들은 시청 등록 사무실에 가면 얼마든지 얻을 수 있다. 그 문서들이 보존되고 있는 한, 우리는 사람들이 살고 있는 모든 지역에 얽혀 있는 이야기들을 찾아낼 수 있을 것이다.

나는 이 지역의 역사적인 조감도를 제시할 수 있다. 하지만 그렇다고 해서 레오나드 사이드가 물려받았던 유전의 신비를 확실하게 설명할 수는 없다. 대부분의 사람들은 우리를 낳아주었던 부모나 혹은 조부모에 대해서만 어느 정도 알고 있다.

그러나 끝없이 조상들을 거슬러 올라가면, 우리 모두는 맨 처음의 위치에 이르게 되는데, 그 수천 수만의 사람들의 기억이 이미 우리의 피와 뼈 그리고 뇌 속에 간직되어 있다고 할 수 있다.

레오나드 사이드가 얼굴에 색칠을 하고 여자들처럼 생활하기를 좋아하는 호색적인 록나우라는 이름의 춤추는 족속 출신이었는지도 모르지만, 이것도 역시 그가 물려 받은 유산 중의 일부분에 지나지 않는다.

우리는 우리가 유전으로 물려받은 모든 특성들을 다 이해할 수는 없다. 때로는 나 자신조차도 이방인으로 느껴질 수 있는 것이다. 너무나 생소하고 너무나 낯선 나 자신의 모습으로…….

제2장
역사 : 생선 아교풀 냄새

제 2 장
역사 : 생선 아교풀 냄새

열일곱 살이 되던 생일날 아침부터 나는 등기 사무소의 이급 서기로 근무하기 시작했다. 그 일은 고등학교를 졸업한 후 대학에 진학하기 위해 영국으로 떠나기 전까지의 시간을 메워 주었다. 그 무렵은 나의 생애에 있어 가장 희망이 넘치는 시기였다고 할 수 있다.

등기 사무소는 세인트 빈센트 거리에 있는 레드 하우스에 있었다. 그 당시에 나는 초라한 시골 소년이었다. 그 기억은 아직도 나의 머리 속에 깊이 각인되어 있다.

나는 대부분의 시골뜨기들이 그런 것처럼 처음 이곳에 도착했을 때, 도시를 동경하고 있었다. 아마도 1938, 1939년 무렵이었을 것이다. 나는 시골의 지루한 풍경과는 전혀 다른 도시의 모든 것들을 사랑했다. 가운데 부분이 불룩하게 튀어나온 포장도로가 좋았고, 심지어 덮개 없는 하수구조차 좋아했다. 아침마다 청소부들이 거리를 청소하면서 소방용 수도관을 틀어 놓았고, 신선하고 깨끗한 물이 하수구에 넘치곤 했다.

나는 포장된 도로가 마음에 들었다. 대부분의 집들은 독특한 스타일로 장식된 울타리에 둘러싸여 있었다. 가장자리에는 커다란 마차를 위한 주름진 철제문이 달려 있었고 중앙에는 집의 현관으로 이어지는 우아하게 생긴 작은 문이 있었다. 이런 작은 문은 관의 형태를 취하고 있었으며, 그 안으로는 여러 가지 모양을 한 단단한 철사들이 기하학적인 모양으로 얽혀 있었다. 꼭대기에는 쇠로 된 아라베스크 무늬가 새겨져 있었다. 어떤 곳에는 종을 달기도 했다.

보도 쪽으로 비스듬하게 나 있는 길 역시 내 마음에 들었다. 그 길을 따라 마차나 자동차들이(그 당시에는 매우 소수의 사람들만이 차를 갖고 있었다.) 마당으로 드나들 수 있었다.

밤이 되면 어두운 거리를 밝히는 가로등이나 나무가 있는 광장 그리고 포장된 도로와 벤치들 역시 내가 좋아했던 것들이다. 도시에서의 평범한 하루는 이른 아침 거리를 청소하는 청소부들의 비질로부터 시작되었다. 조간 신문이 배달되었으며 아침 나절에는 말이 끄는 마차가 지나갔다. 스페인이 트리니다드를 점령했을 당시에 세운 도시인 스페인 항구는 그때 상주 인구가 10만 명이 채 안되는 작은 도시였지만, 나에게는 무척이나 크고 웅장하게 느껴졌다.

초기에는 아버지가 나를 데리고 이 도시의 거리를 구경시켜 주었다. 어느 일요일 오후에 아버지를 따라 시내 중심가로 간 나는 거기에서 몇몇 아름다운 거리를 걸어 보았다. 일요일은 모든 거리가 아주 조용했다. 그렇기 때문에 인도에서 벗어나 거리 한가운데를 걸어볼 수도 있었다. 물론 그런 행동은 흔히 할 수 있는 일이 아니었다.

프레드릭 거리는 대형 상점들이 많은 거리였다. 하지만 내가 더욱 큰 관심을 가졌던 거리는 세인트 빈센트였다. 그 거리의 끝으로 가면, 이른바 신문사들의 거리가 있었다. 항구와 거의 인접한 곳인 그곳에는 트리니다드 가디언 지사와 스페인 항구 가제트 지사가 서로 마주하고 있었다.

아버지는 가디언 지사에서 일하고 계셨는데, 그 신문이 좀더 비중있고 현대적인 신문이었다. 도로에서는 새로 들여온 기계들과 커다란 롤러 그리고 신문을 인쇄하기 위한 용지들과 잉크 리본 등을 흔히 볼 수 있었을 뿐만 아니라 기계들과 신문, 인쇄 잉크의 훈훈한 냄새도 맡을 수 있었다.

그래서 나는 시내에 도착하면, 곧바로 종이와 잉크 냄새 그리고 빠른 속도로 인쇄되고 있는 신문을 보면서 새로운 감동을 받곤 했다. 그 거리의 윗부분을 알게 된 것은 얼마간 시간이 흐른 다음이었다.

나의 바지를 만들어 주었던 재단사는 세인트 빈센트 거리에서 양복점을 내고 있었다. 한 번은 아버지가 나를 그곳에 데리고 가 주셨다. 사람들은 그 재단사를 나자랄리 박쉬라고 불렀다.

그의 양복점은 서쪽을 향하고 있었으며 길 위에 수직으로 매달려 있는 하얀색의 헝겊 블라인드가 오후의 강렬한 태양빛을 가려 주었다. 그의 이름이 블라인드에 적혀 있었다. 나자랄리는 작고 호리호리한 체격의 인도인이었다. 그는 햇빛을 피하기 위해 항상 양복점 안에서 일했다. 그의 얼굴은 약간 갸름했으며, 까만 눈동자가 거무튀튀한 얼굴에서 빛을 내고 있었다. 그는 가느다란 머리카락을 뒤로 납작하게 빗어 넘겼다.

그는 아버지를 보면서 몹시 친근하게 대했지만, 다른 어른들보다 더 엄격한 태도로 나를 대했다. 나자랄리 박쉬가 목에 걸고 있는 가느다란 줄자가 그의 외모를 더욱 엄격하게 보이도록 만들었다.

나자랄리의 재단 기술이 얼마나 훌륭한지는 잘 모르겠지만, 그와의 만남으로 인해 나는 재단사 하면 그를 떠올리게 되었다. 다른 어느 누구도 나자랄리와 비교할 만한 재단사라는 생각이 들지 않았다. 스페인 항구에 있는 다른 재단사들은 모두 가짜처럼 여겨질 정도였다.

언제인가 나는 그가 무슬림이라는 사실을 알게 되었다. 처음에는 그 사실이 아무런 거리감도 주지 않았다. 그러나 인도의 독립운동과 인도 대륙의 종교적인 분할이 있고 나서는, 어떤 이질감을 갖고 그를 대하게 되었다. 그렇다고 해서 내가 더 이상 그를 만나지 않았던 것은 아니었다. 내가 영국으로 떠날 때 입고 간 옷을 만들어 주었던 사람도 역시 나자랄리 박쉬였다.

나중에 듣게 된 일이지만 그는 이 지역 경찰의 제복을 도맡아서 만들고 있었다. 스페인 항구에서 살고 있는 인도인 사이에서 나자랄리 박쉬는 신화와 성공의 상징처럼 여겨지고 있었다.

경찰 본부는 그의 양복점 바로 건너편에 있었다. 경찰 본부는 스페인 항구의 중요한 건물이었다. 회색의 돌과 벽돌로 만들어진 높은 벽이 있어서 상대적으로 다른 건물보다 시선을 더욱 많이 끌었다. 그리고 이건 나중에 알게 된 사실이지만, 그 건물은 빅토리아 고딕 양식으로 만든 영국 식민지 시대의 건축물이었다. 거칠게 단장되어 있는 회색빛의 앞벽과 후면에 위치한 탁 트인 공간에 세워져 있는 붉은색의 아치들은 경찰 본부에서 흔히 볼 수 있는 그런 것들이었다.

비록 작은 도시, 작은 거리들이었지만, 스페인 항구의 숨겨진 모습을 모두 알아가는 일에는 제법 많은 시간이 걸렸다. 이를테면 법률이나 변호사들에 대해서는 별다른 관심이 없었기 때문에 나는 법원 건너편에 위치한 변호사 사무실이 있는 지역에는 지난 몇 년 동안 주의를 기울이지 않았다. 그러던 어느 날 나는 어느 유명한 흑인 변호사의 집무실을 방문하게 되었다.

이 방문은 내가 학교를 졸업한 직후에 이루어졌다. 학교에 다닐 때 나는 줄곧 장학금을 받았던 우수한 학생이었다.(이 부분에 대해 많은 사람들이 관심을 갖고 있기 때문에 아무래도 말을 해 두는 것이 좋겠다.) 그리고 이제는 유학을 가기 위해 영국으로 떠나기 직전이었다.

흑인 변호사의 아들은 나와 함께 학교를 다녔는데, 어느 날 그는 나에게 자기 아버지를 만나게 하고 싶다고 말했다. 우리는 그의 아버지가 근무하는 집무실을 방문했다. 그곳은 세인트 빈센트 거리에 있었는데, 스페인 시절에 건축된 작은 집 한 채를 개조해서 사무실로 사용하고 있었다. 그 건물은 1780년 경에 지어진 초기의 거주 가옥들 중의 하나였다. 이렇게 세워진 수많은 초기 가옥들은 크기도 작고 다닥다닥 붙어 있었는데, 그 당시에는 도로 사이가 비좁게 만들어졌기 때문인 것 같았다. 이 도시가 생길 무렵에는 숲과 플랜테이션 농장들이 아주 가까운 곳에 있었다.

집무실 앞에 있는 작은 방에는 몇 명의 흑인들이 바닥을 가로질러서 마주보도록 놓여 있는 두 개의 긴 의자에 몸을 기대고 앉아서 차례를 기다리는 중이었다. 작게 나 있는 창문의 블라인드에는 거리에서 들어온 먼지가 잔뜩 쌓여 있었다. 의자에 앉아있던 사람들은 템페라 기법으로 만든 벽에다 그들의 지친 어깨와 머리를 기대고 있었다.

그곳에서 만난 사람들은 보건소에서 약을 무료로 받기 위해 기다리는 사람들처럼 조용하고 참을성이 있었다. 흑인들의 빛나는 눈동자와 번질번질한 얼굴은 공손한 표정을 지으며, 내심 그들과 같은 흑인 출신 변호사를 찾아올 수 있다는 사실에 대해 매우 만족하고 있는 듯한 태도를 취하고 있었다. 그 사실 하나만으로도 불편함과 적막함 그리고 오래 기다리는 것은 아무런 문제가 되지 않는다는 듯한 모습이었다. 게다가 방금 도착한 어린 소년이 그 대단한 인물이 있는 집무실을 향해 그냥 들어가는 것에 대해서도 불평하지 않았다. 그 좁고 작은 대기실의 분위기는 나에게 신선한 충격을 안겨주었다.

보다 넓고 시원한 방에서 흑인 변호사는 셔츠 차림으로 집무를 보고 있었다. 옷걸이에는 법의가 걸려 있었다. 법률 서적들과 낡은 종이들 사이에서 배어나오는 퀴퀴한 냄새와 전반적으로 초라한 집무실, 벌레먹은 서류 분류함은 변호사란 직업도 사실은 별게 아니라는 생각을 갖도록 했다. 이런 방에서 벌어지는 일들이 실제로 돈을 벌게 만드는 일이라고는 상상하기 힘들었다.

나는 그 변호사에게 예의를 갖추어 인사한 다음, 무슨 말을 하는 것이 좋을지 몰라서 잠시 동안 그대로 가만히 서 있었다. 그도 역시 난처하다는 표정이었지만, 나를 보는 것만으로도 만족한 듯했다.

나는 책상 아래 놓여 있는 변호사의 신발을 보는 것이 소원이었다. 내가 초등학교 4학년인가 5학년에 재학하고 있을 때, 변호사의 아들은 나를 쳐다보면서 이런 말을 한 적이 있었다.

"신사를 만날 때에는 그가 신발을 어떤 상태로 유지하는가에 따라 그 사람을 평가할 수 있어."

내 친구는 변호사와 내가 편안하게 대화를 나눌 수 있도록 배려하지 않았다. 그는 사무실로 들어오면서 태도가 돌변해서, 변호사 앞에서 아들 본연의 자세를 취하고 있었다. 그는 잘 보이려는 노력이 전혀 필요없는 아버지의 보물이었던 것이다.

그의 관심사는 오직 차가운 음료를 찾는 것이었다. 그만큼 그는 이 대단한 변호사에게 격의 없이 마음대로 행동했다. 변호사는 에반더라는 이름으로 아주 유명했기 때문에 나는 어색한 시간을 메우기 위해 어떻게 해서 그 이름을 얻게 되었는지 물어 보았다. 그는 차분한 목소리로 대답했다.

"내 아버지는 교육 숭배자였지. 그분은 비록 교육을 제대로 받아 보지 못했지만, 나에게 야망을 불어 넣어 주셨어. 아버지는 1867년에 태어나셨으니까 우리보다 훨씬 옛날 분이지. 만약 네가 그 이름을 찾아보려면 호머 시집 4권이나 5권을 보면 알 수 있을 거야."

나는 이렇게 유명한 사람이 자기의 독특한 이름에 대해 조사해 본 적도 없이, 그 이름이 라틴어와 버질에서 유래된 줄도 모르고 단지 내게 허세를 부리려고 한다는 사실에 그만 놀라고 말았다.

그는 자수성가한 사람이었다. 그는 정식 교육이라고는 한 번도 받아본 적이 없었지만, 전문 직업에만 전력투구하여 마침내 성공한 사람이었다. 하지만 이런 인격적인 결함은 우연한 기회를 통해 드러나게 마련이므로 우려할 만한 것이었다. 내가 그에 대해 새로운 생각을 하는 동안, 그는 내가 도저히 다른 사람에게 재구성해서 말할 수 없도록 만드는 그런 식의 대화를 해 나갔다.

마침내 그는 호화로운 의자에 등을 기댄 채 힘을 과시하듯이 하얀 소매로 덮인 커다란 팔뚝을 탁자 위로 내밀면서 이렇게 말했다.

"인종! 인종! 하지만 모두가 사람이란 말이야."

나는 그 변호사의 말이 아프리카인이나 여러 다양한 색깔의 인종을 의미하는 것이라고 생각했다. 내가 그의 집무실에 초대된 것 역시 인종적인 이유가 깃들여 있었다. 나는 친구를 바라보았다. 그는 자기 아버지가 말한 것에 대해서는 아무런 관심도 없다는 듯이 무표정한 모습이었다.

나는 그런 공허한 얼굴을 도저히 이해할 수가 없었다. 나는 몇 년 전만 해도 빈센트 거리의 종이와 잉크 냄새 그리고 인쇄 기계 속에서 얼마나 환상적인 시간들을 보냈던가. 하지만 블라인드가 있는 변호사 집무실에는 전혀 다른 종류의 환상과 감정이 깃들여 있었다. 그 거리의 식민지적인 현실로 인해 세인트 빈센트 거리의 불빛에는 어떤 숨겨진 사연이 존재하는 것만 같았다.

그것은 1940년대 후반에 있었던 일이었다. 그 당시의 상황은 극소수의 흑인들만이 자신의 신분 상승을 꿈꿀 수 있을 뿐이었다. 그런데 변호사가 흑인의 권리와 인종에 대한 문제를 운운한다는 것은 실로 놀라운 충격이 아닐 수가 없었다.

하지만 더욱 이상했던 것은 에반더의 공식적인 견해가 이와는 전혀 달랐다는 사실이다. 소문에 따르면 에반더는 자수성가한 흑인으로서 백인처럼 되기만을 원힐 뿐 다른 흑인들의 일에는 전혀 상관하지 않고 오직 모든 일에 자기 자신만을 위해서 싸울 뿐이라는 것이었다.

에반더가 지금 나에게 들려주었던 이러한 종류의 환상은 가족들 사이의 은밀한 비밀이었다. 하지만 아버지와 아들은 지금 나를 자기 가족의 일원으로 받아들이고 있었다. 나는 그 일에 대해 감동을 받았지만, 약간 당혹스러운 것도 사실이었다. 어느 정도는 그들이 공유하는 느낌을 이해할 수 있을 뿐만 아니라 그것에 대해 어느 정도 참여할 수도 있었다. 그러나 이해는 할 망정 나의 관점을 흐리게 하고 싶지는 않았다. 나는 에반더와 내 친구의 일원이 된다는 생각에는 조금도 동조할 수 없었다. 나 역시 그들 생각에 구속되는 느낌은 있었지만, 앞으로 전개될 대규모 인종 운동에 대한 에반더의 생각은 너무 감상적인 것으로 여겨졌다.

국가에서 열일곱 살 미만의 소년은 공무원으로 고용하지 않았기 때문에, 나는 다음해부터 등기 사무소에서 일하기 시작했다. 그리고 세인트 빈센트 거리의 또 다른 측면을 알게 되었다.

등기 사무소는 레드 하우스의 일층에 자리잡고 있었다. 레드 하우스는 주로 행정 업무를 맡아보는 건물이었다. 스페인 항구에 있는 커다란 건물 중의 하나였으며 상당히 아름다운 자태를 자랑하고 있었다. 그 건물이 흐릿한 붉은색을 띠는 것은 칠 때문인지 아니면 다른 무엇이 회반죽과 섞여서 그렇게 보이는지 확실하지 않았다.

레드 하우스는 스페인의 전형적인 건축 양식으로 지어졌기 때문에 항구는 더욱 스페인적인 분위기를 풍기고 있었다. 레드 하우스는 항구의 언덕이나 사바나를 가로지르는 도로에서 한눈에 바라볼 수 있었다. 그 건물은 삼층으로 지어졌는데, 각 층마다 탁 트인 발코니와 둥근 지붕이 있었다.

붉은색 둥근 지붕 아래로 세인트 빈센트 거리와 우드포드 광장 사이로 나 있는 보도가 있었는데, 그 길은 한 블럭이나 될 정도로 넓었다. 이 넓은 보도 때문에 이곳이 매우 커다란 도시라는 느낌을 주었다. 돌계단으로 올라가면 이상한 우물이 있는 광장을 지나서 다시 건너편의 다른 계단으로 내려올 수 있었다. 그 우물은 전쟁이 벌어졌을 때 막아버려서 지금은 더 이상 사용하지 못하는 우물이 되었다. 그러나 대리석만큼은 세월의 풍상에도 여전히 아름다움을 간직하고 있어서 그곳에 아직도 우물이 있는 것처럼 생각되었다.

우물 주위에는 나무로 만들어진 대형 게시판이 고개를 높이 치켜들고 서 있었다. 이 게시판은 그 앞을 지나가는 사람들이 그곳에서 일하는 서기들과 다른 공무원들을 쳐다보는 것을 막아주는 스크린 역할도 했다. 게시판 뒤에는 자전거를 세워두는 곳이 있어서 공무원들은 타고 온 자전거를 그곳에다 세워 두었다. 그러나 게시판과 자전거들이 탁 트인 길의 전망을 가리고 있었다. 그렇기 때문에 멋진 건물은 더 이상 아름답게 보이지 않았다.

게시판에는 정부의 공지사항 같은 것은 한 장도 없었다. 고정편으로 붙여 놓은 포스터는 건강 관리나 예방 접종의 중요성을 강조한 것들뿐이었다. 그런 포스터들의 대부분은 런던에서 가져온 것이었기 때문에, 이 도시의 여건에 맞지 않았다.

하지만 우리는 이미 그런 것들에 익숙해져 있었다. 게시판을 관리하는 일과 포스터를 부착하는 것들은 정보 사무부의 일이었다. 정보 사무부는 전쟁기간 동안에 다급하게 편성되었던 행정 부서였다. 정보 사무부의 직원들은 레드 하우스의 잔디밭에 지어놓은 목재 건물 속에서 업무를 처리했다. 그들이 주로 하는 일이란 전쟁이나 영국의 생활에 대한 사진들 또는 안내 소책자들을 제공하는 정도였다. 건강검사나 혈액검사, X선 검사 그리고 깨끗한 물에 대한 포스터들의 공고는 전쟁이 끝난 다음에도 여전히 수행되고 있었다.

이런 포스터들은 레드 하우스에만 붙어 있었고 다른 곳에서는 전혀 눈에 띄지 않았다. 나는 이런 포스터들이 하등의 의미도 없다고 생각했다. 그것에는 정부가 친절한 기관이며 일반 국민들에 대해서 관심을 갖고 있다는 느낌을 주려는 의도가 깔려 있을 뿐이었다.

정부에 대한 이런 생각은 나에게 새로울 것이 전혀 없었다. 그러나 이 도시에서 경험한 실제적이고 구체적인 여러 사항들은 나에게 새로운 느낌을 안겨 주었다. 아마도 내 피와 머리 속에는 통치자들이나 정부가 국민들에 대해 무관심하고 제멋대로 대한다는 인도인의 오래된 관념이 있기 때문이었을 것이다. 정부나 통치자는 상징적으로 존재할 뿐이지, 어느 누구도 그들에게 무엇인가를 기대할 수는 없었다.

입 밖으로 말하진 않았지만 나의 이러한 생각에는 항상 어떤 잔혹함 같은 것이 깔려 있었다. 오래 전, 아니 그렇게 오래 되지 않았던 시절에도 흔히 쓰이는 거리의 언어에는 잔혹함이 깃들어 있었다. 과거 플랜테이션 농장 시절에는 일하는 사람들끼리, 혹은 부모가 자녀들에게 체벌이나 고통을 주는 것 등으로 공공연한 위협을 일삼곤 했다. 대가족들의 삶에서나 초등학교에서도 그런 종류의 잔혹함이 존재하고 있었는데, 학교 선생님들의 심한 매질이나 학생들 사이의 패싸움이 바로 그것이었다. 그리고 인도의 시골이나 아프리카의 도시에서도 잔혹함을 찾아볼 수 있었다. 우리가 접하게 되는 주변의 가장 단순한 것에도 잔혹함의 기억들이 스며들어 있었다.

일반적인 업무를 처리하던 등기소는 세인트 빈센트 거리에서 레드 하우스로 들어서는 길에 있었다. 그 길을 따라 끝까지 걸어가면 우드포드 광장이 나온다. 이 광장은 트리니다드의 스페인 항구에서 가장 아름다운 곳으로 젊은 영국인 통치자 이름을 딴 것이다.

우드포드는 1810년대에 영국이 이곳을 정복한 이후의 혼란을 바로잡고 식민지의 질서와 법을 세운 사람이었다. 스페인 사람들은 트리니다드에 스페인 항구를 건설하자마자 곧 그것을 영국에게 무력으로 빼앗겼다.

그 당시에 우드포드 광장은 아무런 쓸모도 없는 공터였지만, 영국이 아름답게 꾸몄고 이제는 레드 하우스의 뛰어난 경관의 일부가 되었다. 그 광장에는 야외 음악당이 마련되어 있었고 레드 하우스처럼 우물이 있으며 의자들과 철제 레일 그리고 포장된 도로가 있었다. 그리고 나무들이 울창한 그늘을 드리우고 있었다.

그곳은 이 도시에서 가장 멋진 장소였다. 전쟁이 일어나기 전에 아버지의 뒤를 따라 시내 중심가를 걸어다닐 때 처음으로 그곳을 보았다. 그곳은 스페인 항구에서 집없는 사람들이 사는 곳 중의 하나였다.

집없는 사람들은 거의 대부분이 강제로 끌려온 인도인이었다. 그들은 사탕수수 농장에서 노역을 하기 위해 인도에서 이주당했던 것이다. 그러다가 나중에는 이러저러한 이유들로 인해 오갈 데 없는 처지가 되었다. 이유로는 술주정뱅이가 되었다거나 어쩌면 인도로 돌아갈 약속이 이행되지 않았거나 또는 가족들과 싸워서 뛰쳐나온 것을 들 수 있다.

이런 부류의 사람들은 돈이나 직업은 물론 가족도 없고 영어도 못하고 내세울 것도 없는 사람들이었다. 그들은 극도로 빈곤했다. 그들은 동화에 나오는 것처럼 인도의 농가에서 갑자기 거인의 손에 의해 들어 올려진 다음, 수천 마일이나 멀리 떨어진 곳에 있는(여러 주일 동안이나 배를 타야만 하는) 트리니다드에 내려졌다. 식민지 시대의 트리니다드에서는 인권이 아주 제한되어 있었기 때문에, 그들을 데리고 무슨 일이든지 할 수 있었다. 그래서 그들은 도시 사람들에게 많은 시달림을 당할 수밖에 없었다.

우리 모두는 이런 식의 잔혹함을 잘 견디었다. 우리는 그런 잔혹함을 목격하면서도 그것을 애써 외면할 수밖에 없었다. 그들을 돌볼 수 있는 제도적인 장치가 없었던 것이다. 결국 인도에서 온 사람들은 모두 다 사라졌다. 지난 1940년대까지 거의 모두가 죽음을 당한 것이다.

1940년대 초에 나의 아버지는 그들 중 몇 사람들의 이야기를 인도의 지방 잡지사에 기고했다. 내가 레드 하우스에 일하러 다닐 때에는 우드포드 광장에서 더 이상 그들을 찾아볼 수 없었다.

내가 기억하는 것은 그곳에 두세 명의 흑인 정신병자들이 있었다는 것이다. 한 명은 먼지와 기름때로 인해 회갈색으로 변해버린 머리카락을 길고 뻣뻣하게 늘어뜨린 채 로빈슨 크루소 같은 옷차림을 하고 다녔다. 그가 입었던 옷은 본래의 색이 완전히 사라져 버리고 새까맣게 기름기가 줄줄 흐르는 누더기였다. 그런 옷을 아무렇게나 겹쳐 입었던 것이다.

그는 아무에게도 해를 끼치지 않았지만 제멋대로 행동하는 광인이었기 때문에 광장을 지나가는 사람들은 그를 멀리하면서 피하려고 애썼다. 내가 일하는 등기 사무소는 세인트 빈센트 거리와 우드포드 광장 사이에 있었다.

이급 서기였던 내가 담당하는 일은 출생이나 결혼, 사망 신고서를 정리하는 일이었다. 이러한 증명서가 필요한 사람들은 레드 하우스의 게시판 근처에서 민원인을 기다리며 서성거리는, 임시직으로 기록부를 찾는 직원들과 합의를 본다. 그들은 민원인에게 가능한 날짜를 약속하고는 여러 종류의 증명서 장부를 신청하기 위해 도장이 찍힌 신청 용지를 작성한다. 신청한 서류를 전달하는 사무부 직원들은 지하실에서 두껍고 무거운 커다란 장부를 날라온다. 기록부를 찾는 직원들은 사무실에 앉아서 장부를 뒤적인다.

창문을 내다보면 잔디밭과 우드포드 광장의 나무 그리고 철제 레일이 깔려있는 레드 하우스가 보인다. 그곳은 마치 교실처럼 엄숙한 분위기가 감돈다. 어른이 되었거나 때로는 나이가 많은 흑인들이 긴 책상에 나란히 앉아서, 마치 아이들이 학교에서 재미있는 수업에 빠져드는 것처럼 아침나절 내내 커다란 책의 내용을 찬찬히 들여다보고 있다.

사무실의 독립된 공간에는 변호사 서기들이 각자의 책상에 앉아서 일에 몰두하고 있다. 그들 중에서 어떤 사람은 넥타이를 매고 있다. 그들은 출생이나 사망 기록부를 정리하는 직원들보다도 지위가 높았다. 출생이나 사망 기록부를 정리하는 직원들은 적어도 읽고 쓰는 방법을 알고 있었기 때문에 그럭저럭 수월한 일을 하고 있었지만, 다른 부서의 직원들은 그럴 수 있는 처지도 아니었다. 그들은 적은 봉급을 받으면서도 가장 많은 일들을 수행하고 있었다.

그들은 민원인들이 원하는 것을 찾아서 복사를 요청한다. 서류를 전달하는 직원들이 신청 용지와 그에 맞는 장부를 내 책상 위에 올려놓는다. 그것은 사실 책상이라기보다는 작은 탁자인데, 그 당시에 나는 임시직으로 이급 서기의 일을 보았기 때문에 지하실이 가까운 곳에 놓인 작은 탁자에 앉아서 하루 종일 업무를 처리했다. 서류를 전달하는 직원들이 지하실로 들락거리면서 내 뒤로 지나 다녔다. 나는 복사를 해야 하는 장부는 오른쪽에다 쌓아 놓고, 복사를 끝내면 왼쪽에다 옮겨서 쌓아 놓았다. 그렇게 해서 쌓아 놓은 장부는 무척 높았다. 각 권마다 3~4인치 정도로 두꺼웠고 넓이는 15인치 정도였다.

서류 장부에서는 생선 아교풀 냄새가 풍겼다. 생선 아교로 서류를 붙여 놓았던 것이다. 그 풀은 생선뼈와 껍질, 고기 부스러기 등을 끓여서 만든 것 같았다. 이것은 꿀과 비슷한 색인데 일단 마르면 매우 딱딱하게 굳었다. 아교를 흘리면 유리처럼 투명하게 비치는 단단한 황금색의 방울이 되었다. 이것은 마르고 나서도 생선 비린내와 썩은 냄새를 풍겼다.

나는 이 섬에서 인쇄된 모든 것들이 지하 저장소에 보관되어 있다는 사실을 알게 되었다. 식민지 시대의 모든 기록들도 다 그곳에 보관되어 있었다. 모든 출생과 사망, 업적, 재산과 노예들의 소유권 이전 문제 등을 비롯한 한 세기 반이나 되는 식민지 시대 동안의 모든 삶이 그곳에 간직되어 있었다.

나는 오래된 신문과 책을 보는 것을 좋아했지만 생선 아교풀 냄새만큼은 질색이었다. 오랫동안 쌓인 먼지와 책에서 풍기는 퀴퀴한 냄새들 그리고 밀폐된 실내 공기는 안쪽으로 들어갈수록 더욱 탁해지고 있어서 도저히 참을 수 없을 정도였다.

담당 서기는 내가 하루 종일 처리해 놓은 서류와 복사물들을, 마치 유치원 선생님처럼 검사하고 서명한다. 그런 다음에 결재를 받기 위해 사무부 책임자의 책상 위에 서류를 올려놓는다. 나는 '일반 등기부 대행' 혹은 '일반 등기부 대행 대리' 같은 긴 이름을 서류 위에다 기록한다. 인지를 붙이고 등기부의 철제 인장으로 소인을 찍으면, 비로소 그 서류들은 민원인들에게 돌아갈 수 있다. 만약 지금이라면 이렇게 서류를 뒤적이고 기록하고 점검하면서 많은 사람들이 매달려야만 하는 이 모든 일들을 한 사람이나 한 대의 컴퓨터로도 충분히 처리할 수 있을 것이다.

장부를 운반하는 직원들이 하루 종일 지하실과 사무실 사이를 쿵쿵거리며 돌아다니던 기억들. 그 큰 부피에 이상하게 생긴 장부를 팔에다 끼고 흔들면서 가져 오고 또 다시 가져다 놓곤 했던 기억들. 그들이 하는 일은 전문적인 사무직이라고 하지만 체력과 끈기가 요구되었기 때문에 대개는 건장한 사람들이 그 일을 맡았다.

때때로 나는 그 등기 사무소에서 평생을 보냈다면 어떻게 되었을까 하는 상상을 해 보곤 한다. 그 삶이란 하루 종일 서류를 점검하고 점검받고 어느 상사의 이름으로 증명서를 써 주는 것 같은 일들이었을 것이다. 공무원이라는 안정된 직업을 갖게 되기를 그렇게도 간절히 원하다가도 일단 직업을 갖게 되어서 일을 하다 보면 얼마나 지겨울 것인가!

사무실에는 지난 몇 년 동안 근무하고 이제는 은퇴를 고려하고 있는 남자와 중국계 부인이 있었는데, 그들은 아마 제1차 세계대전이 벌어지고 있는 동안 공무원 생활을 시작한 것 같았다.

여러 주, 여러 달 그리고 여러 해를 거슬러서 상상해 본다는 것이 나에게는 무척 힘겨운 일이다. 내가 아버지를 따라 처음으로 세인트 빈센트 거리를 걸어보고 도시를 처음 발견하게 된 지도 벌써 10년이라는 세월이 흘렀고, 그 당시를 되돌아본다는 것도 쉬운 일은 아닌 것 같은데, 그들 두 사람에게는 이미 수십 년의 세월이 지나간 것이다.

그들은 업무에 대해서 속속들이 다 알고 있었을 뿐만 아니라 일을 처리하는 과정도 매우 능숙했다. 연륜과 인내는 그들을 다른 사람들보다 더 높은 자리에 올려놓았고 사무실 내부의 투쟁과 야심에서도 승리를 안겨 주었다. 일과 세월을 통해 인내를 배우는 것만큼이나 그들은 서두르지 않았고 항상 침착하게 행동했다.

중국계 부인은 계산대 근처에 있는 책상에 앉아서 증명서를 민원인들에게 전달해 주는 일을 맡고 있었는데, 마치 이 일이 그녀의 여성적인 본능을 나타내기라도 하는 것처럼 모든 사람들에게 어머니처럼 부드러운 태도를 보여 주었다. 하지만 그 남자의 경우는 사정이 약간 달랐다. 그의 점잖은 행동은 술기운 때문이었다. 이것은 다른 사람들도 다 아는 일이었다. 월요일이면 그는 주말에 마신 술 때문에 기분이 좋아지고 긴장도 풀리고 생기에 넘치는 모습으로 사무실에 나타났다.

월급날이 다가오면 이따금씩 근무 시간이 끝난 뒤에 사무실에서 술자리가 열리곤 했다. 사람들은 이런 행사로 사무실을 이용하는 것을 아주 당연하게 여겼다. 술꾼들은 어깨 위에다 수건을 하나씩 걸고 있었는데, 그것은 근무 시간이 끝났다는 것을 상징하는 수건이었다.

그들은 책상에 앉거나 의자 팔걸이에 다리를 올려놓은 채 몇 시간 동안이나 술을 마셨다. 하지만 나는 술을 마시지 않았다. 술자리는 매우 심각한 느낌을 주었다. 그 자리에서 유머나 우정이라고는 전혀 찾아볼 수 없었다. 단지 독한 럼주가 곧장 그곳에 있던 모든 사람들의 영혼과 사생활 속으로 침투해 들어가고 있었다.

등기 사무소에는 세인트 제임스 출신의 흑인 소년이 근무하고 있었다. 우리는 여러 해 동안 거리를 두고 서로 아는 정도였다. 나는 그가 우리집과 가까운 곳에서 산다는 사실은 알고 있었지만, 정확히 어디인지는 모르고 있었다. 흑인 소년도 나에게 그의 집이 있는 곳을 알려 주려고 하지 않았다.

그는 가끔씩 자기 어머니에 대한 이야기를 해 주었는데, 나는 그가 허름한 세인트 제임스의 바글거리는 판자촌 중의 한 집에서 어머니와 단 둘이 사는 것으로 상상했다. 나와 그 흑인 소년은 지금 당장 돈이 없다는 점에서 큰 차이가 없었지만, 앞으로의 전망에 있어서는 무척이나 달랐다. 나는 유학을 꿈꾸고 있었지만 그는 초등학교만 겨우 졸업했고 그 한계를 받아들여야 하는 처지였다. 이러한 것들이 표면적인 우리 관계의 전부였다.

그는 키가 크고 야위어서 자전거를 타는 모습이 어쩐지 위태롭게 보였다. 나는 그를 그저 목소리가 큰 어릿광대 정도로만 여기고 있었다. 그러나 술을 마셨을 때에는 매우 심각한 표정을 지었다. 그것은 아무래도 럼주의 힘이었던 것 같다. 그는 눈이 붉게 충혈되고 진지한 태도였는데, 이러한 모습에서 나는 전에는 전혀 생각하지 못했던 그의 또 다른 모습을 느낄 수 있었다. 그는 지금의 처지와 서기라는 직업과 그가 간직하고 있는 야심에 대해서 무척 진지하게 생각하고 있었던 것이다.

그는 현실에 대하여 전혀 만족하는 듯한 모습이 아니었다. 많은 것을 기대하지 않고 더 높은 목표는 생각하지도 않는 것처럼 보이는 어릿광대와 같은 그의 특성은 하나의 껍데기에 불과했다. 그가 농담으로 내뱉었던 말들은 진심이 아니었다.

벨베누는 내가 만든 증명서를 이따금씩 점검해 주는 담당 서기였는데 그는 이런 껍데기를 전혀 갖고 있지 않았던 사람이었다. 그는 중년의 '유색인'이었다. 여러 세대를 거치면서 인종이 혼합된 탓에 그의 피부는 하얀 편이었다. 그는 어떤 특별한 자격증도 없었다. 그는 자신이 무슨 일을 잘 할 수 있을 것이라는 생각은 아예 하지도 않았다. 그의 불만스러운 얼굴은 여러 가지의 인종적인 억측을 불러 일으켰다.

그가 공직 생활을 처음 시작했을 때, 가장 좋은 자리는 항상 영국에서 온 사람들의 차지였다. 사무실에서 그는 낙심해 있는 사람으로 유명했다. 벨베누는(그 자신의 추측에 따르면) 약간 하얀 피부 때문에 아무도 그를 천대하지는 않았다고 해도, 사무실에서 그가 낮은 지위에 머물러 있는 이유는 인종적인 불이익 때문이라고 믿었다. 그에게 있어서 유색인이라는 사실은 질병을 앓고 있는 것보다 더욱 커다란 불행이었던 것이다.

공무원 회의를 비롯한 여러 종류의 위원회 활동에서 그의 친구로 가까이 지내던 블레어는 벨베누에 비해 전혀 딴판이었다. 블레어는 체구가 커다란 흑인이었다. 매끈한 피부와 건장한 어깨를 지니고 꼿꼿하게 걸어다니는 사람이었다. 다른 사람들을 대하는 그의 태도는 거의 완벽할 정도였고 대단히 진지했다. 그는 다른 사람들과 쉽게 어울리면서 웃음을 터뜨리기도 했지만 항상 자제력을 잃지 않았다.

그는 자신감에 넘쳤다. 섬의 북동쪽 어딘가에 위치한 순수한 흑인마을 출신이었으며, 이 사실이 블레어를 다른 사람들과 다르게 보이도록 만들었다. 그에게서는 다른 인종들과 섞여서 자란 흑인들이 갖고 있는 호전성이나 뻔뻔스러움도 전혀 찾아볼 수 없었다.

그는 닳아빠진 세상과 고립되어 있었기 때문에 공부도 늦게 시작했다. 그러나 그는 그 격차를 충실하게 채워 나갔다. 그는 이미 전임 서기가 되었고 사무실의 모든 사람들이 다 알고 있듯이, 그는 벨베누가 가져본 적이 없는 자격증을 얻기 위해 학위를 취득하려고 열심히 공부하고 있는 중이었다.

블레어는 가끔씩 내가 작성한 증명서를 검토해 주었다. 나는 거대한 체구의 남자가 그의 서명으로 매우 작고 깔끔한 이니셜을 쓰고 있다는 사실을 비로소 알게 되었다. 이것은 그의 야심과 강인함을 나타내는 것처럼 보였다.

블레어는 대단히 예절 바른 남자였다. 하지만 나는 그의 배경에 대해서 알고 있는 것이 거의 없었다. 북동쪽에 위치한 모든 아프리카 마을들은 여러 세대가 지나가는 동안에 인도인이나 백인들과 접촉하지 않고 고립된 채로 남아 있었기 때문에 독특한 그들만의 고유한 정서나 신념 그리고 환상을 갖게 된 것 같았다. 블레어도 분명히 나에게 그와 동일한 것을 느끼도록 만들었다. 나의 배경이었던 인도와 힌두교로 인해 그는 나에게 더욱 커다란 친밀감을 느끼고 있었을 것이다.

하지만 우리가 일하는 사무실은 중립적이었으므로 이러한 일들에 대해서 걱정할 필요는 전혀 없었다. 우리는 서로가 노력하고 있었기 때문에 계속 좋은 관계를 유지했다. 공무원 사회에서 블레어는 거의 완벽할 정도로 업무를 처리했는데, 나는 그 모습을 보면서 오히려 불안함을 느꼈다.

학교를 졸업한 지 얼마 안 되는 내 눈에 블레어는(비록 벨베누를 비롯한 다른 동료들과 잘 협력하고 있지만) 이곳의 수석 학생처럼 보였다. 블레어는 등기소의 수석 학생이자 동시에 권위도 갖추고 있는 그런 종류의 사람이었다.

그 당시에 블레어는 내가 그를 보면서 느끼고 있었던 그대로 인생을 살았다. 7년 후에 그는 공무원이라는 좋은 직업과 사무실의 위축된 삶을 내던져 버리고 지방 정치계로 뛰어들었다.

그는 재빨리 상황 판단을 하면서 착실하게 성공을 거두었다. 식민지에서 독립하고 자치정부 수립이 허락된 세상에서 그는 끊임없이 성장했다. 마침내 그는 국제적인 경력도 쌓아가게 되었다. 거의 20년이 지나서 나는 독립한 동부 아프리카의 어느 나라에서 그를 다시 만나게 되었다.

블레어는 단기간의 계약 조건으로 그곳에 있는 지방 정부의 일을 처리하기 위해 방문하고 있는 중이었다. 그는 독립한 아프리카에서 이런 일을 맡게 된 것을 무척 기뻐하고 있었다.

그러나 우리가 다시 만난 지 얼마 되지 않아서 그는 죽음을 당했다. 그의 등장으로 인해 위협을 느꼈던 정부의 어떤 난폭한 정치가들이 청부업자를 이용해 그를 살해했던 것이다.

죽음을 당한 지 이틀 후에 블레어의 엉망진창이 된 거대한 몸이 플랜테이션 농장에서 썩은 바나나 잎사귀에 가려진 채로 발견되었다. 그의 국제적인 명성이 그를 죽음으로 몰고간 것이다.
　나는 그의 죽음이 던지는 아이러니가 그의 경력을 조롱하고 있는 것인지 아니면 그가 지니고 있는 경력의 가치를 아주 없애버린 것인지 판단하기 힘들었다. 나는 지금 레드 하우스 사무실에 앉아 있던 그의 모습을 회상하고 있다. 그는 자신의 특별한 재능을 가지고 다른 길로(나와 비슷한) 갈 수도 있었을 것이다. 그의 복잡하게 엉킨 과거를 마치 실타래를 풀듯이 회상하고 있으려니까 지나간 날들이 생생하게 살아나면서(마치 변호사 에반더가 그랬던 것처럼) 나는 그와 함께 달리고 있는 듯한 느낌이 들었다. 그의 생애에 희망이 넘쳤던 그 시절로 되돌아가서 마치 그가 공부에 열중하고 있는 것처럼 느껴졌다.

　블레어가 공부에 열중하듯이 나도 하루에 한두 시간씩 자유로운 시간이 생길 때마다 부지런히 습작을 했다. 그 당시에는 어떤 주제를 미리 정해서 글을 쓴 것은 한 편도 없었다. 단지 충실하게 훌륭한 작가가 되기 위한 준비를 했던 것이다.
　나는 노트를 하나 준비한 다음, 청록색 잉크로 내가 읽은 책이나 삶에 대한 생각들을 기록하기 시작했다. 내가 쓴 것들은 과장되고 틀린 것이 많았다. 나도 물론 그 사실을 알고 있었기 때문에 다른 사람에게 그 기록을 보여주고 싶지 않았다.
　그러나 마음 속으로는 내 작품이 심오한 것이기를 원했다. 때로는 풍경을 묘사하는 글을 써 보기도 했다. 오후에 비가 개인 후의 브티벨리 숲이나 도시의 언덕에 있는 오래된 코코아 농장의 흔적들을 글로 표현해 보았다. 때로는 스페인 항구의 정경을 묘사한 석도 있었다. 비가 내리는 날 밤에 보았던 세인트 제임스의 웨스턴 메인 로드, 리알토 영화관에 붙어있는 코카콜라 광고 간판의 붉은 네온이 깜빡거리는 풍경 혹은 달리는 자동차와 상점에서 흘러나오는 불빛이 반사되어서 반짝거리는 아스팔트 도로, 상점을 밝히는 전구들, 파리똥으로 더러워진 전기 코드에 매달려서 잠자고 있는 파리들, 중국인 상점을 지키는 대머리 중국인, 곰팡이가 얼룩진 유리그릇들, 가루가 묻어 있는 케이크와 뒤집어 놓은 코코넛 등을 묘사했던 것이다.

나는 이러한 그림 같은 묘사를 좋아했다. 나는 내가 묘사한 것을 고치는 작업을 즐겼는데, 그 이유는 내 글이 많은 수정을 거친 것처럼 보이기를 원했기 때문이었다. 인위적이기는 하지만 이런 식으로 작업했던 모든 기록들이 아직 그대로 남아 있어서 많은 세월이 지난 후에, 그 당시에 적어놓은 기록들을 보면 까마득히 잊어버렸던 사건들이나 정서를 찾아내는 열쇠가 되곤 한다.

그 날이 토요일이었는지 일요일이었는지 확실하지는 않지만, 어느 날 나는 리알토에서 열린 흑인 미인 선발대회에 간 적이 있었다. 과거에는 한 번도 미인 선발대회에 가 본 적이 없었기 때문에 자료 수집을 하기 위해 그곳에 참석했다. 그 대회는 아주 초라한 행사였다. 한두 명의 소녀들을 제외하고는 모든 사람들이 다 초라한 행색이었다. 거기에는 우스꽝스러운 것이라고는 전혀 찾아볼 수 없었다. 그런데 나는 일부러 그 행사에 대해 우스운 내용을 적으려고 애썼다.

그래서 나는 미인대회의 여왕으로 뽑힌 아가씨가 관중들의 야유를 받고 울음을 터뜨린다는 식으로 이야기를 꾸몄다. 작문을 완성하는 데 세 주일이 걸렸는데, 단순하고 시시한 내용을 전달하는 과정에서 너무 많은 시간을 잡아 먹었다.

나는 우선 펜으로 기록한 후에 사무실 타이프라이터로 수정하고 또 수정하면서 작문 시간을 의도적으로 늘려 나갔다. 그렇다고 해서 수정 작업이 도움이 된 건 아니었다. 오히려 그럴수록 더욱 학교 잡지에나 실릴 만한 잡문이 될 뿐이었다. 자세한 관찰이나 진지한 느낌보다는 말장난에 치우친 유희에 불과했다.

나는 그 행사를 주관하는 사람에 대해서 집중적으로 묘사했다. 그 사람이 입고 있었던 정장과 문법에 맞지 않는 연설, 그의 허세 등을 세밀하게 기록했다. 나는 다 쓴 원고를 내가 잘 알고 있던 사무실의 흑인 타이피스트에게 보여 주었다.

그녀는 원고 용지를 고급 타이프라이터에다 끼운 다음, 잠시도 쉬지 않고 단숨에 읽어버렸다. 그녀는 내 글을 읽으면서 한두 번 가벼운 미소를 지었다. 그녀는 다 읽은 후에 이렇게 말했다.

"만약 그가 인도인이었다면 이렇게 묘사하지 않았겠지요?"

나는 그녀가 그러한 평가를 내릴 것이라고는 전혀 생각하지 않았다. 내가 그녀에게 원고를 건네주었을 때에는 좀더 수준 높은 비평을 기대했었다. 비록 그녀가 말한 것이 틀렸다고 하더라도 몇 주일 후에는 나 역시 그 글에 대해 무엇인가 잘못된 것이 있다는 생각을 하게 되었다.

우리 시대의 작가가 갖추어야 하는 기본적인 태도란 무엇일까? 작가가 알고 있는 어떤 세계나 어떤 색다른 경험이 그로 하여금 사물을 보는 관점이 다르도록 만들 수 있을까? 작가가 알고 있는 것이 오직 이 세상뿐이면 그가 어떻게 이 세상에 대해서 쓸 수 있을까? 나는 이전까지는 이런 질문들을 한 번도 해 보지 않았다. 이런 의문은 마땅히 해야만 하는 것이었다.

얼마 후에 나는 영국으로 건너갔다. 내가 가장 처음으로 진실하게 썼던 책은 전쟁 전의 스페인 항구 도시를 발견하고 그곳에서 경험한 즐거움에 대해서 집필한 내용이었다.

그것은 사물의 근원을 찾아 거슬러 올라가는 것이었는데, 내가 아버지와 함께 일요일 오후에 세인트 빈센트 거리를 걸어가서 나자랄리 박쉬의 양복점을 방문했던 그 시점으로 돌아가는 것이었다. 그 당시에는 거의 기억나지도 않았던 것들이 글을 쓰면서 서서히 풀려 나갔다.

그 작품을 끝낸 후에 트리니다드로 돌아가서 몇 주일을 그대로 흘려 보냈다. 나는 증기선을 타고 여행하는 것을 즐겼다. 증기선에 타고 있는 동안, 날씨가 서서히 바뀌었다.

어느 날 나는 저녁 갑판 위에서 바다를 바라보고 있었다. 그런데 가벼운 미풍이 불어오기 시작했다. 추위가 몰려올 것만 같아서 나는 팔짱을 끼고 단단하게 몸을 감쌌다. 하지만 내 머리와 얼굴에 스치는 바람은 따스하기만 했다.

영국에서 흘려보낸 시간은 등기소에서 근무하는 사람들과 나를 분리시켜 놓았다. 그들의 입장에서 본다면 단지 6년이라는 시간만이 더 흘렀을 뿐이었다. 약간 더 복잡해진 사무실과 약간 더 늘어난 책상들을 제외한다면 말이다. 블레어는 사라졌지만 다른 사람들은 여전히 그곳에 남아 있었다. 벨베누와 부인용 자전거를 타고 다니던 세인트 제임스 출신의 다리가 긴 소년, 내가 쓴 작품을 좋아하지 않았던 타이피스트를 비롯한 모든 사람들이 그대로 남아 있었고 여전히 친절했다. 그러나 무엇인가 새로운 것이 있었다.

나는 트리니다드에 새로운 정치제도가 도입되었다는 소식을 들었다. 레드 하우스 건너편에 있는 우드포드 광장에서 정기적인 모임이 열리고 있었다. 우드포드 광장은 1780년대에 스페인 사람들이 도시 광장으로 조성했고, 나중에는 영국 사람들이 잘 가꾸어 놓은 곳이었다. 그곳은 아직도 이곳저곳을 전전하며 살아가는 가난한 인도인들과 플랜테이션 농장에서 달아난 사람들이 잠을 자는 곳이었다. 그리고 흑인 정신병자들이 모여 있는 곳이기도 했다.

그런 역사를 지닌 광장에서 지역 역사와 노예제도에 대한 강의가 개최되고 있는 것이다. 사람들은 그들 자신에 대한 이야기들을 듣게 되었고 흑인들의 감정은 점차 고조되었다. 이런 정치는 블레어와 같은 사람을 불러 내어서 적극적으로 참여하도록 만들었다.

어느 날 밤에 나도 모임에 참석하였다. 그 광장의 모습은 이미 많이 달라져 있었다. 전기 장치가 된 조명들이 빛을 내고 있었고 야외 음악당에는 스피커와 마이크가 설치되어 있었다. 내가 처음으로 보았을 때 대단히 아름답다고 여겼던 낡은 야외 음악당은 지금 다시 보니 영국 도시 공원에서 흔히 볼 수 있는 빅토리아 양식의 음악당에 불과했다.

문맹의 흑인들이 여기저기 흩어진 채 자리를 잡고 있었다. 주위에 있던 커다란 나무들이 일그러진 그림자를 드리우고 있어서 낮에 본 것보다 훨씬 크게 보였다. 어떤 사람들은 광장 가장자리의 난간에 기대어 서 있었는데 그 중에 몇 명의 백인들과 인도인도 눈에 띄었다. 연단에 올라선 사람들은 과거의 고통과 현재 경험하고 있는 지방의 정치 풍토에 대해 연설을 하고 있었다. 그들은 어떤 음모라도 파헤치는 것처럼 격앙된 목소리로 말했다.

그들은 청중들과 하나가 되어서 쉽게 농담을 던지기도 하고 웃기도 하고 만족한 듯이 콧노래도 불렀다. 그런 방법을 통해 그들은 그곳에 모인 청중들에게 금방 접근할 수 있었다.

모든 연사들이 흑인이었던 것은 아니었지만, 토론되고 있는 내용들은 분명히 아프리카에 대한 것이었다. 나는 블레어가 연단에 서 있는 것을 한 번도 보지 못했다. 그는 결코 연사가 된다거나 연설회의 사회를 볼 수 있는 사람은 아니었다.

나는 연사들 중에서 아는 사람이 한 사람도 없었고 그들이 말하는 내용이나 농담들도 알아들을 수 없었다. 마치 영화가 한참 시작한 후에 극장에 들어간 것 같았는데, 연사들의 메시지보다는 그 행사 자체가 내게는 더욱 커다란 의미가 있었다.

광장에 모여 있는 많은 흑인들의 각기 다양한 교육 수준에도 불구하고 그들은 동일한 공감대를 형성하고 있었다. 그것은 마치 축제에 참석한 것 같은 분위기였다. 그런 공감대는 오래 전 내가 이곳을 떠나기 전에 여러 번이나 암시를 받았던 것이었다.

그것은 암시일 뿐이며, 사람들은 그런 감정들을 마치 자신의 개인적인 것으로 여기면서 함부로 노출하지 않았다. 사무실의 타이피스트나 흑인 소년 혹은 세인트 제임스의 남자, 블레어 그리고 흑인 미녀 선발대회의 책임자, 그곳에서 조롱을 하던 군중들과 다소 냉소적인 미녀 선발대회 경쟁자들까지도 함부로 감정을 드러내지 않았던 것이다. 이 모든 사람들이 그들의 성격과 지적인 정도에 따라 이러한 암시를 받아들이고 있었다. 거리에서 만나게 되는 사람들 모두 이런 감정들을 내부에 감춰 두고 있었다.

이것은 비밀은 아니었다. 이러한 것에는 우리가 인식하지 못하거나 조사를 원하지 않는, 우리의 삶에서 경험하는 잔혹함 같은 것이 깃들여 있었다. 이제는 이러한 개인적인 감정들이 한 곳으로 어울리는 공동의 장이 생겼고 이곳에서 누구나 행복을 발견할 수 있게 되었다. 지위가 높거나 낮거나 모든 사람들이 한때에는 서로를 불신했던 개인적인 감정들까지도 버리고 대의라는 신성한 서약을 위해서 서로 어울릴 수 있었다.

광장에는 수많은 불빛과 그림자들이 어우러지면서 낭만적인 분위기를 연출하고 있었는데, 연사들은 역사와 새로운 헌법과 권리들에 대해 연설했다. 그러나 연설회의 분위기 속에는 종교와도 같은 어떤 힘이 존재했다. 광장 한구석에 그냥 내버려 두거나 삶에서 따로 분리시킬 수 있는 것이 아니었다.

나는 그들의 고양된 모습을 이해와 우려의 눈으로 바라보았다. 이런 감정들은 내가 과거 레드 하우스의 사무실에 다닐 때 이미 사람들로부터 느꼈던 것들이었다. 등기 사무소의 사무실에서 변호사 서기들이 경사가 진 책상에 앉아서 크고 무거운 장부을 뒤적거리던 기억이 되살아났다. 그들은 대단히 겸손했지만 자존심이 있었고 어떤 이들은 넥타이와 흰 와이셔츠를 입었다. 그들도 다른 사람처럼 야심을 품고 있었다. 때로는 그들이 실제로 품고 있는 것보다 더욱 야심적인 것처럼 허세를 부렸지만 대부분은 신분 상승의 한계를 느끼고 적당히 타협을 하고 있었다. 아무런 가능성도 없이 종착역에 다다른 듯한 나이 많은 사람이 장부를 찾으려고 사무실에 들어오면, 이내 이발소의 분위기로 돌아가서 잡담과 한탄들을 주고받으며 어떤 깊은 음모의 조짐까지 다 아는 듯이 말하곤 했지만 실제로는 빈 껍데기였고 말뿐이었다.

나는 레드 하우스에서 일하기 전에 이러한 이발소에서 나누는 종류의 잡담이 무엇인지 알게 되었다. 내가 서기보에 지원한 다음, 레드 하우스의 조직에 깊이 관여했던 사람을 잘 안다는 내 사촌의 귀띔이 있었기 때문이었다.

"피레이라를 만나는 것이 좋을 거야. 모든 서류들은 그의 손을 거쳐야만 하거든."

피레이라는 등기소의 담당 부서에서 근무하던 서기였다. 자전거를 타고 웨스턴 메인 로드를 가로질러 달려가던 사촌이 어떤 남자를 손짓으로 가리키면서 말했다.

"저 사람이 피레이라야."

웨스턴 메인 로드에서 그 유명한 사람은 보통의 다른 사람들과 함께 어울리고 있었다. 그는 혼혈인으로 포르투갈인이라기보다는 인도인처럼 보였다. 그는 점심을 먹기 위해 레드 하우스에서 집으로 자전거를 타고 돌아가는 길이었다.

그는 모자도 쓰지 않은 채 뜨겁게 내리비치는 태양 아래서 전쟁 전에 쓰던 무거운 영국식 자전거 위에 똑바로 앉아서 펜과 연필들을 셔츠 주머니에 끼우고는 바짓자락 위로 양말을 걷어올려서 깔끔하게 뒤로 접은 그런 차림으로 여유있게 달려가고 있었다. 이 광경과 더불어서 기억나는 일은 피레이라가 날렵해 보이는 경주용 자전거를 타고 구부러진 손잡이 위에 몸을 웅크린 채 페달을 밟고 가는 모습이었다. 두번째의 기억은 약간 풍자적이면서 장난기가 깃들여 있었다.

예전에 다니던 학교 교장의 추천으로 나는 그 직장에서 다시 일하게 되었다. 등기 사무소에서 일하던 서기들 중에 몇 명은 아직도 여전히 그곳에 남아 있었다. 그들은 이미 환담할 준비가 되어 있어서 대하기가 몹시 편했다.

하지만 나는 그들로부터 이발소 분위기와 같은 느슨함을 찾아보기는 어려웠다. 나는 새로운 긴장과 경직된 분위기를 눈치챌 수 있었다. 그러나 그런 긴장감은 비록 은밀하게 숨겨져 있어 미처 깨닫지 못했을 뿐이지 그 전부터 그들 속에 내재되어 있었으며 심지어 나이가 많은 사람들에게까지 느껴졌던 것이다.

나는 조금 더 신분이 낮은 사람들을 만났을 때에도 이런 것들을 감지할 수 있었다. 사무실에서 장부를 전달하던 배가 나온 사람도 6년 전과 똑같은 농담을 하면서 즐거운 표정을 지었다.

"너는 항상 내게 질문을 하는군. 무엇 때문에 그렇게 계속 질문을 하는 거지?"

나이가 지긋하던 노인은 항상 찌푸린 얼굴로 기록을 뒤적이고 있었다. 날마다 사무실 문 밖에 서 있으면 문맹자들이 찾아와서 그에게 일거리를 맡기고, 그것으로 어렵게 생계를 이어가던 노인이었다.

하지만 이제는 그에게 도움을 청하는 사람들이 점점 줄어들어서 약간은 풀이 죽어 있었다. 바르바도스 출신의 나이 많던 벽돌공은 우리집을 고치기 위해 공사를 해 오던 사람이었다. 나는 그가 일하는 모습을 가만히 지켜보는 것을 좋아했다. 그의 노래를 듣는 일은 항상 즐거웠다. 그의 콧털에는 마치 벌의 다리에 꽃가루가 묻어있는 것처럼 시멘트 먼지가 하얗게 묻어 있었다. 그런 모습을 바라보는 것은 몹시 재미있는 일이다.

그런데 어느 날 그가 나를 만나기 위해 찾아왔다. 그는 현관 입구에 기대어 선 채 나를 기다리고 있었다.

"안으로 들어오세요."

"아닙니다, 여기에서 기다리겠어요."

그는 돈을 청구하기 위해 방문했기 때문에 집으로 들어오려고 하지 않았다.

"정말 살기 힘든 세월입니다."

그는 푸념이 섞인 목소리로 말했다. 한층 엷어진 색깔을 띠고 있는 그의 콧털에는 비록 시멘트가 묻어 있지 않았지만 머리카락은 회색으로 변해 있었다. 나는 이런 사람들을 만나면서도 여전히 그런 감정들을 느낄 수 있었다. 나는 이번 귀향에 대해 여러 가지 이유들로 인하여 몹시 신경이 예민한 상태였다. 나는 오직 진실한 것만을 바라보기 위해 노력했다.

그 당시를 회상할 수 있는 사람들은 아직 우리 주위에 많다. 우리의 영혼을 할퀴던 상처들과 그로 인해 흘린 그 많은 피를 모두 기억할 수 있다. 놀라운 것은 흑인들이 이런 자각에 이르기까지 너무도 오랜 시간이 걸렸다는 것이다. 식민지에서 흑인들을 위해 싸우는 사람들은 백인들이거나 벨베누와 같은 유색인이었다.

흑인들은 스스로에 대한 불신감이 강해서 오히려 그런 사람들을 그들의 지도자로 선출했다. 흑인들이 정치에 직접 뛰어든 것은 한참 뒤에 벌어진 일이다. 뒤늦게 스스로에 대한 자신감도 갖추게 되었다.

여러 세대 동안이나 그들은 이발소에서 잡담하는 것으로 그들의 감정을 조롱하거나 혹은 그냥 묻어 버리고 있었다. 1937년에는 유전 지역에서 커다란 파업이 발생했다. 하지만 그 파업의 지도자는 아주 작은 섬에서 태어난 시골 전도사 출신이었다.

그는 정규 교육도 제대로 받지 못하고 약간 정신이 이상한 사람이었다. 그는 처음에는 정치적인 영향력을 주는가 싶더니 금방 태만하게 돌변해서 그를 따르는 추종자들에게 단지 종교적인 황홀경만을 안겨주는 정도로 그치고 말았다. 그러나 이번의 새로운 광장의 서약은 이것보다 훨씬 진보한 것이었다. 귀향을 해 보니 내가 알고 있었던 모든 것들, 즉 모든 거리들과 건물들이 갑자기 작아진 듯한 느낌이 들었다.

나는 여행하는 동안에 어린 시절부터 사춘기까지 내 기억 속에 남아있는 것들과 지금 갑자기 내 앞에 나타난 것들을 서로 비교하고 있었다. 어린 시절의 기억과 지금의 현실은 전혀 다른 크기를 갖고 있었다. 이런 놀이는 나에게 즐거운 경험이 되었다.

내가 이전에 알고 있었던 모든 흑인들로부터 바로 이러한 느낌을 받았으므로 나는 그들에게 이중의 거리감을 느껴야만 했다. 광장에서 열린 집회를 보다가 나는 한 백인 가족이 광장에서 걸어나오는 모습을 보았다. 그들은 옛날에 장사를 하던 사람들이었다.

나는 그들과 전에 약간의 친분 관계를 맺고 있었다. 내가 레드 하우스에서 직업을 갖기 전에 몇 주일 동안 백인 남자의 집에서 가정교사 노릇을 했던 것이다. 나는 그의 자녀들을 가르쳤다.

그 당시에는 내가 한 일에 비해 너무나 빈약한 보수를 받았기 때문에 속았다는 느낌을 받았다. 그들은 보수를 정하는 문제를 전적으로 나에게 맡겼는데, 열일곱 살도 채 되지 않았던 나로서는 얼마의 돈을 요구해야 하는지 알 수가 없었다.

나는 처음에 아주 낮은 가격을 제시했다. 그들은 실정에 맞도록 보수를 조정할 생각조차 하지 않고 내가 요구한 그대로 아주 빈약한 보수만을 지불하였다. 광장에서 열리고 있던 집회의 분위기가 나를 감싸고 있었기 때문에 해묵은 수치심과 분노가 되살아났다.

그들은 이 역사에 남을 만큼이나 자랑스럽고 고귀한 행사가 진행되는 광장의 가장자리에 서 있었다. 아마도 그들은 공연을 보기 위해 광장으로 나왔을 것이다. 그러나 그들도 역시 나처럼 이 자리에 모인 사람들로부터 배제되는 느낌을 받았고, 발 밑에 디디고 서 있는 땅이 마구 움직이는 듯한 충격을 느꼈을 것이다.

식민지에서 살고 있는 백인들은 사실 소수에 불과했다. 그들은 그다지 위협적인 대상이 아니었다. 광장의 서약으로 분출되어 나오는 엄청난 적대적인 감정들은 오히려 인구의 절반 정도를 차지하고 있는 인도인들에게 쏠리고 있었다.

그 도시는 내게 무척 중요한 의미를 담고 있었다. 그곳을 탐색하면서 새로운 것을 발견한다는 일은 어린 시절부터의 커다란 즐거움이었다. 멋진 건물들과 광장들, 우물들과 정원들, 아름다운 것들을 발견하는 일은 나의 기쁨이었다.

나는 아직도 이 도시를 단지 10년 정도밖에는 알지 못한다.' 나에게 있어서 이 도시는 항상 낯선 곳이며, 지금도 여전히 알아가고 있는 장소였다. 이번에 돌아와서 보니 이제는 다른 사람의 손에 넘어가 버린 듯한 느낌이 들었다.

몇 주일이 지나서 나는 그곳을 떠났다. 그리고 4년이 지나서 다시 트리니다드의 스페인 항구로 돌아왔다. 그 당시에 나는 매우 불규칙하게 이 도시를 드나들었다. 때로는 돌아와서 고작 며칠 동안을 머무른 다음 어디론가 떠나버렸다. 그리고 어떤 때에는 5년이 넘도록 생활한 적도 있었다.

한참만에 내가 다시 스페인 항구를 방문했을 때, 이곳은 더 이상 내가 알지 못하는 곳으로 변해 있었다. 사람들도 많이 줄어들었는데, 직장에서 퇴직하거나 죽었고 해외로 떠나갔다. 이제는 내가 찾아갈 사무실도 방문할 사람들도 없어져가고 있었다. 크리켓 경기자가 움직이는 장면을 담은 전쟁 이전의 사진첩(서른 장 정도 되는 사진들을 빠르게 넘기면서 연속적으로 볼 수 있도록 만든 것이다. 콘스탄틴이 볼을 쓰러뜨리거나 브레드맨이 손잡이를 높이 치켜들고 커버 드라이브를 하는 장면이 있다.)처럼 그 장소에 대해 내가 가진 꿈도 재빠르게 사라지고 있었다.

흑인들의 의기양양한 분위기(거의 폭동 직전의 상태라고 할 수 있는)가 거리를 가득 채우고 있었다. 마침내 이곳은 정식으로 독립되어서 이제는 확고한 인종 분리가 이루어지게 되었다.

인도인이 거주하는 시골과 아프리카인들이 점유한 도시. 내가 잘 알고 있던 도시도 변하기 시작했다. 작은 섬에서 온 흑인들은 북쪽 지방에 정착했다. 항상 섬에서 온 사람들이 이런 운동을 주도했다.

전쟁 기간 동안에 미군 기지에서 일하기 위해 찾아왔던 사람들이 동부 지역에 도시를 건설했다. 그곳은 악취를 풍기는 쓰레기 더미 위에다 나무조각과 포장지 그리고 녹이 슨 함석 조각들로 지은 검은 회색빛의 판자촌이었다.

이런 방식의 이민은 불법이었지만, 지금도 여전히 그 수가 계속 증가하고 있었다. 이민자들은 지역의 분위기에 뒤섞이면서 폐쇄적인 아프리카 공동체의 열정을 첨가시켰다.

이민자들이 세운 판자촌 도시는 쓰레기 더미 위로 그리고 언덕 위로 조금씩 퍼져 나갔다. 동시에 서쪽으로는 새로이 부각된 중산층이 개발한 도시들이 해안을 따라서 이루어졌고 노던 레인지의 계곡에는 코코아와 감귤 농장들이 건설되었다.

18세기에 스페인 사람들이 세운 이 스페인이라는 이름의 작은 도시에는 거주 지역 사이마다 여러 개의 광장들과 넓게 트인 공간들이 조성되어 있었고 도처에는 플랜테이션 농장들과 시골이 있었다. 하지만 지금은 그런 시골 마을들을 찾아볼 수 없을 뿐더러 도시 자체도 숨막히는 곳이 되어 버렸다.

전쟁 기간 동안에는 미국인들이 항구 근처에 있는 몇 개의 도시 중앙에 위치한 광장에다 커다란 이층짜리 건물들을 세워 놓았다. 거의 비슷한 시기에 지방 정부가 레드 하우스 잔디 위에다 나무로 만든 사무실용 공고 게시판을 만들었다. 어떤 게시판들은 낡은 분수대 주위에다 마구 세워 놓았다. 그곳에는 어색하게 나무로 만든 정부의 부가물이 붙어 있어서, 마치 커다란 상자처럼 보였다.

내가 다니던 초등학교도 확장을 거듭해서 우리가 뛰어놀던 운동장은 사라지고 말았다. 결과적으로 이제는 더 이상 도시와 시골의 구분이 없어지게 되었다.

그것은 나에게 있어 커다란 손실이었다. 나는 도시와 시골을 따로 나눠 놓은 것이 무척 좋았다. 시골에서 도시로 여행을 하던 기억이 난다. 그 후에는 때때로 도시에서 시골로 휴가 여행을 떠나곤 했다.
 동쪽으로 가려면 조지 거리에 있는 버스 정류장에서 줄을 서면 된다. 이스트 드라이라고 부르는 넓은 시멘트 운하 주변에 밀집해 있는 빈민가를 벗어나면 커다란 나무들과 작은 관목숲이 나타나고 곧이어 남쪽으로 펼쳐진 사탕수수밭이 한눈에 들어오게 되었다. 서쪽으로 가서 도시가 끝난 지역에 이르면 훨씬 더 극적인 장면을 볼 수 있었다. 갑자기 나타난 코코넛 플랜테이션 농장들이 넓게 펼쳐지고 있었으며, 집이라고는 한 채도 찾아볼 수 없었다.
 그런데 이제는 동부지역이든 서부지역이든 모두 다 집들이 빽빽하게 들어서 있으며, 탁 트인 공간이나 휴식할 만한 녹지대는 더 이상 찾아볼 수 없게 되었다. 커다란 집들이 즐비했지만, 도시의 구획은 매우 작았다. 항상 시끄러운 소음 때문에 아무도 편안하게 휴식을 취할 수 없는 곳이 되었다.
 그곳에 사는 사람들은 좁은 공간에 갇힌 채 잠시도 쉬지 못했다. 하지만 새로운 길들이 계속해서 건설되었다. 도시의 서부지역에 있는 좁은 계곡 사이에도 그런 길이 만들어졌다. 이에 따라 언덕들이 다른 모습으로 변하기 시작했다.
 내가 이미 알고 있던 언덕의 풍경들이(나는 레드 하우스에서 일하는 동안 여가 시간이 날 때마다 이러한 풍경을 세밀하게 적어 두었다.) 많이 바뀌었는데, 얼마나 많이 바뀌었던지 나의 이전 기록이 없었으면 어디가 어딘지 전혀 모를 정도였다.
 살고 있는 사람들까지 모두 바뀐 데다가 거리의 풍경도 엄청나게 변해서 나는 차라리 타향에서 더 오래 지내는 것이 좋았을 거라는 생각이 들 정도였다. 새로운 쓰레기장이 도시의 동부지역 끝에 있는 검은 늪지대에 만들어졌으며 그 한쪽으로는 판자촌을 가로지르는 고속도로가 보였다.
 나중에 판자촌은 공식적으로 인정되었다. 하지만 판자촌은 자꾸 커지면서 언덕 전체로 퍼져 나갔다. 쓰레기 소각장에서 타오르는 불꽃이 밤낮으로 주위를 환하게 밝혔으며 검게 타오르는 연기도 진한 갈색으로 바뀌어서 고속도로 위에 머물었다. 냄새도 지독하게 풍겨서 지나가는 자동차들은 창문을 닫아야만 했다.

판자촌에서 살아가는 사람들은 남자나 여자 그리고 어린 아이들까지도 이런 연기 속에서 쓸 만하거나 팔 수 있는 물건들이 있나 찾아보기 위해 쓰레기 더미를 갈퀴로 뒤적거리고 있었다.

검은 빛깔의 덩치가 커다란 갈가마귀들이 등을 구부린 채 쓰레기 더미의 경사진 언덕 위를 따라 이리저리 날아 다녔다. 판자촌의 아이들은 쓰레기 더미가 있는 곳으로 가기 위해서 고속도로 위를 달리는 자동차들 사이로 뛰어다니곤 했다.

시간이 갈수록 식민지 시대의 과거와 함께 식민지적인 풍경들마저도 유린당하고 파괴되었다. 규칙에 대한 생각마저도 지난 과거처럼 거부되었고 광장에서의 그 서약 후에는 반란의 힘이 제멋대로 날뛰어서 마침내 땅까지 침식하는 것만 같았다.

몇 년 전, 그런 세력이 형성되기 시작하던 초기에는 아름다운 불빛이 있었고, 다음 세대로 물려주어야 할 이 세상의 풍요한 면을 간직한 아름답게 포장된 보도와 우물이 있었다. 이러한 아름다운 빅토리아 양식의 야외 음악당이 있는 광장에서 연사들은 역사와 고난 그리고 통치자들의 엄청난 음모를 폭로하면서 마침내 구원의 순간이 다가왔다고 역설했다.

그리고 많은 사람들을 위한 변화가 있었다. 그러나 이 구원의 약속은 너무나 거창해서 나중에 일어났던 사건이 여러 사람들에게 커다란 실망을 안겨 주었다. 그들은 이러한 변화에 정작 그들 자신이 소외당하고 있었다는 사실을 깨달았다.

나중에는 이런 식의 구원이란 처음부터 불가능한 것이라고 믿게 되었다. 그래서 그들은 점차 더욱 극단적인 방법으로 모든 일을 해결하려고 했으며, 흑인들의 사정이나 여러 곳에서 이미 보도되었던 지엽적인 문제들도 그들이 마땅히 해결해야만 할 중요한 문제라고 생각하게 되었다. 성취하기 어려운 인종적인 정의 실현이라는 꿈으로 인해 불만은 점점 더 커지고 있었다. 언제 어디에서나 반란과 폭동의 위협이 존재하고 있었다.

마침내 심각한 폭동이 일어났다. 정부는 살아 남았지만 그 후에는 18세기 스페인 풍의 도시에 남아 있던 커다란 광장은 폐쇄되었다. 해안으로 길게 뻗어 있던 넓은 광장길은 도시 동부지역의 판자촌과 언덕에서 사는 사람들에게 시장으로 쓸 수 있도록 제공되었다. 반항적인 판자촌 주민들은 종교적인 이유로 머리에 빗질도 하지 않았다.

정부는 판자촌 주민들이 도시에서 이미 기반을 잡은 상인들과 경쟁할 수 있도록 광장에다 나무로 만든 작은 오두막들을 세워 주었는데, 이곳에서 그들은 수제품으로 만든 간단한 가죽제품과 금속제품들을 늘어놓고 팔았다.

이런 시장은 시내 중심가를 더욱 고립되게 만드는 결과를 가져왔다. 그곳은 예전에 우리가 상가라고 부르던 곳이었고, 내가 어느 조용한 일요일 오후에 아버지와 함께 걸어서 처음으로 갔던 장소였다. 우리가 그 거리를 걸어다닐 때에는 얼마나 조용했던가. 상점 유리에는 우리의 모습들이 그대로 비추어지곤 했었다. 그리고 쇼핑을 할 수 있는 백화점들이 스페인 항구의 정착촌에 들어섰다. 이제는 구태여 시내로 나갈 필요가 없어졌다.

이따금 나는 며칠 동안 트리니다드를 방문할 때에도 결코 시내로 나가지 않았다. 사람들은 여전히 자기 배짱대로 살아가고 있었다. 심지어 석유 파동이 일어났을 때에도 그런 생활 방식을 고수했다.

석유 파동이 일어나던 시절은 돈을 요구하는 사람들 모두에게 날마다 얼마씩이 돈이 분배되었다. 그 돈은 마치 그들의 열정에 대한 보상이나 그들이 한 서약에 충성한 대가로 주어지는 것 같았다. 그러다가 막상 불경기가 닥치자 그 어느 때보다도 더욱 고생스러운 시절을 보내게 되었다. 그리고 저항과 정의의 분위기가 다시 일어나게 되었다. 그러나 거기에는 광장에서 처음에 연설하던 사람들이 전혀 상상하지 못했던 전환이 있었다.

스페인 항구와 지방 도시에는 아랍 양식으로 옷을 입은 흑인 남자들과 여자들이 등장하기 시작했다. 남자들은 하얀색의 기다란 가운에다 두건을 둘렀고 여자들은 검은 베일로 얼굴을 가린 채 의식적으로 선택을 받은 사람들이라는 사실을 나타내면서 거리를 돌아다녔다.

그들은 새로운 종류의 무슬림이었다. 그들은 섬에서 살아가는 인도인들처럼 조상 대대로 내려오는 무슬림이 아니었다. 그에 비하면 장의사 레오나드 사이드나 15년 전에 세인트 빈센트 거리에서 양복점을 하던 나자랄리 박쉬는 전형적인 인도 무슬림들이었다. 더구나 새롭게 출현한 그들은 미국 본토의 흑인 무슬림과도 확연히 달랐다.

그들은 아랍의 여러 나라들과 직접 접촉을 하는 무슬림이라는 인상을 던져 주었다. 시내 중심가의 유행이 앞서가는 지역에서 중요한 의상들을 들여오는 사람들은 다름 아닌 이러한 아랍풍의 무슬림들이었다. 이 지역에 있는 건물들은 창문이나 베란다에다 녹색과 하얀색으로 치장된 판지를 붙이고 그 위에 아랍어로 글씨를 써 놓았다.

그들은 세인트 제임스 근처에 있는 뮤큐라포 지역의 넓은 장소를 온통 차지하고는 작은 규모의 정착촌과 무슬림 사원을 세웠다. 이 지역은 키가 커다란 종려나무들이 밀집해 있는 뮤큐라포의 공동묘지에서 그리 멀리 떨어지지 않았고 레오나드 사이드가 그의 어머니와 함께 거의 20여 년을 살았던 그 작은 집에서도 멀지 않은 곳이었다.

전쟁 기간 동안에는 미국인들이 차지했던 땅이었다. 미국인들은 그 땅에 단단한 벽돌로 격납고처럼 생긴 거대한 창고를 세웠다. 우리는 그런 건물들을 USO건물이라고 불렀다.
 그곳은 미국인들을 위한 매혹적인 유흥장소가 되었다. 그 지역에는 삼엄한 보호 울타리가 있어서 다른 사람들의 출입을 가로막았다. 그곳은 전쟁 전에 파리아 만의 얕은 여울을 메워서 만든 땅이었는데, 썰물이 되면 부드러운 진흙이 드러나는 곳이었다.
 나는 매립이 한창 진행되고 있을 때, 만에서 파 올린 검은 진흙을 회색빛 덩어리로 만들어서 건조시켰던 것이 기억난다.(그곳은 아주 오래 전에, 수백 년 전에는 세인트 제임스, 뮤큐라포, 콘큐라비아, 콘큐라보라고 불리는 모든 지역들이 큐무큐라포였으며 토착 인도인들의 거주지였다.)
 스페인 항구의 사람들은 이 정착촌 때문에 신경이 매우 날카롭게 되었다. 정착촌이 점점 커지면서 어느 정도 돈의 여유가 생기자, 그들은 자체 내의 법규를 따르게 되었다. 정착촌에는 학교가 있었는데 그들은 교육에 아주 열성적이었다.
 정오 무렵이 되어서 시골의 시장에 가 보면 그들이 글을 배우는 광경을 볼 수 있는데, 남자나 여자 할 것 없이 어른들은 마치 학교 수업이 끝난 학생들처럼 두 손에 교과서와 연습장을 들고 돌아다녔다. 그 책은 아랍어로 쓰여진 것이었고, 그들이 다니는 학교는 코란을 가르치는 곳이었다.
 스페인 항구 지역의 주민들은 그들이 코란을 배우는 것을 몹시 싫어했다. 게다가 그들은 아랍풍의 옷까지 입고 다녀서 그 집단은 더욱 이질적으로 보였다. 그들이 건설한 무슬림 사원은 일반적인 인도인들이 다니는 사원과는 많이 달랐다. 꼭대기에 둥근 지붕이 있는 직사각형의 콘크리트 구조물이었는데 초록색과 하얀색으로 벽면을 칠했다. 이 건물은 크고 더욱 두드러지게 보이고 게다가 번쩍거리는 색깔을 띠고 있었다. 스페인 항구의 주민들은 그런 양식이 도대체 어디에서 비롯된 것인지 알 수가 없었다. 내 생각에는 북아프리카에서 온 것 같은데 장담은 할 수 없다.

어느 늦은 오후에 이 무슬림 사원에서 기도를 드린 후(이 모든 이야기는 나중에 알려진 것이다.) 수백 명이나 되는 남자들이 총과 폭탄으로 무장한 채 세인트 빈센트 거리로 나갔다. 그들은 경찰 본부를 습격해서 병기고 근처를 폭파시켰다. 그들의 습격으로 인해 수많은 경찰들이 상처를 입거나 죽었다.

그들의 난폭한 행동은 여기에서 그치지 않았다. 그들은 경찰서의 맞은편에 있던 레드 하우스를 습격했다. 그 당시에는 마침 의회가 열리고 있던 중이었다. 그들은 닥치는 대로 총을 쏘아댔다. 많은 사람들이 총에 맞아서 쓰러졌다.

이 섬에서 노예들이 폭동을 일으킬 때마다 종종 그랬던 것처럼 반란자들은 목표가 무엇인지 모르는 사람들처럼 행동했다. 모든 힘과 고양된 감정이 하나로 응집되어서 기습 공격의 드라마가 펼쳐졌다. 폭도들은 일주일이나 레드 하우스를 장악했고, 정부 장관들과 그 건물에 있던 사람들을 인질로 억류했다.

레드 하우스와 세인트 빈센트 거리는 죽음의 냄새로 가득 찼다. 그 늦은 오후의 기습 공격으로 열다섯 명이나 되는 사람들이 죽었다. 거리에 버려진 시체들이 부패하기 시작했다. 어떤 사람의 말에 따르면 시체 몇 구가 내가 업무를 보았던 레드 하우스 지하 저장소에 버려졌다고 한다. 하지만 그 이야기의 신빙성에는 어느 정도 의문을 제기할 수 있다.

정부군은 레드 하우스를 포위하고 폭도들을 위협했다. 마침내 폭도들이 항복해서 모든 소란이 끝났을 때, 지방 신문들은 사람들이 손수건으로 코를 막으면서 레드 하우스를 떠나는 모습을 담은 사진들을 실었다.

그것을 보면서 나는 내가 전에 일했던 그곳에서 나던 생선 아교풀의 냄새를 떠올렸다. 그리고 희미한 불빛과 퀴퀴한 책냄새가 어울려서 역겨운 느낌을 주었던 지하 저장소가 생각났다. 바로 그곳에는 영국이 식민지로 통치하던 시기의 모든 기록들이 보관되어 있다고 들었다. 1797년 이래의 모든 통계 자료와 재산의 내용 그리고 약간 나중에 시작한 것이긴 하지만 출생과 사망 기록 등을 비롯한 식민지 시절의 모든 것들이 그곳에 보관되어 있다는 것이다.

죽음의 냄새가 여러 날 동안이나 그곳에 머물러 있었다. 바로 그곳에 있던 어떤 폭도들의 아버지들이나 할아버지들은 35년 전에 우드포드 광장의 서약에도 참가해 본 적이(대다수가 아주 젊었거나 십대 소년이었을 것이다.) 있었을 것이다.

조용하고 평온한 장소로만 남아 있었던 세인트 빈센트 거리가 사람들이 그토록 필사적으로 싸웠던 거리라고는 전혀 생각할 수 없었다. 인간이 살아가는 곳에서 벌어지는 모습들은 이런 종류의 폭력에 의해 영향을 받고 있다.

거의 모든 도시마다 공격을 받아서 많은 사람들의 피가 거리에 뿌려졌다. 과거의 상념에 잠겨서 내가 처음으로 영국에서 귀향했던 시절로 돌아가자, 일련의 끝없는 사건들이 서로 꼬리를 물고 일어난 것을 기억한다. 광장에서 이루어진 서약에서 거슬러 올라갈 수 있을 것이다. 의자에 앉아 있던 흑인 정신병자들, 빈곤한 인도인들, 플랜테이션 농장들, 거친 벌판, 토착민들이 살던 정착촌이 이루어지던 시절까지 말이다. 또한 배타적이던 분위기가 지배하던 곳에서 이제는 허무주의로 바뀌는 곳까지 올 수 있다.

반란이 벌어지자 정부는 통치 능력을 상실했다. 이런 사실을 모두가 이해할 수 있기까지는 다소간의 시간이 걸렸다. 그리고 이 효과가 흑인 공동체로 번졌다. 그 전에는 수도권과 인도인들이 사는 북부지역의 노던 레인지 정착촌과 이민 생활을 하던 흑인들은 이러한 폭동에 전혀 영향을 받지 않고 조용하게 지냈다.

하지만 그 반란이 이곳에 미친 영향은 대단한 것이었다. 그들은 순수한 자유를 마음껏 누리도록 허락을 받은 사람들처럼 행동했다. 그들은 사나운 약탈자 집단이 되었다. 약탈자들은 분노에 찬 알아보기 어려운 얼굴들을 하고 눈을 번쩍거리면서 마구 돌아다녔다.

내가 그곳에 갔을 때, 사람들은 레드 하우스가 포위되었던 사실 뿐만 아니라 약탈자에 대한 이야기도 들려 주었다. 거의 일주일이나 이 지역의 모든 사람들은 극단적인 생각과 아무런 논리적인 사고도 통하지 않는 세계 속에서 살아야만 했다. 그들은 모든 것을 약탈당했다. 이런 약탈이 일어나는 동안 적어도 스물아홉 명이 죽음을 당하고 말았다.

여러 해 동안 나는 내가 어린 시절부터 익히 알고 있었던 도시는 더 이상 존재하지 않고 이미 다른 사람들에게 속해 버린 현실을 받아들이고 있었다. 내가 영국으로 떠났을 때, 양복을 지어 주었던 나자랄리 박쉬의 명성은 이미 오래 전에 세인트 빈센트 거리에서 사라졌다. 그의 양복점이 있던 주변도 심하게 훼손되었다. 그런 모습을 보고 있자니 그에 대한 생각이 더욱 간절하게 떠올랐다.

나자랄리 박쉬가 경찰 제복을 만들어 주었던 빅토리아 양식의 경찰 본부는 한쪽이 폭파되어서 못쓰게 되었다. 회색빛 외벽은 여전히 그대로 서 있었지만, 불에 타서 검게 그을렸다. 눈에 잘 띄는 아치문에서 연기가 쏟아져 나오고 있는 것만 같았다. 단정하게 정돈되어서 시민들에게 봉사하던 풍요의 땅이 이제는 공허하기 짝이 없는 쓸모없는 땅으로 변해버린 모습을 보는 일은 혼란이라고 할 수 밖에 없었다. 중심가의 상업지역과 주변의 거리 사이에는 특별한 구분이 없어지고 말았다.

그곳에서 약간 아래쪽으로 내려가면 18세기 스페인 양식으로 기초를 놓은 건물들이 보였다. 초기에 세워진 작은 건물의 기초석이 높게 쌓아 올린 벽들과 좋은 대조를 이루었다.

과거에도 이곳에는 피의 역사가 얼룩져 있었다. 지금은 비록 언덕에 이민자들의 판자촌이 자리를 잡고 있지만, 오래 전에는 토착민들이 살고 있었다. 2세기 전에 스페인 사람들이 18세기 스페인 양식의 도시를 건설할 때, 그들은 큐무큐라포에 살던 토착민들이 살아가던 땅을 양도받았다.

스페인 사람들은 항상 법률을 존중하고 있었기 때문에, 서명에 신뢰를 주기 위해 공증인을 두고 있었다. 공증인이 'Doy fe'라고 기록하면 곧 신뢰할 수 있다는 의미였다.

큐무큐라포에 살던 토착민의 족장이 그들의 땅을 스페인 사람들에게 넘겨줄 때 그의 이름을 기록해 두었던 공증인이 있었다. 그 공증인은 토착민들이 기꺼이 넘겨주었기 때문에 모두들 기뻐했다고 말했다. 그 족장들의 이름은 특별한 사건을 통해서 확인되었다.

얼마 후에 영국 약탈자들이 스페인 항구를 침략했다. 최근까지 '원 소유자'로 자처하던 스페인 사람들은 멀리 달아났다. 언덕 너머에 있는 새로 생긴 스페인 정착촌의 감옥에서 영토를 빼앗긴 다섯 명의 족장들이 발견되었다. 그들은 바로 공증인이 그 이름들을 기록해 놓았던 그 땅의 마지막 토착민들의 통치자들이었다. 그들은 펄펄 끓어오르는 기름에 데어서 화상을 입었고 그 밖에도 다양한 형벌로 여기저기가 부러진 후에 모두가 하나의 쇠사슬에 묶여 있는 채로 발견되었던 것이다.

제3장
새로운 의복 : 기록되지 않았던 이야기

제3장
새로운 의복 :
기록되지 않았던 이야기

우리의 머리 속에서 충만한 생명력으로 마구 꿈틀거리던 생각들도 막상 글로 옮겨서 적으려고 하면 그만 시들해지는 경우가 있다. 어떤 생각들은 너무나 화려하고 찬란한 나머지, 미처 그것을 표현할 수 있는 언어들을 찾아내지 못하곤 한다. 결국 글자로 기록되지 않은 생각들은 사라지게 마련인데, 다행하게도 생각들의 기억을 쫓아서 정리할 수 있었던 몇 편의 글이나마 이제 선을 보일 수 있게 되었다.

글을 쓰려는 충동이 처음 시작된 건 베네수엘라, 브라질 그리고 지금은 가이아나라고 부르는 곳의 국경 지방에서였다. 가이아나는 아메리카 원주민들이 살던 고원 지방이었는데, 내가 그곳에 머물렀던 시기는 1961년의 첫째 주일 혹은 둘째 주일이었을 것이다.

나는 남아메리카를 가 보았던 적도 없었고 황야를 여행한 적도 없었다. 사실 나는 대단한 여행을 해 본 경험이 없었기 때문에 글을 쓰고 싶다는 생각은 간절했지만 막상 어떤 이야기를 쓰는 일에는 역부족이었다.

그곳에 머물고 있던 당시에 나는 대단히 흥분하고 있었다. 가이아나에서의 경험은 충분히 글의 소재가 될 수 있을 것 같았다. 한번은 고원을 가로지르는 강 위에서 거의 하루 종일을 보냈다.

나는 작은 배를 타고 우거진 밀림 속을 거슬러 올라갔다. 그 강은 지류 중에서도 가장 작은 지류였다. 강물은 여기저기에 흩어진 바위 위로 얕고 넓게 흐르다가 때로는 깊은 웅덩이를 만들기도 했다. 나무와 바위와 물의 어울림은 너무나 아름다운 풍경이었다. 둥글게 깎인 회색의 커다란 돌들은 마치 부드러운 천으로 문질러서 닦은 것처럼 깨끗했고, 거대한 과일을 잘라 놓은 것처럼 솜씨 좋게 쪼개져 있어서 그 아름다움을 더하고 있었다. 나뭇잎과 검붉은 껍질이 썩어서 붉은색을 띠고 있는 강물은 몹시 투명해서 속까지 비쳐 보였으며 그대로 마셔도 될 만큼이나 맑고 깨끗했다.

밝은 색깔의 새들이 날개를 빛내며 배의 뒤를 따라다녔는데, 나와 함께 타고 있던 아메리카 원주민이 심심풀이 삼아서 새들에게 총을 쏘았다.

그는 총을 쏘고는 항상 배의 바닥을 내려다보았다.

그는 별다른 것이 안 보이자 신경질적으로 웃음을 터뜨렸다. 새들은 총소리에도 놀라지 않고 계속 주위를 날고 있었다. 나는 잠시도 쉬지 않는 새들의 날개짓 소리를 들을 수 있었다.

그날 오후에 우리는 아메리카 원주민 마을로 들어갔다. 마을이 있는 방향으로 강둑이 높게 쌓여 있었는데, 비탈진 길들이 아래로 나 있어서 마을의 움막들과 이어지고 있었다.

원주민들은 검은색 머리카락에 창백한 얼굴을 하고 있었다. 그들은 음식과 일용품의 교환에 활기를 띠고 있었다. 하지만 다른 한편으로는 우리에게 약간의 거리감을 두고 있었다. 그들은 나무 그늘이 드리워진 강둑 위에서 무표정한 얼굴로 배를 내려다보았다. 그들은 정말 이상한 느낌이 들 정도로 조용하게 서 있었다.

지금까지의 언급이 이 글의 배경이라고 할 수 있다. 나는 이런 내용을 가지고 무엇인가를 쓰고 싶었다. 그러나 자칫하면 그 당시에 여행자로서 내가 가지고 있었던 느낌들을 왜곡시킬 것만 같았다.

6,7년 후에 나는 우연히 이 지역에 대해서 상세하게 씌어진 글을 읽게 되었다. 나는 1590년에서 1620년까지의 시기를 집중적으로 다룬 기록들을 찾아 보았다. 스페인 문서들 중에는 아메리카 원주민들이 살던 지방에 건설되었던 스페인 마을에 대한 설명서, 그리고 대개는 죽음이나 절망으로 끝났던 탐험에 대한 보고들이 있었고, 스페인 왕이나 관리들이 한 해 정도는 뒤늦게 받아서 읽어보게 되는 식민지 통치자들이 왕에게 보내는 탄원서들도 포함되어 있었다. 이 서류들은 신기할 정도로 비공식적인 문체여서 신선한 느낌까지 주었다.

그 당시의 굶주림에 지친 스페인 사람들은 세상의 또 다른 끝에서 투쟁적이며 자존심이 강하고 금욕적인 삶을 사는 원주민에 대해 불평을 터뜨리면서 그들을 속이기 위한 계략에 몰입하고 있었던 것이다.

나는 외국의 모험가들에 대한 보고서도 읽어 보았다. 스페인 법률에 따르면 스페인 제국 내에 다른 유럽인 탐험가들이 들어오는 것은 엄격하게 금지되어 있었다. 만약 신분이 발각되면 죽음을 당하거나 심문(종교재판)을 받게 되었다. 하지만 그럼에도 불구하고 그들은 이러한 위험을 무릅쓰고 있었다.

스페인 제국의 영토 중에서 관리가 소홀한 지역에는 프랑스나 네덜란드 그리고 영국에서 온 이른바 '간섭자'라고 불리는 사람들이 끊임없이 상륙하고 있었다. 그들의 대부분은 아프리카 노예들을 잡아오고 소금이나 담배 등을 가져가는 무역을 위해 상륙했지만, 소수의 사람들은 사국의 식민시나 왕국을 건설하려는 생각을 품고 인디언 원주민들 중에서 동맹군이나 신하가 될 만한 자들을 포섭하기 위해 열심이었다.

나는 이 사람들이 품고 있었던 불굴의 정신에 그만 놀라고 말았다. 나는 1960년의 마지막 주에 비행기를 타고 낮게 비행을 한 적이 있는데, 대륙의 작은 구석이긴 했지만 대단히 흥미로운 곳이라는 생각이 들었다. 커다란 나무들이 뒤엉켜 있는 진흙 투성이의 해변이 끝없이 펼쳐진 곳이나 빽빽하게 우거진 숲과 구불거리는 강으로 절반 정도는 잠긴 것 같은 광대한 혼동투성이의 땅에는 아무런 인적도 닿아 있을 것 같지 않았다. 이런 곳에서 생존하는 일만 하더라도 벅찰 터인데, 많은 사람들이 금과 광산을 찾아서 서로의 영토를 확장하기 위한 투쟁을 벌이고 있었다.

나는 지난 수년 간에 걸쳐 내 마음 속에 하나의 이야기를 구상해 보았다. 그러나 이야기를 완결할 수 있을 정도로 풍부하게 구성하는 데에는 오랜 시간이 걸릴 것 같았다. 그것은 이야기를 진행시키는 과정 속에서 희미하게 퇴색될 수도 있었다. 이것은 마치 향수의 향기를 오래 지속하도록 만드는 기름이나 알코올 성분이 천천히 없어지는 것과 같은 일이었다. 나의 생각은 단지 뇌리 속에서만 강력한 힘을 가지고 있을 뿐, 존재로서 환언하기에는 적잖은 어려움이 있을 것이다. 그렇지만 곱씹는 좌절과 절망을 딛고 이야기를 시작하도록 하겠다.

그 남자는 지금 이름 모를 남아메리카 어느 지역에 있는 고원지방의 강을 거슬러 올라간다. 이 남자는 누구인가? 그를 누구로 만들면 좋을까? 바로 이 점이 소설을 쓰면서 거짓으로 흘러가게 만드는 요인이 될 것이다.

작가나 여행자를 화자(話者)로 삼게 되면 실제의 경험을 사실 그대로 서술하면 된다. 그러나 여기에다가 다소 창작적인 내용들을 첨가해도 사실이 아니라고 말할 수는 없다.

그 남자를 약간 변장시키거나 아니면 도망중인 것으로 만들 수 있을까? 이것도 그 지역의 특성을 고려할 때 충분한 설득력이 있다. 1971년에 흑인 운동가 출신이었던 마이클 X라는 사람이 트리니다드에서 두 명을 살해한 후에 가이아나(화자가 등장하는 나라와 실제적으로 동일하다.)의 내륙 깊숙히 들어가 잠적한 일이 있었다. 그리고 불과 몇 년 전에도 프랭크 제임스 갱단의 마지막 남은 일원이 미국에서 벗어난 곳의 성역을 찾아 가이아나 사바나로 들어갔다.

나는 이런 이야기를 그 지방을 여행하면서 듣게 되었다. 그 지역의 원주민들은 그런 인물과 연관을 갖고 있는 것을 자랑으로 여기고 있었다. 나 역시 어린 시절에 보았던 프랭크와 제시 제임스에 대한 제인 폰다의 영화를 아주 멋지다고 생각한 터였다.

도망을 다니는 사람에 대한 이야기 역시 그 지역에서는 흔히 일어날 수 있을 법한 일이다. 하지만 이야기하는 사람은 이 일에 대해 엄격해야 한다. 이야기는 모든 시대를 막론하고 보편성을 지니고 있어야 한다. 사건의 전개 과정이 타당해야 하는 것이다.

하지만 그 남자에게 이런 도망자로서의 역할을 부여하는 것은 불필요한 일일 뿐만 아니라 이야기를 곁길로 빠지게 하고 남자의 여정이 마지막 결론 부분과도 잘 맞지 않을 수 있다.

그 남자를 도피중인 사람보다는 '재난을 가져오는 사람'으로 묘사하는 것이 더욱 좋을 듯하다. 이를테면 1970년대에 일어난 혁명이 그런 것이다. 해안에 있는 아프리카 정부를 축출하기 위해서 고지대의 아메리카 원주민의 도움을 구하는 사람의 경우라고 할 수 있다.

그런 상황 설정은 그 지역에 대한 진실을 밝히는 시초가 될 수 있을 뿐만 아니라 어떤 역사적인 아이러니도 내포할 수 있다. 18세기말과 19세기초에 해안 지역을 따라 덴마크와 영국이 노예들을 부리면서 플랜테이션 농장을 운영하던 시기에(덴마크와 영국은 스페인의 영토에 들어온 간섭자 정도가 아니라 실제적으로 군림하는 세력이 되었다.) 노예들이 내륙 깊숙히 도망가 버리면 아메리카 원주민들은 상금을 얻기 위해 그들을 사냥했다.

이런 이야기를 하는 지금, 해변가에 살고 있는 사람들은 아프리카인들이며 그들은 이전 노예들의 후손들로서 이제는 옛날의 식민지 정부가 가졌던 권위를 그대로 물려 받은 상태이다.

그들은 교육을 받은 실력자들이고 전문 직업을 가진 계층이 되었다. 그들이 오늘날에는 이 지역의 통치자가 된 것이다. 그러나 아메리카 원주민들은 이백 년 전에 그들이 가졌던 문화적인 수준 그대로였다.

새로운 볼거리를 찾아다니는 단순한 여행객을 뛰어넘어서, 그 남자에게는 그가 만나게 되는 모든 것들이 많은 의미를 가지고 있는 것이어야만 한다. 배의 후미에는 어깨에 총을 메고 있는 다른 사내가 서 있었다. 이따금씩 그는 배를 따라오는 새들을 향해 총을 쏘고는 매번 신나게 웃음을 터뜨렸다. 아마도 그의 조상들이 도망친 아프리카 노예들을 추적했을 때에도 이러한 유희를 즐겼으리라.

그 당시는 총이 아닌 활을 가지고 임무를 수행했다. 섬세한 막대기 끝에 아주 작은 금속 조각이 붙어있는 화살은 전혀 위험하게 보이지 않고 오히려 장난감처럼 보인다.

이 지역의 사람들은 지금도 여전히 화살들을 만들어서 관광 상품으로 팔고 있는데 해변가에 있는 공예품점에 전시된 활과 전통은 50, 60년 전에 사용하던 물건과 너무도 유사하다. 예전에 사용했던 실제의 활은 먼지가 쌓인 채 박물관 전시실에 보관되어 있다.

남자는 아마도 이런 아프리카 노예들을 향한 아메리카 원주민들의 오래된 본능이나 태도가 보다 고상한 이유들로 인해서 다시금 되살아날 수 있을 것으로 생각한다.

배가 마을에 정박했을 때, 그는 원주민들의 공허하게 보이는 얼굴들과 빤히 바라보기만 하는 사람들의 무거운 정적에 대해 생각해 보았다. 내륙 깊숙한 곳에서 살아가는 이러한 수동적인 강가의 사람들이 해변가의 혁명적이고 활기찬 아프리카인들을 과연 몰아낼 수 있을지 의심을 하게 되는 것이다.

일주일에 한 번씩 이 강으로 배가 다니게 되었을 때 모든 마을 사람들은 온통 흥분에 휩싸였다. 초라한 마을에 들어섰을 때 어떤 여인이 음식이 잔뜩 들어있는 바구니를 들고 구불구불하게 된 비탈길을 따라 내려온 다음, 배에 타고 있던 사내에게 접근했다. 그 사내는 총을 들고 있었다.
　여인이 들고 온 깡통과 나무로 된 그릇 안에는 여러가지 것들이 헝겊으로 싸인 채 들어 있었다. 사내는 그 여인을 쳐다보지도 않고 몇 마디 말을 건넸다. 그러자 잠시 후에 여인이 두껍고 하얀 원반처럼 생긴 카사바 빵과 깔깔한 합성수지처럼 보이는 어떤 것을 바닥에 내려놓았다. 사내는 받아 든 빵을 여러 조각으로 나누어서 그릇과 깡통, 바구니 가장자리에 쑤셔 넣었다.
　나중에 다시 평온한 강 위에서 식사 시간이 되자 그 사내는 모든 그릇을 풀어서 작은 빵조각들을 꺼냈다. 그의 행동이 갑자기 진지하게 변했다. 그는 카사바 빵을 입에 넣고 씹었다. 사내는 카사바 빵을 무척이나 좋아하고 있는 것 같았다.
　남자는 한 조각의 빵을 청해서 먹어 보았다. 사내는 그 남자의 흥미를 끌게 되어서 몹시 기쁜지 연신 웃음을 터뜨렸다. 의외로 약간의 신맛이 나는 것 외에 그 빵은 아무런 맛도 없었다.
　빛이 다른 방향에서 비치게 되자 한낮의 분위기가 바뀌었다. 태양이 바로 머리 위에 머무르면서 빛을 쏘아보내고 있었다. 강물이 온통 눈부신 빛을 받으면서 반짝거리기 시작했다.
　총을 둘러메고 있던 사내는 식사를 다 마친 후 강물에다 접시를 닦았다. 그는 다시 깨끗한 접시를 바구니 안에 집어 넣고 암초가 있는지 살펴보기 위해 뱃전에 앉았다. 그는 조금도 움직이지 않고 그저 물끄러미 강물을 지켜보고 있었다.
　남자는 카사바 빵의 신맛이 아직까지도 입에 남아 있는 상태에서 그 깔깔한 감촉을 기억하며 세계 여러 나라의 주식에 대한 생각에 잠겼다. 쌀과 밀 그리고 다른 여러 종류의 곡식들은 모두가 풀 종류였지만 빨간 잎사귀의 카사바는 정말 식용으로 사용하기에는 불가사의할 정도였다. 카사바는 포인세티아의 친척이 되는 식물이었는데, 그 뿌리 속에는 독이 있었다.

이곳에서 살아가는 사람들의 먼 조상들이 아시아에서 건너온 이후에 숲과 강이 있는 대륙으로 오기까지는 또 여러 세기가 걸렸을 것이다. 카사바를 발견하기 전까지는 몇 세기가 걸렸을까? 또한 독을 제거하기 위한 기구를 발명하는 일에는 다시 몇 세기가 걸렸을까?

이러한 것들, 즉 이 장소에 고립되어서 살고 있는 사람들이 발명한 그 모든 것들을 생각하면서 남자는 과거의 마을에 대해 생각하기 시작했다. 사방이 무성한 숲으로 둘러싸인 마을. 새로운 것도 없고 때가 묻지 않은 것도 없을 것이다. 강둑 위에 펼쳐진 그 마을들은 선조가 남긴 유산 위에 무려 천 년이라는 세월에 걸쳐 세워졌지만, 고대의 마을들과 전혀 다를 바가 없었다.

그런데 갑작스럽게 태양빛이 바뀌면서 반짝거리는 강물의 색조가 변하는가 싶더니 여행이 끝나게 되었다. 그들이 그곳에 도착했을 때에는 아마도 오후 4시 정도였는데, 두 시간 후에는 일몰이 된다.

숲에는 새로 생긴 개척지가 있었다. 그곳은 아메리카 인디언 마을에 있는 높은 강둑과는 달리 낮게 쌓아올려진 누런 둑이 손상된 채 길게 뻗어 있었다. 그 둑은 허술한 관리 때문에 몹시 더러운 듯한 느낌을 주었다. 잘 다듬어진 비탈길도 없었고 단지 무너져 버린 흙도랑들이 여러 개 있을 뿐이었다.

하루 종일 강과 태양 그리고 숲과 원주민의 얼굴만을 보았던 남자는 거의 전라의 상태로 작은 인디언 화살과 활을 들고 강가에 있는 백인 소년들을 보고는 깜짝 놀랐다. 그 화살들은 해변가의 공예품점에서 파는 그런 물건이 아니라 숲에서 사냥을 할 때 사용하는 화살이었다.

갑자기 어느 한순간에 모든 것이 처음 시작되는 곳으로 돌아온 것 같았다. 하얀 피부색이 다른 색으로 그리고 노란 머리카락이 검은 머리카락으로 변해버린 그 이전의 시대로 들어온 것 같았던 것이다.

그러나 조금도 신비로울 것은 없었다. 그 아이들은 개척지에 새로 생긴 정착촌의 아이들이었다. 남자는 그 아이들이 원주민 놀이를 하고 있는 거라고 생각했다.

그 남자는 이곳에서 며칠 더 머물게 된다. 정착촌이 그의 최종 목적지는 아니었다. 정착촌에서 얼마 동안 휴식을 취한 후에 다른 안내자를 구하면 다시 길을 떠날 것이다. 이제부터는 길을 따라 걸어서 이동해야 한다. 이 지점에 이르면 강이 돌투성이에다가 물살이 아주 빨라서 배를 타고 강을 거슬러 갈 수가 없다. 함부로 배를 움직이면 암초 때문에 그대로 가라앉게 되는 것이다.

정착촌은 종교적인 선교 장소였다. 기독교를 기초로 해서 새롭게 만들어진 일종의 종교 부락이었다. 선교 활동은 지방에서 시작되었는데, 시간이 흐를수록 점차 확대되어서 해안에는 아프리카인들이 주된 추종자가 되었고 내륙에는 아메리카 원주민 개종자들이 늘어가고 있는 추세였다.

해안에 있는 아프리카인들 사이에서 기독교는 제법 인기를 누리고 있었는데, 독립국 사이를 서로 연결하는 교통이나 국제적인 교환을 위해서 자원 봉사와 같은 것을 장려했기 때문이었다.

물론 외국인 자원 봉사자들이 항상 환영을 받았던 것은 아니었다. 그러나 이 종교를 믿어서 혜택을 입은 지역 주민들은 자원 봉사자로 유럽이나 미국, 캐나다, 심지어는 서부 아프리카로도 나갈 수 있는 기회가 수어졌다.

해안지역에 있는 소수의 사람들만이 외국으로 여행을 할 수 있었기 때문에(대부분의 흑인들은 북쪽에 있는 나라로 이민가기를 원한다.), 친척들이나 친구들이 지역 정치가로 활동하고 있으면 기꺼

제3장 새로운 의복:기록되지 않았던 이야기 … 75

이 자원 봉사자가 되어서 해외로 나가려는 아프리카인들이 많았다.

그렇기 때문에 교회는 어느 정도 권위를 행사하고 있었다. 이 나라에서는 공식적으로 백인들을 적대시하고 있었다. 하지만 외국에서 온 자원 봉사자들은 비교적 자유롭게 활동할 수 있었다. 혁명 세력가들이 손쉽게 침투하면서 들어온 방법도 바로 이런 사람들을 통해서였다. 그들의 위장술은 거의 완벽하여 구별하기 어려울 정도였다.

자원 봉사자들이나 혁명 세력가들 모두가 같은 부류의 헌신적인 집단들이다. 둘 다 인종적인 형제애를 말하고 있으며 부자들의 낭비벽과 가난한 자들이 겪는 착취에 대해 언급하고 있었다. 그리고 두 집단 모두가 임박한 심판과 정의에 대한 준엄한 개념이 있었다.

그 남자도 이렇게 침투해 들어온 혁명가 중의 한 명이었다. 그는 이 선교부에 소속되어 있는 사람들 중에서 누가 혁명가인지 전혀 알 수가 없었다. 그러나 기다리던 때가 되면 그들은 스스로의 신분을 밝힐 것이다.

그는 활과 무시무시한 인디언 화살을 들고 서 있는 소년들에게 포로로 잡힌 것처럼 배낭을 둘러멘 상태로 행진하면서 일단은 종교적인 자원 봉사자로서 처신하기로 결정했다.

그는 개척지 중심에 위치한 오두막집으로 인도되었다. 그것은 통나무로 거칠게 지어진 것이었는데 높은 나뭇가지를 기둥으로 해서 세워져 있었기 때문에 다른 작은 오두막과 비교하면 비교적 높게 우뚝 서 있는 것처럼 보였다.

개척지에는 버려진 나무조각들이 어수선하게 흩어져 있었는데 개간을 위해서 불태운 나무들의 냄새가 풍기고 있는 것 같았다. 그곳은 사방이 우거진 숲으로 둘러싸여 있었다.

그 남자는 조금 전에 긴 여행을 끝낸 후였기 때문에 환영받을 것을 기대하고 있었다. 하지만 청바지에다 색이 바랜 티셔츠를 입고 있던 육중한 백인 남자가 중앙에 있는 오두막의 부엌에서 나오더니 주위에 있던 소년들을 둘러보면서 간단하게 말했다.

"이 분을 숙소로 모셔라."

그 백인의 목소리는 중부나 혹은 동부 유럽에서 온 외국인의 억양이 약간 깔려 있는 발음이었다. 이러한 그의 무뚝뚝함이 아직 언어 구사력이 부족하기 때문인지 아니면 그의 공격적인 태도 때문인지는 잘 알 수가 없었다. 그 백인이 남자의 등뒤에서 소리쳤다.

"이곳에서는 저녁 식사시간이 5시 30분입니다. 이곳의 규칙이죠. 시간을 지켜주시기 바랍니다."

그 백인의 말에 따르면 저녁 식사시간이 아직 한 시간 이상이나 남아 있었다. 남자가 안내된 오두막 안은 작고 지저분했다. 네 명의 인디언 원주민들이 바닥에 짐꾸러미를 내려놓은 채 쭈그리고 앉아 있었다. 한 명은 찢어진 옷을 깁고 있는 중이었으며, 다른 한 명은 등에 지고 다니는 배낭을 만들고 있었다. 그리고 나머지 두 사람은 음식이 마련되기를 기다리고 있는 중이었다.

그들도 역시 강둑에서 보았던 원주민들처럼 소극적인 태도를 보이고 있었을 뿐 특별히 눈에 띌 만한 것이 없는 사람들이었다. 오두막으로 들어간 그 남자는 나무 껍질과 톱밥, 먼지와 기름, 썩어가는 나뭇잎 냄새를 맡을 수 있었다.

물감통에 있는 모든 색깔들이 한 곳에 뒤섞이면 탁한 갈색을 만들어 내는 것처럼 그 오두막에서 풍기는 냄새는 이미 꺼져버린 모닥불에서 나는 짭짤한 냄새와 뒤섞여 담배 냄새와 같은 고약한 냄새를 만들어 내고 있었다.

남자는 강으로 나가서 피곤한 몸을 씻었다. 태양이 빠른 속도로 저물고 있었으며 강물도 벌써 차가운 느낌을 주었다. 이제 그곳에서 가장 커다란 오두막으로 들어가야 할 시간이 되었다.

그곳에는 이미 여덟 명의 사람들이 모여 있었는데, 그들은 모두 자원 봉사자로 활동하고 있었다. 아메리카 원주민은 한 사람도 없었고 모두가 서로 다른 나라에서 모여든 외국인들이었다.

그들은 청바지를 입고 턱수염을 길렀으며 평상복 차림의 옷을 입고 있었다. 하지만 그 커다란 오두막 안에는 식민지적인 분위기가 배어 있었다. 그들은 서로 의사 소통하는 과정에 약간의 문제가 있었다.

거칠게 행동하던 육중한 체격의 사내는 체코슬로바키아 국적을 가지고 있었다. 그는 이곳의 우두머리 격이었다. 그의 아내인지 친구인지 구별이 안 가는 여인 한 명이 식탁에 앉아 있었다. 남자는 그녀가 조금 전에 보았던 소년들의 어머니라고 추측했다. 남자가 말을 걸어 보았지만, 그녀는 영어를 한 마디도 할 줄 몰랐다.

그녀는 금발을 기르고 있었으며 체구가 무척 컸다. 그다지 아름다운 편은 아니었고 말수도 적었다. 하지만 식탁에 둘러앉은 사람들 가운데 유일한 여자였기 때문에 관심을 끌고 있었다. 약간 솟아오른 광대뼈에 심하게 뒤틀린 입은 음식을 먹느라 기름기로 번들거렸고, 매끈한 손과 커다란 발이 묘한 대조를 이루는 것 같았다.

그 남자는 이곳의 기묘한 식민지적인 분위기가 그녀에게는 커다란 득이 되는 것을 느낄 수 있었다. 이곳에서는 여성들이 별로 많지 않았기 때문에 그 희귀성과 젊음 자체가 남성들에게는 매력으로 다가설 수 있기 때문이었다.

그 남자는 그녀를 바라보면서 다른 사람들과는 다른 그 무엇을 느낄 수 있었다. 아무런 말도 없이 그 장소에 가만히 서 있었던 그녀는 성적으로도 충분한 매력을 발산하고 있었다. 그녀가 입고 있었던 얇은 면 드레스는 수많은 남성들의 시선을 잡아 두기에 충분한 것 같았다.

그 남자는 감정이 급격하게 흔들리는 것을 느끼면서 이것이 황홀한 감정과 그의 영혼이 서로 싸우고 있기 때문이라는 사실을 깨달았다. 그런데 무엇과 싸우는 것인가?

그것은 바로 타오르는 욕망이었다. 그 남자의 욕망이 향하는 곳은 그 여인의 풍만한 육체였다. 그녀의 남편도 그런 욕망을 품고 있을까? 물론 그럴 것이다. 그 남자가 육중한 체격의 백인을 올려다 보았을 때, 그의 눈동자 속에서 여인에 대한 갈망이 흘러나오는 것을 느낄 수 있었다.

아직 햇빛이 약간 남아 있는 동안 식탁에 둘러앉은 사람들끼리 많은 이야기를 나누었다. 그들은 필슨이라는 마을에 대해서 이야기 하고 있었다. 잠시 후 등유를 사용하는 등잔에(심한 바람이 불어도 불꽃이 꺼지지 않도록 고안된 것이었다.) 불이 켜지고 통나무로 만든 벽 위에 그림자가 길게 생겼다.

그들은 목소리를 낮추어 나지막하게 이야기를 하기 시작했다. 그 남자는 그 자리에 있는 다른 모든 사람들로부터 소외된 듯한 느낌이 들었다. 저녁 식사를 마치고 등잔의 불빛이 미치는 곳에서 떠나 밖으로 발을 내딛자, 곧 깜깜한 어둠이 사방을 덮쳤다.

낯선 어둠 속에 서자 그 남자는 마치 주먹으로 한 대 얻어맞은 것처럼 잠시 동안 혼미한 느낌이 들었다. 멀리 떨어진 곳에 있는 오두막에서 작은 불빛들이 비치고 있었다.

숲은 노래를 하기 시작했다. 남자는 그 노래가 숲의 울부짖음인지 아니면 내면으로부터 흘러나오는 소리인지 좀처럼 분간할 수가 없었다. 시간은 겨우 6시 30분이었다. 그런데 밤이 칠흑처럼 깊은 것이다. 앞으로 10시간이나 11시간이 지나야 새 날이 밝아올 것이다.

손전등으로 길을 밝히면서 오두막으로 돌아왔을 때, 다시 고약한 담배 냄새가 풍겼다. 그것은 아까 먹은 음식에서 나는 냄새이기도 했고 강물에서 나는 냄새이기도 했다. 그것은 숲의 냄새였으며, 마침내 그 남자 자신의 냄새가 되어버렸다.

그는 과연 숲속의 생활에 익숙하게 될 수 있을지 몹시 외문스러웠다. 하지만 커다란 체구의 말없는 여인이 떠오르자, 홍분된 욕망에 사로잡혀서 곧 깊은 잠에 빠져들었다.

그날 이후 며칠 동안 두 명의 침투자들이 본연의 정체를 드러내었다. 그들 중에는 그 지역을 담당하는 사령관도 있을 것이다. 그는 비록 정체를 드러내지 않았지만, 남자는 그가 누구인지 대충 짐작할 수 있었다.

마침내 남자는 그의 지시를 전달받았다. 그리고 다음에 집결할 목적지도 알게 되었다. 원주민들이 그들의 길안내를 맡을 것이다. 결국 그 남자와 같은 목적을 가지고 있는 열두 명의 요원이 숲속에 열두 개의 거점을 만들어서 약속한 날에는 각각의 사건들을 일으킬 예정이었다. 강줄기는 전략적인 지점이었기 때문에 철저히 감시할 것이다. 얼마 되지 않는 활주로들이 점거되면 숲이 있는 지역들은 아프리카인들이 지배하는 해안 지역으로부터 효과적으로 단절되고 말 것이다.

이 나라는 숲을 다시 차지할 수 있는 군사적인 자원들을 갖고 있지 않았다. 외국 언론들은 원주민들에 대해 동정을 불러일으킬 것이고 그만큼 외부 세력이 간섭할 수 있는 가능성은 줄어들 것이었다.

그 남자는 다시 이동을 하기 시작했다. 선교회 지부는 여러모로 그에게 심리적인 압박감만 안겨줄 뿐이었다. 체코인 부부나 우울한 표정의 원주민들 모두가 부담이 되었다. 남자는 체코인을 비난했다: 체코인에게는 기쁨과 같은 것은 전혀 찾아볼 수 없었다. 그들은 권위라는 유일한 욕망을 가지고 있을 뿐이었다. 이런 류의 욕망 때문에 그는 그들을 멀리하게 되었다.

그들은 원주민들을 위해 날마다 종교적인 집회를 열었다. 그것이 작업시간을 조절하는 역할을 했다. 어떤 저녁 시간에는 커다란 오두막 앞에 있는 넓게 트인 공간에서 벌레들을 쫓기 위해 피운 모닥불과 담배 연기의 매캐함 속에서 비디오를 상영한 적도 있었다.

그들은 흑인들이 등장하는 스릴 넘치는 미국 영화를 보면서 대단한 흥미를 느꼈다. 그 영화는 원주민들과 아프리카인들에게 적대감이라는 감정을 심어 주었다. 원주민들은 총격전과 패싸움 그리고 속력을 내면서 달리는 자동차들을 보고는 큰 충격을 받았다.
 흑인들은 영화를 보면서 무거운 한숨을 쉬기도 하고 마구 소리를 지르기도 했다. 때때로 긴장을 풀기 위해 어떤 사람이 흑인의 얼굴에다 손전등을 비추는 장난을 했다. 웃음이 터지자 더욱 많은 손전등 불빛이 화면에 등장하는 흑인들의 얼굴 위에 장난스럽게 비추어졌다. 그 영화의 본래 목적은 흥미 그 자체였지만, 그들에게는 흥미를 넘어선 강한 메시지가 담긴 것이었다. 이 영화는 원주민들을 무한한 가능성을 지니고 있는 집단으로 만들었다.
 마침내 길을 안내하는 사람들이 도착했다. 그들은 루카스와 마태오라는 두 명의 어린 원주민 소년이었다. 남자는 아침 일찍 그들의 뒤를 따라 길을 떠났다. 한 소년이 남자의 앞에서 걸어가고 다른 한 소년이 그의 뒤를 따랐다.
 이내 숲속에 나 있는 넓은 오솔길에 이르게 되자 가끔씩 사람들의 모습이 보였다. 어둑어둑한 숲속에서는 항상 누군가가 바라보고 있는 것 같은 느낌이 들었다. 어떤 사람이 나뭇잎과 그림자로 위장하고 있다가 갑자기 모습을 드러낼 것만 같았다.
 오솔길을 따라 걸어가는 사람들 중에는 등짐을 지고 있거나 광주리에 물건을 잔뜩 담고 있는 모습이 눈에 띄기도 했다. 그들이 가지고 있는 가방이나 광주리는 모두 직접 원주민들이 만든 것이었다. 납작한 나무로 심을 대고 측면과 바닥을 실로 유연하게 엮은 물건이었다. 원주민들은 광주리의 측면에 줄을 길게 연결해서 짐을 지고 가는 일꾼의 이마 위에 묶었다. 이렇게 하면 머리와 등이 동시에 짐의 무게를 견디게 되는 것이다.
 일꾼들은 짐의 무게를 분산하기 위해 몸을 앞으로 약간 구부리고 있었다. 그 모습은 어쩐지 고통스럽게 보였다. 이러한 짐 때문에 일꾼들의 체구는 훨씬 작아보이게 된다. 하지만 이 자세가 힘의 균형을 유지하게 하는 것이다. 이러한 도구는 오랜 세월을 지나는 동안에 조금씩 발전되었을 것이다. 그리고 이 도구에 알맞은 자세로 일꾼들은 여러 시간 동안이나 이동할 수 있었다.

남자는 숲속의 오솔길이 아주 오래 되었을 것이라고 생각했다. 얼마나 오래 전으로 거슬러 올라갈 수 있을까? 이 길은 도대체 언제 생긴 것일까? 원주민들의 먼 조상들이 숲속으로 이주하기 시작하던 시절이었을지도 모른다. 어쩌면 폭풍우와 같은 기후 변화로 인해 생긴 것인지도 모른다.

등짐을 지고 가는 사람들이 그들의 주위를 지나갈 때마다 루카스와 마태오에게 푸념이 섞인 인사를 던졌다. 일꾼들은 이마에 묶어 놓은 끈을 팽팽하게 당기면서 힐끗 남자를 바라보았다.

그들의 얼굴은 마치 노인의 얼굴과 비슷했다. 남자는 그들의 모습을 보면서 오래 전에 일본 판화에서 보았던 농부들의 표정을 연상하고 있었다. 원주민 일꾼들과 일본 판화에 등장하는 농부들 사이에는 현저한 유사성이 내재되어 있었다. 호쿠사이가 일본의 전원 풍경을 묘사해 놓은 목판화에는 모든 풍경이 들어가 있었다. 초가 지붕들, 나무들과 다리를 놓은 재목들. 거기에는 외부로부터 수입된 것이 하나도 없었다. 모든 물건들은 수공품인 것 같았으며, 매우 정교한 느낌을 주었다.

원주민들의 생활도 역시 마찬가지라고 할 수 있었다. 그 남자와 루카스와 마태오가 입고 있는 옷이나 신발 그리고 깡통이나 일꾼들의 짐에서 발견되는 인쇄되어 있는 골판지 상자 등을 제외하고는 모두가 손으로 직접 만든 것이었다. 원주민들은 수백 년 전에도 여전히 그런 생활을 하고 있었을 것이다.

그들은 잠시 동안 그늘에 앉아 쉬면서 조금씩 먹고 마셨다. 루카스와 마태오는 그들이 가지고 있던 날이 넓은 칼로 남자가 앉을 만한 자리를 다듬어서 마련해 주었다. 그들이 다시 길을 떠났을 때 남자는 숲과 오솔길에 대한 기원을 생각하는 일에 깊이 몰두했다. 그는 이런 환경에 처해 있는 사람들은 시간에 대해 어떠한 개념을 갖고 있을지 몹시 궁금했다.

인간이 이 세계에 대해 의문을 품게 되었던 것은 언제였을까? 모든 나무들과 꽃에 대해 알게 된 것은 또 언제였을까? 모든 음식들과 독에 대해 그리고 모든 동물들에 대해 지식을 습득하게 된 것은 또 언제였을까? 지금 사용하는 모든 도구들은 언제 완성시켰을까? 이 땅의 모든 사물들이 조화롭게 존재하면서 다른 그 무엇과 비교할 만한 것이 아무것도 주어지지 않았다면, 인간은 시간의 흐름에 대해 어떠한 개념을 갖게 되었을까? 우리에게 속도에 대한 개념을 갖게 해 주는 것은 우리가 대면하게 되는 사물들 때문이다. 비교할 만한 것이 하나도 없었던 시절에 인간은 단지 그들의 빛과 그들이 알고 있는 다른 사람들의 빛 안에서만 존재하는 것이다.

남자는 선교단 개척지에서 머무르고 있었을 때, 깜깜한 어둠 속에서 보았던 희미한 빛 그리고 각자 자기들의 오두막으로 돌아가기 위해 그와 다른 사람들이 손전등을 들고 어두운 길을 비추던 일을 생각해 보았다. 불이 비춰진 곳 너머로 앞이나 뒤에는 아무것도 보이지 않고 그저 '무'만이 도사리고 있을 뿐이었다.

남자는 대낮의 밝은 빛을 따라 걸으면서, 이렇게 어렵고 낯선 생각들과 씨름하고 있었다. 아직 태양은 높이 떠 있지만 오늘 하루 동안 예정했던 행군은 모두 끝났다. 그것이 여기의 규칙이었다.

일몰 전까지는 아직 두 시간이나 남아 있었다. 그들은 작은 시냇가에서 야영을 하기로 결정했다. 태양이 붉은색을 띠고 있는 개울을 꿰뚫고 지나갔다. 강 표면에서 반 인치 가량 떨어진 아래쪽에는 타오르는 화산처럼 열기를 내뿜는 태양이 강바닥에 있는 회색빛이 감도는 바위에 부딪히면서 어지럽게 춤추고 있었다.

이 얼마나 아름다운 광경인가.

루키스와 미테오는 야영할 장소를 마련하기 위해 열심히 준비하고 있었다. 그들은 숲을 집처럼 생각하는 사람들 같았다. 커다란 칼로 가느다란 나뭇가지들을 잘라내고 다듬어서 한 쪽 끝을 날카롭게 만든 다음 땅에 묻고서 야생의 바나나잎을 엮어 지붕을 만들었다.

마침내 안전한 은신처가 생긴 것이다.

그들은 작은 모닥불을 피웠다. 루카스와 마태오는 서둘러 음식을 준비했다. 남자는 서서히 어둠 속으로 묻히기 시작하는 강물을 응시하고 있었다. 태양이 아주 빠른 속도로 저물면서 어느 사이에 사라져 버렸다. 날이 밝아오기까지는 아직도 많은 시간이 남아 있었는데, 초저녁의 울적한 분위기가 화자의 머리 위를 무겁게 억누르고 있었다.

마태오는 나무를 깎아서 작은 노를 만들고 있었다.

"너희 아버지는 무얼 하는 분이니?"

남자가 마태오를 쳐다보면서 물어보았다.

"아버지는 돌아가셨어요."

"어떻게 돌아가셨지?"

마태오가 다듬고 있던 노를 바닥에 내려놓았다. 그는 모닥불에 나뭇가지를 던지면서 대답했다.

"카나이마가 아버지를 죽였지요."

마태오는 이미 많은 슬픔을 겪은 사람처럼, 철학자의 표정을 짓고 있었다. 카나이마는 숲에서 살고 있는 죽음의 영이었다. 이 영은 살아 있는 사람의 몸을 탐내고 있다. 마태오나 루카스를 비롯한 다른 모든 사람들과 별로 다를 바가 없어 보이는 사람처럼 생긴 살인자가 살아 있는 사람의 목숨을 빼앗기 위해 적당한 시기를 노리고 있다는 것이다.

시간이란 개념이 없는 세계의 사람들은 단지 그들이 소유한 빛에 의해서 현재만을 살아갈 뿐이었고 모든 사람들의 삶은 이런 류의 두려움으로 인해 소비되고 있었다. 카나이마가 없었더라면 인간은 진정으로 행복할 수 있었을 것이다. 그리고 아마 영원히 살 수도 있었을 것이다. 하지만 그런 세계의 입구로 들어간다는 것은 거의 불가능한 일이다.

작은 나뭇가지에 붙어 있던 불이 사그러들자 밤이 머리 위에 길게 드리워지고 있었다.
"마태오, 넌 결혼을 했니?"
남자가 궁금한 듯이 물어보았다. 마태오가 잠시 머뭇거리는 사이에 루카스가 재빨리 대답했다.
"어떻게 결혼을 할 수 있겠어요?"
그러자 마태오가 퉁명스러운 표정으로 말했다.
"원주민 소녀들은 모두 아무것도 모르는 바보입니다."
남자는 숲에서 살고 있는 사람들에 대한 연민과 슬픔이 동시에 밀려오는 것을 느꼈다. 그들은 너무나 멀리 떨어진 곳에서 살고 있었다. 아름다운 대자연의 환경 속에서 살아가는 동안 자연과 더불어 살아가는 지혜를 터득하고 있었으며, 많은 재능을 소유한 채 고립을 극복하고 있었던 것이다.

그들은 사람의 손길이 쉽게 닿을 수 없는 곳에서 살고 있었다. 남자가 알고 있는 어느 집단보다도 더욱 멀리 떨어진 곳에 있어서 심지어 혁명을 일으킨다고 해도 그들에게는 아무런 영향도 미칠 수 없을 것 같았다.

다른 지역들에서 살고 있는 여러 민족들 사이에는 항상 많은 충돌과 분쟁이 발생했다. 아시아와 유럽 그리고 아프리카에서는 유사 이래로 종족과 민족 사이의 갈등이 항상 일어났던 것이다. 하지만 그들은 조상들이 아시아에서 이주한 이래로 외부와의 교류도 없이 완전한 그들만의 사회를 이룩했다. 그리하여 일단 그들의 세계가 한 번 무너지기 시작하자, 그들은 한꺼번에 전체를 잃어버리게 된 것이다.

모닥불이 꺼지자 루카스와 마태오는 야영지에서 나오더니 바닥에 그대로 주저앉았다. 숲이 노래를 부르기 시작했다. 이따금씩 노래 소리가 수그러들면서 강물이 흐르는 소리가 들렸다.

남자는 이런 환경에서 여러 해 동안이나 살아가는 자신의 모습을 상상해 보았다. 남은 인생 전부를 이곳에서 보낸다면 혹은 오백 년 동안이나 이곳에서 산다면…….
 이런 생각이 들자, 그는 저절로 긴장감을 느꼈다. 그는 위스키 병을 꺼내서 한 모금 마셨다. 루카스가 몸을 일으켜 세우더니 말을 걸었다.
 "럼주를 마시는 거예요?"
 "아니야."
 "우리에게도 럼주를 좀 주세요."
 "이건 럼주가 아니라니까."
 "냄새가 나는데요?"
 "럼주가 아니라 위스키야."
 남자가 술병을 보여주면서 말했다. 루카스는 다시 돌아눕더니 마치 어른처럼 한숨을 쉬었다. 남자는 오두막 지붕의 야생 바나나잎 위로 떨어지는 시끄러운 빗소리 때문에 잠에서 깨어났다.
 잠들기 전에 느꼈던 긴장감과 혼란스러움이 다시금 밀려 들었다. 마태오가 어둠 속에 서 있다가 물어보았다.
 "루카스와 제가 들어가도 될까요?"
 "그 비를 다 맞고 있었니?"
 "그래요."
 "어서 들어오도록 해라."
 루카스와 마태오가 임시로 만든 오두막으로 들어오자, 남자는 다시 묵은 담배 냄새에 휩싸이게 되었다. 그래도 남자는 사람에 대한 반가움과 야릇한 욕정을 느끼게 되었다. 다른 사람들과의 만남이 그에게는 긴장감을 풀어주는 해독제 역할을 했던 것이다. 비록 그 상대가 나이 어린 소년들이라 하더라도 말이다.
 남자는 가만히 손을 뻗어서 옆자리에 누워 있던 소년의 몸 위에다 올려놓았다. 그것이 누구인지 알 수는 없었지만, 그 소년은 몸을 움직이지 않았다. 남자의 욕망이 점점 더 커지고 있었다. 그의 떨리는 손은 머뭇거리는 주저함과 욕망의 기대 속에서 조심조심 굴곡을 따라 이동했다.

 남자는 머리 속으로 그날의 여행을 시작하기 전에 선교단 지부에서 만났던 금발 여인의 풍만한 육체를 떠올리고 있었다. 은밀한 욕망과 욕정이 스멀스멀 피어올랐다. 소년의 수동적인 태도가 그의 욕망을 더욱 예민하게 자극하고 있었다.

 남자는 눈부신 아침 햇살을 맞으면서 깨어났다. 지난 밤에 내리던 비는 어느 사이에 그친 것 같았다. 남자는 작은 잎사귀로 엮어서 만든 그 오두막에 혼자 남아 있었다. 남자는 순간적으로 깜짝 놀랐다.

 길을 안내하는 소년들은 이미 강 상류로 거슬러 올라가서 새날을 맞이하기 위한 준비를 하고 있었다. 그 남자는 여전히 두 소년 중에서 누가 간밤에 그의 옆에 있었던 것인지 알 수가 없었다.

 이제는 길을 떠나야 할 시간이 되었다. 루카스와 마태오는 날카로운 칼로 지난 밤에 비를 피했던 오두막을 잘라 버렸다. 그런 행동은 아마도 숲의 규칙에 따랐기 때문이었을 것이다. 오두막은 비록 밤새도록 일행을 보호해 준 것이긴 하지만 사실 빈약한 것이었다.

 다시 여행이 시작되었다. 남자는 더 이상 이전에 그가 누렸던 편안한 상태로 돌아갈 수가 없었다. 고지에 있는 강에서 벗어나, 그들은 숲으로 들어가는 길이었다. 그곳의 풍경도 역시 대단히 아름다운 느낌을 주었다. 하지만 남자가 지난날에 느꼈던 평화로운 분위기와 안락함은 더 이상 느낄 수 없었다. 무엇인가 남자를 자꾸만 성가시게 하는 것이 있었다. 그 이유는 금세 알 만한 것이었다. 남자는 이유를 찾는 것을 거부하려고 결심할수록 불편한 생각 속으로 빠져드는 자신을 느끼고 있었던 것이다. 그를 더욱 괴롭히고 있었던 것은 동기에 대한 회의, 즉 그 여행의 출발점에 대한 의문이었다.

 시간이 지나면서 남자는 마음 속으로 혼자 끙끙 앓는 버릇을 집어던질 수 있었고, 그래서 이제는 자기 자신을 돌아보는 일을 중단하게 되었다. 그 대신 여행을 하는 동안 내내 앞에서 걷고 있는 소년의 '즈크' 신발 뒤꿈치에 시선을 고정시켰다.

루카스와 마태오는 어쩐지 오늘따라 더욱 생기가 있어 보였다. 칼로 나무들을 이리저리 헤치면서 길가에 서 있는 나뭇잎들과 작은 벌레를 잡아서 튕겨 보기도 하고 아주 멋진 솜씨로 나무에 흔적을 내었다. 또한 원주민들이 사용하는 언어로 크게 떠들기도 했다. 마치 숲에서는 사람의 목소리를 크게 내는 것이 몹시 중요하기라도 한 것처럼 말이다. 걸음걸이도 사뭇 달라서 마치 평지를 걸어가는 듯이 거침없이 내달았다.

그들은 길에서 만나는 사람들을 멀리서부터 큰 소리로 불렀다. 그리고 이따금씩 길에서 벗어나 특별한 장소에서 조용한 휴식을 즐겼다. 그들은 시원한 바람 속에서 땀방울이 서서히 식어가는 것을 느꼈다.

한낮이 되자 그들은 행진을 중단하였다. 하지만 오늘은 소년들이 은신처를 만들려고 하지 않았다. 그 대신에 남자를 야영지에 버려두고는 둘이서 훌쩍 어디론가 가버렸다가(루카스와 마태오는 항상 같이 행동했다.) 돌아와서는 다시 떠나곤 했다.

지난 밤에는 오두막을 기대하지도 않았었지만, 오늘은 사정이 좀 달랐다. 남자는 무시를 당하는 듯한 기분이 들었다. 그 순간의 경관과 노랗게 물드는 노을빛이 몹시 아름다웠지만, 남자는 그런 것을 살필 만한 여유를 가질 수가 없었다.

남자는 그날 처음으로 자기의 권리를 주장했다. 루카스와 마태오가 돌아오자, 명령조로 말했다.

"루카스, 오두막을 세워라!"

그의 말이 떨어지기 무섭게 루카스와 마태오는 오두막을 만들기 시작했다. 두 소년들은 전혀 기분이 상한 것 같지 않았다. 그들은 남자의 말에 머리를 끄덕이면서 순종했다. 그들은 마치 남자의 명령을 기다리고 있었던 것 같았다.

루카스와 마태오는 흥겨운 듯이 콧노래를 부르면서 나뭇가지들을 자르고 다듬었다. 수액이 풍부한 나무를 자를 때에는 날카로운 칼날이 가늘게 떨렸다. 오두막을 지을 수 있는 목재들이 금세 준비되었다. 꼭대기는 하늘을 향해 갈라지도록 만들었고 다른 한쪽 끝은 부드러운 숲의 대지에 잘 박히도록 날카롭게 칼로 다듬어 만들었다.

그들은 재료를 찾을 것도 없다는 듯이 잽싸게 이리저리 돌아다니면서 잘 아는 어느 장소에서 미리 모아둔 것들을 가져오는 것처럼 날쌔게 움직였다. 소년들은 야생 바나나잎으로 지붕을 엮었다.

루카스와 마태오는 오두막을 짓는 일이 다 끝나자, 남자의 짐을 안으로 들여 놓았다. 그런 것은 마치 남자에 대해 세심하게 배려하는 듯한 행동이었다. 곧이어 두 소년은 그들의 짐도 남자의 짐 옆에다 내려놓았다. 세 개의 짐꾸러미가 격식대로 나란히 놓여 있어서 전날 밤에 누웠던 모습을 다시 한 번 보여주고 있는 것 같았다. 소년들은 남자가 그런 것까지 지시라도 한 것처럼 행동했다.

얼마 후에 그들은 모닥불을 피웠다. 오후의 밝은 햇살 때문에 불꽃은 거의 보이지도 않았다. 각자가 자신이 먹기 위한 음식을 준비했다. 소년들은 둘이 함께 먹었고 남자는 자신의 것을 혼자 먹었다.

빛이 금방 사라지자 모닥불의 불꽃이 환하게 드러났다. 그리고 갑작스럽게 어두운 밤이 찾아왔다. 숲은 다시 노래를 부르기 시작했다. 그것은 마치 머리 속에서 울리는 소음처럼 들렸다.

루카스는 노를 다듬으면서 남자에게 질문을 던졌다.
"어느 나라에서 오셨어요?"
"영국."
이번에는 마태오가 쳐다보면서 물었다.
"이곳에는 왜 오셨나요?"
그 남자는 사전에 훈련을 받았던 대로 대답했다.
"알프레드를 만나려고."

두 소년의 눈이 커졌다. 알프레드는 그들이 가고 있는 마을의 추장이었다. 루카스가 다시 궁금한 표정으로 물어보았다.
"당신은 이곳에 집을 지으려고 하나요?"
"그건 알프레드와 의논할 문제야."
루카스의 질문을 짧게 끊으면서 남자가 대답했다.
"마테오, 그런데 카나이마가 어떻게 네 아버지를 죽였지?"
햇살에 그을린 소년들의 얼굴이 갑자기 심각해지더니 체념한 듯한 표정이 되었다.
루카스가 먼저 말을 꺼냈다.
"카나이마가 아버지를 찾아다니고 있었어요. 아버지는 표식을 갖고 있었거든요."
마태오가 뒤를 이어서 말했다.
"그러던 어느 날인가 옷감 장사가 찾아온 적이 있었지요. 아버지는 그 옷감을 보고 싶어 했어요. 아버지는 카나이마가 옷감 장사로 변장해서 온 줄을 몰랐던 거지요. 아버지가 옷감을 보고 있을 때 카나이마가 아버지의 방으로 숨어 들었어요. 아버지가 새옷을 가지고 방으로 들어가자 카나이마가 일격에 죽이고 말았어요. 그게 전부예요. 그 후에 우리는 아버지의 새옷을 불태워 버렸어요."
루카스와 마태오는 물끄러미 불꽃을 쳐다보았다.
"당신은 영국에 있을 때 집에서 살았나요?"
갑자기 루카스가 두 눈을 커다랗게 뜨면서 물어보았다. 루카스가 '집'이라는 말을 특별히 강조했기 때문에 남자는 아니라고 대답하고 싶었다. 그는 아파트에서 살고 있었다. 그러나 아파트라고 말하면 혼란스러울 것 같아서 그는 그렇다고 대답하였다. 루카스가 목소리에 힘을 주면서 천천히 말했다.
"나도 집에서 살고 싶어요."
그것은 단순한 희망이었지만, 그 순간에는 어쩐지 그럴 수 있는 가능성이 전혀 없는 것처럼 들렸다. 그 남자는 정치적인 이유를 초월해서 이 소년들에게서 커다란 감동을 받았다. 이번에는 마태오가 질문을 던졌다.

"당신은 죽음의 정령 카나이마가 루카스를 해치려고 한다는 사실을 알고 있나요?"

"카나이마가 루카스를?"

남자는 깜짝 놀라면서 반문했다. 루카스는 예리한 손칼로 노를 깎고 있다가 나무 부스러기를 불 속에 집어 던지면서 말했다.

"나는 길을 가고 있는 중이었어요. 그러다가 길에 있으면 안 되는 어떤 것을 아주 멀리서 보고 말았어요. 하지만 나는 아무런 생각도 없이 그저 걷고 있었지요. 나는 부정한 것을 보았어요. 그건 하얀색의 작은 꽃이었지요. 그것만 홀로 피어 있었어요. 나는 뒤로 돌아서서 마구 달렸지만 너무 늦고 말았어요. 카나이마의 표식을 본 거예요."

오두막에서 함께 잤던 날 밤에 그 남자가 손을 올려놓았던 사람은 다름아닌 루카스였던 것이다. 남자는 전날 밤의 흥분과 욕망보다도 더욱 큰 감동을 받았다.

루카스의 수동적인 태도가 남자의 기분에 더해져서 애정을 불러일으켰다. 하지만 그는 달리 도와줄 길이 없다는 것을 잘 알고 있었다. 그의 애정은 불빛 속에서 본 루카스의 얼굴처럼 우울한 감정으로 변해 버렸다. 조금 있다가 마태오가 갑자기 일어나 앉으면서 말했다.

"선생님, 루카스를 데리고 영국으로 가 주세요."

갑자기 마태오에게 어떤 생각이 스치고 지나간 것 같았다. 이 길만이 루카스가 살아날 수 있다고 생각했으리라. 하지만 남자는 아무런 대답도 하지 않았다. 한참 후에 마태오가 대답을 재촉하듯이 말했다.

"선생님?"

그제서야 그는 마태오를 바라보았다.

"그래, 알았다."

그 대답은 아무런 의미도 없는 말이었다. 단지 수긍하는 소리에 지나지 않았다. 그러나 마태오는 만족한 듯한 한숨을 내쉬면서 잠이 들었다. 다음날 아침이 되자 소년들은 몹시 친절하게 대했다. 전날처럼 남자 너머로 시끄럽게 떠들지도 않았고 갑자기 남자의 주위에서 떠나버리는 행동도 하지 않았다.

루카스와 마태오는 그들이 하는 일마다 남자를 데리고 가기 위해 노력했다. 그는 두 소년의 얼굴에서 밝은 미소를 볼 수가 있었다. 체념의 기색은 어느 사이에 사라지고 없었다.

남자가 반드시 해야만 하는 일 중에 하나가 루카스나 마태오와 같은 원주민들의 신뢰를 얻는 것이었다. 그러나 이런 신뢰는 전혀 다른 종류의 것이었다. 그는 오히려 소년들의 신뢰로 인해 허물어지는 느낌이 들었다. 그러나 동시에 그 제안을 어떻게 거절할 수도 없는 노릇이었다. 마치 어떤 교환이라도 이루어진 것처럼 여겨졌다. 소년들을 무겁게 짓누르던 것이 이제는 남자의 어깨 위로 옮겨진 것 같았다.

여행이 너무나도 오래 걸리는 듯한 느낌이 들기 시작했다. 길을 가다가도 이제는 소수의 몇몇 사람들만 마주칠 뿐이었고 등짐에도 깡통들과 인쇄된 판지 상자는 별로 남아 있지 않았다. 그래도 소년들은 남자에게 모든 것이 잘 되고 있으니 염려하지 말라고 안심시켜 주었다.

그들은 사흘 정도 더 야영을 하면서 여행했다. 저녁 무렵이 되자, 그들은 다시 나뭇잎으로 오두막을 만들었다. 모닥불을 피우면서 밤새 안전하게 지낼 때에는 안심이 되는 척했지만, 낮에는 여전히 소란함과 의심이 지배적이었다. 이렇듯이 상반되는 낮과 밤은 화자의 정신 상태의 두 측면을 보여주는 것 같았고 한면이 커져서 다른 면을 가려버리는 것 같았다.

밤마다 남자는 그가 염원하고 있는 모든 것들이 완전한 현실로 이루어지기를 기원했다. 그리고 낮이 되면 소년들이 그에게 품고 있는 그 믿음으로부터 어떻게 벗어날 수 있을지 계속 고민하는 것이었다. 더구나 그도 알지 못하는 사이에 낮의 고민이 점점 더 확대되고 있었다. 처음에는 그가 소년들과 한 약속이 바람직한 것이었다는 생각도 들었지만, 만약 약속을 이행하지 못했을 경우에 발생할지도 모르는 일들이 걱정되기 시작했다.

그러던 어느 날 그들은 목적지에 도착했다. 그들이 걷던 오솔길에서 벗어나 숲을 통과해서 작은 고원 지방으로 올라갔다. 그곳에 회갈색 풀로 만든 오두막들로 이루어진 마을이 나타났다. 어떤 오두막들은 나뭇가지로 만든 막대기로 문을 달아 놓았고 어떤 오두막들은 원추형의 모양을 하고 있었다.

루카스와 마태오는 부락으로 안내했다. 마을 사람들도 반갑게 맞아 주었다. 강둑에 서 있던 마을들을 지나가면서 보았던 그런 활기를 여기에서 다시금 느낄 수 있었다.

남자는 편안하게 묵을 수 있는 오두막으로 안내되었다. 그곳에 들어가니 다시 퀴퀴한 담배 냄새가 풍겼다. 과거에 그 오두막에서 살던 사람들이 남기고 간 옷가지들과 깎아놓은 나무조각들이 지붕을 엮은 풀과 막대기로 만든 틀 사이에 놓여 있었다. 남자는 너무 피곤한 나머지 혼자 있게 된 것에 대한 안도감을 느끼면서 잠에 빠져들었다.

남자가 잠에서 깨어나 일어났을 때에는 태양이 막 저무는 무렵이었다. 태양은 희미한 오후의 빛을 발산하고 있었다. 바로 전날 그들이 여행을 끝내고 루카스와 마태오가 임시로 오두막을 만들었던 그 무렵이었다. 지금 그가 여기에서 보고 있는 것은 그 원형이 되는 오두막들이었던 것이다.

낮이 지나가고 어둠이 짙어가자 부엌 앞에다가 요리를 하기 위해 피워두었던 불꽃의 연기 색깔이 회색이나 갈색에서 선명한 푸른색으로 변했다. 남자는 발 밑에 딛고 서 있는 땅이 신성하게 느껴졌다. 약간 멀리 떨어진 곳에서 들리는 발소리도 북치는 소리처럼 둔탁하게 울려퍼졌다.

  하지만 이 땅도 여러모로 개간이 되었을 것이다. 남자는 넓은 공터에 세워진 마을의 터를 보면서 그 장소가 무척 오래된 것인 만큼 땅 아래에는 여러 세기를 거치면서 묻혔던 유물들이 잔뜩 쌓여 있을 것 같은 예감을 받았다.

  원주민 여인들이 부엌에서 카사바 빵을 만들고 있었다. 완성된 둥근 빵은 풀로 엮은 지붕 위에다 올려놓았다. 부엌의 가장자리에는 기다란 주름관이 매달려 있었다. 그것은 카사바를 갈아서 독을 짜내기 위해 수평으로 된 막대기를 사용해서 비틀어 놓은 관이었다. 이 관을 통해 카사바 독은 땅바닥에 내려놓은 나무접시 위에 모아진다. 이 독은 고기를 일년 이상이나 보존하는 일에 사용되므로 요긴한 가치가 있었다.

  그 남자는 카사바를 만드는 강판을 바라보았다. 그것은 아주 아름답게 생긴 물건이었다. 날카롭게 깎아낸 화강암이 딱딱하게 굳은 역청 속에 고정되어 있었다. 그 역청은 납작한 나무의 내부에 있는 얕은 직사각형의 홈통에 놓여 있었다. 그 역청은 먼 지방에서 가지고 온 것일지도 모른다. 귀중한 물건이었기 때문에 수입을 해서 들여온 것일 수도 있었다. 역청을 끓여서 액체로 만든 다음에, 나무로 만든 틀 속에 부어서 식히고 화강암 조각들을 하나씩 그 위에다 올려 놓았을 것이다.

  그는 원주민 여인들의 모습을 물끄러미 주시하고 있었다. 원주민 여인들과 소녀들은 그가 부엌에 있는 물건을 응시하는 것을 보면서 즐거운 표정을 지었다. 남자는 '난 이 사람들을 사랑하고 있어.'라고 생각하는 순간, 스스로에게 반문하게 되었다. '무슨 의미로 그런 생각을 한 것일까?' 그는 푸른 연기로 둘러싸인 여인들을 쳐다보면서 다시 생각에 잠겼다. '나는 원주민들에게 아무런 해도 끼치고 싶지 않아!'

갑자기 루카스와 마태오가 나타났다. 무거운 짐이나 모자를 쓰지 않고 새옷으로 갈아 입고 나타난 모습을 보니, 그들은 마을에서 어느 정도 높은 지위를 누리고 있는 청년처럼 보였다. 루카스와 마태오는 남자를 강 아래쪽으로 데려갔다.
"여기는 수영하기 적당할 정도로 깊은 곳입니다."
루카스가 웃으면서 말했다. 두 소년은 강물 속으로 몸을 던졌다. 그들은 남자가 혼자 있도록 가만히 내버려두지 않을 것이다. 그들은 남자에게 보호를 요청할 것이기 때문이다.
태양이 점점 가라앉고 있었다. 세차게 흐르는 강물은 몹시 차가운 느낌을 주었다.
"이 물은 동물들에게도 역시 너무 차가울 겁니다."
마태오가 수영을 하면서 말했다. 남자는 강물 속으로 뛰어들었다. 강물은 마태오의 말처럼 몹시 차갑고 깊었다. 가물거리던 태양빛이 이내 사라졌다. 곧이어 강물이 온통 검은색으로 변했다. 너무 갑작스럽게 어둠이 찾아왔기 때문에 주위에는 어떤 색도 존재하지 않았다. 아무리 집중을 해서 보려고 해도 아무것도 볼 수가 없었다.
이런 상태에서 수영을 하던 남자는 몸의 감각이 모두 사라진 듯한 느낌이 들었다. 차가운 강물만이 남자의 감각을 일깨우고 있었다. 그는 아무것도 보이지 않는 어둠의 세계에 시선을 집중하고 있었다. 아무것도 인지할 수 없었다. 단지 정신만이 살아있을 뿐이었다. 그는 깜짝 놀라면서 정신을 차리고는 몸을 일으켜서 노란 불빛이 있는 곳으로 돌아갔다.
남자는 루카스와 마태오를 다시 만나게 되자 몹시 기뻤다. 그들은 남자가 옷을 다 입을 때까지 기다렸다가 다시 걸어서 마을로 돌아갔다. 카나이마의 손길로부터 안전하게 몸을 보호할 수 있는 최상의 방법은 다른 사람과 함께 동행하는 것이었다. 만약 다른 사람과 함께 있으면, 카나이마는 힘을 잃고 만다.
꽃을 들고 길가에 서 있는 루카스처럼, 남자도 언제인가 카나이

마와 마주친 적이 있다고 생각했다. 비록 그것은 단 한순간에 일어난 일이었지만, 어떤 감정이 꿈이나 희미한 의식의 상태로 되살아나고 있는 것이다. 또한 그런 감정이 떠오를 때에는 지금 순간의 감정을 포함해서 지난 며칠 동안 벌어졌던 사건과 그 당시에 품었던 극단적인 감정들이 한꺼번에 따라오는 것이었다.

남자는 그들이 아무런 해도 입지 않기를 바라고 있었다. 하지만 어쩐지 불안한 마음을 숨길 수가 없었기 때문에 그것은 실낱같은 희망처럼 가늘게 느껴졌다. 사랑이기보다는 차라리 고통이라고 할 수 있는 이 감정은 이제 남자의 미래에 대한 꿈을 뒤덮었고, 그가 바라보는 모든 사물들을 타락시키고 있다. 그것은 이미 그가 잃어버린 것들 전부이기도 했다. 즉 늦은 오후의 빛과 친근한 여인들과 아이들 그리고 선명한 푸른 연기와 같은 것들이다.

이미 남자의 마음 속에 자리잡은 의심들과 단순한 충동들이 지난 며칠 동안 마음을 무겁게 만들었다. 그는 이 사람들로부터 등을 돌리고 그의 마음에서 이들을 몰아내기로 결심하게 되었다.

비록 그런 결심이 생겼다고 해도, 그렇게 행동하기란 어려운 일이었다. 그 남자는 쉽사리 떠날 수가 없었다. 남자는 지금 그가 머물러 있는 위치조차도 몰랐다. 그가 되돌아가기 위해서는 안전하게 숲을 지나갈 수 있도록 도움을 줄 수 있는 안내자가 다시 필요할 것이다.

부족을 이끄는 알프레드는 남자가 그냥 떠나가 버리도록 허락하지 않을 것이다. 알프레드는 그가 가버린 후에 따라올 결과와 해안지방에서 들려올 소식들을 걱정할 것이다. 선교회 지부에는 체코인이 여전히 머무르고 있어서, 남자가 떠나가는 것을 절대로 허락하지도 않을 것이다.

남자는 이곳에서 머무를 수밖에 없었다. 이곳에서 머무르는 동안 조직과 함께 일을 벌여서 그에게 맡겨진 다른 임무를 수행해야만 할 것이다. 일단 일이 시작된 후에는 그가 떠나는 일이 더 쉬울지도 몰랐다. 숲과 이 나라와 이런 운동 자체를 완전히 떠나게 되는 것 말이다.

하지만 지금은 수주일 내지는 여러 달 동안 머물러야 한다. 이 마을과 다른 마을의 사람들은 그에 대해서 잘 알게 될 것이다. 책이 없는 사람들은 사물을 바라보는 시각과 기억에 모든 것들을 완전히 의존하게 마련이다. 그들은 그런 식으로 중요한 사건을 기억하는 일에 뛰어난 재능을 갖고 있다.

그들은 남자에 대한 자세한 것까지 무한정으로 기억할 것이다. 그의 목소리나 걸음걸이, 몸짓까지도 모두 기억할 것이다. 남자는 다른 어떤 곳이 아닌 바로 이 사람들의 마음 속에 존재할 것이다.

그가 가버린 후에 그들은 그가 자기들과 오랫동안 함께 있었지만 솔직하지 않은 사람이라고 기억할 것이다. 왜냐하면 많은 것들을 약속만 해 놓고 그대로 가버린 사람이 되기 때문이다.

완전히 해가 저물기까지는 한 시간 가량이 남아 있었다. 루카스와 마태오가 다가와서 남자를 마을의 지도자가 있는 곳으로 데리고 가 주었다.

"우리가 통역을 할 수 있을 겁니다."

마태오가 웃으면서 말했다.

"하지만 알프레드는 영어를 한다고 사람들이 말했어."

남자는 마태오의 말을 가로막았다.

"우리가 만나야 할 분은 알프레드가 아니에요."

마태오가 손을 내저었다.

"그 분은 저의 백부입니다. 우리 아버지의 형님이지요."

루카스가 이렇게 덧붙였다. 남자는 루카스와 마태오의 뒤를 따라갔다. 남자가 만난 사람은 아주 늙은 노인이 아니었다. 그는 문을 활짝 열어 놓은 오두막에 앉아 있었는데, 그곳은 잠자는 곳이라기 보다는 접견 장소로 사용하는 것 같았다. 구석에는 그물 침대가 걸려 있었으며 방문객을 맞이하기 위해서 단단한 나무를 조각해서 만든 걸상들이 있었다.
 그는 멋진 색의 매끄러운 피부를 갖고 있었다. 새로 구입한 것처럼 보이는 청바지와 꽃무늬가 그려져 있는 티셔츠를 입고 있었다. 분명히 다른 곳에서 오는 옷감 장사가 정기적으로 이곳을 방문하는 것 같았다.
 그가 원주민 언어로 말한 것을 루카스와 마태오가 영어로 다시 통역해 주었다. 그가 말한 내용은 다음과 같다.
 "나는 알프레드로부터 루카스와 마태오가 당신을 데리러 갔다는 말을 들었다. 하지만 나는 당신이 올 거라고는 절대로 믿지 않았다. 이런 방식의 일은 오래 전부터 항상 벌어졌던 것이니까. 말은 많이 하지만 이루어진 적은 거의 없다. 그런데 지금 당신은 여기 와 있다. 나는 당신이 조심스럽게 행동하기를 바란다. 당신은 아주 어려운 난관을 헤치면서 이곳까지 왔다. 다른 좀더 쉬운 길이 있기는 하다. 그것은 사바나를 통과하는 길이다. 장인이 그의 아버지로부터 들었던 이야기를 해 주었는데, 한 번은 사람들이 그 길을 통해서 금을 찾으러 이곳으로 왔다고 한다."
 "듀카스?"
 남자는 그 지방의 단어를 사용하면서 물어보았다. 그것은 숲속의 다른 지역에 정착했던 아프리카 도망자들의 후손을 가리키는 말이었다.
 "듀카스, 남쪽에서 온 사람들이라……. 하지만 나는 장인이 말해 주었던 것을 모두 다 기억할 수가 없다. 많은 사람들이 금을 찾기 위해 이곳으로 오고 있었다. 그것이 우리에게는 무엇을 의미하는지 말할 필요조차 없겠지. 마을 사람들이 무엇을 했는지 알겠는가?"
 "잘 모르겠어요."
 "그 당시는 건기였지. 그들은 사바나에다 불을 질렀다. 여러 마일에 걸쳐서 거센 불길이 타올랐다. 장인이 말하기를 새들은 항상 불꽃보다 좀더 앞질러 불 속에서 도망쳐 나오는 뱀이나 작은 동물들을 쪼아 먹었다고 하더군. 그 불이 금을 찾아서 오고 있던 사람들 모두를 다 불태워 버렸지. 그 사건 이후에 모든 사람들이 마을을 떠나서 이년 동안은 숲에서 숨어 지냈다네. 자네 생각에 이번에도 그렇게 될 것 같나? 자네가 하고 있는 일을 확실히 알고 있겠지? 우리는 용감한 종족이라네. 하지만……."

그는 잠시 멈추었다가 다시 말을 이었다.

"그런데 자네는 어느 나라에서 왔지?"

"영국입니다."

마태오가 남자를 대신해서 대답했다.

"내 조부께서도 영국에 갔었지. 루카스가 거기에 대해 말하지 않았나?"

루카스는 입술을 빨며 아래를 바라보고 있었다.

"조부는 영어를 가르쳐 주려는 영국인과 함께 영국으로 갔었지. 그곳에서 삼년을 지냈다네. 그들은 조부가 영국 여자와 결혼하기를 바랬지. 그것이 원래 의도했던 바였으니까. 그들은 마땅한 후보로 한 여인을 찾아내기는 했지만, 조부는 정중하게 거절했어. 영국인들은 조부에게 이곳에다 집을 지어 주겠다고 제안했다네. 그런데 조부가 영국에서 돌아와서는 영국에 대해 말한 것 중에 하나가 그 나라의 추장이 여자라고 하던데 사실인가?"

"그렇습니다."

남자가 고개를 끄덕이면서 대답했다.

"그 말을 들으니 몹시 반갑네. 어떤 사람들은 조부가 꾸며낸 거라고 말했지. 어떤 사람들은 아예 조부가 영국에 갔었다는 사실조차 믿으려고 하지 않았으니까……. 조부가 사람들에게 보여주려고 인쇄된 책들을 가져왔어도 도무지 믿지 않았다네. 그는 다시 영국으로 되돌아가서 영국인들이 이곳에 와서 집들을 지어 주기를 기다렸지. 거의 해마다 많은 사람들이 다녀갔지. 자네가 온 그 길이 아니라 내가 말한 다른 길, 사바나로 나 있는 그 길로 찾아왔었지. 그

제3장 새로운 의복 : 기록되지 않았던 이야기 … 99

들은 한결같이 동일한 내용을 조부에게 전해 주었지. 내년에, 내년에 올 거라고. 자네가 우리에게 전해 주려는 것도 똑같은 말이 아닌가?"

"아닙니다. 이번에는 경우가 다릅니다. 우리는 그런 사람들이 아닙니다."

"그렇다면 다행이군. 자꾸만 영국인들이 약속을 어기자, 사람들이 조부를 조롱하기 시작했지. 그들은 조부가 공연히 영국이란 나라와 함께 우리를 곤경에 처하게 만들고 있다고 떠들었지. 한 번은 영국인이 왔을 때, 때마침 월식이 일어나고 있었지. 그런데 사람들이 어떻게 했는지 알겠나? 그들은 달에다 불화살을 쏘아서 불을 붙이려고 했다네. 조부는 그 모습을 보면서 무척 부끄러웠다고 내게 고백하더군. 조부는 영국인에게 사람들이 그렇게 어리석은 행동을 한 것에 대해 용서를 빌었지. 그런데 영국인은 웃으면서 그들 정부와는 아무런 문제도 없을 것이라고 말했지. 자네가 방금 말한 것처럼, 그도 이 장소가 집들을 짓기에 좋은 장소라고 그랬어. 사람들이 알프레드에게 그렇게 말하는 것을 들었다네. 그런데 그 일이 일어났지. 어디에서 전쟁이 일어났는지 잘 모르겠지만, 영국인들이 찾아오던 것이 중지되고 말았어. 다음해에 다시 찾아와서 집을 지어 주겠다고 말하는 사람조차 오지 않는 것이었어. 하지만 조부는 여전히 그들이 다시 찾아올 것이라는 믿음을 끝내 버리지 않으셨지. 그가 그런 믿음을 어리석게 품었던 것처럼 지금도 여전히 그것을 믿는 사람들이 있다네. 루카스가 바로 그렇게 믿고 있어. 내가 자네에게 말해 줄 것이 있네. 카나이마가 루카스를 찾아왔다네. 아마 자네도 그 사실을 알고 있을 거야. 루카스가 자네에게 말했을 거라고 생각하네. 카나이마가 찾아왔을 때, 루카스는 이렇게 말했지. '나는 멀리 달아날 거야. 내 말을 잘 들어. 난 영국으로 가고 말 거야. 할아버지의 친구가 나를 그곳으로 보내줄 거야.' 그런데 자네가 이곳으로 오게 되었네. 루카스가 자네에게 말했었나? 영국에 있던 사람들이 조부에게 옷을 보낸 적이 있었지. 우리가 입는 그런 옷이 아니라 그들이 지으려고 했던 그런 집에 어울리는 현대적인 옷이었지. 지금도 몇 개의 옷을 간직하고 있다네. 자네에게 보여주지."

그는 작은 꾸러미를 풀었다. 어느 정도 건조되어서 갈색으로 변한 야생 바나나 잎사귀를 펼치자 옷이 나왔다. 그가 옅은 황갈색으로 변한 것을 집어 들었다. 너무나 낡아버린 옷이었지만, 남자는 그래도 분명히 알아볼 수 있었다. 그것은 튜더 왕조 시대에 유행하던 몸에 꼭 끼는 상의였다. 그 옷은 배반자의 유물이었다.

제4장
삼십년대의 모습

제4장
삼십년대의 모습

나는 이 책을 본격적으로 쓰기 전에, 과거의 이 지역에 대한 기록을 다시 한 번 조사하는 것이 좋겠다고 생각했다. 그래서 트리니다드에 갔을 때, 이 섬의 북동쪽 끝까지 길게 뻗어 있는 도로를 달려서 갤리 포인트를 찾아갔다. 그 이름은 콜럼버스가 붙인 것이었다.

주요 간선도로를 벗어나자 길게 뻗은 아스팔트가 갤리 포인트까지 그대로 연결되어 있었다. 나는 몇 마일 정도 숲을 따라 달렸다. 햇빛이 검은 아스팔트에 반사되면서 강렬하게 빛나고 있었다.

나는 벌써 바람과 바다 소리를 들을 수 있었다. 절반 정도 껍질이 벗겨진 코코넛 나무들이 길 한쪽에 서 있었고 다른 편에는 다듬지 않아서 제멋대로 자란 관목들이 수많은 어린 구아바 나무와(새들이 이곳에 씨를 뿌렸을 것이다.) 함께 서 있었다. 그리고 바람에 이리저리 날리는 신문지와 색이 바랜 판지 다발들이 펼쳐진 채 널려 있었다.

길이 끝나는 곳에는 지금은 사용하지 않는 등대가 있었다. 그 위로 약간 올라가면 금이 간 하얀색 벽에 회반죽인지 콘크리트인지 알 수 없는 것을 다이아몬드 모양으로 더덕더덕 붙여 놓고, 거기에다가 1897년이라는 날짜와 더불어 VDJ라는 글자를 새겨 놓은 것이 보인다. 이 글자는 '빅토리아 여왕 즉위 60년'이라는 의미를 담고 있었다.

그 해는 이중으로 기념할 만한 해였다. 1897년은 빅토리아 여왕의 즉위 60년이었을 뿐만 아니라 영국이 스페인으로부터 트리니다드를 정복한 지 백 주년이 되는 해였다.

좁게 나 있는 길을 따라 내려가면 바위로 이루어진 절벽에 이르게 된다. 그곳은 몹시 위험한 지역이었기 때문에 등대는 지나가는 선박들에게 주의를 주기 위해 고동을 울리고 불빛을 비추었다. 그 절벽에는 많은 흑인들과 소년들이(북쪽에 있는 작은 섬에서 불법적으로 또는 합법적으로 이주한 사람들) 바위에 서 있거나 앉아서 어린 상어를 잡으려는 사람을 내려다보고 있었다. 파도가 칠 때마다 물보라가 튀었다.

낚시꾼은 바다와 일정한 거리를 두고, 입질이 시작된 낚시대를 힘껏 잡아당겼다. 낚시 바늘에 걸린 어린 상어는 바위 틈에 부서지는 하얀 파도 속에서 마구 몸을 뒤틀었다. 상어 새끼는 아주 귀여운 모습을 하고 있었다. 낚시 바늘에 걸린 상어에서는 강하고 사나운 모습을 찾아볼 수가 없었다. 낚시꾼은 상어를 육지 위로 끌어 올렸다. 상어가 축 늘어진 모습을 보니, 그래도 꽤나 크고 무겁게 보였다. 상어를 잡았던 낚시꾼은 구경꾼들이(바위 여기저기에 앉아 있던 그들은 마치 짧은 한낮의 그림자를 드리우고는 은밀하게 숨어있는 것 같았다.) 지켜보는 동안 진지한 표정으로 상어를 다른 고기들 위에 던져 놓았다.

한 줄기 시원한 바람이 불었다. 수세기 동안 밀려오는 파도가 바위에 부딪치면서 여기에 있는 포인트를 조금씩 부수어서 절벽을 만들어 놓았다. 하지만 식물들은 생존할 수 있는 곳이라면 어디든지 뿌리를 내린 채 자라고 있었다. 잔디처럼 생긴 풀들이 바위 위쪽에 있는 움푹 들어간 곳에 얽혀서 모여 있었다. 오래 전에 포인트에서 잘려나간 바위들 위에는 바람을 맞아 뒤틀려지고 물보라에 젖어 이상하게 생긴 나무들이 꿋꿋이 서 있었다. 이 나무들은 언제인가는 그들을 대신해서 자라게 될 어린 나무들을 보호하는 방패 역할을 하고 있었다.

나는 그 나무들의 이름을 댈 수가 없었다. 그 나무들은 우리가 잘 아는 코코넛이나 망고, 빵나무나 대나무처럼 다른 나라에서 수입된 식물들이 아니었다. 바위에 뿌리를 내려 자라고 있는 나무들은 이 대륙과 섬의 토양에 익숙해 있는 토속식물 격이어서 울창할 정도로 뻗어 있었다.

그런 일은 나에게도 일어나고 있었다. 수많은 일이 이곳에서 벌어졌고 우리 이후의 세대들도 여러 가지 일을 당하게 되겠지만, 내가 지금 바라보고 있는 것은 놀랍게도 콜럼버스가 세번째 항해에서 대서양을 건넌 후에 처음으로 보았던 것과 너무나 흡사할 거라는 생각이 들었다.

내가 지금 보는 것이 그 당시에 콜럼버스가 보았던 것과 동일한 바위는 아니겠지만, 그가 보았던 바위로부터 갈라져 나와 생긴 바위들이고 또 그가 보았던 바람을 맞고 있는 나무들도 열, 열둘 혹은 열다섯 번의 순환 주기를 거치면서 지금 내 앞에 다시 서 있는 것이다.

콜럼버스가 그 지점을 갤리라고 불렀던 것은, 그가 보았던 지역이 돛을 단 갤리선처럼 보였기 때문이라고 한다. 하지만 북동쪽에서 바라볼 때 그런 모습은 전혀 찾아볼 수 없었다.

19세기 무렵에 이 섬이 영국의 식민지가 된 이후에 사람들은 오래된 지도가 잘못되었다는 사실을 깨닫기 시작했다. 콜럼버스의 발견 이후로 250년 동안에 인구가 감소하고 대지가 황무지화한 다음이었다. 그 섬은 가장자리가 파괴되어 있어서 스페인 사람들이 정착을 하거나 지배와 탐험 자체도 시도할 수가 없었다. 그래서 콜럼버스가 최초로 발견했다는 사실은 우리의 기억 속에서 사라져 버리고 말았다.

그가 바라보았던 갤리선을 닮은 장소는 섬의 남동쪽 끝단에 있는 길게 나온 모래톱을 가리킨 것이 아닌가 생각한다. 그런데 지금 나는 바위들 사이에서 희게 부서지는 파도를 피로 물들이며 상어잡이를 하고 있는 모습을 다른 구경꾼들과 함께 내려다보면서 동시에 바위 너머로 돌출된 비틀어진 나무들을 지켜보던 콜럼버스의 모습을 떠올리고 있었다.

콜럼버스도 저 절벽과 바위들과 멀리서 파도치는 바다를 바라보고 있었을 것이다. 그러면서도 포인트에는 가까이 접근하지 않았다. 몇 시간만 항해를 더 했다면 섬의 남동쪽 끝단으로 보다 쉽게 도착했을 것이다. 그 근처에 가서 해안에 가까이 다가가니, 사람들이 채소를 심어서 가꾸어 놓은 정원이 보였다. 콜럼버스도 역시 이 섬에다 삼위일체라는 이름을 붙이도록 한 세 개의 나지막한 언덕을 발견했을 것이다. 그리고 몇 시간 후에는 남아메리카 대륙을 최초로 힐끗 바라보게 되었던 것이다. 그래서 이 대륙을 또 다른 섬인 줄 알고 그라시아, 즉 그레이스라는 이름을 붙이게 되었다.

항해는 어쩐지 잘 풀리지 않았다. 이전에 했던 두 번의 항해에서 많은 금을 발견하지도 못했고 그가 하이티에다 세운 식민지는 무엇인가 잘못 되어가고 있었다. 이제 세번째 항해를 하는 순간, 마침내 새로운 지역을 발견하게 되었고 신앙과 구원에 대한 생각으로 가슴이 마구 들뜨기 시작했다.

바로 몇 시간 전까지만 해도 그는 평범한 뱃사람이 아니었다. 15세기 지중해 사람의 눈으로는 검은 바위들과 비틀린 나무들이 섬의 곳곳에서 자라고 있는 것을 보고는 돛을 단 갤리선 생각이 났던 것이다. 그 섬의 바위들은 마치 갤리선처럼 보였고 비틀린 나무들은 그 위에 달린 돛으로 보였다. 그들은 섬을 보면서 갤리선 모양을 떠올렸던 것이다.

그들은 무엇인가 크고 눈에 잘 뜨이는 표적물을 찾았다. 그들은 닳아빠진 바위들이 바다를 향해 돌출되어 있어서 갤리선 모양을 한 눈에 볼 수 있었다. 포르투갈의 범선은 다른 나라의 배들에 비해 약간 작은 편이었는데, 갤리선은 그보다도 훨씬 더 작은 배였다.

나는 바다가 있는 곳으로 시선을 돌렸다. 15세기에 콜럼버스가 보았던 그 장면이 그대로 펼쳐지고 있었다. 나는 섬 본래의 모습을 유심히 바라보았다. 콜럼버스의 자취를 찾을 수 있을 것만 같았다.

하지만 그런 낭만적인 시각을 계속 유지하는 것은 그렇게 쉬운 일이 아니었다. 어린 시절에 나는 섬 본래의 모습을 유심히 바라보는 일 따위는 하지 않았다. 선생님이나 다른 어느 누구도 수업 시간에 상상력을 발휘해서 섬의 모습을 그려 보도록 제안한 적도 없었다.

나는 이곳을 떠난 후, 다시 방문할 때마다 그런 상상을 해 보기 위해 노력했다.

그런데 포인트를 떠나 돌아올 때에는 비바람을 맞아서 희미한 검은색으로 변한 코코아를 말리는 집들이 보였다. 코코아 농장들과 지저분한 정원이 딸린 작은 목조나 콘크리트 집들이 모여 있는 마을은 고속도로 주위에 밀집되어 있었는데, 그것은 마치 내가 어린 시절부터 알고 있었던 식민지의 풍경 같은 느낌이었다. 그것은 시작도 없고 과거도 없으며 원시적인 것이란 아예 존재하지도 않았다고 생각했던 과거의 시절로 돌아간 듯한 느낌을 주었다.

언어로 느낌을 잘 전달하지 못했던 어린 시절에 나는 종종 태양과 열기가 이곳의 역사를 다 태워버린 것이 아닌가 하고 생각했다. 나는 기념 엽서와 우표를 이용해서 이곳을 매혹적으로 보이도록 하려는 방법에는(그런 방법은 화가들에 의해 자꾸만 되풀이되는 수단이었다.) 회의적이다. 그 안에다 그려 넣었던 것들은 주로 만이

나 해안, 피치 레이크, 꽃이 피어 있는 나무들과 건물들 그리고 다양한 인종들과 뒤섞인 주민들이 대부분이다.

여러 해가 지난 후에 나는 내가 품고 있었던 공허한 느낌이 나의 기질과 밀접한 관계가 있다는 생각을 하게 되었는데, 이러한 기질은 여러 민족들이 서로 뒤섞인 집단으로 최근 이주한 아시아 계열의 어린 아이들로부터 주로 발견되는 그런 기질을 말한다.

이주한 아이들은 과거를 돌아다보아도, 가족들이 가지고 있었던 과거란 전혀 없고 단지 공백만을 발견하게 된다. 그러나 그 당시에도 나는 여전히 상실하고 있는 어떤 것 그리고 뿌리까지 뽑히고 만 어떤 것들에 대해서는 반응을 하고 있었다는 느낌이 든다.

멀리 떨어진 곳에 있는 지역 사회의 사람들처럼 우리는 방문객들이 찾아오는 것을 무척 좋아했다. 비록 여행 안내 게시판에 실린 환상적인 생각은 신뢰하지 않고 있었지만, 이처럼 척박한 땅에 정착하고 살아갈 수 있었다는 사실 하나만으로도 충분한 교훈을 주는 관광지가 될 수 있을 거라는 생각이 들었다.

돛단배가 증기선으로 대치되면서 방문객들과 여행자들의 수가 빠른 속도로 증가하기 시작했다. 여행자들은 태양을 즐기기 위해 찾아오지는 않았다. 그들은 단지 구경거리를 보기 위해 찾아온 것이었다. 그들은 오히려 따가운 햇빛을 피하면서 자신의 피부를 보호했다. 에드워드 양식의 옷과 모자, 우산, 양산 등을 가지고 파나마 운하를 파는 광경을 보기 위해 찾아왔다. 그들은 피치 레이크의 딱딱하게 굳은 표면을 걸어보기도 했다. 그리고 코코아 열매와 코코넛이 나무에서 자라고 있는 것을 보았다.

이런 것을 수확하는 일에는 풍부한 집단 농장의 노동력이 요구되었다. 그들은 또한 역사를 확인하기 위해서 이곳을 방문했다. 그들은 18세기에 엄청난 규모의 해전이 벌어졌던 바다에 직접 나가보기를 원했다.

그 당시는 유럽의 열강들이 카리브해에 있는 풍부한 설탕이 생산되는 작은 섬들을 지배하기 위해 싸웠던 시절이었다. 제1차 세계대전을 겪은 후에는 영광을 누리던 제국의 개념이 어디론가 사라져 버렸다. 치열했던 해전과 18세기의 뛰어난 사령관들의 이름들도 그만 잊혀져 버리고 말았다.

여행자들은 추운 겨울과 우울증에서 벗어나기 위해 태양빛을 찾아 이곳을 방문했다. 그들은 손상되지 않은 장소들, 즉 많은 시간이 흘렀어도 한 번도 발견된 적이 없는 그런 장소에 있고 싶어서 찾아 왔던 것이다. 따라서 이제 섬들은 관광객들을 맞이하기 위해 재단장을 하고 있었다.

해마다 선박 여행으로 오는 사람들 중에는 한두 명의 작가들이 포함되어 있게 마련인데, 그들은 여행기를 집필하기 위해서 일기를 쓰면서 사진을 마구 찍었다. 여행 안내서인 이런 책들은 그 형태가 빅토리아 시대에 유행하던 여행 일기의 전통을 이어받기는 했지만, 오십 년 혹은 육십 년 전에 활동했던 트롤롭이나 찰스 킹슬리 혹은 프롯드와 같은 작가들의 책과는 전혀 다른 내용이었다.

그들은 카리브해 연안의 섬들에 대한 제국주의적인 문제점들은 전혀 다루지 않고 있다. 그들의 글에는 노예 제도를 폐지한 후에 노동력이 모자라는 점, 농장이 황폐하게 방치된 점, 반항적인 식민지들에 대한 문제라든가 또는 다른 서구 열강들과의 경쟁 등을 비롯한 빅토리아 시대의 어두운 그림자가 전혀 남아 있지 않았고, 제국의 영토가 줄어들게 될까봐 걱정할 일도 없었다. 이런 선박 여행을 통해 출간된 책들은 과거에 식민지였던 곳들을 여행하면서 쓴 것이 대부분이지만, 사실상 과거를 깨끗이 청산한 세계의 일부분을 다루고 있을 뿐이다. 다시 말하자면 콜롬비아에 있는 카르타니아의 요새를 찍은 많은 사진들은 골동품을 찍은 것처럼 보이고 금이나 스페인의 대형 돛배 그리고 스페인 사람들을 희미하게 연결해 주는 정도였다. 아이티에 있는 흑인 제국이었던 크리스토프 성의 잔해는 마치 이집트의 신비처럼 보였다. 이런 세계는 죽어 있어서 오히려 안전하다.

이런 선박 여행을 통해 나온 책들은 모두 비슷한 것들이었다. 어느 누구라도 그런 책을 발간하면서 많은 돈을 벌 수는 없을 것이다. 내 생각에 따르면 이런 것들은 선박 여행으로 바다 어딘가에서 하루를 보내기를 꿈꾸는 일반 독자들을 위해서 곤궁한 작가들이 써낸 불경기 시절의 소산물이다. 항상 현실적이고 지식이 많은 작가들은 특별한 내용의 여행 책자를 쓰게 되는데, 신기하게도 나온 책들의 내용은 대부분 일반적인 내용들뿐이었다. 그것은 아마도 먼저 쓴 작가들이 담은 모든 내용들을 다 담으려 했기 때문이었을 것이다. 그리고 또한 이런 여행용 책을 쓴 작가들이 실제로 작가들인 양 여행자들인 양 특히 식민지를 여행하는 것인 양 행동했기 때문이었을 거라고 생각된다.

그런 책에서 보게 되는 트리니다드 편은 아침 나절의 도크에 대한 설명으로 시작한다. 그리고 거리에서 손쉽게 찾아볼 수 있는 혼합된 인종들을 언급하고 있다. 어떤 작가는 아프리카 사람들이 걸어다니면서 바나나를 먹는 것을 유심히 관찰했다. 다른 작가는 동인도 여인들이 보석들로 온몸을 치장하고 인도의 고유의상을 입고 있는 것을 목격했을 것이다. 또한 앙고스투라 맥주 공장도 견학했을 것이다. 피치 레이크와 유전, 만과 칼립소(서인도 제도 트리니다드 원주민들이 춤추면서 부르는 즉흥적인 노래) 연주장을 방문했거나 만약 칼립소가 시작되는 때가 아니었다면 춤을 추면서 무아지경에 빠지는 아프리카 분파 중의 하나인 샹고나 샤우터에 관련된 지역을 찾아갔을 것이다.

그런 책이 나오게 된 배경에는 지역 안내자의 도움이 컸을 것이다. 여러 작가들을 안내해 준 그런 사람은 트리니다드에 대해서 무엇을 가르쳐 주어야 하는지 잘 알고 있었다. 주로 백인이나 뮬레토처럼 세상 일에 대해 약간 초연한 사람이 그 역할을 하는데 이와는 달리 지역 주민들은 멀리 떨어져서 배경에나 나타나는 인물 정도로 취급된다.

한 작가가 보았던 바나나를 먹고 있던 아프리카 사람들을, 다른 작가는 두 가지 색깔로 된 신발을 신고 있는 사람들로 만들어 버릴 수도 있다. 그들이 두 가지 색깔로 된 삐걱거리는 새 신발을 신고 있다고 쓰는 작가는 계속해서 아프리카 사람들은 번쩍거리는 신발을 아주 좋아하기 때문에 새 신발을 구두 제조업자에게 가져가서 번쩍거리게 해 달라고 부탁한다고 말할 수도 있다.

시골 지역에 사는 인도인들은 따로 동떨어져 있는 집단이다. 그들이 사용하는 언어나 종교에 관해서는 거의 알려진 바가 없다. 그렇게 쓴 작가나 그의 안내인들은 이런 류의 정보에는 별로 관심이 없었던 것 같다.

이런 책들이 기분을 상하게 하지는 않지만, 지역의 주민들도 그다지 관심을 두지 않았다. 두 가지 색으로 만든 신발을 신고 삐걱거린다든지 하는 좀 사치스러운 것들은 이 지방의 아프리카인들이 갖고 있는 유머 감각이나 칼립소의 환상과 잘 어울릴 것이다.

지금은 상상하기가 어렵겠지만 지방 사람들은 무시를 당한다는 생각을 품으면서 살아가고 있다. 그러나 그런 모욕을 참으면서 이런 책의 내용들을 읽고 있으면 독자들에게 유용한 어떤 것을 발견할 수도 있었다.

1930년대 초기에 트리니다드에 대해서 쓴 저서들 중에서 피진어나 크레올어로 제목을 붙인 『만약 게가 걷지 않는다면』이라는 책이 있었다. 이 책을 집필한 오웬 루터는 이런 문장을 썼다.

"기차를 타는 것은 좋다. 하지만 버스는 다른 사람들의 비웃음을 살 수 있다."

아버지는 지방 잡지에 오웬 루터가 한 이 말에 대해서 논설을 실었다. 이 일은 내가 태어난 지 얼마 후의 일이었다. 몇 년이 지난 후에 나는 비록 어린 아이였지만 아버지의 책상 위에 놓여 있던 잡지를 보고 곧 그 기사에 도취되고 말았다.

그 기사에 씌어진 풍자적인 묘사나 지방 버스 차장들의 재미있는 실수, 정류소에 붙여놓은 말도 안 되는 운율 등이 무척이나 흥미롭게 느껴졌다. 나는 여러 번이나 이 기사를 읽어 보았다. 그것은 내가 어디에 있는지를 생각하도록 도와준 것 중의 하나라고 생각한다. 루터의 책이 아니었다면 아버지는 지방 버스에 대해서 쓸 만한 내용을 발견하지 못했을 것이다. 그것은 하나의 연결고리가 된 것이다.

확실하지는 않지만 다음의 문장은 트리니다드 해변가를 찍은 사진을 배경으로 하여 오웬 루터가 지방 문학 잡지에 실은 것이다.

"석양이 질 무렵 야자수에 싸여 있는 해변가의 쓸쓸한 화려함."

그 문장 다음에는 석양이 지는 하늘을 담은 사진과 더불어 이런 글이 실렸다.

"길게 뻗어있는 구름들이 하늘에 가득하고 달콤한 하루가 서서히 저물고 있다."

해변의 풍경이나 일몰의 광경은 모두가 대단히 아름다운 것이었다. 오웬 루터의 그런 말은 우리에게 덤으로 주는 축복과도 같았다. 프란치스 파크맨과 같은 사람은 그가 보스톤에서 벌어들인 돈을 모두 갖고 1840년에 미국 황야의 장엄함을 쫓아서 오레곤까지 왔을 때, 그가 느끼는 어떤 특별한 장면을 표현하기 위해 이탈리아의 그림과 비교하였다. 이탈리아 그림은 그 당시에 유행하던 복제 작품들 가운데 하나였다.

'본다'라는 것은 순수함이나 다른 무슨 특별한 재능이 필요한 행동은 아니다. 바라보는 것은 훈련을 통해 습득될 수 있으며, 한 가지를 다른 것과 비교할 수 있는 능력에 달려 있다.

내가 다른 상황에서는 식별할 수 없었을지도 모르는 나무들과 검은 바위들이 뒤범벅이 되어 있는 광경을, 콜럼버스는 또 다른 측면에서 15세기 갤리선의 모습으로 바라보았던 것이다.

그런 갤리선 모양을 본 다음, 그는 다시 남쪽 해안으로 항해하다가 봄을 맞이하고 있는 발레시아 마을처럼 아름다운 토착민들의 마을을 발견하게 된다. 물론 '아름다운 마을'이라는 것은 그가 전에 몇 번이나 보았던 멀리 떨어져 있는 다른 섬과의 비교에 의한 것이었다. 콜럼버스는 이전까지 한 번도 본 적이 없던 식물들을 발견했다. 손상되지 않은 원시의 섬에 대한 최초의 인상은 대단히 감동적인 것이었다.

그리고 여러 세기가 지나가면서 우리는 우리를 방문하는 사람들로부터 우리가 어디에 있으며 우리가 어떠한 사람인가에 대한 아이디어를 얻는 것이 필요했다. 하지만 혼자의 힘으로는 그런 일을 할 수가 없었다. 우리는 외국인들의 증거가 필요했다. 그러나 이런 증거들과 더불어서 무시하는 경향도 따라오게 되었다. 그것은 역사를 거꾸로 가게 하는 것과 같았다.

여행자들은 바나나를 먹고 있는 사람들이나 삐걱거리는 신발을 신고 있는 사람들에 대해 어느 정도 거리감을 느꼈다. 그런 거리감은 일종의 편견과도 같은 것이었다. 그렇기 때문에 여러 대륙에서 다양한 방법으로 이곳에 오게 된 사람들은 원주민들과 삶의 문제를 함께 고민해야만 했고 새로이 시작되는 역사의 동반자이며 개척자의 역할을 감당해 나가야만 했다.

1937년에 포스터 모리스라는 젊은 영국인 작가가 이곳에 와서 『그늘진 제복』이라는 책을 썼는데, 그것은 선박 여행용 책들 따위와는 전혀 다른 종류의 책이었다.

그 해에 트리니다드에서는 대규모의 유전 노동자 파업이 일어났다. 포스터 모리스가 이곳으로 오기 전에 이 지방의 상태에 대해서 이미 알고 있었는지는 잘 모르겠다. 하지만 그의 책은 파업과 파업의 성격에 대해서 주로 다루고 있었다.

석유는 금세기초에 발견되었다. 섬의 남부 지역의 대부분이(콜럼버스가 보았던 아름다운 발렌시아처럼 보이는 토착민들의 정원이 있는 곳) 석유가 매장된 곳이었다. 트리니다드에 있는 유전에서 일하는 대부분의 노동자들은 '그라나다'라고 하는 작은 섬에서 이곳으로 건너온 아프리카인들이었다. 지방 주민들과 동인도인들이나 아프리카인들이 유전에서 일을 한 적도 있었다.

하지만 급진주의자들이 주장하는 것처럼(내 생각에도 그들의 방식이 바람직하다고 여겨진다.) 권력을 누리고 있는 통치자들은 지방 노동력 시장을 방해하고 싶지 않았기 때문에 주로 유전에는 독립된 노동력을 투입시키기를 원했다.

지방 주민들은 그라나다에서 살고 있는 사람들이 얼마나 가난하고 무식한가를 단적으로 보여주는 이야기를 전해 주었다. 나는 그 이야기를 어린 시절에 들었기 때문에 다 이해하지도 못했을 뿐만 아니라 그 당시에는 그라나다 사람들이 누구이며 어디에서 무엇을 하는 사람들인지도 몰랐다.

그라나다 사람들은 땅에서 나는 식량에만 의존하면서 살았는데, 그것을 역청 깡통에다 담아서 요리를 한다는 것이었다. 땅에서 나는 식량들이란 구근류 즉 얌이나 에도스, 카사바, 고구마와 같은 종류의 것들이었다. 역청 깡통이란 원래는 수입해서 들여온 식물성 기름을 담는 깡통을 말하는 것이다.

일반적으로 트리니다드에서는 그런 깡통들은 역청을 저장하는 일에 사용했기 때문에 우리가 석유를 가리킬 때 일반적으로 사용하는 말이 되었다. 그래서 그라나다 사람들이 땅에서 나는 식량들을 역청이 들었던 깡통에 담아서 요리한다는 이야기는, 단지 음식의 양만 많을 뿐이지 그 질은 사실 형편이 없다는 의미를 담고 있었다.

하지만 그런 음식들도 순식간에 해치우는 그라나다 사람들의 모습은 그들의 엄청난 식성을 단적으로 말해 주는 것이었다. 그들은 너무도 가난하였기 때문에 우리처럼 에나멜 그릇이나 아니면 검은 쇠로 만든 버밍엄산 냄비조차 살 만한 형편이 아니었다. 그들은 우리가 석유를 가리킬 때 일반적으로 사용하는 말이 되었다. 그래서 그라나다 사람들이 땅에서 나는 식량들을 역청이 들었던 깡통에 담아서 요리한다는 이야기는, 단지 음식의 양만 많을 뿐이지 그 질은 사실 형편이 없다는 의미를 담고 있었다.

하지만 그런 음식들도 순식간에 해치우는 그라나다 사람들의 모습은 그들의 엄청난 식성을 단적으로 말해 주는 것이었다. 그들은 너무도 가난하였기 때문에 우리처럼 에나멜 그릇이나 아니면 검은 쇠로 만든 버밍엄산 냄비조차 살 만한 형편이 아니었다. 그들은 우리가 석유를 담기 위해 사용했던 깡통에다 요리를 했던 것이다.

나는 그라나다 사람들에 관한 이야기를 말다툼을 좋아하는 숙모에게서 듣게 되었다. 내가 기억하기로는 숙모님은 스페인 항구의 우드부룩에 있었던 작은 집의 콘크리트 뒷계단에 앉아서 날카로운 음성으로 이야기를 들려 주었다. 숙모님은 코코넛 잎사귀로 만든 부채를 연신 흔들었다.

그 당시에는 시골에서 피난을 온 많은 친척들이 우드부룩의 집에서 다 함께 살면서 비좁게 보내고 있었다. 그곳은 아직 하수 시설이 제대로 되어 있지 않았다.

몇 년 후에 숙모는 캐나다로 이민을 가셨다. 혼잡하고 가난하고 초라했던 생활에서 벗어나 자유를 누리게 된 숙모는 민감하고 너그러우면서 아주 우아한 여인이 되셨다고 한다. 하지만 뒷계단에 앉아 부채질을 하면서 날카로운 목소리로 말하던 숙모에게 그러한 점이 있으리라고는 전혀 상상이 되지 않았다.

그라나다 사람들과 역청 깡통에 대한 이야기는 전쟁 도중에 들었던 이야기인데, 몇 년 후에 그들은 1937년에 일으킨 파업으로 널리 알려지게 되었다. 1937년 이전에 그들이 거의 주목을 받고 있지 않았을 때에는 그들은 무척 어려운 시절을 보내고 있었다. 그래서 좁은 지역에 고립된 채 후진성을 면하지 못하고 있었을 때 그들 중에서 지도자가 나타났다.

그 지도자는 '튜발 우리히 버즈 버틀러'라는 긴 이름을 가진 작은 체구의 턱수염을 기른 사람이었다. 그는 유명한 설교자였는데 열정을 지니고 있어서 유전 노동자들을 열광의 도가니로 몰아갔다.

그는 다른 사람들을 끌어당기는 힘을 가지고 있었다. 그는 사회주의자나 공산주의자를 비롯한 수많은 급진적인 사람들과 손을 잡았다. 그와 노동 조합이 단결하면서 일으킨 파업은 거의 폭동에 가까운 것이었다.

그들은 경찰관 한 명을 잡아서 유전 지역에 묶어 놓았다. 그리고 산 채로 경찰관의 몸에 불을 질렀다. 정부는 서둘러 지원군을 모집해서, 무장을 시켰다.

그 당시의 험악한 분위기는 1805년이나 혹은 1831년에 일어난 노예들의 폭동 때와 비슷했던 것 같았다. 그리고 노예 제도 당시에 그랬던 것처럼 격앙된 감정이 가라앉자, 그들은 다시 그들 본연의 모습으로 돌아갔다.

이것이 포스터 모리스가 쓴 책의 주제였다. 그는 튜발 우리히 버틀러와 그 주위의 사람들에 대해서 상세하게 서술했다. 그는 대단한 정성을 기울여 그들을 묘사하였다. 그리고 그들의 가족들과 그들의 배경에 대한 내용을 덧붙였다. 풍자나 빈정대는 투가 아니라 그들이 말한 것을 그대로 다루었다.

과거에는 지방 주민들에 대해 이런 식으로 쓴 작품이 없었다. 작가는 그들이 마치 영국인들이라도 되는 것처럼, 사회적인 책임감과 성실함 그리고 확고한 이성을 지닌 사람들로 묘사했다.

그의 의도는 좋았지만, 그것은 분명히 잘못된 것이었다. 그의 글에서 그가 극구 칭찬했던 몇 명의 변호사나 선생 같은 사람들조차도 포스터 모리스가 잘못 설정한 사회적인 지위에 당황할 정도였다.

포스터 모리스의 시야에서 빠졌던 것은 우리 모두의 진정한 삶의 모습이었다. 우리는 불합리한 감각이나 희극적인 생각을 품은 채 살아가고 있었다. 포스터 모리스는 우리의 진정한 모습을 모르고 있었다.

그가 평범한 사람들에게 부여한 질서는 우리의 현실과 맞지 않는 것이었다. 그가 묘사한 배경(질서와 가치 그리고 노력해서 얻을 수 있는 모든 가능성)은 사람들이 스스로에 대해 정말로 책임감을 갖고 있을 때에만 성립되는 것이었다.

하지만 우리는 그 정도로 책임감이 있는 사람들이 아니었다. 우리는 지금까지 많은 것들을 박탈당했으며 배경이라고는 아무것도 갖추고 있지 않았고 과거에도 그런 것들은 전혀 없었다.

우리가 알고 있는 과거란 할아버지의 시절 정도에서 멈추어 버리고 말았으며, 그 이상은 공백일 뿐이었다. 하늘에서 우리를 내려다 본다면 바다와 관목들이 우거진 숲 사이에 지은 작은 집들에서 살고 있는 것을 알 수 있다. 바로 이것이 오래 전에 그 장소로 옮겨진 우리 삶의 진실한 일면이었다. 우리는 단지 그곳에서 이리저리 떠돌고 있을 뿐이었다.

포스터 모리스는 우리를 정확하게 묘사하려고 했지만, 모든 것을 박탈당하고 만 우리의 진정한 현실을 이해하지는 못했다. 그는 단지 우리를 영국인들의 다른 형태로만 간주하면서 우리의 모습을 아주 단순하게 그렸다. 예를 들면 그는 튜발 우리히 버즈 버틀러가 구세주로 추앙을 받았으며, 또한 파업이 한창일 때에는 변호사와 같은 지식인들이 엄청난 영향력을 행사하게 되리라는 소박한 믿음을 갖고 있었다.

그에게 그러나 약간은 의식화되고 지적인 면이 없었던 것은 아니었지만, 대중들을 동원하고 이끌어가는 일에는 많은 부족함이 있었다. 그라나다 사람들이 역청 깡통에다 끓인 구근류를 먹고 있다는 사실을 포스터 모리스는 결코 이해하지 못했던 것이다.

이것은 포스터 모리스가 이 섬을 둘러싼 상황들을 잘 이해하지 못하고 있다는 사실을 반증하는 것이기도 했다. 성난 군중들이 찰리 킹이라는 흑인 경찰관을 산 채로 불에 태우도록 만든 것은 분노와 열정의 또 다른 측면이었다.

포스터 모리스는 찰리 킹이라는 사람이 트리니다드에서 미움을 받았던 것이 아니라는 사실을 이해하지 못한 것 같았다. 찰리 킹은 사실 칼립소 음악이나 민요에 남을 정도로 특별한 희생적인 인물이 되었고 우리히 버틀러만큼이나 유명하고 거의 존경받는 입장이 되었다. 그가 화형을 당했던 장소가 이제는 찰리 킹 거리라는 이름으로 불리고 있다. 이 신성한 장소에도 약간의 해학이 도사리고 있었다.

1937년이 되었을 때, 나는 겨우 다섯 살이었다. 나의 기억이 희미한 것은 어쩌면 아주 당연한 일이다. 그래서 유전에서 벌어진 파업에 대한 모든 이야기는 나중에야 알게 되었다. 전쟁이 일어나서 트리니다드에 미국인들이 주둔하고 있을 때에는 그 장소가 돈으로 가득 차게 되었다.

전쟁이 벌어지고 있는 동안 버틀러는 내내 억류되어 있었다. 그가 풀려나자 약간의 흥분이 있었지만, 그것은 아주 미미한 정도였다. 혁명가로 감금되었던 그가 이제는 광대로, 회색빛 턱수염을 기른 사람으로, 정장 차림을 좋아하는 사람으로 감옥에서 출소했다.

그는 1937년이라는 그 엄청난 시절에 그의 도움으로 힘을 얻었던 변호사들이나 다른 사람들에게 이제는 커다란 곤혹스러움을 안겨 주었다. 그는 새로운 정치 운동을 시작했다. 하지만 그는 시대 착오적인 인물이 되었다. 헌법이 새롭게 개정되었고 선거가 시행되었다.

버틀러는 자기의 정당을 다시 만들었다. 그 정당에는 '대영제국 노동자와 시민들의 가정 통치 정당'이라는 우스꽝스러운 이름이 붙여졌다. 그는 선거에 이겨서 새로 생긴 입법부에 한 개의 의석을 갖게 되었다. 그는 중요한 정당 사업을 시작하게 되었던 것이다.

입법부의 의원 자격으로 그가 한 일이라고는 아무것도 없었다.

그는 영국으로 오랫동안 외유를 했는데 사람들은 그가 추운 나라로 '감기 걸리러 갔을 뿐'이라고 비난했다.

그는 그라나다인들로 구성된 지지자들로부터 어느 정도 기부금을 받고 있었다. 한 번은 그가 해외에서 돌아올 때, 비행기 승무원에게 감사의 마음을 표시해야 한다고 주장한 적이 있었다.

포스터 모리스의 책을 보면 버틀러를 간디와 같은 한 명의 위대한 혁명가로 보면서 그가 처한 위치를 생각하고 잘못된 습관을 해결하는 일에 공헌한 사람으로 묘사하고 있는데, 그것은 아주 잘못된 것이었다.

1950년에 내가 트리니다드를 떠날 무렵, 그 책은 오웬 루터의 『만약 게가 걷지 않는다면』이나 『거친 서인도제도』를 비롯한 다른 선박 여행 책들과 함께 사라지고 말았다.

나중에 영국에서 머무르고 있을 때 나는 포스터 모리스에 대해서 좀더 많은 것을 알게 되었다. 나는 1954년 이후 내가 대학을 졸업하고 런던에 살면서 글을 쓰려고 할 때 주로 도서관에서 생활했다.

트리니다드에 있을 때 나는 그를 단지 영국인 배반자로서 식민지의 모든 인종적인 방식들을 반대했던 인물로만 알고 있었다. 그러나 영국에 와서 보니 모든 사정이 다르게 보였다.

그는 알렉 보우의 『젊은이의 베틀』과 같은 흐름의 성인 세대에 대한 책을 썼는데, 어떤 소설들은 초기 그레이엄 그린의 문체와 비슷했다. 그는 어느 정도 명성을 누리고 있는 작가였다. 그는 삼십년대의 작가로 활동하면서 그 시대의 지적인 흐름을 이끌어 가는 사람들 가운데 하나였다.

그들은 전쟁이 일어나기를 기다리는 급진적인 사람들과는 달리 각자 자기만의 삶의 방식을 가지고 있었으며, 해외로 나가 여행을 하면서 19세기 유럽의 제국주의를 이해하려고 노력했다.

오든과 이셔우드는 중국으로 떠났다. 오웰과 다른 사람들은 스페인으로 향했다. 그레이엄 그린은 서부 아프리카와 멕시코를 방문했다. 제프리 고어는 서부 아프리카로 가서 『아프리카 춤』이라는 아프리카에 대한 새로운 종류의 책을 썼다. 그리고 포스터 모리스는 트리니다드로 가서 『그늘진 제복』이라는 책을 집필한 것이다. 그는 전쟁 전에 좋은 출발을 했지만 그 이후에는 명성을 계속 쌓아가지 않고 어느 정도 일선에서 뒤로 물러섰다. 1950년 중반 무렵에도 여전히 그의 이름은 널리 알려져 있었지만, 그것은 평론이나 라디오에서 언급하는 정도로만 그쳤지 더 이상 작가로서 이름이 거론되는 것은 아니었다. 그래도 신문이나 라디오에서는 여전히 그의 이름이 흘러나왔다. 비록 영국에서는 그의 이름이 가려지고 삼십년대를 위한 책이나 기사거리에서 그의 이름을 발견하기가 어렵게 되었어도 내게는 그가 특별한 방법으로, 즉 과거의 어린 시절에 만난 중요한 인물이었다. 내가 트리니다드에서 보낸 생활은 몹시 공허한 것이었지만, 그를 만나면서 나는 많은 것을 배울 수 있었다.

나는 1955년에 영국 BBC방송국에서 시간제 근무를 하고 있었는데, 그것은 카리브 지방의 사람들을 위한 문학 프로그램으로 매주 30분 동안 진행하는 것이었다. 그 프로그램은 전후에 씌어진 몇 권의 영국 소설들을 다루고 있었다. 그러던 어느 날 프로듀서가 진행표를 집어들면서 말했다.

"이번에는 포스터 모리스의 작품 세계를 다룰 생각이야."

나는 그 프로듀서가 포스터 모리스의 이름을 아무런 격의도 없이 부를 정도로 그 사람이 접근하기 쉬운 인물인지 거의 믿을 수가 없었다.

"포스터 모리스를 잘 아세요?"

나는 호기심이 어린 목소리로 물어보았다. 프로듀서는 나를 쳐다보면서 웃음을 터뜨리더니 이렇게 말했다.

"포스터는 물구나무서기도 할 수 있는 그런 사람이야."

나는 킬번에 있는 오래된 집에서 살고 있었는데, 바로 그 뒤에는 고몽 스 테이트라는 영화관이 위치하고 있었다. 영화관에서 그다지 멀지 않은 간선 도로의 한쪽으로 나 있는 길 옆에 공공도서관이 있었다. 그 도서관은 내가 이용하기에 적당한 장소였다. 훌륭한 책들은 다른 사람들이 거의 손을 대지 않은 상태였고 미술 서적들도 거의 새 책이나 다름없을 정도로 상태가 좋은 것들이었다. 나는 모리스의 자료를 찾기 위해 그 도서관으로 걸어가면서 말했다.

"그곳에도 전쟁의 혼란이 배어 있을 거야. 내가 찾는 책을 구할 수 없을지도 몰라."

그러나 나의 생각은 틀린 것이었다. 17년 혹은 18년이 지난 이후에도 『그늘진 제복』은 여전히 책꽂이의 그전 자리에 그대로 꽂혀 있었다. 전쟁 전이나 전쟁 기간 동안에도 몇 번 대출이 되었을 것이다. 그렇지만 지금도 그 자리에 덩그라니 남아 있었다.

내가 과거에 야심을 품고 읽었던 바로 그 책의 낡아빠진 표지를 다시 만져보니 어쩐지 이상한 느낌이 들었다. 책 위에 찍힌 그의 이름을 보는 것도 이상했고 전쟁 전에 만들어진 좋은 재질의 종이와 전쟁 전의 날짜 그리고 이 작가의 작품 목록을 적은 것은 더더욱 야릇한 느낌을 주었다. 당황스러워하면서 동시에 감동을 받았던 것은, 책장을 넘기자 버틀러가 일으킨 파업에 가담한 사람들과 사건들이 인용된 것을 본 순간이었다.

그것은 내가 지금까지 잊어버리고 있었던 것이었는데, 이 책의 제목은 『베니스의 상인』에서 인용한 것이었으며, 포샤의 구혼자 가운데 한 명이었던 모로코 왕자의 말을 빌린 것이었다.

나의 피부색 때문에 싫어하지 마세요.
번쩍거리는 태양의 그늘진 제복이랍니다.
저는 그의 가까운 이웃이기도 하고 그 안에서 자랐지요.

나는 생각의 실마리를 잡기 시작했다. 포스터 모리스는 내가 태어난 곳을 잘 알고 있었다. 나는 그에게 도움을 청할 수도 있었다. 나는 그 당시에 몹시 도움이 필요했다.

런던에 있는 동안, 나는 하루하루를 근근히 이어가고 있었다. 집은 길 가에 있는 이층이었는데 목욕탕과 화장실은 공동으로 사용하고 있었다. 하지만 그것은 별로 나쁜 환경이 아니었다.

사실 나는 그 정도의 환경에서 지낼 수 있는 것도 행운이라고 여겼다. 그 당시에는 비유럽인들에게는 거의 방을 빌려 주지 않았다. 킬번에서 구한 집은 지난 2년 동안 옥스퍼드에서 지냈던 집보다도 사정이 훨씬 나았다.

BBC방송에서 내가 하는 일은 보잘 것 없었을 뿐만 아니라 장래도 불확실한 것이었다. 사실 모든 것은 나의 글쓰기에 전적으로 달려 있었다. 그것만이 내가 런던에서 머무르고 있는 궁극적인 목적이 되고 있었다. 그런데 지금 여러 달 동안 글을 쓰면서 나는 방향을 잃고 말았다. 출발은 잘 했는지 모르지만, 지금은 멀리 빗나가 버렸다.

트리니다드에서 학교를 졸업하고 영국 옥스퍼드로 가려던 낙관적인 시절에 나는 마음만 먹으면 언제라도 소설이나 글을 쓸 수 있을 거라고 생각했다. 그 당시에 나는 레드하우스 의자에 앉아서 아프리카 출신의 직원들이 이런 저런 한담을 나누고 있던 것에서 힌트를 얻어, 정치적인 이유로 아프리카 왕의 이름을 갖게 된 한 아프리카인에 대해 생각하기도 했다.

1949년을 회상하고 있으면 기분이 좋아진다. 그러나 그 당시에 겨우 열일곱 살이었던 나는 자료들은 많았지만 그것으로 무엇을 어떻게 다루어야 하는지를 알 수가 없었다. 그래도 나는 계속해서 글을 써내려 갔고 내가 쓴 글을 갖고 옥스퍼드로 건너갔다.

나는 두 해가 지난 뒤에 작품을 탈고했다. 끔찍할 정도로 외로웠던 길고긴 여름 방학 동안에 나는 그 작품을 마쳤던 것이다. 끝냈다는 것이 어떤 가치를 부여할 만한 일은 아니었지만(비록 그 안에 숨겨진 것들은 있었을지라도), 그래도 이백여 페이지가 넘게 타이프로 작성한 그 책을 다 끝냈다는 사실은 내게는 무척 중요한 일이었다.

내가 옥스퍼드를 떠나서 런던으로 갔을 때, 나는 다른 작품을 시작했다. 이번에는 희극이 아니라 아주 심각한 내용의 작품이었다. 주인공은 스페인 항구의 일반 등기 사무실에서 서기로 일했던 나 자신을 닮은 사람으로 정했다.

사실대로 말하자면 나는 그 당시에 주인공이나 무대를 어떤 식으로 결정해야 하는지 알 수가 없었다. 그런 것을 분명하게 볼 수가 없었던 나로서는 거짓말을 만들거나 식민지 양식으로 어느 정도 자랑을 섞어서 주인공을 그의 환경에서 따로 분리시켜 그를 좀더 고상하게 보이도록 애를 썼다. 그리고 내가 최대한으로 생각해 낸 이야기 방식의 서술이란 이 주인공의 생애 중의 하루를 묘사하는 것이었다. 나는 빠른 속도로 글을 쓰기 시작했다.

그 당시에 내 나이는 스물두 살이었다. 하지만 아무런 보호자도 없었던 나는 장래에 대한 전망도 없이 야망만 가득 차서 나 자신이 어떤 사람인지도 잘 알지 못했다. 글을 쓴다는 것이 나 자신을 분명하게 바라볼 수 있도록 도와준 것만은 사실이다. 돈을 벌기 위해 BBC 방송국에서 근무하기 전에는 날마다 꾸준히 적당한 분량의 소설을 써 나갔다.

나는 내가 잘 깨닫지 못하는 사이에 진실에서 멀리 떨어진 날조된 내용들을 썼는데, 이것이 나를 압박했고 내가 스스로 만들었던 작은 구멍으로 점점 더 밀려 들어갈 뿐이었다.

스페인 항구의 등기소 사무실에서 근무하는 동안, 나는 얼마나 신나게 미래를 꿈꾸고 있었던기? 일이 없는 여유 시간에는 작가인 양 종이에다 글을 써서 교정도 하고 원고처럼 보이도록 만들기도 했었다. 그러나 지금은 글을 쓴다는 것이 필사적일 수밖에 없었다. 내가 킬번 도서관에서 『그늘진 제복』이라는 작가의 작품을 대했을 때, 나는 몹시 기분이 우울했기 때문에 포스터 모리스에게 도움을 청하기로 결심하였다.

녹음하기로 예약된 날 아침에 나는 녹화실 안으로 들어가서 담당자와 프로듀서와 함께 유리창 뒤에 앉았다. 포스터 모리스는 얼굴이 둥글고 시력이 나빴으며, 약간 수줍은 듯한 미소를 짓는 땅딸막한 중년의 남자였다. 그의 나이는 한 쉰 살쯤 되어 보였다. 그는 시력이 나쁜데다 자주 어깨를 움츠렸다. 마이크의 음성 테스트를 위해서 몇 마디 말을 해 보라는 부탁을 받았을 때 그가 한 이야기는 대단히 인상적인 것이었다. 그는 마이크를 잡더니 약간 굵은 목소리로 이렇게 말했다.

"어느 날인가 빅터 골란체와 함께 점심 식사를 했었죠. 그가 내게 이런 농담을 했어요. 어떤 농부가 미성년의 소녀와 성관계를 갖다가 사람들에게 잡혔어요. 그 농부는 판사에게 자신의 무죄를 주장하면서 말하기를, 마을 소녀들이 자기 사과를 훔치기에 만약 사과를 훔치다가 붙잡히기만 하면 겁탈을 하겠다고 먼저 경고했다는 것이지요. 그는 결국 무죄로 풀려났어요. 그런데 판사가 그에게 이렇게 말하더군요. 로버트 씨, 조심하세요. 그렇지 않으면 사과가 남아나지 않겠어요."

그건 그다지 우스운 이야기는 아니었지만, 그래도 상당히 인상적이었다. 포스터 모리스는 과거의 영역에 속한 사람이 아니었다. 그는 여전히 저명 인사들과 자주 접촉하고 있었다.

임시로 대충 만들어서 전쟁 당시의 느낌을 갖도록 하는 낡은 매점에서 나는 그 작가를 만났다. 나는 그 동안 궁금했던 질문을 던졌다.

"저는 『그늘진 제복』이란 책을 전에 읽어본 적이 있습니다. 그리고 지난번에 다시 한 번 그 책을 읽게 되었지요."

포스터 모리스의 희미한 눈동자가 갑자기 밝게 빛났다. 그는 겸연쩍은 듯 미소를 지었다. 약간은 구식에 가까운 예의를 나타내면서 그가 물었다.

"아니, 그 책이 지금도 여전히 돌아다니고 있나요? 전혀 짐작하지 못했던 일입니다."

그런 반응도 역시 인상적인 것이었다. 증기선으로 두 주일에 걸친 여행을 여러 차례나 한 다음, 수주일이나 걸려서 집필한 자신의 책을 그렇게 깨끗이 잊어버릴 수 있다니. 그 당시에 내가 이렇게 마음 속으로 생각했던 것이 기억난다.

'언제인가 나에게도 이런 기회가 온다면, 나 역시 이렇게 행동하는 것이 좋겠어.'

나는 포스터 모리스와 어깨를 나란히 하면서 옥스퍼드 거리에 있는 로비까지 걸어갔다. 나는 포스터 모리스에게 이렇게 말했다.

"저는 거의 일 년에 걸쳐서 책 한 권을 쓰고 있는 중입니다. 그런데 더 이상 어떻게 글을 전개해야 할지 잘 모르겠어요, 한 번 읽어 주시겠어요?"

"좋습니다."

포스터 모리스는 기꺼이 그렇게 하겠다고 동의했다.

"그 원고를 일 주일에 한두 번 정도 내가 나가는 출판사로 우송해 주겠어요?"

"출판사로 보내면 받아보실 수 있나요?"

"그렇소, 나에게 즉시 배달이 됩니다."

"그렇게 하겠습니다."

"아니, 그보다 차라리 우리집으로 직접 보내는 것이 좋겠소. 내가 주소를 알려 주겠소."

그가 집 주소를 써 주면서 이렇게 물었다.

"그 백인 검둥이 친구는 어떻게 되었나요?"

나는 몹시 난처한 표정을 지었다. 포스터 모리스가 누구를 말하는지 알지 못했을 뿐만 아니라 트리니다드에서는 그런 단어를 들어본 적이 한 번도 없었기 때문이었다.

그런 말은 다른 섬에서 사용하는 것이었다. 어쩌면 포스터 모리스가 그 사실을 잠시 잊어버린 것인지도 모른다. 포스터 모리스는 어떤 측면에서 보면 그의 책에서 볼 수 있듯이 빈틈이 없는 신중한 사람이어서 인종에 대해서는 거의 언급도 하지 않고 별로 드러내지 않았지만(잘은 몰라도 그는 지금 나에게 진지한 농담을 하는 것임을 이해할 수 있었다.) 나는 그가 피부색이 옅은 뮬레토를 말하는 줄 알았다.

트리니다드에서는 그런 사람을 모욕적이지 않게 붉은 피부의 사람이라고 부른다. 나는 후에야 그때 포스터 모리스가 버틀러의 파업에 참가했던 잘 알려진 급진주의자에 대한 이야기를 했었다는 사실을 알게 되었다.

포스터 모리스는 이 사람에 대해서 몹시 감탄하면서 기록했다. 나는 포스터 모리스가 말한 사람이 『그늘진 제복』에 나오는 중요한 등장인물 중 하나인 것을 알지 못했기 때문에 약간 당황하고 있었다.

하지만 어려운 순간은 다행하게도 잘 넘어갔다. 얼마 후에 나는 포스터 모리스에게 원고를 보냈다. 포스터 모리스는 지체하지 않고 즉시 답장을 보냈다. 며칠 안에 포스터 모리스는 한 장 반이나 되는 타자로 작성한 장문의 편지와 함께 그 원고를 돌려보냈다.

포스터 모리스가 쓴 편지의 첫 문장은 이렇게 시작했다.

당신의 책을 다 읽어 보았습니다. 당신에게 주는 내 충고는, 그것을 당장 불에 태우라는 것입니다.

그가 옳았다. 나는 그 사실을 잘 알고 있었다. 하지만 나는 어느 정도의 요행을 바라고 있었다.

나는 포스터 모리스의 편지를 받자 순식간에 분노가 끓어올랐고 상심하게 되었다.

나는 로비에서 포스터 모리스와 함께 앉아 있었던 불쾌한 순간을 기억했다. 또한 나는 『그늘진 제복』이라는 책이 한 측면으로 너무 기울었을 뿐만 아니라 세밀한 부분에서는 잘못된 점이 많았다는 사실을 기억해 내고는 그를 대수롭지 않게 생각하려고 노력했다.

그렇지만 그런 행동은 아무런 도움도 되지 못했다. 나는 포스터 모리스의 판단이 옳다는 사실을 이미 알고 있었다. 그 동안 나는 나의 인생에서 스스로를 뛰어나다고 여기고 성공은 이미 보장된 것이나 다름없다고 생각하고 있었다. 물론 이전에도 의심과 절망은 있었다. 그러나 그 당시에 나는 배우는 학생이었지 성인은 아니었다.

나는 마침내 이 세상에서 행동하는 사람이 되었고, 이런 나에게 좋은 기회가 다가올 것이다.

나는 우울한 마음으로 보름 정도를 흘려 보냈다. 나는 심한 굴욕감을 느꼈다. 몇 가지 이유로 인해서 킬번에서 옥스퍼드 거리에 있는 BBC방송국까지 버스를 타고 가는 순간은 최악이었다.

나는 전혀 해방감을 느낄 수가 없었다. 흥분을 가라앉히고 다시 책을 쓸 수도 없었다. 나는 그 원고를 두 번 다시 쳐다보지도 않았다. 나는 포스터 모리스의 편지를 여러 번 읽었다. 처음에 읽었을 때도 첫줄에 쓰인 무례한 표현을 제외하고는, 포스터 모리스가 진정으로 나에게 도움을 주기를 원한다는 사실을 알 수 있었다.

포스터 모리스의 편지에는 전에 어느 누구도 나에게 가르쳐 준 적이 없는 많은 교훈과 충고들이 들어 있었다. 그는 나에게 안톤 체홉이나 어네스트 헤밍웨이 그리고 그가 좋아하는 그레이엄 그린과 같은 작가들의 책을 많이 읽어 보라고 권했다. 그리고 그들의 글쓰는 방법을 주의해서 보기를 원했다. 또한 내가 글쓰는 것에 대해 좀 더 생각을 많이 하라고 충고했다.

그가 옳았다. 나는 게걸스럽게 현실을 집어삼키듯이 비논리적으로 그 편지를 읽고 말았을 뿐이다. 나는 글을 쓴다는 것이 아주 자연스럽게 묘사하는 것이라고 생각하고 있었다. 나는 글을 쓰는 것에 대해 배운다거나 최소한 이해하려고 노력할 생각도 없었다. 나는 내 자료들이 갖고 있는 문제점과 그것으로 인해 작품의 성격상 가질 수밖에 없는 불확실함에 대해서 조금도 예견하지 못했다.

그 당시에 나는 하루하루가 길게만 여겨지던 나이였다. 우울한 마음으로 시간을 흘려 보낸다는 것이 무척 힘이 들었다. 포스터 모리스의 편지를 받은 지 보름이 지났을 무렵 에지웨어 길을 오르내리던 버스를 타고 비참한 순간을 빠져나오게 되면서 나는 작가로서 새로운 시작을 해 보기로 결심했다.

내가 지금까지 하던 작업에서 완전히 돌아서서 다시 처음으로 돌아갔다. 단순한 장면에 깊은 의미를 더할 수 있는지, 또한 평범하면서 구체적인 서술로 글을 쓴다는 것이 어떤 것인지 알아보기 위해 노력했다.

이 무렵에 약간의 문제가 있었다. 어느 날 BBC 방송국의 매점에서 차를 마시며 우리는 조지 레밍의 자서전 『피부의 성에서』라는 작품에 대해서 이야기를 하고 있었다.

포스터 모리스를 프로그램에 등장시켰던 담당 프로듀서가 그 책에 나오는 작고 희극적인 일화를 들려 주었다. 그것은 나무에 올라갔던 한 소년에 대한 이야기였다.

나는 담당 프로듀서가 웃음을 터뜨리는 것과 그가 감탄하는 것을 보면서 내가 항상 알고 있었던 것을 새로운 사실로서 배우게 되었다. 그것은 내가(나는 희극적인 요소와 내향적인 요소를 혼합하면서 글을 쓰고 있었다.) 쓰던 작품들 속에서 지금까지 억누르고 있었던 것이었다.

이것은 트리니다드에 살고 있는 보존자로 자처하는 우리들이 항상 알고 있었던 희극이었는데, 이것은 나의 이야기를 좋아하는 힌두 가족들과 스페인 항구의 크레올 거리 생활로부터 전해 내려온 이중적인 유산이었고 내게는 아주 가깝게 여겨지는 것이었다.

며칠 후에 나는 스페인 항구의 거리 생활에 대해서 글을 쓰기 시작했다. 내 기억이나 환상 가운데 남아 있는 것으로는 숙모가 부채질을 하면서 그라나다 사람들에 대해 이야기를 해 주었던 것인데, 그러한 상황들이 이제는 눈 앞에 적나라하게 펼쳐지고 있었다.

이제는 이야기에 의존할 필요도 없이 그냥 사람들의 모습을 보면서 있는 그대로 느낌들을 서술해 나가면 되는 것이었다. 자료들이 더욱 풍부해지면서 이야기는 점점 더 진전되고 있었다. 농담도 자연스럽게 첨가되었고 날마다 원고의 부피가 늘어만 갔다.

나는 스스로의 호흡을 잘 조절하는 작가가 되고 있었다. 그리고 두 달 안에 한 권의 책이 완성되었고, 마침내 런던에서의 내 생활에는 나름대로의 의미가 존재하게 되었다. 나는 포스터 모리스에게 몹시 고맙다는 편지를 보냈다. 포스터 모리스는 나를 자유롭게 하기 위해 과거로부터 등장했던 특별한 인물이었다.

그 책은 약 4년 후에 출판되었다. 출판업자는 우선 글의 양식이 전통에 덜 얽매이고 소설로서 잘 팔릴 그런 책을 원하고 있었다. 스페인 항구의 거리를 묘사한 그 책이 출판되자, 나는 포스터 모리스에게 복사본 한 부를 편지와 더불어 보냈다.

나는 나 자신을 다시 소개했다. 지난번에 포스터 모리스가 했던 충고 때문에 몹시 고통을 느꼈고 그와 동시에 해방감을 맛보게 된 내용을 써 보냈다. 그리고 이 책은 포스터 모리스에게 헌정하는 것이라고 덧붙였다.

거기에는 이런 특별한 관심이 담겨 있었다. 그 책은 나 자신의 기억을 토대로 꾸민 것이기에 포스터 모리스가 『그늘진 제복』을 쓰기 위해 트리니다드를 방문했던 그 시기에 이야기 전개가 시작된다.

포스터 모리스는 나보다 서른 살이나 많았지만, 작가로서 우리의 행로는 오래 전에 서로 마주쳤다고 말할 수도 있었다. 포스터 모리스가 성인의 눈으로 스페인 항구의 거리와 집들과 정원을 관찰했다면, 이번에는 그와 동일한 사물들을 시골 출신이었던 인도 소년의 눈을 통해 바라보게 된 것이다.

포스터 모리스는 멋진 답장을 보냈다. 그는 자신이 나에게 도움이 된 것을 몹시 기뻐했다. 포스터 모리스는 나를 주목해서 바라보고 있었다. 내가 출판한 책들에 대한 비평들도 다 읽어 보았다. 그리고 《뉴 스테이트맨》 잡지에 기고한 나의 평문도 이미 읽었다.

포스터 모리스는 내가 보내준 책을 무척 좋아했다. 그는 나를 점심 식사에 초대를 해 주었다.

"나는 이 허름한 식당의 회원이라오."

포스터 모리스가 나를 보면서 미소를 지었다.

"언제부터 회원이 되셨나요?"

"전쟁이 벌어지기 전이었소. 나는 단지 알함브라 궁전에서 만난 적이 있었던 여급사에게 연정을 품고 있었기 때문에 회원이 되었지요."

나는 포스터 모리스가 심각하면서도 웃기는 농담을 하고 있다는 사실을 깨달았다. 아마도 포스터 모리스는 그 농담을 집안의 나이든 어른에게서 배운 것일지도 모른다는 느낌이 들었다.

하지만 눈을 씻고 찾아보아도 여급사는 보이지 않았다. (켄싱턴 남쪽에 있었던 그 식당은 몇 년이 지난 다음, 다시 가 보았을 때에는 이급 호텔로 바뀌어 있었다.) 그 장소는 포스터 모리스의 말대로 무척 허름했다. 전쟁 전에 손을 댄 이후에 다시 페인트 칠을 하거나 벽지를 바른 흔적도 없었다.

거기에서 나는 4년 전에 보았던 포스터 모리스를 다시 한 번 관찰할 수 있었다. 가늘고 긴 머리카락들이 이마 위로 흘러내려서 포스터 모리스의 흐릿한 눈동자를 거미줄처럼 덮고 있었다.

포스터 모리스와 함께 앉아 있는 동안 내내 그에게 다가가서 머리를 빗겨주고 싶은 생각이 들었다. 우리는 다른 작가들과 작품들에 대해서 많은 이야기를 나누었다.

우리는 이제 공통된 직업을 갖고 있었다. 4년 전에 만났을 때보다 어느 정도 일 대 일로 이야기가 통했다. 그는 C. P. 스노의 글을 내심 경멸하고 있었다. 앵거스 윌슨에 대해서도 그는 이렇게 평가했다.

"대영 박물관을 떠나서 시골의 작가로 정착하게 되면 최소한 점잖은 문장을 쓰는 방법은 배워야 할 게 아니겠소?"

이 두 사람 모두가 당시에는 매우 유명한 작가들이었다. 나는 앵거스 윌슨의 책은 네 권 정도 읽어 보았고 스노의 것은 한 권만 읽었다. 나는 스노의 작품을 읽었을 때, 그의 줄거리 구성에는 어떠한 일관된 방향도 없다는 생각이 들었다. 윌슨의 책에서는 일종의 경외심 비슷한 것을 느낄 수 있었다. 경외감을 갖게 하는 면에서는 그도 어느 정도의 성공을 거두었다고 본다.

나는 BBC 방송국과 하숙집 사이를 오가며 일하고 있었지만, 나의 머리 속에는 여전히 이런 물질적인 것과는 다른 세계가 존재하고 있었다. 나는 런던과 영국 생활에서는 고립되고 단절되어 있었으며, 그의 영국적인 세계에 대해서는 더욱 큰 벽들이 느껴졌다.

문학이란 어떠한 경우에도 중립적인 주제가 될 수 없다. 자신의 사고가 그 안에 담겨지기 때문이다. 따라서 점심 시간에 한 우리의 이야기가 적당히 절충될 수는 없었다.

포스터 모리스는 그 당시의 영국 작품들을 어마어마하게 많이 읽었고 여전히 읽고 있는 중이었다. 하지만 나는 그런 정도의 독서량이 필요하다고 생각하지는 않았다. 나는 4년 전에 구상해 두었던 작품을 다시 쓰기로 결심했다. 그렇기 때문에 포스터 모리스처럼 스노나 앵거스 윌슨의 명성에 그다지 신경쓰지 않게 된 측면도 있었다. 그리고 점심을 나누면서 포스터 모리스에 내해서 처음으로 그의 불확실한 측면을 보게 된 순간(그러나 사실은 두번째 혹은 세번째 아니면 네번째로 불확실한 측면이었는지도 모르는데), 그 허름한 식당에서 앵거스 윌슨이나 C. P. 스노에 대해서 무엇이라고 말했든 간에 그들에게는 어떤 영향도 미치지 않을 것이라는 생각이 분명하게 들었던 기억이 난다.

포스터 모리스는 몹시 우울한 표정을 짓고 있었다. 그러자 나에게 항상 떠나지 않고 있던 걱정거리들이 생각나서 우리의 만남으로 생겼던 좋은 분위기는 이내 사라지고 말았다.

나는 포스터 모리스를 바라보면서 그의 손을 굳게 잡았다. 포스터 모리스는 자기의 생활을(교외에 있는 주소나 심각한 농담들, 출판업자 사무실을 일 주일에 두세 번 정도 나가는 것이라든지, 이따금씩 비평이나 BBC방송국에 나와서 30년대 문학에 대해 이야기를 하는) 약간 드러내 보였지만, 내가 영국에 대해서 별로 아는 것이 없었기 때문에 그것들을 제대로 이해하는 것은 좀 어려웠다.

게다가 그 당시에 나는 별로 융통성이 없어서 아마도 무엇인가를 물어 보려면 어느 정도의 지식을 갖추고 있어야만 할 것 같았다. 그래서 내가 알고 있는 『그늘진 제복』에 관한 책에 대해서 질문을 했다.

"그 책은 그레이엄 그린의 생각에서 나온 거라오."

포스터 모리스는 그레이엄 그린의 작품에 대한 이야기를 잔뜩 늘어놓았다.

"그는 그전에 리베리아를 방문했었지요. 그는 이제 내가 대서양의 다른 편으로 가서 이전에 있던 노예들이 어디에서 왔는지를 알아보아야 할 거라고 말했다오. 내가 책을 한 권 정도 쓸 만한 내용이 있을 거라고 생각했던 모양이지. 그래서 나는 그 심한 누더기 현장으로 달려갔었소."

포스터 모리스는 잠시 동안 말을 멈추었다가 다시 말했다.

"그들은 일단의 인종적인 광신자들이었소."

"누구 말이에요?"

"버틀러와 그를 둘러싼 많은 군중들 말이오."

"하지만 당신은 그렇게 쓰지 않았잖아요?"

"누가 그렇게 쓸 수 있었겠소? 자네는 1937년에 그곳의 분위기가 어떠했는지 전혀 알지 못할 거요. 유전이란 곳은 식민지 안에 있는 또 하나의 식민지와 같은 곳이지. 외부인들은 그 점을 전혀 이해하지 못했다오. 스페인 항구에 사는 많은 사람들도 알지 못하는 사실이지. 섬의 남부 지역은 거의 모두가 하나의 커다란 유전 보유지역이었소. 그곳에는 수많은 남아프리카 사람들이 와 있었는데, 그 이유는 나도 잘 모르겠소. 많은 사람들이 파업이 일어난 것에 대해서는 전혀 개의치 않더군. 정부가 지원병을 모집했을 때, 그들은 순식간에 모여들었지. 검둥이들을 총으로 쏘고 싶어서 견딜 수 없었던 거요."

이 말이 하나의 기억을 떠오르게 했다. 1945년의 어느 날인가(학창 시절에 일어난 사건을 기억하는 것은 쉬운 일이었다.) 백인이었던 영국 역사 선생님이 1937년에 일어난 파업에 대해 이야기를 하기 시작했다. 그가 말했던 모든 것을 다 기억할 수는 없지만, 그가 마지막에 분노에 가득 차서 이 말을 했던 것이 분명하게 기억난다.

"나는 검둥이들을 쏘기 위해 남쪽으로 가진 않았어."

과거에는 교실에서 이러한 말을 한 번도 들어본 적이 없었다. 그 선생님은 사십대 후반이었다. 그는 학교를 사랑했던 사람이었고 훌륭한 태도와 질서를 적극적으로 장려했던 분이었다.

그의 가족들 중에도 유명한 사람들이 많았다. 수많은 친척들이 공무원이거나 시의원으로 일하면서 좋은 지위를 누리고 있었다. 그런 지위들은 지방에 있는 사람들에게 개방되어 있었다. 아마도 그날 선생님이 교실에 들어오기 전에, 그 조용하던 사람을 흥분시킬 만한 일이 벌어졌을 것이다.

그런 사실을 기억해 보니, 포스터 모리스가 말한 '검둥이들을 쏘는'이라는 표현은 그가 만들어 낸 것이 아니라 1937년에 트리니다드에서 살던 백인들 사이에서 유행하던 말이었음을 알게 되었다. 그리고 그 당시에 어린 아이였던 내게는 주위 환경의 많은 것들이 가리워져 있었다는 사실을 이해할 수 있었다. 나는 포스터 모리스에게 그 선생님에 대해 말해 주었다.

"그들은 사람들을 잘 다룰 줄 몰랐다오."

포스터 모리스는 투덜거리면서 대답하더니, 다시금 자기 자신의 생각 속으로 빠져 들어갔다.

아마 자네라도 책에다 버틀러가 미친 흑인 설교가라고 쓸 수는 없었을 거요. 유전에서 일하던 사람들이 그에 대해 다 이렇게 말했으니까……. 아마도 지금에 와서는 그런 식으로 쓸 수 있겠지. 잘 모르겠지만 말이오. 찰리 킹을 화형시킨 후에 얼마 있지 않아서 일어났던 사건을 말해 주겠네. 버틀러는 즉시 체포되었고 사람들은 혼란에 빠져 버렸다오.

그렇지만 자네도 이 점은 알고 있어야 할 거요. 찰리 킹 사건이 벌어진 후에 몇몇 사람들은 어느 정도 어깨를 우쭐거리면서 사건이 어떻게 전개될지도 모르는 채 더 많은 일을 벌이려고 했지. 그러나 사실 그들은 모두들 겁을 먹고 있었소. 모든 것은 빠른 속도로 잠잠해지기 시작해서 사람들은 이전보다 더욱 조용해지고 말았다오.

어느 날 저녁에 버틀러를 따르는 사람들이 모인 작은 집회가 열렸소. 이번에는 파업과는 전혀 다른 성격의 모임이었지. 한 자리에 모여 럼주를 마시면서 그들이 가담한 파업 문제를 모두 잊어버리려는 그런 식의 모임이었던 셈이오.

우리는 시골 어디엔가 있던 작은 트리니다드 오두막에 모였다오. 검은 빛의 낡은 나무와 구부러진 양철 지붕과 두꺼운 판자로 된 마룻바닥은 사이가 벌어져 있었소. 그곳에 등유를 사용하는 램프가 달려 있었지. 그런 것들 속에서도 분위기는 아주 좋았다오. 나는 메모를 해 두었소. 나 자신도 그 모임을 편안하게 즐기고 있었소. 나는 토속 럼주를 좋아하고 있었거든. 그 럼주는 아주 산뜻하고 훌륭한 것이었다오.

갑자기 시간을 한참이나 건너뛴 것처럼 내가 정신을 차려보니 백인의 피가 절반 정도 뒤섞인 사람들과 갈색의 피부색을 지닌 사람들 그리고 한두 명의 인도 사람들은 이미 다 떠나버리고 작은 방에는 나 외에는 모두가 흑인들뿐이었다오.

내가 왜 그렇게 느꼈던 것일까? 그 대답은 아주 간단했소. 그들이 내가 그렇게 느끼도록 만들었던 거요. 나는 그들 중에서 많은 사람들과 아주 잘 알고 지냈소.

그들은 내가 어떤 사람인지 잘 알고 있었소. 한두 번 정도 그들이 영국의 관리들과 어려운 문제로 다투고 있을 때, 나는 기꺼이 그들을 도와준 적이 있었거든. 그런데 이제 내 주위에 모여든 사람들이 나에 대한 인종적인 농담들을 하기 시작했는데, 그냥 단순한 농담으로만 그치지 않았소.

그들은 계속해서 이런 장난을 하더군. 마치 학교에 다니는 학생들처럼 말이오. 그들은 집단적으로 단결해서 내게 대항을 하고 있었다오. 나는 그저 미소만 짓고 있기가 어렵게 느껴지기 시작했소.

그 방에는 등유 램프로 인해 생긴 십자형 무늬의 그림자가 크게 드리워져 있었소. 그 당시에 나의 머리 속에서 이런 생각이 떠올랐소. 이 흑인들 중에서 누군가 한 명이 나와서 나를 공격하게 되면 어떤 일이라도 벌어지겠구나 하는 것이었지. 바로 내가 백인 찰리 킹이 될 수도 있는 그런 상황이었소.

그들 중에 레브런이란 사람이 있었지요. 그는 트리니다드 출신이었는데 파나마에서 자랐다고 하오. 그의 가족들은 파나마 운하 공사 때에 그곳으로 갔다고 하는데, 그건 그라나다 사람들이 유전에서 일하기 위해 트리니다드로 건너오는 것이나 마찬가지라고 할 수 있었소.

레브런은 삼십년대의 전형적인 공산주의자였소. 사실 나는 그야말로 버틀러 주위의 인물들 중에서 가장 위험한 인물이라고 생각했었소. 그는 아주 유창하게 스페인 말을 구사했소. 중앙 아메리카와 서인도제도, 서부 아프리카 등지를 여행하면서 혁명에 대해 주장하는 것이 그의 주된 일이었지요.

그는 지방 주민들에게 어떻게 말해야 하는지를 잘 알고 있었고, 그와 동시에 그가 벌인 모든 일들을 체계적으로 잘 처리했다오. 그는 모스크바나 후원자가 있는 곳이라면 어디든지 달려가서 고위층 사람들에게 성과를 보고하곤 했소. 그는 실제로 아주 잘 생겼고 학식도 있는 데다가 세련된 사람이었지.

그런데 어둡고 작은 오두막에서 그때 레브런은 나를 성적으로 조롱하기 시작했소. 나는 그런 것에는 전혀 준비가 안 된 상태였소. 백인이었던 내게 여자들이 더 쉽게 다가왔는데, 그는 그 점을 마구 공격했던 거요. 그런 상황을 상상이라도 할 수 있겠소?

이십 년 이상이 지난 지금에도 레브런이 그를 조롱했던 사실을 말할 때, 포스터 모리스의 두 눈이 빛을 발하기 시작했다. 포스터 모리스는 여전히 그 일을 가슴에 담아두고 있었던 것이다. 나는 그 사실을 분명하게 알 수 있었다. 포스터 모리스의 희미한 눈동자와 이마 위로 흘러내린 가느다란 몇 가닥의 머리카락이 얽혀 있는 모습이나 평평하고 주름진 창백한 얼굴과 의기소침한 태도를 바라보고 있자니, 오래 전에 레브런이 장난치면서 놀려주려고 했던 그의 감정적인 불완전함이 지금도 여전히 보이는 듯했다. 포스터 모리스는 약간 격앙된 목소리로 다시 말을 이어나갔다.

점점 더 조롱이 심해졌기 때문에 나는 그곳에서 떠나는 것이 좋겠다고 생각했소. 레브런은 흑인들이 성적으로 박탈당한 채 살아가고 있다는 말을 하기 시작했소. 1937년에 어떤 흑인 한 사람이 그렇게 말한 것이 발단이 되었지요. 그는 아주 잘생긴 사람이었기에 나는 그가 그 점에서는 잘 지내고 있다고 믿었는데 의외였소. 럼주도 마셨고 약간 놀라기도 했기 때문이었는지 나는 그 순간에 이상한 생각이 떠올랐소. 그것은 레브런이 다른 몸을 입은 채 갇혀 있는 백인이라는 생각이 드는 거요.

이런 생각이 들자, 내게는 곧 적절한 말이 떠오르더군. 그 말을 하자마자 나는 커다란 실수를 저질렀다는 생각이 들었소. 그것은 10년 전에 옥스퍼드의 학생회관에서나 하면 좋았을 그런 말이었으니까 말이오. 나는 레브런을 응시하면서 이렇게 말했소.

"레브런, 정말 미안하네. 난 나의 키스로 자네를 왕자로 만들어 줄 수는 없다네."

그런데 놀랍게도 모든 사람들이 웃더군. 그것은 핵심이 되는 말이 빠졌기 때문에 금방 이해하기는 어려운 농담이었을 거요. 어떤 사람들은 조금 늦게 알아차려서 웃음 소리가 계속되었지.

조롱하던 것을 그치고 사람들도 모두 물러갔소. 나는 안도의 숨을 쉴 수 있었고 모든 것이 정상이 되었소. 비록 실제로는 아무 일도 일어나지 않았지만 나는 어떤 일이 벌어졌다는 것을 알 수 있었소. 내가 너무 졸렬한 방법을 썼기 때문에 레브런은 나를 절대 용서하지 않을 거라는 사실을 알게 된 거요.

그런 것은 책에는 도저히 쓸 수 없는 내용이었지. 어쩌면 지금도 어떤 것들은 쓸 수 없을 거요. 나중에 그런 일화가 담겨진 이야기를 쓰려고 시도를 했었소. 그래서 전쟁 전의 베를린을 배경으로 잡은 거요. 그런데 그 내용이 이셔우드의 작품과 너무 비슷하게 되어서 그 다음에는 프랑스로 결정했더니, 레흐만 출판사가 전쟁 동안에 그 원고를 그만 출판해 버렸다오.

어떤 사실을 대치한다는 건 쉬운 일이 아니었소. 아무리 노력해도 만족할 수 없더군. 30년대는 작가들에게 아주 어려운 시절이었소. 트리니나드로 가는 일에 커다란 문제가 되었던 것 중에 하나는 흑인들이 단순한 주제거리가 되지 않는다는 거였소.

섬세한 이야기에는 아무도 별다른 흥미를 갖지 않는다오. 그레이엄 그린이 리베리아에 대해 쓸 때, 그는 이런 것을 전혀 염두에 두지 않았던 것 같소. 그가 서머싯 몸이나 리버의 샌더즈와 같은 사람인지 아닌지는 아무도 모르는 일이니까……. 아마 지금은 상황이 좀 나아졌겠지. 그런 것을 쓰는 일이 20년 후에는 좀더 쉬울 거요. 잘 모르긴 하지만…….

스페인 항구에 있던 사람들은 남부 사람들이 검둥이를 쏘는 것에 대해 마구 깎아 내리면서 말하고 있었는데, 그 당시에 콧수염을 달고 파이프 담배를 피우면서 스탈린처럼 보이려고 애쓰는 포토기 상인 조합에 속한 사람이 하나 있었소. 아마도 자네라면 희극으로 그것을 재현할 수 있을 거요. 그렇지만 다시 재생해 진지한 내용으로 만들 수는 없을 거요. 단지 감상적인 것으로 될 뿐이지. 마치 에블린처럼 말이오. 『그늘진 제복』에서 나는 음조를 약간 낮추어서 그 스탈린 같은 사람을 좀더 심각하게 다루었소.

나는 어떤 의무감에서 혹은 내 인생의 불운한 시절에 나타나 나를 올바르게 이끌어 주었던 사람에게 인사를 하기 위해 점심 식사에 나갔던 것이었다. 그래서 나보다 나이 많은 사람과 앉아 있으면 좀 딱딱한 시간이 될 거라고 예상했었다.

그런데 포스터 모리스는 이 시간을 상당히 즐길 수 있도록 해 주었다. 나는 포스터 모리스가 말솜씨도 유창하고 학식이 풍부하며 어떤 것은 난해하기까지 해서 당황스럽기도 했다. 그리고 포스터 모리스의 목소리는 예상 밖으로 아주 아름답고 운율적이었다.

그러나 내가 여러 번이나 '뉴스 영화를 뒤로 돌리는 일'을 하면서(이 말은 내가 어린 시절부터 본능적으로 모임이 끝난 후에 연습했던 것으로 기억력 훈련을 위해 그 당시에 내가 사용했던 방법을 하나의 비유로 표현한 말이다. 그 모임에서 나온 말들과 행동 표현들을 정확하게 연결하면서 기억해 냄으로써 내가 함께 있었던 사람들에 대해서 보다 많이 이해하고 그들이 한 말들의 참된 의미를 알기 위해서였다.) 포스터 모리스가 내가 생각했던 것만큼은 자연스럽게 말하지 않았다는 것을 느끼기 시작했다.

포스터 모리스는 자기가 쓴 트리니다드에 관한 책이 갖고 있는 불완전함(혹은 단순함)을 변호할 준비를 갖추고 그 자리에 나왔던 것이다. 우리가 처음 만났을 때 포스터 모리스는 내 눈에는 당당하게 보일 정도로 그런 것을 잊어버린 사람처럼 보였다. 아마도 30년대나 40년대에 쓴 그의 다른 작품들에 대해서도 변호하는 내용이 있었겠지만, 그것에 대해서는 잘 모르겠다.

뉴스 영화를 뒤로 돌리다가, 마침내 나는 포스터 모리스가 변호하지 않기로 선택했던 것들을 발견하게 되었다. 포스터 모리스는 그레이엄 그린과 같은 그가 존경하는 작가들에 대해서 결국 인정하지 않고 있었던 것이다. 내가 어떻게 그것을 놓칠 수 있었겠는가? 비록 그의 편지에도 그가 내 작품을 좋아한다고 하였고 어느 누구보다도 나에게 친절하게 대해 주었지만, 우리가 점심 식사를 하는 동안에도 그는 내가 쓴 작품에 대해서 끊임없이 간접적인 방법으로 비평을 하고 있었던 것이다.

책 자체에 대한 언급은 우리가 식당에서 막 떠나려고 할 때 한 번 스쳐가는 것처럼 말했을 뿐이었다. 포스터 모리스는 나를 응시하면서 이렇게 말했다.

"자네는 아주 재미있는 책을 썼더군. 그 책에서 좋았던 내용은 내가 대충 훑어만 보아도 몇 년 전에 내가 보았던 여러 가지 것들을 다시 한 번 떠올릴 수 있었던 거였소. 자신도 알다시피 자네는 스스로를 훈련시키기 위하여 송어가 뛰는 강물의 표면과 하늘과 구름을 비롯한 모든 것들을 반사하면서 관찰하지 않았었소?"

작가의 미소. 아마 그것도 포스터 모리스가 미리 준비한 것이고 전에 사용한 적이 있었을 것이나. 하시만 그 순간에는 나는 포스터 모리스가 내가 쓴 편지에 들어 있던 어떤 내용을 꼬집어서 말하고 있는 것이라고 생각했다.

며칠이 지나자 나는 포스터 모리스가 희극이나 감상주의에 대해서 말했던 것들을 떠올리면서, 그가 정말로 나를 낮게 평가하고 있었다는 사실을 깨닫게 되었다.

나는 그 일에 별로 신경쓰지 않았다. 나는 포스터 모리스가 보낸 편지 덕분에 글쓰는 방법을 알게 되었던 것이다. 점점 더 압축해서 쓰는 문장의 훈련과 풍자가 바로 그것이었다.

그것은 나에게 커다란 자신감을 심어 주었다. 그와 동시에 내 문체에 특성을 심어주기도 했다. 그러나 그것은 오히려 내가 빠져 나오려고 애썼던 것이었다. 자신감을 갖고 나는 내 작품의 분위기가 되어버린 희극적인 면과 한 면에 서너 개의 농담을 만들 수 있는 능력을 바라보기 시작하였는데, 이것은 내가 가지고 있는 트리니다드 배경에서 물려받은 이중의 유산 때문이었다.

농담을 좋아하는 것들은 이 어려운 세상과 평화로운 관계를 맺는 하나의 방법이었다. 한편으로는 계몽적이기도 하지만 또 다른 한편에서는 히스테리가 되기도 했다. 이런 특징들은 내가 쓰게 된 식민지 사회의 참된 모습이었다. 그리고 이것은 나의 런던에서의 불확실했던 위치를 대변하는 것이었다. 본의 아니게 이런 걱정들이나 히스테리와 같은 것들이 더욱 깊은 뿌리가 되어서 내가 쓰는 작품의 주제를 이루게 되었다.

결과적으로 언어나 글쓰는 특성도 변하게 되었다. 이런 일이 실제로 책을 쓰는 작업에서 일어났고, 내가 포스터 모리스와 함께 점심 식사를 했던 그 해 동안에 계속 진행했던 일이었다.

나는 이 새로운 책을 쓰는 일에 온통 매달려 있었기 때문에, 글을 쓰기 시작한 이래로 난생 처음 다른 사람들의 인정을 받아야 한다는 당위성을 별로 느끼지 않게 되었다. 나는 초고를 완성한 지 여러 주일이 지나서 내가 전달하려는 것들로 가득 채웠다.

나는 포스터 모리스가 글쓰는 일에서 분위기나 재치의 문제들을 거론할 때마다 이렇게 말하고 싶었다.

"그렇습니다. 당신이 무엇에 대해 말하고 있는지 나도 분명히 알고 있다구요."

한두 번 정도는 포스터 모리스에게 내 새로운 책이 거의 다 끝나가고 있다고 말을 할 뻔했다. 내가 과거에 보냈던 스페인 항구의 거리를 묘사한 책과는 아주 다른 분위기였으며, 포스터 모리스가 인정할 만한 그런 종류의 책이 될 것이라고 미리 말해 주고 싶었던 것이다. 하지만 나는 작품에 대해서 미리 이야기를 하게 되면 그것을 끝내지 못할지도 모른다는 미신에 사로잡혀 있었기 때문에 그런 말을 보류했다.

그것은 좋은 직감이었다. 거의 두 해를 넘긴 다음에야 그 책의 수정본을 넘기게 되었다. 그 당시에 나는 해외로 여행을 하면서 그런 여행에 관한 새로운 작업에 깊이 몰두하고 있었다.

나는 포스터 모리스에게 우리가 점심 식사를 나누었을 때, 이미 거의 다 썼던 그 책의 초기 사본을 보내 주었다. 그리고 편지에다 희극과 감상주의와 심각함에 대해서 그가 말했던 것을 상기시켜 주었다. 그리고 전에 쓴 책을 그에게 헌정했듯이 이번에 나온 더 방대한 작품 역시 그에게 헌정하였다.

포스터 모리스는 즉각 예민한 반응을 보였다. 그의 답장은 이렇게 시작하고 있었다.

"나는 자네가 보내준 새 책을 읽어 보았소. 하지만 자네의 재능은 어디론가 사라지고 말았더군. 하지만 그 책은 알란 실리토나 다른 최근의 젊은 뛰어난 작가들의 것보다 훨씬 아름다웠소."

나는 포스터 모리스의 편지를 더 이상 읽지 않았다. 알란 실리토는 얼마 전부터 글을 발표하기 시작한 천박한 작가였다. 타자기로 작성해서 보낸 포스터 모리스의 편지는 6년 전에 그가 보내준 것만큼이나 장문의 내용이었다.

내가 도중에 읽기를 그만두었던 것은 더 이상 그의 어떤 말도 내 의식에 남아 있기를 원하지 않았기 때문이었다. 그것은 마치 독이 묻은 펜으로 쓴 편지와도 같아서 읽기를 그만두었던 것이다. 이 편지는 갈색의 작은 봉투 속에 들어 있었고, 줄이 그어진 종이 위에다 쥐가 나서 떨리는 손길로 써 놓은 것과 같았다.

나는 포스터 모리스에게 책을 보낸 것이 바보짓이었다는 생각이 들었다. 그게 전부였다. 그 이외의 어떤 실망이나 의심도, 분노도 생기지 않았다. 단지 어떤 안도감과 같은 것을 느꼈는데, 그것은 정신적인 교사와 제자의 관계를 청산할 수 있었다는 점에서 오는 안도감이었다.

하지만 그의 편지에 답례를 할 수밖에 없었기 때문에, 나는 교외에 있는 그의 집 주소로 편지를 써서 그가 그렇게 느낀 것에 유감을 표하고 그 책이 아직은 새 것이니까 개스톤에게 팔아도 좋다고 제안했다.

개스톤은 챈서리 레인에서 살고 있는 서적 판매상이었다. 그는 주로 도서관과 거래를 하지만, 책 비평가들의 후원자이기도 했다. 최근에 얻은 이런 평판 때문에 그는 책의 주제나 출판업자 혹은 판매 능력에 상관없이 어떤 새 책이든지 출판된 가격의 반 값으로 잘 알려진 비평가들에게서 책들을 사들였다.

내가 개스톤에 대해서 쓴 것은 답신으로 그저 가볍게 보낸 것이기 때문이었다. 하지만 포스터 모리스는 그 점을 별로 좋아하지 않았다. 트리니다드에서 레브런이 1937년에 그랬던 것처럼, 나도 민감한 포스터 모리스의 신경을 건드린 것이다.

포스터 모리스는 개스톤의 도움이 필요없다고 하면서, 그가 알아서 책을 처분하겠다고 써 보냈다. 그것으로 나는 모든 일이 다 끝난 것으로 생각했다. 그런데 두 주일이 지나서 포스터 모리스가 다시 편지를 보냈다.

포스터 모리스는 어떤 문학 연합에서 주최하는 저녁 만찬표를 샀는데, 지금은 갈 수 있는 형편이 못되며 그렇다고 해서 그 표를 그냥 버리고 싶지는 않다는 것이었다. 만약 내가 갈 수 있다면 즉시 자기에게 전화를 해 달라는 것이다.
 나는 포스터 모리스에게 전화를 걸어서 그 저녁 만찬에 가고 싶다고 말했다. 그렇게 한 것은 내가 그의 모욕에 대해서 무관심하다는 것을 알려주고 싶었기 때문이었다.
 전화상으로는 단지 그 문학 단체에 대해서만 이야기를 주고받았다. 포스터 모리스는 아름다운 목소리로 아마도 그 모임은 교외에 사는 사자 사냥꾼들로 가득 차서 매우 지루할 것이지만 나를 즐겁게 해 줄 거라고 말했다. 마치 그의 편지는 오해였던 것처럼 우리는 점심 식사를 함께 했던 그런 상태로 돌아간 것 같았다. 그리고 전화를 끊기 직전에 포스터 모리스는 이렇게 말했다.
 "나는 자네의 생각이 고갈되길 원하지 않는다네."
 얼마 후에 그 정찬에 참석할 수 있는 카드가 왔는데, 접힌 자국과 더럽혀진 모양으로 미루어 볼 때, 오랫동안 바지의 호주머니 속에서 이리저리 돌아다닌 것 같았다.
 그 정찬 모임에 가기 며칠 전에 익명으로 내 책에 대해서 비평한 것을 읽다가, 나는 그것이 포스터 모리스가 쓴 것이라는 사실을 당장 알아차렸다. 포스터 모리스는 내게 신호를 주려고 그의 방식대로 책의 배경에 대한 자신의 지식과 태도를 명확하게 나타내 보이고 있었다. 그 비평은 내가 묘사한 사람들에 대한 모욕적인 말들로 가득 차 있었다. 그와 같은 사람들을 등장시켜서 풍자나 심오함이나 보편 타당성을 그리려고 시도한 것조차 말도 안 된다고 썼다. 그들은 농장 막사에서 기름때에 절은 냄새나는 누더기를 입고 미신에 빠져서 사는 사람들로서 지적인 생활이나 고상함의 가능성이라고는 전혀 찾아볼 수 없다고 혹평했다.
 이런 글은 식민시 시절에나 가능했던 모욕적인 인사였으며, 그가 쓴 『그늘진 제복』에 나타난 그의 본래의 태도와는 정반대로 상치되는 되는 것이었다.
 이 일은 BBC 방송국 로비에서 그가 내게 백인 검둥이에 대해서 물었던 불쾌한 순간을 다시 기억나게 만들었다.
 나는 이런 비평도 포스터 모리스가 전에 보냈던 편지를 대하듯 처리하였다. 나는 그 비평을 끝까지 읽어 보지도 않았다. 그러나 그 만찬회에는 참석했다. 그것은 내가 가겠다고 이미 약속했기 때문이었고, 그런 경험도 어느 정도 필요하다고 생각했기 때문이다.
 하지만 주된 이유는 포스터 모리스가 내 책에 대해 말한 것 때문에 내가 낙담하고 있다고 생각하기를 원하지 않았던 것이다. 그래서 나는 포스터 모리스의 카드를 갖고 가서 그의 이름이 표시된 장소에 앉았다.
 그 행사는 포스터 모리스가 이미 말한 대로 아주 지루하기 짝이 없었다. 나는 그 모임에 참석하게 된 어떤 중년 여인 옆자리에 앉게 되었다. 그녀는 몇 종류의 교과서를 저술한 경력이 있는데, 나를 몹시 실망시켰다.
 그녀는 가족들에 대해 여간 강박적이지 않았다. 그 만찬 모임보다도 가족들에게 온통 마음과 정신이 팔려 있었다. 우리는 더불어 이야기를 할 만한 어떤 연결 고리도 없었다. 마침내 집으로 돌아가기 위해 자리에서 일어섰을 때 나는 저녁 내내 바지 지퍼가 내려간 채 있었다는 사실을 알게 되었다.
 이것이 내가 포스터 모리스와의 만남을 끝내게 된 전부였다. 그리고 그런 종류의 지루한 만찬회 모임에는 두 번 다시 갈 필요가 없다는 것도 깨닫게 되었다.

 고등학교에 다닐 때와 대학에 재학하고 있을 때 목표로 삼았던 19세기 유럽 소설에 대한 동시대의 비평을 실은 명시선집이나, 제라드 크로스에 대한 패트릭 해밀턴 방식의 소설과(그 소설은 보급본으로 만들지 않았기 때문에 금방 사라지고 말았다.) 여러 종류의 잡지에 게재한 비평들처럼, 포스터 모리스도 이제는 과거의 인물로 들어서게 되었다. 포스터 모리스의 나이도 어언 예순에 들어섰다.

지금 포스터 모리스를 기억하는 사람들은 거의 없다. 포스터 모리스는 내게도 과거의 일부가 되었을 뿐이다.

1967년말에 런던 신문에 기사를 게재하기 위해 나는 엔테베로 가서 그레이엄 그린과 회견을 가졌던 적이 있었다. 그와의 만남은 이틀 동안에 걸쳐 이루어졌다.

어느 단계에 이르자 그레이엄 그린은 그가 지켜보았던 작가들 중에서 글쓰기를 중단하거나 사라져버린 작가들에 대해 이야기를 하기 시작했다. 그런 작가들은 모두 세 사람이었는데, 그 중에서 두 명은 젊은 작가들이었다. 나도 역시 그들의 작품을 읽어본 적이 있었다. 그들은 그레이엄 그린과 같은 소설을 쓰려고 노력했던 작가들이었다.

그리고 세번째 사람이 바로 포스터 모리스였다. 전쟁 직후에 그는 한 권의 소설을 출판했는데, 그레이엄 그린은 자기가 전쟁이 일어나기 몇 년 전에 출판한 『영국이 나를 만들었다』라는 책보다 포스터 모리스의 책이 훨씬 나은 작품이라고 생각했다고 한다. 그레이엄 그린이 사는 집의 책장에는 포스터 모리스의 책이 훌륭한 수집품의 일부로 놓여 있었다.

그는 책을 내려서 몇 분 정도 아무 말없이 읽어 내려가다가, 문득 배반을 당한 기억을 해 내는 사람의 표정을 지었다. 그는 마치 포스터 모리스에게 말하듯이 이렇게 소리쳤다.

"자네도 이미 알고 있을 거야."

그런 다음에 포스터 모리스의 책에서 한 문장을 읽어보았다.

"정말로 포스터 모리스는 천재였어. '부활절 이슬비가 후회스러운 듯이 계속 내리고 있다.' 옥스퍼드에 있을 때, 우리는 포스터 모리스가 우리 중에서 최고라고 생각했지. 포스터 모리스는 이미 옥스퍼드에서 『파종기』라는 훌륭한 작품을 썼으니까."

그 유명한 책도 그레이엄 그린의 책장에 놓여 있었다. 그레이엄 그린은 그 책을 꺼내서 나에게 보여주었다. 노란색 천으로 된 표지가 낡아서 이제는 희미한 연노란색으로 보였다.

이제는 그 제목이 단조롭게 보이기도 하지만, 나는 여전히 좋아하고 있다네. 거기에는 많은 의미와 풍자가 가득 담겨 있지. 그 제목은 워즈워드의 『서장』에 나오는 「내 영혼이 갖고 있는 아름다운 파종기」라는 글에서 따온 것이라네.

그것은 멀리 달아나버린 사람에 대해 쓴 책이지. 그 당시에 우리에겐 이 책이 얼마나 독창적이면서 좋게 여겨졌는지를 다 말해 줄 수가 없다네. 포스터는 열여섯 살에 학교에서 달아나서 거의 전학기를 빼먹은 적이 있었지. 모든 수업료를 다 써 버린 적도 있었지. 하지만 그래도 포스터 모리스는 곧잘 버티었어.

포스터 모리스는 학교와 가족들에게 반항하기 위해 달아나 버린 거야. 그의 가족들은 미들랜드에서 작은 건축 회사를 운영하고 있었지. 『파종기』라는 책은 그런 도피 생활을 하는 동안에 만난 사람들과 그가 목격한 빈곤, 성적인 자각 등을 묘사한 작품이었지.

포스터 모리스는 두 달 동안 계속 메모를 하면서도 그가 옥스퍼드에 돌아올 때까지는 책을 쓰지 않았지. 마침내 포스터 모리스가 글을 쓰기 시작했을 때에는 이미 성인이 되어 있었다네. 물론 아주 젊긴 했지만 말이지. 그렇기 때문에 그 책이 질적인 가치를 지닌 작품이 되었다고 여긴다네.

그것은 조숙하면서 학식이 많고 기교면에서 뛰어날 뿐만 아니라 동시에 순수하다고 말할 수 있지. 그것은 포스터가 잘 알지 못하는 울림들로 가득 차 있다네. 아주 독창적으로 느껴졌지. 물론 도피 생활이란 문학에 있어서 중요한 주제들 중의 하나이긴 하지만 말일세. 허클베리 핀이나 베시 트로우드의 세계로 도피한 데이비드 커퍼필드, 스키어로부터 도망친 스마이크, 드 퀸시 등이 그런 인물들이라고 할 수 있지.

포스터 모리스는 자기에게 영향을 끼친 단 한 사람의 이름만을 말했는데, 그 사람은 바로 방랑자였던 W. H. 데이비스였지. 어떤 측면에서 볼 때 그의 책은 오웰과 미국 작품인 『호밀밭의 사냥꾼』을 예견한 셈이 되었지.

그 책은 8,000부 가량 팔렸는데 그 당시로서는 막대한 부수였지. 거의 10년 동안 대단히 유명한 책이었다네. 자네도 코놀리 출판사를 알고 있을 거야. 그 출판업자들은 그 책을 다시금 되살아나게 하려고 많은 애를 썼지만 더 이상 인기를 끌지 못했다네. 성적인 자각도 바보처럼 여겨지고 반항적인 부분조차도 「모든 육체의 길」(『파종기』에 들어 있는 단편소설의 제목)처럼 아주 구식이 되어 버렸다네. 바로 이런 것들이 조숙한 작품이 갖게 되는 문제라네. 이미 그것들은 이전 세대에 속해 버렸기 때문이지.

포스터 모리스는 그 당시의 성공에서 결코 소생하지 못했다고 말할 수 있겠지. 그는 몹시 허둥거렸다네. 만약 가족들이 뒤에서 그를 도와주지 않았다면 그도 우리처럼 직업을 갖게 되었을 거야. 그렇지만 포스터 모리스에게는 적지만 어느 정도의 수입이 보장되어 있었다네. 대단한 액수는 아니지만 어쨌든 수입이 있었기 때문에 그는 계속해서 글을 쓸 수 있었지.

포스터 모리스는 항상 또 다른 행운을 찾고 있었지. 행복한 주제를 차지하고 싶었던 거야. 그러면서 많은 다른 것에도 손을 댔다네. 바로 이것이 포스터 모리스의 개인적인 관계들을 만들었는데, 아무도 그것이 무엇을 의미하는 것인지 알지는 못했어. 그는 막시스트의 일에도 참여해 보았고 가톨릭에서도 일을 했지. 오든과 이셔우드처럼 여행기 책을 쓰려고 했어.

하지만 나는 항상 트리니다드 책은 활기가 없는 작품이었다고 생각한다네. 그리고 전쟁 후에 그 소설을 쓰게 되었는데, 나는 포스터 모리스가 자기의 진정한 위치를 찾았다고 생각했지만 내가 틀렸지.

포스터 모리스는 그레이엄 그린이 말했듯이 조숙한 사람이었다.

조숙한 작가는 많은 경험을 쌓지 않았기 때문에 계속해서 일을 할 수가 없다. 가지고 있던 재능이 현실의 도전을 받아볼 기회가 없는 것이다. 그런 작가들이 갖게 된 기민함은 선배 작가들의 태도나 감수성을 자기의 것인 양 꾸미기 때문이다.

포스터 모리스가 사춘기에 도망을 친 경험이나 대학 학부 재학생으로 반항적인 스타일을 갖게 된 것은 근본적으로 모방을 가장한 것이기에 시간이 더 지나면서 그가 자기 자신을 발견하는 것을 더욱 어렵게 만들고 만 것이었다. 포스터 모리스를 칭찬했던 동년배들은 곧 그를 앞지르기 시작했다. 작가 생활에서 남은 것이라고는 항상 다른 사람들에게 작별 인사를 하는 것인데, 그에게는 결코 쉬운 일이 아니었을 것이다.

자기 자신의 목소리를 열심히 찾고 있던 사람이 나로 하여금 나의 것을 찾도록 도와 주었다는 것은 정말 이상한 일이었다. 하지만 어떻게 생각하면 그다지 이상할 것도 없었다.

포스터 모리스는 내 원고를 보자마자 단번에 내 문제점이 어디에 있는지, 내가 여러 가지 유행을 따라서 갈팡질팡한다는 것을 알아차렸던 것이다. 사실 포스터 모리스는 그가 보낸 첫번째의 장문 편지에서 자기 스스로에게 말하고 있었던 것이었다.

그 이상했던 문학 연합이 주최한 만찬회 이후에 거의 20년이라는 세월이 흘렀다. 포스터 모리스도 이제는 매우 늙어서 어느 정도 그의 결점을 고친 것처럼 보였다. 내가 영국을 떠나서 여행하고 있을 때 내 책 중의 하나가 출판되었는데, 출판업자는 포스터 모리스가 비평한 것 중에서 호의적인 인용문을 집어 넣었다. 포스터 모리스가 내 글을 좋게 평가한 것이다.

하지만 나는 어떤 감동도 없이 그저 냉정할 뿐이었다. 그렇다고 해서 그가 비평한 내용을 다 살펴볼 생각도 없었다. 단지 저 노인의 행동에서 내가 미처 알아차리지 못한 것이 무엇이었는지 궁금할 뿐이었다.

그러나 나는 내 직감이 여전히 옳았다고 생각한다. 포스터 모리스를 다시 만나게 되면 지난번에 그와 점심을 나누었던 그 상황이 재현될 것이 분명했다. 그의 친절함과 아름다운 목소리를(그레이엄 그린의 목소리와는 아주 다른) 대하겠지만, 그 이면에서는 비록 노년이긴 하지만 성공하지 못한 작가의 지적인 불확실함을 다시 발견하게 될 것이다. 포스터 모리스가 작별 인사를 고했던 모든 사람들을 인정하지 않는 것과 더불어 말이다.

1930년대 후반기에는(그들에 대한 내 기억이 시작되는 해) 유럽과 미국에서 온 여행용 선박들이(아마도 미국의 여객선들은 전쟁 후에도 한참 동안이나 계속 운항을 한 것 같았다.) 아침 나절에 스페인 항구에 정박했다. 나의 아버지와 트리니다드 신문의 다른 기자들은 사진 기자들과 함께 몰려들어서 아주 유명한 승객들에 대한 기사거리를 얻으려고 했다.

유명한 승객들 중에는 릴리 폰즈, 올리버 하디 그리고 타이론 파워의 부인이었던 아나벨라 등이 섞여 있었다. 사진과 함께 인터뷰 내용이 트리니다드 신문에 나오곤 했다. 배가 떠날 무렵이면 멋진 세계에서 온 이 유명한 사람들의 방문은 밤 사이의 축복처럼 아쉬운 것이 되고 말았다.

그 당시에 나는 우리가 역사의 위대한 전환기에 있다는 사실을 전혀 깨닫지 못하고 있었다. 그래서 언젠가는 다른 각도에서 이러한 방문을 바라볼 수 있을 것이라고 생각조차 하지 못했다.

나는 포스터 모리스의 세계를 이해할 수 있으리라고는 꿈에도 생각하지 못했고, 그가 트리니다드로 찾아온 것 때문에 그의 불확실함 속에서도 그를 뒤따르게 될 줄은 전혀 예상하지 못했다.

포스터 모리스의 책은 불완전하긴 했지만 그다지 나쁘지는 않았다. 주된 인물들을 전체적으로 다루고 또한 그들 스스로에게 속한 것으로 직접 제시하는 방법은 독창적인 한편 세상의 일부분을 바라보는 외부의 시각이라는 거대한 고리에 잘 들어맞을 수도 있었다. 그 고리란 1564년에 존 호킨스가 원시의 생활에 대해 정확하고 신선하게 설명한 것으로 시작된다. 그리고 1595년에 월터 로리 경이 기적적으로 구출한 것으로 이어지는데, 다시 말하자면 스페인 사람들이 쫓아버렸던 큐무큐라포의 아메리카 원주민들의 추장들이 고문으로 거의 절반 정도 죽은 것을 구출한 사건을 말한다. 그리고 캡틴 마리앗의 초기 19세기 해양 소설이 가진 고조된 분위기와 잔인함으로 이어지면서 빅토리아 시대의 트롤롭, 킹슬리, 프로우드로 연결된다.

『그늘진 제복』은 쇠퇴기에 접어든 제국주의 항해의 책들과 후기 식민지 작가들인 제임스 포프 헤네시와 패트릭 레이 퍼머 등의 책 사이에 그 위치를 차지하고 있다. 4세기 이상을 거쳐서 이러한 시각은 지금도 끊임없이 변하고 있다. 그것은 문명의 한쪽 측면에서 본 정당한 기록이다.

제5장
도피

제5장
도피

I

1959년 남부 켄싱톤 클럽에서 점심 식사를 하는 동안, 포스터 모리스는 레브런에 대해 말한 적이 있었다. 포스터 모리스는 트리니다드 출신이었던 레브런이 1930년 무렵에 적극적으로 활동했던 파나마 사람이자 유전 지대에서 일어났던 파업의 지도자였던 버틀러의 주변 인물들 중에서 가장 위험한 사람이었다고 주장했다. 게다가 레브런은 공산주의자를 지지하는 인물이었다.

그것은 나에게 있어서 전혀 뜻밖의 사실이었다. 레브런은 내가 알고 있었던 이름이 아니었다. 그 당시에 나는 파업에 대해서 많이 알고 있지도 않았다. 파업이 일어났을 때 나는 겨우 다섯 살이었기 때문에 그것을 이해하게 된 것은 몇 년이 지난 다음이었다.

레브런이란 이름을 알게 된 것은 유전 지대에서 파업이 일어난지 10년이 지났을 무렵이었다. 나는 퀸즈 로얄 칼리지 6학년에 다니고 있었다. 레브런이란 이름은 그 자신이 쓴 책 때문에 비로소 알게 되었다. 오웬 루터나 포스터 모리스처럼 그 이름은 이 지역과 연관된 것이었고, 매혹적인 인쇄물을 통해서 처음 접하게 되었다.

레브런의 책은 우리 6학년 도서관의 선반에 꽂혀 있었다. 벽장 위에 유리로 막은 선반들이 두세 줄 가량 설치되어 있었고 왼쪽에 학교에서 대출을 해 주는 작은 장소가 있었다. 많은 인기를 누리던 사바티니나 사퍼, 존 번이나 윌리엄의 책들은 값비싸게 재장정을 해서 금박 도장으로 학교의 문장을 새겨 놓았다.(영국에 있을 때 그곳에 금박을 만드는 주형이 있어서 알게 되었다.) 값싼 종이로 만든 책이었기 때문에 여러 사람들이 손을 대다 보니 몹시 낡아버렸다. 책장에는 보푸라기가 일어나서 사분의 일 정도는 인쇄가 닳아 없어져 버렸지만, 찬란하게 빛나는 가죽 표지들은 책의 앞면을 품위 있게 장식하고 있었다. 레브런의 책은 그런 책들이 꽂혀 있는 곳에서 약간 아래쪽에 있는 선반 위에 놓여 있었다. 자줏빛이 감도는 갈색 표지는 퇴색해서 표지에 있는 이름을 거의 읽어보기 어려울 정도였다.

　그의 책은 스페인 출신의 미국인 혁명가들에 대해서 쓴 것이었다. 나는 물론 그 책을 읽지 않았다. 레브런의 책은 아무도 읽는 사람이 없는 그런 책이었다.

　하지만 30여 년이 지나서야 사람들은 카리브해의 혁명에 대해 최초로 씌어진 책들 중의 하나로 급진적인 잡지와 함께 그 책을 손꼽았다. 하지만 그 사람들은 대학 도서관에서 연구를 하고 있어서 그곳의 많은 자료를 얻을 수 있었으며 때로는 그 당시에는 아주 드물었던 진보적인 책들도 볼 수 있었다.

　트리니다드에도 레브런의 책들이 아주 소량으로 남아 있을 뿐이었다. 중앙 도서관이나 상점에서도 그의 책을 발견하기 어려웠다. 내가 알고 있는 유일한 복사본이 바로 학교 도서관 선반 위에 놓여 있었으니까 말이다. 그 책은 단지 그곳에 놓여 있었을 뿐이었다. 책 표지도 변색되어서 이름을 잘 알아보기 어려웠던 그 책은 좀처럼 읽혀지지 않았고 거의 알려지지도 않았다.

　그래도 그것은 런던에서 출판된 책이었다. 그 책은 사람에게 향기를 안겨 주었고 평범하지 않은 특색 있는 삶을 제시했다. 나는 나보다 한 해 위인 소년에게(그는 장학금을 받아서 케임브리지 대학으로 진학할 예정이었다.) 레브런에 대해 물어 보았다.

"레브런은 어떤 사람인가요?"

"아, 그는 혁명가야. 지금은 미국 어디에서 도피 중일 거야."

나에게 인상적인 느낌을 던져 주었던 색다른 흑인 남자가 도피를 하고 있었다. 트리니다드 출신의 파나마 사람이 도망을 다니고 있는 것이다. 나는 도무지 그 말을 믿을 수 없었다. 나는 단지 영화를 통해서 보았던 존 가필드라는 주인공이나 도망칠 수 있다고 믿고 있었기 때문이었다. 나는 레브런의 경우를 도저히 이해할 수 없었다.

그 당시에 열여섯 살이었던 나는, 레브런의 성격에는 혁명적인 기질이 없다고 생각했다. 트리니다드와 파나마에서 온 흑인 중에는 그런 인물이 없을 것이라고 믿었다. 더구나 나는 어떻게 그런 사람이 추적당할 만큼 위험한 인물로 생각되었는지 이해가 되지 않았다.

그로부터 8년 후에 나는 처음으로 레브런을 보았다. 그는 레드하우스 밖에 있던 우드포드 광장의 야외 음악당에 앉아 있는 연사들 중에 섞여 있었다. 내가 영국에 가 있는 동안, 이 섬에도 새로운 정치가 도입되었는데 이것이 그 중의 하나였다.

버틀러가 일으킨 파업 이래로 거의 20년의 세월이 흘렀고, 레브런도 오십대의 중년 신사가 되었다. 레브런은 호리호리한 체격에 잘생긴 얼굴을 하고 있었다. 그는 청산유수처럼 수많은 말을 하고 있었다.

레브런은 완벽한 문장을 사용하면서 연설을 했다. 그는 서인도 제도에서는 노동자들이 수세기 동안이나 설탕을 대량 생산하는 곳에서 일하고 있다고 주장했다. 그들은 세계적으로 가장 초기의 공장 노동자들 가운데 하나였다. 물론 그 당시에도 비록 노예 제도가 있긴 했지만, 공장에서 일하는 고용 노동자들도 역시 존재했던 것이다.

레브런은 이런 이유로 인하여 서인도 제도의 사람들이 혁명의 순간을 보다 잘 대비하고 있다고 말했다. 그는 지난 25년 동안이나 이 순간을 기다리고 있었으며, 결코 이런 희망을 포기한 적이 없었다고 역설했다. 그는 이제부터 정치적인 행동을 취하기 위해 힘을 모아야 한다고 주장했다.

나는 트리니다드에서 몇 주일을 보내면서 여러 번이나 레브런이 연설하는 것을 들었다. 레브런은 그 모든 운동들이 마치 자신의 의지와 생각을 나타내고 있다는 것처럼 연설했다.

하지만 그는 새로운 정치에 뛰어들려고 하는 사람이 아니었다. 그는 지방에다 근거를 두고 있지 않았고 어떤 세력을 형성할 수도 없었다. 과거에도 그는 버틀러의 유전 파업이 일어난 후에 어디론가 사라졌는데, 이번에도 역시 그는 선거가 끝나자 모습을 감추었다.

포스터 모리스가 레브런에 대해 말했을 때, 내가 알고 있는 것은 이 정도가 전부였다. 우리 두 사람 모두에게 그는 과거의 기억 속에 남아 있는 인물이었다. 작가나 선동가로 아직 알려지기 전이었던 1937년에 등유 램프의 그림자가 드리워진 작은 트리니다드 시골집에서 포스터 모리스를 성적으로 희롱했던 레브런이란 인물이 런던의 저명한 작가였던 포스터 모리스가 후원하려고 하였던 사람이었고, 결국 포스터 모리스가 작별 인사를 할 수밖에 없었던 또 다른 사람이었다는 사실을 나는 알지 못했다.

레브런은 아주 나이가 많이 들었을 때, 영국에 다시 모습을 나타냈다. 그리고 세상이 놀라운 속도로 변해가고 흑인들의 처지가 중요한 문제로 부상하자, 그는 흑인 혁명에 대해 예언했던 사람 중의 하나로, 그리고 비록 역사책에는 기록되지는 않았지만 여러 해 동안 아프리카와 카리브 지방에서 해방운동이 일어날 때마다 보이지 않는 곳에서 꾸준히 일해 온 사람으로 인정되었다.

　레브런은 결국 일종의 성취감을 맛보게 된 것이다. 그는 자신의 생애 동안 진척시키려고 했던 그의 생각대로 이 세상이 변하는 것을 지켜보았다. 레브런은 이제 닻을 내리고 그의 생각을 잡지에 발표하면서 생계를 유지할 수 있었다. 하지만 이것이 그를 믿고 있었던 사람들과 함께 그를 곤란에 빠뜨렸다.

　한 번은 서인도 제도에 있는 작은 섬들 중에서 한 섬의 수상이 레브런을 그다지 달갑지 않은 이민자로 선언한 적이 있었다. 당분간은 이 사건이 레브런의 명성에 아무런 손상도 끼치지 않았지만, 그 당시에는(식민지들이 독립을 하기 시작했던 무렵에, 이렇게 말한 수상은 그 지역에서 영향력이 적은 사람이었다.) 대단히 수치스러운 일이었다. 나이 많은 흑인 혁명가가 자신의 고유한 영역이라고 주장했던 그 혁명에 의해 길이 막힌 것이었다.

　그 사건이 일어난 지 얼마 후 나는 그 섬을 방문했다. 나는 예의를 차리면서 쓸데없는 문제를 방지하기 위해 수상의 사무실로 찾아가서 정중하게 이름을 밝혔다. 놀랍게도 그 수상은 나에게 정부 관저에서 점심 식사를 같이 하자고 요청했다. 그는 레브런에 대해 토론하기를 원했다.

　정부 관저에서 우리는 평범한 이야기를 나누었다. 레브런은 전혀 통속적인 사람이 아닌 한 명의 혁명가로서(심지어 버틀러 시절에도) 항상 군중의 세력과 난폭함을 이용할 수 있는 인물이었다. 그런데 이제는 이런 사람들이 그를 반대하고 있는 것이다.

　정치의 새로운 재편 때문에 거의 모든 지역에서 이 수상과 같은 사람들이 눈에 띌 정도로 많이 늘어났다. 대부분의 경우가 상업 조합조직원으로 출발을 했으며, 많은 사람들이 트리니다드의 버틀러처럼 종교적인 성향을 지니고 있었다.

　이 사람은 지금 정부관저에서 살고 있었다. 검소한 집이었지만 이 작은 섬에서는 가장 좋은 집이었다. 제복을 입은 보초들과 지방색이 깃든 매력적인 그림들 그리고 육중하게 생긴 가구들이 다른 나라들처럼 유산으로 전해 내려온 화려함들을 드러내면서 한 곳에 모여 있었다.

하지만 수상은 이미 이 섬의 환경에 대해 따분한 표정을 짓고 있었다. 그가 수상의 권한으로 처리할 수 있는 일은 한계가 있었고, 그는 이미 그 한계에 도달해 있었다. 오히려 그 권력이라는 것이 이제는 그에게 부담이 되었으며, 다른 일을 시도하면서 불필요한 긴장을 가질 필요가 없다는 듯이 아주 단조로운 생활을 유지하고 있었다. 지금은 연설도 많이 하지 않았고 거의 외출도 하지 않은 채 지내고 있었다.

그의 곁에 가장 가까이 있는 사람은 미스 디라는 중년의 흑인 여성이었는데 거리에서 흔히 만날 수 있는 그런 평범한 인상의 여인이었다. 그녀는 수상의 영적인 충고자이자 가정부인 동시에 요리사였으며, 독살의 위험에서 그를 지켜주는 역할을 담당한다고 했다.

미스 디가 준비한 그 날의 점심은 도마토 소스를 바른 생선과 가늘게 썰어서 기름에 튀긴 플란틴(바나나의 일종) 그리고 쌀을 익힌 것이었다. 이 섬에서 이보다 더 초라한 음식은 아마도 없을 것이다. 그녀는 손수 접시들을 가져왔는데, 음식은 차게 식었고 식탁보에는 얼룩이 남아 있었다.

지금 수상이 된 그는 한때 레브런의 관심을 얻게 된 것을 몹시 기뻐했을 것이다. 수상은 레브런이 정치적인 운동을 설명할 때 사용하곤 했던 그의 크고 기교적인 울림이 나는 말들을 좋아했을 것이다. 그는 레브런으로부터 다른 섬에 있었던 저명한 지도자들을 즐거운 마음으로 소개받았을 것이다. 그러나 레브런이 권한의 사용에 대해 다른 생각을 갖고 있을 때, 수상은 그렇게 하고 싶지 않았다. 수상은 자기가 알고 있는 세계를 '무'로 돌리고 싶어하지 않았고 자기가 쟁취했던 권력을 잃는 것도 원하지 않았던 것이다. 그는 레브런에 대해 이렇게 말했다.
"그 사람은 아마 당신을 지배하려고 할 겁니다."
 레브런은 혁명을 진행하는 일에 있어서는 마치 유능한 흥행주와 같은 사람이었다. 그것이 레브런에게 맡겨진 역할이었고, 자기의 생계를 유지하는 수단이 되었다.
 레브런은 자기 자신의 기반도, 추종하는 무리들도 없었다. 그는 항상 다른 지도자들에게 빌붙었는데, 이러한 지도자란 사람들은 실상은 자기들에게 권한을 부여해 준 어리석은 대중을 다루었던 사람들로 그들이 얻은 권력에 대해 아주 단순한 생각만을 갖고 있는 보다 어리석은 부류의 사람들이었다.
 모든 일들이 항상 그런 식이었다. 버틀러 시절에도 레브런은 그렇게 처신했었다. 버틀러는 세력을 얻지 못했다. 그는 식민지 시대에 등장했기 때문에 그 시절에는 그런 세력을 얻을 수가 없었던 것이다.
 하지만 레브런이 바라보는 관점에 따르면, 버틀러는 그런 권력과 비슷한 것을 성취한 사람이었다. 버틀러는 그의 집단에서 수령의 지위를 얻었던 것이다. 파업과 시가 행진 그리고 찰리 킹 사건의 흥분이 가라앉자 버틀러는 몹시 따분한 생활을 하게 되었다.
 전쟁 기간 동안에 그가 감옥에 억류된 것은 그에게 적합한 조치였을 것이다. 나중에 그가 한 정치적인 활동은 그렇게 상당한 영향력을 미치는 것이 되지 못했다. 의회에서 입법부의 회원이 되었지만, 그는 대부분의 시간을 추종자들과는 멀리 떨어진 영국에서 보내기를 더 좋아했던 것이다. 아무도 그가 무엇을 하는지 알지 못했다. 아마 그는 아무런 일도 하지 않은 채 단지 세월만 흘려 보냈을 것이다. 지도력을 발휘하거나 적극적으로 행동하는 것이 더 이상 그에게 아무런 의미가 없었다. 다만 문제가 되는 것은(레브런에게 거칠게 대한 수상도 역시 마찬가지라고 할 수 있었다.) 그의 지위와 위치뿐이었다. 레브런은 그것을 끝까지 지키고 싶었던 것이다.

따라서 레브런의 복잡한 생각들과 그가 장려한 단순한 정치 사이에는 그런 구별이 항상 도사리고 있었다. 그에게는 차이가 있을 수 없는 것임에도 불구하고 실제로는 명백한 차이가 있는 것이었다.

포스터 모리스는 레브런이 버틀러 주위의 인물들 중에서 가장 위험한 사람이라고 말했다. 포스터 모리스가 그렇게 믿었던 이유는 언젠가는 그리고 어느 곳에선가는 버틀러나 그와 비슷한 사람들은 권력보다도 그들의 원하는 것을 얻기 위하여 세상을 전복시키는 일까지 할 수 있는데, 레브런이란 사람은 어떻게 그런 일을 할 수 있는지를 그에게 보여줄 수 있는 사람으로 비쳤던 것이다.

그러나 그 동안 레브런은 여전히 도망을 다녀야 했고 비록 예전의 동료들의 후원이 있긴 했지만 한 번도 혁명가로서 그가 일으킨 결과를 누리며 생활해 본 적이 없었다. 또 다른 부류의 사람들도 이와 비슷하게 고통만 감수할 수밖에 없었다.

그 섬에서 살고 있는 갈색 피부의 사람들이(그들은 모두 중산층이었다.) 바로 그런 종류라고 할 수 있었다. 그 섬에서는 미스 디가 방문자들의 명함을 보관하고 그러한 사람들에게 일일이 연락하고 그리고 수상을 위해서 요리까지 하고 있었다.

여러모로 그들은 고통을 당하고 있었다. 그들은 수상의 입장에서 진행하는 활동 계획의 일부가 아니라, 단지 수상의 지위를 고수한다는 측면 때문에 존재해 온 것이었다.

"그 사람은 아마 당신을 지배하려고 할 겁니다."
그 섬의 수상은 정부 관저에서 얼룩진 식탁보 너머로 이렇게 말했었다. 나는 그 말이 의미하는 것이 무엇인지 이미 알고 있었다. 왜냐하면 레브런은 내게 그런 일을 시도한 적이 있었기 때문이었다. 포스터 모리스와 결별하던 그 무렵에 나는 그를 만났다.

레브런은 러시아에서 발간되는 두툼한 잡지들 가운데 하나에다 내 책에 대한 기사를 쓴 적이 있었다. 그는 자기가 쓴 기사를 번역

(아니면 원본)한 것을 카드와 함께 넣어서 그 잡지를 내게 보내 주었다. 그가 런던에 있는 주소를 적은 것을 보면서, 나는 그가 여전히 도피 중인 것으로 추측했다.

그 기사는 그 두툼한 잡지의 많은 분량을 차지하고 있었다. 아직 아무도 내 책에 대해서 그렇게 길게 쓴 사람은 없었다. 사실 내가 지금까지 출판한 책들이 그럴 만한 가치가 있다고는 생각하지 않았다. 나 자신이 초보자에 불과하기에 부피가 큰 책이 나오려면 시간이 걸린다고 여기고 있었다.

나는 내가 쓴 희극을 인정하지 않는 사람들이 있다는 사실을 잘 알고 있었다. 어떤 이들은 졸렬하게 표현한 것에 대해 실망한 나머지 나의 작품을 싫어할지도 모른다. 나는 레브런이 러시아 잡지에다 나에 대해 혹평을 한 것이 아닐까 지레 짐작했다.

하지만 레브런은 그렇게 하지 않았다. 레브런의 방법은 대단히 독창적이었다. 그는 내가 이제까지 받았던 비판의 원인이었던(작품의 많은 장면들을 구성하고 준비하는 일에 기울이는 커다란 관심과 열정으로 인해 나는 비판을 받고 있었는데) 나의 희극에 대해서 그는 무시하고 있었다. 그는 다른 측면에서 모든 것들을 구체적으로(등장하는 사람들과 배경) 살펴보고는 아주 심각하게 숙고했다.

레브런은 내가 모든 측면에서 무기력한 사람들, 즉 역사가 잔인하게 속임수를 써서 희롱한 사람들에 대해서 기술했다고 평가했다. 나의 인물들은 그들 스스로가 자신의 운명을 개척해 나가는 자유인들이라고 생각하고 있었지만, 실제로는 그렇지 않다는 것이었다. 그는 식민지적인 환경은 등장 인물들이 갖고 있었던 환상과 야망 그리고 완전하게 될 수 있다는 신념과 질투심까지 조롱하고 있다고 수장했다. 그들만큼이나 가벼운 그 책은 아주 선동적이라고 그 기사에다 쓰면서 바로 그 이유 때문에 탁월하다고 덧붙이고 있었다.

그것은 우리가 남부 켄싱톤 클럽을 떠나려고 할 때, 포스터 모리스가 정교한 비유를 들면서 말했던 것과는 또 다른 형태의 글이었다. 그는 송어가 뛰노는 시냇물처럼 표면에 비친 모습들을 통해서 그 아래에 있는 것들을 바라볼 수 있도록 나 자신을 훈련해야 한다고 말했었다.

나는 비록 그가 해 주었던 말이 전혀 들어맞지 않을 뿐만 아니라 별로 가치도 없는 것이라고 생각했지만, 아무런 말도 하지 않았다. 왜냐하면 그것은 희극에 재능을 갖고 있다고 깨닫고 있던 나 자신을 완전히 부인하는 말이었기 때문이었다(내가 작가로 시작하려고 할 때, 나는 그런 재능이 내 안에 있음을 발견하게 되었다). 레브런의 기사는 포스터 모리스가 말한 것과 입장이 많이 달랐지만, 나는 그것을 하나의 계시처럼 받아들였다.

나는 내가 만든 등장 인물들의 무기력함에 대해서 그가 의미하고 있는 것을 즉각적으로 알게 되었다. 내가 깨닫게 된 것은 내가 항상 그 사실을 알고 있었다는 것이다. 나는 그런 사실들을 깨달으면서 성장했다.

지상에서 사물을 볼 때에는 모든 것이 불분명하고 들판과 길 그리고 작은 개척지들의 형태만 어렴풋하게 보일 뿐이지만 높은 곳에서 내려다보면 역사의 관점을 갖게 되어서 마치 빠른 속도로 피고 지는 꽃을 보는 것처럼 민족들의 멸망과 이동을 한눈에 바라보게 되며, 모든 해안들이 식민지의 농경지 창출이라는 명목으로 바뀌어 버린 것이라든가 그러한 활동들 뒤에 식민지가 제공하는 단순한 목적들이 무엇인지를 이해할 수 있게 된다.

그 기사는 나에게 놀라운 작품처럼 보였다. 그것은 실제로 내 작품에 대해 쓴 것이지만 그 이상의 의미를 담고 있었다. 그 기사를 읽으면서 나는 어린 시절에 내가 태어난 곳의 역사는 어디론가 사라져 버렸다고 느꼈던 이유를 알 수 있게 되었다. 나 스스로가 끊임없이 이렇게 생각하고 있는 것을 알게 되었던 것이다.

"맞다, 맞아. 바로 그거야."

레브런이 쓴 기사가 주었던 계시는 나의 관점에서 금방 사라지지 않고 오랫동안 지속되었다. 내가 꽤 큰 영향을 받았다고 생각하는 것은, 그 기사가 내 작품에 대한 최초의 기사일 뿐만 아니라 이전에 그런 종류의 정치적인 문학 비평을 읽어본 적이 없었기 때문이기도 했다.

나는 그런 관점의 비평을 처음으로 보았기 때문에 기분이 흡족했다. 만약 내가 과거에 그런 글을 읽은 적이 있었더라면, 이처럼 흥분하지 않았을지도 모른다. 포스터 모리스나 다른 사람들처럼 내가 글을 쓰기 전에 너무도 많은 것을 알고 있었다면, 글을 쓰면서 발견하게 되는 놀라운 요소는 별로 없었을 것이다. 목소리나 분위기 그리고 자연스러움에 대한 문제들은 그런 것들을 더욱 어렵게 만들었을 것이다. 아마도 내가 시작하기에는 더욱 어려웠을 것이다.

나는 레브런에게 그가 쓴 굉장한 기사에 대해 답례하는 편지를 보냈다. 얼마 지나지 않아서 나는 알고 지냈던 서인도 출신 사람으로부터 레브런을 만나러 저녁 식사에 오라는 초청장을 받았다.

어느 정도 안면이 있었던 그는 커다란 보험회사에서 일하고 있었다. 그는 삼십대 초반으로 나이가 나보다 몇 살 위였다. 그는 BBC 카리브 방송국에서 이따금씩 잡지 프로그램을 위한 원고를 쓰고 있었으며, 그 일 때문에 서로 자주 만나게 되었다.

그는 작은 섬 출신이었는데, 자기가 레바논 사람이라고 소개했다. 그의 아내 역시 그와 같은 곳에서 태어났는데, 섬의 사투리가 좀더 강했다. 그들은 메이다 베일 거리에 있는 집에서 살고 있었다. 가구가 딸린 집을 월세로 빌린 것 같았다. 1930년대의 좋은 가구들이 여러 점 있어서 오래된 먼지 냄새가 풍기는 듯했고 쌓인 먼지들이 곧바로 일어날 것만 같았다.

거실 천장에 달린 희미한 빛은 소스를 담는 접시처럼 둥글게 생긴 젖빛 유리로 인해 더 희미했고 이 전등의 줄에는 죽은 나방들과 다른 곤충들이 잔뜩 달라붙어 있었다.

내가 그곳에 도착했을 때, 그 자리의 착 가라앉은 분위기가 모임과 잘 어울린다는 생각이 들었다. 레브런은 정치 지도자들과의 교류를 잃어버리게 되자, 자연스럽게 카리브 지역에서 밀려나게 되었다.

레브런이 거리를 마음대로 활보할 수 없도록 조치한 작은 도시들도 많았다. 내가 보기에 이 만남은 그 노인과의 결속을 보여주기를 원하는 감상적인 사람들이 런던에서 갖게 된 조촐하고도 우울한 저녁 식사와 같은 모습이었다.

사실 나는 늙고 쫓겨난 레브런이 끝까지 성장하고 또 성장하는 사람으로서 지금 그의 명성에 있어서 가장 훌륭한 국면을 시작하는 것으로 평가하고 있었다. 대부분의 지역에서 사람들은 인민주의 정치가들에게 신뢰를 잃고 말았다.

그들의 타락과 부패는 차라리 그렇게 큰 문제가 아니었다. 권력을 사용하는 일에 따르는 그들의 무지와 전혀 예상하지 못했던 작태가 적나라하게 외부로 드러난 것이다. 바로 그런 사람들이 레브런을 거부한 것이었다.

레브런은 지금도 여전히 순수하고 원리적이었으며 뛰어난 학식이 있는 사람 그대로였다. 그는 여전히 혁명과 해방을 외칠 수 있는 자격이 있었다. 이것이야말로 메이다 베일 거리에 있는 집에 모인 사람들이 여전히 듣기 원하는 점이었다. 그래서 우리의 저녁 식사 모임에는 우울함보다는 오히려 음모를 꾸미는 분위기가 깊이 드리워져 있었다.

그들의 주제는 흑인 해방에 관한 것이었다. 이 모임에 참석한 사람들은 여러 인종이 혼합된 집단이었다. 이로 인해 모임은 정중한 형식을 갖추게 되었다. 레브런은 백인 미국인 여성과 함께 참석했는데, 그녀는 체코 아니면 폴란드계로 그보다 이십 년은 젊어 보였다. 레브런의 이름에는 호색가 혹은 여자에게 인기 있는 사람이라는 평판이 늘 따라다녔다.

레브런의 나이는 이제 예순 살이 넘었다. 그는 자기 자신을 잘 돌보아서 그런지 여전히 늘씬하면서 잘생긴 얼굴이었다. 가까운 곳에서 바라보니 레브런은 섬세하고 부드러운 피부를 갖고 있었으며, 그의 검은 피부는 평범하지 않은(아마도 아메리카 원주민이 조상일지도 모르는) 구릿빛을 띠고 있었다.

나는 많은 사람들이 그가 말하는 것을 듣기 위해 모였다는 말을 어느 정도 이해할 수 있었다. 그가 도착해서 이야기를 시작하기 위해 자리를 잡는 사이에 일어난 모든 것들은(일반적인 인사말과 레바논 주인에게 그들을 잘 알고 있다는 사실을 알리기 위해 활기있게 나눈 일상적인 대화들과 내가 러시아 잡지에 그가 쓴 기사에 대해 답례하자 '천만에요' 하는 식의 태도) 오케스트라가 연주하기 전에 음을 조정하듯이 그 저녁의 중대한 사건의 배경을 이루는 잡담에 불과했다.

서인도 출신의 집주인이 부엌으로 들어가서 요리를 하자, 음식 냄새가 낡은 커튼과 가구들 사이로 흘러나왔다. 얼마 후에 레브런이 말을 시작했다. 그는 타고난 연설가였다. 마치 그가 보고 생각하고 읽은 모든 것들은 자동적으로 이야깃거리가 되어서 흘러나오는 것만 같았다. 그리고 그가 말하는 모든 내용들은 대단히 지적이고 흥미있는 것들이었다. 그는 음악과 그 당시의 악기들이 작곡가에게 미친 영향력에 대해서도 말했다. 그는 군사 문제들에 대해서도 곧잘 언급했다.

나는 우리 지방 출신 중에서 그렇게 많은 시간을 읽고 생각하는 일에 보내면서 그렇게 많은 정보들을 이처럼 구미가 당기도록 엮어서 말하는 사람을 만난 적이 한 번도 없었다. 나는 레브런의 정치적인 명성이 오히려 그를 단순화시켰다고 생각한다.

레브런이 구사하는 언어는 매우 특별했다. 우드포드 광장에서 주목을 끌었던 기억이 지금도 여전히 남아 있었다. 그가 말하는 문장들은 약간 복잡하기는 했지만 거의 완벽했다. 그 문장들을 적어서 그대로 인쇄할 수 있을 정도였다.

그가 말하는 것을 들으면 책에서 읽는 러스킨의 문장처럼 유창하고 정교하면서 멋지게 선택한 단어들이 끊임없이 흐르는 감수성의 샘에서 솟구치고 있는 것 같은 느낌이 들었다. 하지만 사고의 연결은 러스킨의 경우처럼 항상 명쾌한 것만은 아니었다. 그래도 무척 흡사했다. 블레이크의 시에서 볼 수 있는 것처럼(그렇지 않으면 더욱 작은 영역에서 오든을 들 수도 있다.) 거기에는 우리가 토론할 만한 논증거리가 있다는 사실을 믿게 될 것이다.

물론 그는 수사적인 주제를 늘어놓으면서, 자기의 마음에 드는 것만을 잔뜩 담아서 연설하고 있었다. 그는 아무런 방해도 받지 않고 마치 왕족처럼 모든 주제들을 거론했다. 그리고 그가 거론한 모든 주제들을 완전히 통달한 듯한 인상을 풍겼다.

하지만 그런 점에서 내가 너무 높게 비교치를 잡는다고 생각하지는 않는다. 나는 레브런이 천재라고 생각한다. 나는 그런 사람이 나 자신과 같은 배경을 지닌 사람이라는 사실에 커다란 감동을 받았다.

나는 비로소 레브런이 중산 계급의 흑인들에게 엄청난 명성을 얻게 된 것을 충분히 이해할 수 있었다. 그가 태어난 시절을 생각해본다면, 어떻게 그런 사람이 될 수 있었을까? 그는 어떻게 해서 식민지 시대의 실망스러운 기간 내내 자기의 영혼을 온전히 보존할 수 있었을까?

레브런은 그의 말에 귀를 기울이는 청중의 태도를 잘 간파했다. 그는 내 속에서(분명히 다른 사람들도 나와 비슷한 심정이었을 것이다.) 일어나고 있는 이런 질문들을 완전히 이해하고 있는 듯이 보였다. 저녁이 깊어가자 레브런은 이제 자기 자신에 대해서 이야기하기 시작했다.

내 어머니에게는 바바도스에 사는 영국인 가정에서 일하는 마부 아저씨 한 분이 계셨답니다. 지금 나는 기나긴 길을 거슬러 올라가고 있는 중입니다. 백여 년 이상이나 역사를 거슬러 올라가는 것이지요.
　마부 아저씨가 일하던 영국인의 조상은 카리브 지역의 중앙 아메리카에서 살고 있었습니다. 그런데 어느 시기인가 그 가족들은 영국의 런던으로 갔답니다. 무슨 좋은 일이 있어서 간 것인지 아니면 잠깐 동안만 간 것인지는 잘 모르겠지만, 그들은 흑인 마부도 함께 데리고 갔지요.
　이 마부는 런던에서 티시본 저택의 하인으로 일하는 흑인과 친하게 되었어요. 유명한 가문들은 대부분 법정 소송과 밀접한 연관이 있지요. 하루는 한 무식한 오스트레일리아 사람이 나타나서 자기가 티시본의 후계자라고 주장했답니다.
　티시본 부인은 여러 가지 이상한 이유들로 인해서 거의 읽거나 쓰지도 못하는 그 사람을 오래 전에 잃었던 아들이라고 밝히게 되었답니다. 빅토리아 시대의 엄청난 추문이 된 것이죠. 그 사건을 가장 잘 설명한 것이 바로 로드 모엄이 쓴 것인데, 그는 로드 챈슬러라고 불리기도 했지요. 그가 티시본의 책을 써서 소설가였던 그의 동생보다 더욱 훌륭한 작가로 입증되었답니다.
　티시본에서 일하던 흑인은 그 집의 백인 하녀와 결혼을 했답니다. 이것이 어머니의 아저씨에게 강력한 영향을 끼친 모양입니다. 그는 그 집에 들락날락했다고 합니다. 그가 계단을 내려가서 조심스럽게 지하실로 들어가는 모습을 상상할 수 있을 것입니다. 그가 친구 하인을 찾아갈 때, 그들은 항상 차와 케이크를 대접했지요. 많은 여자들이 그를 무척 좋아하고 있었답니다.
　그가 매우 늙었을 때에도 런던에서 살고 있던 흑인이 백인과 결혼한 일이 있었습니다. 그는 그 자리에서 항상 반갑게 맞아주면서 차와 케이크를 대접했던 백인 하인들에 대해서 이야기하곤 했지요. 그는 하인들에 대해서 말할 때마다 이렇게 말했어요.
　"그들은 항상 나를 반갑게 대해 주었지. 그럴 때마다 나는 기분이 몹시 좋았어."

이것은 많은 사람들이 그를 소중하게 여기고 있다는 의미였지요. 나는 어린 시절에 여러 번이나 그 이야기를 들으면서 영국에 있는 큰 집과 백인들이 나에게 차와 케이크를 대접해 주는 환상을 키웠답니다. 나의 환상 속에 있는 그 집은 커다란 농장과도 같은 것이었어요. 벨그라비아나 남부 켄싱톤에 있는 여러분들의 큰 집과는 전혀 다른 것이지요. 그리고 몇 년이 지나서 내가 영국 소설가들의 작품을 읽기 시작하면서 환상 속의 집이 되살아났지요. 아직도 약간은 그렇답니다.

어머니의 아저씨였던 늙은 마부는 매우 자존심이 강한 분이라서 이렇게 말하곤 했다는군요.

"그 시절에는 아무런 마찰도 없었지. 흑인들과 백인들이 모두 하나였으니까 말이야."

그것 역시 내가 성장하면서 믿게 된 것이었지요. 예전에는 모든 상황이 지금보다 나았다는 이야기 말입니다. 늙은 마부가 내게 가르쳐 준 것을 이해할 정도의 나이가 되었을 때, 나는 무척 부끄러웠습니다. 그만 잊어버리기 위해 노력도 했습니다.

여러 가지 정황으로 미루어 볼 때, 그 노인은 1840년에 태어난 것으로 추정됩니다. 그 해는 노예제도가 폐지된 지 6년이 되는 해였습니다. 그것은 그의 어머니와 주변의 모든 나이 든 사람들이 노예였다는 사실을 의미하는 것입니다. 그리고 또 다른 의미도 있지요. 노예 매매는 1807년에 모두 폐지되었습니다. 그래서 내 어머니의 아저씨가 열 살이나 열두 살 정도일 때에는 아프리카에서 바바도스로 끌려왔던 사람들이 고작 칠십 명 정도였답니다. 그러니 그 노인은 옛날이 더 나았다고 여겼고, 나도 그렇게 믿도록 했던 것이죠.

나는 이런 기억 때문에 괴로움을 당하다가, 마침내 정치적인 해결점에 이르러서야 현실을 있는 그대로 보게 되었답니다.

정치적인 해결점. 그것은 마르크스주의에 대한 간접적인 표현이었다. 마르크스주의라고 말하는 것은 너무 노골적인 표현이었기 때문에 그는 이렇게 언급했던 것이다.

하지만 내가 정치적인 해결점을 갖게 된 이후에도 나는 이런 기억에 대해서 이야기할 수는 없었습니다. 그러다가 트리니다드에서 버틀러가 파업을 일으켰을 때, 나는 그런 기억을 비로소 말할 수 있었습니다.

식민지 정부를 위협했던 스페인 항구에서 일어난 대규모의 행진이 있기 전에 나는 대중 집회에 참여하고 있었습니다. 그 당시에 나는 아주 단순한 것을 말하고 있었지요.

"이제 흑인들도 자기들의 운명을 스스로 선택할 수 있는 순간이 도래했습니다."

나는 이렇게 말하면서 연설을 진행했어요. 바로 그 순간 나의 머리 속에서 그 늙은 마부에 대한 기억이 떠올랐습니다. 나는 군중들에게 백인 하인들과 차와 케이크에 대해서 이야기를 하기 시작했습니다. 나는 그들이 새로운 태도로 경청하고 있다는 사실을 온몸으로 느낄 수 있었답니다.

그들은 연단에서 대중에게 연설하는 흑인으로부터 그런 과거의 이야기를 결코 들어본 적이 없었던 것이지요. 하지만 가장 큰 영향을 받았던 것은 바로 나 자신이었습니다.

내 어머니의 아저씨가 어린 시절 내게 믿도록 만든 그 옛날에는 백인들과 흑인들이 하나였다는 그 이야기를 시작하자마자, 5초 이내에 지난 20년 동안이나 내 뒤를 따라다녔던 수치심에서 벗어나게 되었답니다. 모든 흑인들은 그런 비슷한 기억을 갖고 있답니다. 훌륭한 정규 교육을 받았던 모든 흑인들은 그런 류의 기억으로 인해 소리없이 부식되고 있답니다.

레브런이 잠시 동안 이야기를 멈추자 침묵이 흘렀다. 마치 그 자리에 있는 모든 사람들에게 각자를 점검해 보는 시간이 주어진 것과 같았다. 서인도 출신의 집주인이 희미한 거실로 식사를 날라왔다.

그것은 아시아나 지중해 연안, 혹은 트리니다드와 같은 대도시에서 유행하는 크레올 방식이 아니라 더 작은 섬들에서 먹는 조악한 아프리카 식의 식사였다. 탁자 중앙에 놓인 것은 녹색 바나나를 삶아서 썰은 것처럼 보이는 기름기 나는 노란 빛의 작은 무더기였다. 레브런은 이 음식을 보자 약간 흥분하면서 말했다.

"아, 이건 쿠쿠로군요. 런던에서 찾아보기 어려운 진기한 요리입니다. 우리는 이 요리에 모든 관심을 쏟아야 합니다."

그 자리에 있던 다른 사람이 이렇게 말했다.

"우리집에서는 이 요리를 푸푸라고 부른답니다."

레브런이 웃으면서 농담을 던졌다.

"이 요리가 쿠쿠인가, 푸푸인가? 오늘 저녁에 논의해야 할 심각한 문제로군요."

나의 접시 위에도 기름기가 감도는 음식이 쌓여 있었다. 나는 그 요리를 물끄러미 바라보았다. 삶은 얌과 녹색 바나나 그리고 후추를 넣어서 으깬 다른 뿌리 식물들이 한 곳에 뒤섞여 있었으며, 그 위에 올리브 기름이 발라져 있었다. 그것은 레바논 방식의 요리였다.

나는 후추 말고는 거의 아무런 맛도 느낄 수 없었다. 하지만 단 한 가지 녹색 바나나의 시큼한 맛을 음미할 수는 있었다. 나는 그 미끈거리는 감촉이 어쩐지 끔찍하다는 생각이 들었다. 하지만 수저를 내려놓아야겠다는 생각은 하지도 못하고 접시 위에 그대로 놓아두었다. 아무도 나를 주목해서 바라보는 사람이 없었다.

레브런은 그 음식을 열심히 먹고 있었으며, 그의 충실한 여자 친구도 잘 먹었다. 고기 냄새와 기름 냄새가 낡은 가구들로 비좁은 거실을 가득 채웠다. 사람들은 주인에게 얌과 녹색 바나나를 어디서 구했는지를 물어보았다. 그 반면에 나는(마치 그들 모두를 배신한 듯한 느낌이 들어서 나는 그 저녁의 좋은 분위기에서 소외되어 있었다.) 20년 전에 숙모가 스페인 항구에 있던 우리집 뒤에 있는 콘크리트 계단에 앉아서 그라나다 사람들은 일주일에 한 번은 뿌리 식물을 그들이 사용하는 역청 깡통에다 넣어 삶아 먹는다는 이야기를 떠올리고 있었던 것이다.

레브런이 쿠쿠인지 푸푸인지를 한 입 가득 집어삼킨 뒤에 곧이어 이야기를 늘어놓기 시작했다. 나는 그의 말이 나에 대한 하나의 제의라고 느끼고 있었다.

"금세기의 가장 특별한 논쟁은 아마도 레닌과 인도인의 대표였던 로이가 1920년에 코민테른의 제2차 전당대회에서 한 것이라고 할 수 있습니다. 그것은 20세기에 일어난 비유럽인들의 투쟁에 대한 참조와 더불어 마르크스에 대한 재해석이라고 할 수도 있어요. 우리 모두가 잘 알고 있듯이 마르크스에게는 어떤 인종적인 관점이 있었습니다. 미국의 신문들을 위해 그가 '인디안 뮤티니'에 대해 쓴 집필에 격려를 받았던 것이죠. 그가 신문에 게재한 단편 단편들은 순서에 의해 씌어지긴 했어도 부분적인 고려가 결여되어서 전체적으로 보면 진실성이 부족했죠. 따라서 우리의 관점에서 재해석은 반드시 필요했는데, 그 작업이 40년 전에 있었답니다. 간디와 네루 그리고 마운트배튼과 그 이외의 다른 사람들이 아시아의 역사에 있어서 중요한 자취를 남기고 있을 때, 우리는 혁명이 일어난 지 3년 밖에 안 되어 벌어졌던 레닌과 로이의 만남을 금세기의 중요한 사건 중의 하나로서 돌아보게 되었답니다."

포스터 모리스처럼 레브런의 이야기도 줄곧 이어졌다. 나에게는 러시아 잡지에 실은 그의 기사가 여전히 찬란한 빛을 발하면서 남아 있었다. 하지만 우리 두 사람이 곧 깨닫게 된 것은 우리 관계가 강제적이라는 사실이었다. 우리는 배경을 공유하고 있었고 말로 표현하지 않아도 여러 측면에서 서로 이해를 할 수 있었지만 그러나 우린 서로 다른 노선에 서 있었다.

그 저녁 식사가 있은 후, 몇 주일 만에 굉장히 당혹스러운 일이 일어났다. 레브런의 여자 친구(지적이고 편안한 태도와 수용적이면서도 신기할 정도로 조용한)는 뉴욕에서 살고 있었다.

나는 뉴욕에 대해서는 거의 아는 바가 없었고, 미국인을 만난 적도 별로 없었다. 나는 그녀의 모습을, 그녀가 지닌 배경과 잘 연결할 수가 없었다. 배경이나 태도가 그 사람과 동떨어질 수는 없는 것인데도 말이다. 나는 단번에 그녀를 좋아하게 되었다. 나보다 열 살 정도 연상이었던 그녀의 조용한 점이 특히 마음에 들었는데, 그 점이 그녀의 매력으로 보였다. 그런데 내가 뉴욕을 방문해야 하는 일이 생겼다.

나는 영화를 만들만한(실제로 불가능한 영화) 소재를 찾아야 하는 임무를 맡게 되었다. 그 영화는 젊은이들이 쉽게 빠질 수 있는 가치 상실과 자기 배반에 대한 것이었다.

메이다 베일 거리에서 저녁 식사가 거의 끝날 무렵, 서로에 대해 격의가 없어지자 나는 레브런과 그의 친구에게 이번 여행에 대해 잠시 동안 이야기를 비추었다. 그들은 그 일에 대해 커다란 흥미를 보여주었다. 그들은 서로 몇 명의 이름을 거론하면서, 레브런은 내게 뉴욕에서 만나야 하는 사람들의 명단을 보내주겠다고 약속했다.

얼마 후에 그는 약속한 대로 명단을 보내 주었다. (나는 항상 레브런이 이런 방식으로 세심하다는 사실을 알게 되었다.) 나는 일정에 따라 미국으로 떠났다. 어느 일요일 오후에 고문과도 같은 영화 작업을 한 다음 호텔에서 잠시 벗어나 있을 때, 내게 지나칠 정도로 친절하게 대해 주었던 어떤 부부가 나를 데리고 맨하탄 근처를 드라이브하면서 유명한 장소들을 보여 주었다. 그들은 애정을 갖고 나를 대해 주었다.

관광을 끝낸 후에 저녁 식사가 마련되어 있었다. 그들은 몇 사람들을 초대해서 나를 만나게 해 주었다. 그들은 레브런이 나에 대해서 여러 사람들에게 편지를 써 보냈다고 말해 주었다. 부인은 저녁 식사가 아주 멋질 거라고 말했다. 그들은 특별히 저필트 생선 요리를 준비했다. 그녀는 자동차 앞좌석에 앉아서 나를 돌아보면서 물어보았다.

"저필트 생선을 먹어 본 적이 있나요?"

이 당시의 기억이 그런 동작과 연결되면서 떠오르는데, 그녀는 털코트를 입고 있었다.

"아니, 먹어본 적이 없습니다."

내가 머리를 흔들며 대답하자, 그녀는 기분이 좋은 듯한 미소를 지었다. 나는 뉴욕에 대해서는 거의 아는 바가 없었기 때문에 그들이 어떤 위치에 있는 사람들인지 그리고 맨하탄에서 관광이 끝난 뒤에 우리가 갔던 교외와 그곳에 있던 집에 대해서 평가를 내릴 수가 없었다. 저녁 식사를 하기에는 너무 이른 시간에 도착한 사람들에 대해서도 평가할 수가 없었다. 그 부인은 특별 요리가 어떻게 되었는지를 보려고 부엌으로 곧장 들어갔다.

나는 그들이 아주 좋은 사람들이며, 지적이고 친절하다는 사실을 알게 되었다. 어떤 사람들은 가까운 이웃이었지만 나머지 대부분은 일요일 저녁 식사를 위해서 먼 곳에서 일부러 찾아온 사람들이었다. 그들 모두는 내게 친절하게 대하려고 애를 썼는데, 나는 그것이 레브런에게 보내는 친절이라는 사실을 알고 있었다.

나는 비록 레브런의 소개를 받았지만, 그의 국제적인 교류의 가치를 정말로 믿었던 것은 아니었다. 그에게 호감은 갖고 있었지만 나는 무엇보다노 그를 이야기꾼으로 생각하고 있었다.

나는 그가 재능있는 흑인으로서 자기 시대의 환경에 몰려서 일찍부터 재치에 의지해서 생활하게 되었다고 보았다. 러시아와의 관계, 러시아 잡지에 실린 기사, 폴란드 출신인지 체코 출신인지 잘 모르겠지만 매력적인 여인과 함께 메이다 베일 거리의 저녁 식사에 나타난 이 모든 것들은 비록 실제이긴 하지만 두번째 천성인 자기의 재치로 살아가는 나이 많은 흑인의 특성들이라고 보았다.

그는 그 지역에서 교육을 받았던 흑인들의 첫 세대에 속했다. 그들 중에서 수많은 사람들이(나이를 많이 먹은 사람들) 그들의 고향에서 존경받는 위치를 얻지 못했다. 그들은 아무런 지위도 없이 너무 일찍 등장한 중간적인 사람들이었다.

그들은 자신들의 길을 개척하려고 부단히 노력했다. 그들은 세계를 떠돌아 다니다가 어느 한 장소에(예를 들자면 미국이나 영국, 서인도제도, 파나마, 벨리즈) 잠시 동안 정착한 다음, 다른 곳에서 그들이 하고 있는 일들을 크게 떠들었다. 그들 중에서 어떤 사람들은 중심을 벗어나거나 균형을 잃어버리기도 했다. 어떤 사람들은 아프리카로 돌아가는 운동(그 당시에 아프리카는 열강의 식민지가 되어 있었다.)에 뛰어들었다. 어떤 사람들은 그만 사기꾼이 되고 말았다.

1950년에 내가 영국으로 돌아갔을 때, 런던 거리에는 그런 세대에 속하는 낭비벽이 심한 흑인들이 여전히 남아 있었다. 우스꽝스러운 억양을 쓰면서 줄무늬 정장에다 중절모를 눌러 쓴 사람들이었다.

가끔씩 그들은 나에게 인사를 했다. 그런 인사는 외롭기 때문이기도 하겠지만, 붙잡고 자기 자랑을 늘어놓을 만한 사람이 필요했던 것이다. 어느 비오는 겨울 저녁에 리젠트 거리에 있는 버스 대기실에서 재미있는 사람을 만나게 되었다. 그는 즉시 지갑을 꺼내더니, 나에게 그의 집과 영국인 아내 사진을 보여주기 시작했다. 그들은 모두 난파를 당한 사람들이었다. 그들은 자기 자신과의 접촉을 상실한 채 이제 생애 말기에 이르러서는 자메이카나 또는 다른 섬에서 새로 이곳으로 이주한 다음, 할렘식 멋쟁이 양복에다 챙이 넓은 펠트 모자를 쓴 채 일하는 사람들에 의해 그들이 의지해서 살아왔던 환상들이 사라져 버리고 마는 것을 목격하고 있었다.

레브런 역시 그가 지닌 많은 재능에도 불구하고 구세대에 속한 사람처럼 보였다. 그는 너무나도 많이 세상을 돌아다니면서 신비의 인물로 불리워졌다. 하지만 나는 레브런의 생애에서 감추어진 이국적인 부분들은 어느 정도 인위적으로 길들여진 부분이라는 생각이 들었다. 그리고 그의 생애 역시 소소한 재정적인 경보 신호로 가득 찬 것들이었다.

그런 점에서 미루어 볼 때, 레브런은 1937년에 파업을 일으켰던 지도자 버틀러와 유사한 사람이라고 생각되었다. 버틀러는 전쟁 이후에 억류에서 풀려나자 런던으로 달려가서 그의 추종자들과 함께 '대영제국 노동자와 시민들의 가정 통치 정당'을 만들었다. 하지만 얼마 후에 그는 당에서 벗어나 아주 조용하게 살았다. 레브런이 해외에서 보낸 시간도 그런 조용함과 휴식을 누린 것이라고 추측할 수 있었다.

러시아 잡지에서 레브런의 기사를 보고 그런 통찰력을 별로 기대하지 않았기 때문에 몹시 당황했던 것처럼, 지금도 뉴욕에서 좀 떨어진 교외에 있는 집에서 나는 레브런의 국제적인 생활에 대한 증거를 접하면서 온통 혼란에 빠지게 되었다. 그것은 내가 기대했던 것보다 더욱 고상한 것이었고 내가 알고 있던 어느 것보다 더욱 품위가 있었다.

그들은 섬의 정치와 특성들을 많이 알고 있었다. 하지만 그들이 알고 있는 지식은 모두 레브런의 입장에서 바라보는 것이었다. 레브런의 정적이 되어버린 지방의 정치가들을 비꼬면서 한 사람은 갱단으로 또 다른 한 사람은 마법사로 묘사했다.

어떤 부인은 내가 알지 못하는 곳들을 찾아다니면서 그 섬을 여행한 적이 있었다. 그녀는 자기들의 역사에 대한 생각이나 미래에 대한 어떤 감각도 없이 그런 섬에서 산다는 것은 불가능하다고 말했다. 그런데 그녀는 무엇을 보았던 것일까? 하지만 그녀는 내게 아무 대답도 하지 않았다. 그녀는 여행자로 말하는 것은 원하지 않았던 것이다. 그런 거절은 그녀가 가진 자존심 때문이었던 것 같다.

나는 러시아 잡지에 실린 레브런의 기사가 내게 끼친 영향력을 기억했다. 그것은 나를 길바닥에서 끌어올려 산 정상에서 사물들을 내려다보도록 만들었다. 레브런은 이 사람들에게도 똑같은 영향력을 끼쳤기 때문에 그 부인의 관점에서 나온 모든 것들은 레브런이 말했던 것에 대한 그녀 자신의 해석일 뿐이었다.

나는 1956년에 사람들의 감정에 호소하는 집회들이 마구 열리는 동안, 스페인 항구의 우드포드 광장에서 활동했던 레브런은 주위의 상황과는 얼마나 앞뒤가 맞지 않았는지를 분명하게 기억하고 있다. 그는 그 집회들을 교육을 위한 것이라고 광고했고 그 광장을 대학인 것처럼 묘사했다.

하지만 사람들은 무엇인가를 배우기 위해 갔던 것이 아니라 일종의 인종적인 서약에 참가하기 위해 그곳에 참가했다. 레브런이 금세기의 여러 해 동안 이런 위대한 시기가 오기를 기다렸고, 그 순간이 도래할 것을 결코 의심하지 않았다고 말했을 때에는 그도 모임에 적극적으로 참여하는 것처럼 보였다. 그러나 곧이어 그는 자기의 노선을 벗어나고 말았다. 그는 설탕의 역사와 생산에 대한 이야기하기 시작했다.

레브런은 풍차와 높이 솟아있는 공장 굴뚝들이 그 섬의 특징적인 풍경이었다고 말했다. 그런 것들은 지난 2세기 이상이나 그곳에 자리잡고 있었다. 설탕을 대규모로 만들기 위해서는 항상 산업적인 공정 과정을 거치게 되어 있었다. 사탕수수는 비교적 썩기 쉬운 작물이어서 어느 일정한 시기가 되면 줄기를 잘라서 일정한 시간 내에 작업을 해야만 했다. 그러므로 설탕을 만드는 과정에서 많은 것들이 잘못되어서 재료를 버릴 수도 있었다.

이런 사실들은 곧 그 섬의 흑인들이 복잡한 제조 공정에 대한 훈련을 받았고 그대로 작업을 하였기 때문에 세계에서 가장 초기에 해당하는 산업 노동자들이 되었다는 것을 의미했다. 이런 이유들로 인해 그들은 표준적인 인종 분류에서 벗어난다. 아프리카나 아시아, 유럽의 많은 지역에 산재하고 있었던 농민들과 사정이 달랐던 것이다.

그들은 아주 오래된 산업 프롤레타리아 계급이었으며, 노예 제도의 역사를 통해서 바라볼 때 그들은 항상 혁명적인 민중들이었다. 이제 그들은 신세계에서 일어나는 혁명의 최전선에 서게 되는 운명적인 사람들이라는 것이다.

그 자리에 모인 사람들은 레브런의 말을 완전히 이해할 수 없었지만, 열정적으로 유창하게 말하는 그의 태도는 그 광장에서 일어나게 된 엄청난 운동의 일부인 것처럼 보이도록 만들었다. 그래서 군중들은 그에게 박수 갈채를 보냈다. (광장에 서 있는 빅토리아 양식의 야외 음악당에서 나무 그늘에 모여 있던 군중들에게 연설하는 사진이 체코나 동베를린에서 출판된 그의 연설집의 표지로 나온 적도 있었다.) 이것이 그가 제시한 그 지역에 대한 관점이었다.

혁명의 도래에 대한 소식과 그 혁명에서 차지하는 그의 위치는 몹시 중요한 것이었다. 해외에서 활동하는 혁명가들은 그의 방법을 배우기 위해 많은 정성을 기울였다.

1956년에 광장에서 레브런이 연설하는 것을 듣게 되었을 때(그 당시에는 레브런이 러시아에 대해 호의적이라는 사실을 전혀 알지 못했고, 단지 그 지역에서 멀리 떨어져서 활동하던 흑인 혁명가라고만 어렴풋이 알고 있었다.) 나는 그가 카리브해 지방에 있었던 노예 제도의 산업적인 속성을 강조하는 것을 보고는 다른 사람들처럼 당황했다. 나중에 나는 그것을 말단에 있는 한 사람이 자기의 주장을 분명히 펼치기 위해 역설하는 '이상주의를 위한 이상주의'라고 생각하게 되었다.

이제 뉴욕에서 내게 들려지는 이야기들 속에서 레브런의 관점과 수사학적인 문체와 심지어는 그의 목소리의 단편들을 접하게 되면서, 나는 이런 역설이 그가 메이다 베일 거리에서 있었던 저녁 식사에서 언급했던 '정치적인 해결'의 일부라고 생각하게 되었다. 레브런은 그런 방식으로 해결을 보았기 때문에 그로 말미암아, 자기 어머니의 아저씨였던 늙은 마부가 했던 말(노예 제도에 근접한 시절들이 백인과 흑인 모두가 하나가 되는 좋은 시절이었다는 말)로 인해 그가 성장하면서 계속 느끼고 있었던 수치심에서 벗어나게 해 주었던 것이다.

그런 고백은 나의 인상에 깊이 남았다. 레브런이 말한 대로 모든 흑인들은 그와 비슷한 괴로운 비밀을 어느 정도는 다 갖고 있었다. 하지만 '정치적인 해결'이라는 말은 무엇인가를 감추고 있는 듯했다.

지금에야 내가 알게 된 것은(그의 투쟁에서 나와 동일한 요소들이 있는 것을 알게 되면서 수치와 슬픔, 동정, 감탄 등의 마음을 갖게 되었는데) 90년 전에 살았던 무식한 늙은 마부의 말이나 1950년에 리젠트 거리의 버스 대기실에서 만난 중절모에 줄무늬 정장을 입은 중년의 흑인이 나에게 자기의 집과 영국인 부인 사진을 보여 준 것처럼 레브런도 항상 과거를 대하는 어떤 방법을 발견할 필요가 있었다는 것이다. 훌륭한 정신과 지식에 대한 욕망이 있었기 때문에 레브런의 이런 필요성은 더욱 절실한 것이었는지도 모른다.

레브런은 이상주의를 발견함으로 인하여(그리고 그 이상주의에 대한 그의 해석으로 말미암아) 대단히 많은 일을 담당하게 되었다. 나는 레브런의 혁명적인(혹은 현실의 체제에 대항하는) 글에서 지금은 고정되어버린 사회 구조와 대항하는 것보다 오히려 분명하게 보이는 적, 즉 도덕적 관점들이 엄연하게 존재했던 노예 제도가 있었던 시절로 돌아가서 싸우는 것이 더욱 쉽다고 주장한 것을 보았다. 이런 종류의 글은 노예 제도가 있었던 시기를 거의 끊임없이 게릴라 전투가 일어났던 시절로 파악하고 있다.

하지만 그런 글들은 어느 정도 극적인 맛은 있지만, 노예 제도가 폐지된 후의 단조롭고 방향 감각이 없으며 도덕적인 목표도 없어진 시기를 다룰 만한 능력은 없었을 것이다. 레브런의 정치적인 해결이란 이런 감정론과는 매우 다른 것이었다. 레브런은 노예 제도의 시절을 끌어안는 것이 아니라, 별다른 고통도 없이 그 기간을 인정하고 보편 타당성을 주장했으며 심지어는 선행되어야 할 것이라고 말했던 것이다.

"그 사람은 아마 당신을 지배하려고 할 겁니다."

그 섬의 수상은 정부 관저에서 얼룩진 식탁보 너머로 이렇게 말했다. 그리고 나는 뉴욕에서 그런 것을 느끼기 시작했다. 나는 레브런이 나를 그들에게 소개했기 때문에 그들이 나를 동일한 혁명가로 생각할 것으로 기대했다. 그러나 잠시 후에 나는 내가 레브런의 혁명의 일부로 여겨지고 있다는 사실을 눈치채게 되었다. 우리는 서로에게 똑같은 기대를 품고 있었던 것이다.

그들은 모두 러시아 잡지에 실린 그 기사를 잘 알고 있었다. 내 작품에 대한 나의 입장이 약화되고 있었다. 그들은 내 작품의 진정한 가치보다, 레브런의 비평을 더욱 신뢰하고 있었던 것이다. 그들은 나의 작품 속에 레브런의 전망이 포함되어 있다고 여겼다.

그들의 전망에서 바라볼 때, 나는 내 자신의 작품 속에서 부차적인 존재로 여겨지고 있다는 사실을 느낄 수 있었다. 나는 단지 레브런의 뜻을 표현하고 있는 것에 불과했다.

나는 그들이 하고 있는 그런 추측이 달갑지 않았지만, 어떻게 아니라고 말해야 할지를 몰랐다. 나는 그들이 말하는 대로 가만히 놓아둘 뿐, 그들 사이에 함부로 끼여들지 않았다. 그들이 너무 멀리 빗나가고 있었지만, 나는 그저 물끄러미 지켜볼 수밖에 없었던 것이다.

그들은 긴장을 풀고 기꺼이 내가 끼여들 수 있는 여지를 만들어 주었다. 그런 말을 실제로 한 것은 아니지만, 나 역시 인종적인 혹은 문화적인 짐을 모두 벗어버리고 그들과 형제애를 나누고 싶었다. 나는 그들의 초청을 달갑게 받아들이기로 결심했다.

그들은 아주 멋지고 매력적인 사람들이었고, 그 집도 아주 편안한 곳이었다. 나는 호텔에서 매달리고 있었던 별로 유쾌하지 않은 영화 작업에 대해 생각하고 있었다. 내가 그들과 동류인 것처럼 행동하기만 한다면, 나는 융숭한 대접을 받게 될 것이다.

우리 중에서 스스로가 불완전하다고 느끼지 않는 사람은 거의 없다. 하지만 내가 불완전하다고 느끼는 것은 레브런의 경우와는 다른 것이었다. 내가 불완전하다고 느끼는 부분을, 레브런은 풍부하게 소유하고 있었다. 레브런은 육체적인 매력이나 사랑, 성적인 성취감 등을 비롯한 많은 것들을 소유하고 있었으며, 그런 것들은 내가 결코 따라갈 수 없는 것들이었다.

하지만 내 영혼 속에는 전혀 다른 종류의 갈망들이 깃들어 있었다. 나 자신이 이룩한 안정감과 글쓰는 재능이 오랫동안 지속되고 더욱 성장하기를 바라는 소원, 아직 알지 못하는 책들을 쓰고자 하는 꿈, 결실이 풍부한 나날들, 성취감 등이 바로 그러한 것들이라고 할 수 있었다. 이런 갈망들은 오직 내가 알고 있는 자아 안에서만 만족될 수 있는 것들이다.

다른 어느 집단의 사람들도 그렇게 마음을 열고 열정적으로 나를 초청한 적이 없었다. 그러나 그 초청에 응한다는 것은 곧 나 자신이기를 포기하고 알지 못하는 것을 신뢰하게 되는 것을 의미했다. 나는 마치 그 섬의 수상처럼 깜짝 놀라고 말았다.

우리는 저녁 식사를 하기 위해 식당으로 들어갔다. 벽은 평범한 벽돌로 되어 있었다. 빛바랜 벽지는 마치 먼지가 잔뜩 낀 것처럼 보였다. 하지만 식당의 분위기는 아주 멋있는 인상을 안겨 주었다.

오후에 약속했던 저필트 생선 요리가 마침내 나왔다. 하지만 나는 생선의 모양이 별로 마음에 들지 않았다. 그리고 이제는 그 요리에 대한 기억조차 잘 떠오르지 않는다. 반죽한 덩어리를 양념하거나 기름을 섞어서 손으로 만드는 것을 생각하니 갑자기 손에 바르는 로션이나 다른 화장품들이 연상되었다.

나는 저필트 생선 요리의 냄새를 맡는 것조차 역겨울 지경이었다. 나는 도저히 먹을 수가 없었다. 메이다 베일에서 나왔던 쿠쿠 혹은 푸푸의 경우에는 접시에다 숨겨 놓을 수 있었는데 이번에는 그렇게 할 수도 없었다. 그 자리에 있던 모든 사람들이 저필트 생선 요리가 런던에서 온 레브런의 친구를 위해 특별히 준비된 것이라는 사실을 익히 알고 있었기 때문이었다. 나를 초대한 사람들의 시선이 온통 나를 향하고 있었다. 나는 그저 생선 요리를 끄적거리고만 있을 뿐이었다.

나를 대하는 그들의 태도는 여전히 정중했다. 우리는 다시 토론을 하기 시작했다. 하지만 식당에서 갖게 되었던 당혹감은 내가 맨해튼에 있는 호텔로 다시 돌아올 때까지도 계속 남아 있었다.

우리가 잘 알고 있고 또한 부러운 시선으로 바라보는 미술 수집가들은 정말 성공한 인생을 누리는 사람들이다. 이를테면 백여 년 전에 아주 싼 가격으로 반 고흐나 초기 세잔의 작품을 구입한 사람들처럼 말이다. 그들은 대단한 행운을 만난 것이라고 할 수 있었다.

그런 동일한 시기에 다른 사람들도 역시 미술가들의 작품을 수집했을 것이다. 하지만 그들은 성공할 수가 없었다. 그들이 구입했던 미술품은 조악한 작품이었기 때문이다. 그들은 성공한 사람들의 경우와 비슷한 정열로 동시대의 다른 작가들의 작품을 수집했다. 그러나 미술품을 바라보는 안목의 부재로 인해 실패할 수밖에 없었던 것이다.

나는 보잘 것 없는 미술품을 구입하는 사람들이 도대체 어떤 생각을 하는지 몹시 궁금했다. 그러던 어느 날 나는 런던에 있는 미술품 중개인에게 그런 수집가들에 대해서 질문을 한 적이 있었다.

"그런 사람들은 어느 순간에 가서 자기들이 잘못했다는 사실을 알게 됩니까?"

그 중개인은 아주 흥분한 목소리로 대답했다.
"그들은 아주 어리석은 버릇이 있어요. 나쁜 미술품 수집가들의 전형적인 모습은, 그들이 값을 지불하고 구입한 조잡한 예술 작품보다도 자기 자신의 눈을 더 믿는다는 겁니다. 그들은 자신이 내린 가치 판단에 대해 절대로 후회하지 않아요."

뉴욕에 있는 레브런의 후원자들도 이러한 나쁜 수집가와 같은 버릇을 가지고 있는지 어떤지 나는 잘 모르겠다. 혹은 그들이 여러 가지 경로를 통해서 레브런이 그들에게 알려주었던 소식들이 모두 틀린 것이어서, 그가 섬에서 약속했던 혁명은 결코 일어나지 않을 것이라는 사실을 알게 될지 어떨지도 잘 모르겠다.

그 섬의 정치는 결코 변하지 않았다. 식민지 시대 말기에 세력을 얻게 된 지도자들은(레브런에게 그가 있는 작은 섬에서 떠나라고 명령한 수상과도 같이) 여전히 세력을 장악하고 있었다. 그들 중에서 많은 사람들이 일을 별로 하지 않는다는 것은 문제가 되지 않았다. 그들은 모두 따분한 시간을 흘려 보내고 있었다. 그들 모두는 각각의 방식으로 성공한 첫세대들이었으며, 흑인들을 이끄는 지도자를 자처하고 있었다.

그들은 매우 지역적인 특색을 지니고 있어서 바로 그런 이유들로 인해 각 지도자들은 자기의 영역 내에서 흑인들을 구원한다는 생각을 구체적으로 실현하고 있는 중이었다. 이런 지역적인 사람들과 그들의 추종자 사이의 비밀스러운 관계에 레브런이 끼여들 여지는 전혀 없었다.

레브런은 이제 늙었으며 매우 가난하게 살아가고 있었다. 그는 혁명을 동반하지 않았던 혁명가라고 할 수 있었다. 그런 혁명가는 정치적으로 성공할 수 없었다. 때로(그의 정적들이 보고하는 바에 따르면) 과거부터 그를 추앙하면서 따르던 여성 후원자들이 낸 보조금으로 인해 넉넉하게 살아갈 수 있었지만, 그렇지 않을 때에는 어려운 방랑 생활을 하면서 카리브해나 중앙 아메리카, 영국과 유럽 등지에서 다른 사람들의 집이나 아파트에 머물면서 항상 돌아다닐 수밖에 없었다.

레브런은 아직도 안락하게 살아갈 수 있을 정도의 수입도 있고 여전히 소수만이 보는 좌익 잡지에다 공산주의 경향이 강한 기사를 쓰고 있긴 했지만, 나는 그도 어느 단계에 이르게 되면 자기의 주장에 대한 신념을 잃게 되고 포기하게 되리라는 느낌이 들었다.

레브런과 내가 메이다 베일 거리의 집에서 저녁 식사를 나눈 이후로, 나는 그를 다시 만난 적은 없었다. 그러나 텔레비전에서 몇 번 그를 보았는데, 매우 늙어 보여서 나는 그가 나이를 먹고 육체적으로 점점 노쇠해 가는 것을 지켜보는 느낌이었다.

뉴욕에서 겪었던 당혹스러운 사건 이후에도 우리는 서로 가끔씩 소식을 주고받았다. 우리는 편지를 교환하고 있었는데, 그는 가끔씩 내 작품에 대해서 쓴 기사가 실린 잡지를 보내주곤 했다. 하지만 그런 참고 문헌도 점점 줄어들더니, 나중에는 마침내 끊어지고 말았다.

1973년에 레브런은 그가 최근에 집필한 책이었던 『두번째 투쟁: 1962~1972의 연설과 작문』을 우송해 주었다. 그 책은 동독에서 출판된 것인데 표지에는 레브런이 1956년 스페인 항구에 있는 우드포드 광장에서 야외 음악당에 있는 마이크를 잡고 서 있는 사진이 실렸다. 수많은 군중들이 귀를 기울이면서 그의 연설을 경청하고 있었다.

레브런은 '나의 동지 휴머니스트에게'라고 쓴 책을 나에게 헌정했다. 그리고 이런 말을 덧붙였다.

"이해한다는 것은 다시 시작하는 것이다."

그것은 오래 전의 매력을 다시 일깨우는 듯한 그런 방식의 말이었다. 그 속에 무슨 깊은 뜻이 있는 것은 아니었지만, 그의 친필을 보게 되니 어쩐지 감동이 되었다. 그것은 아주 형편없는 책이었다. 러시아 잡지에다 썼던 기사처럼 그런 빛나는 재기나 상징적인 표현들은 전혀 없었다. 책표지에 실린 사진에도 불구하고 나는 많은 부분들이 정말로 그가 연설했던 것인지 의심스러울 지경이었다. 좌절과 깊은 증오심만이 밑바닥에 깔려 있었다. 현실을 바라보는 예리한 시선도 거의 나타나 있지 않았고 장난스러운 익살도 찾아볼 수 없었다. 그는 공산주의자들이 자주 쓰는 기회주의자들, 소시민 국수주의자들, 개혁주의자들, 개량주의자들이라는 단어들을 사용하면서 거의가 개인적인 방식으로 그의 정적이었던 성공한 정치가들이자 카리브해 연안의 정부 관저에 있는 사람들을 공공연히 비난하고 있었다.

그가 책으로 발간하기 위해 문장을 선택하거나 마구 잘라서 만든 그의 글 속에서 나는 그가 조금씩 쇠퇴(부분적으로는 나이탓도 있을 것이다.)하는 모습을 발견할 수 있었다. 그의 짧은 여러 글에는 비유럽 공산주의 국가들과 제국주의에 예속된 나라들을 서로 비교하는 내용이 실려 있었다. 예를 들자면 카자흐스탄을 필리핀이나 파키스탄과 비교하거나, 쿠바를 브라질이나 베네수엘라와 서로 비교하는 것들이 있었다.

공산주의를 받아들인 나라들에 대한 공식적인 사실이나 특성을 증가하는 산업 생산량과 학교와 대학의 숫자가 늘어난 것에서 찾고 있었으며, 거기에다 필리핀이나 이란, 브라질의 퇴보에 대해서 아주 단순한 설명만(마치 간단한 사전에서 인용한 것처럼) 하고 있었다. 그곳의 인구적인 특성과 인구 밀도를 평방 킬로미터 단위로 제시하고 있었고 봉건 영주들이 그 나라 영토의 대부분을 차지하고 있는 점을 소상하게 밝혀 놓았다. 그리고 대부분의 사람들이 학교에 가 보았던 적이 없다고 하였다.

레브런의 저서는 모든 글들이 학문적으로 보일 수 있도록 목록을 만들고 널리 알려지지 않았던 교수나 박사들의 말을 인용한 것들로 구성되어 있었다. 그가 진정으로 그런 사람들이 한 말을 믿었단 말인가? 아니면 단지 그런 기사들을 알고 있다는 것을 보여주면서 저서의 여백을 채우기 위해 쓴 것인가?

　나는 과거에 그를 인종적인 허구에서 구해 내었던 대의명분과 이러한 그의 주장에 대해 생각하고 있었다. 그는 빈곤하기 때문에 다른 사람들에게 의존하면서 생계를 유지해 오고 있었다. 레브런이 최초로 쓴 책 속에서(스페인 항구의 퀸즈 로열 칼리지에 있는 6학년 도서관에서 한 번도 읽혀지지 않고 그대로 보관되어 오던) 그가 묘사했던 사람들과 처지가 비슷하게 되어버린 것이 나에겐 너무 기이하게 여겨졌다.

　레브런은 그 책에 스페인계 미국인이나 혹은 볼리바르 이전에 있었던 베네수엘라 혁명가들에 대해 쓰면서 그들과 트리니다드를 연관짓는 일에 중점을 두었다. 몇 년 후에 트리니다드는 베네수엘라와 스페인 제국의 영토에서 분리되어 영국령이 되었는데, 여전히 파리아만을 가로질러서 본토에서 일어나는 혁명의 기지로 사용되고 있었다.

　트리니다드로 피신을 한 스페인 장교가 본토와 연합해서 베네수엘라에서 노예들의 폭동을 일으킬 음모를 추진했다. 하지만 그것은 별로 가망이 없는 계획이었다. 트리니다드는 여전히 베네수엘라 출신의 사람들로 가득 차 있었고 대부분이 스페인의 첩자들이었다. 그래서 이 음모는 카리브 지방에 있었던 다른 노예들의 계획처럼 한 노예의 배신으로 인해 고위직의 사람들에게 알려지게 되었다. 반역자들은 교수대에 목이 매달리거나 사지가 찢겨 죽었으며, 교수형을 당한 사람들의 시체는 해안에 있는 라 구아이라와 카라카스의 계곡 사이에 있는 고속도로 위에 전시를 해 놓았다. 이러한 혁명의 물꽃은 그만 사그라들고 말았다. 모든 것이 너무도 빠르게 일어났다.

　미란다는 제법 유명한 사람이었다. 그는 일찍 베네수엘라를 떠나서 유럽과 미국 등지를 여행하였다. 그는 백작이라는 신분을 내세우면서 중요한 사람들을 사귀게 되었다.
 혁명이 일어난 프랑스에서 그는 장군이 되기도 했다. 망명 생활을 하다가 그는 자기가 떠나온 나라(베네수엘라)로 돌아갔다. 그 당시에는 노예 농장에서 일하는 흑인들과 뮬레토들이 점차로 줄어들고 있었다. 베네수엘라 사람들은 잉카 제국의 후예들이라고 할 수 있었다. 그들은 그 대륙의 진정한 통치자들이었으며, 18세기 철학자들이 꿈꾸는 것처럼 고귀한 신사들이었다.
 미란다는 바로 이런 사람들의 대표자로 나섰다. 그들이 필요로 하는 것은 자유뿐이었다. 마침내 중년이 되어서 그는 트리니다드로 건너가서 기반을 삼고 혁명을 일으키기 위한 계획을 세웠다.
 그는 돈과 배 그리고 무기와 그가 필요로 하는 모든 것들을 갖추고 있었다. 그는 여러 해 동안이나 그를 보조해 주었던 런던 상인들이 제공한 자금도 풍부하게 갖고 있었다. 그는 베네수엘라를 해방시킨 후에 그곳에다 이 돈을 사용하겠다고 약속했다. 그러나 그는 베네수엘라를 해방시키지 못했다. 그는 무정부 상태의 혼란만을 남긴 채, 그가 전에 도망쳐 나왔던 식민지의 파행적인 정치에 의해 파멸되고 말았다. 파멸의 씨앗은 도처에서 그를 기다리고 있었다.
 이 책을 쓰기 위해 레브런은 베네수엘라 기록 문서를 참조하면서 창작 작업에 열중했을 것이다. 1930년에 그 책을 쓴 목적은 그 섬에 대한 혁명적인 특성에 대한 자기의 관점을 입증하기 위해서였다. 그의 생각을 과거의 사건에 부여하면서 1930년에 일어났던 혁명 운동과 연결하려고 노력했던 것이다. 노예 제도가 폐지된 다음 제국주의 말기의 협소함에 의해 정체되어 있던 그 섬을 대륙에서 일어난 엄청난 역사적인 과정에다 연결하면서 활기를 불어 넣으려고 했던 것이다.
 그는 무엇보다도 그 혁명이 단순하게 일어난 사건이 아니라고 믿고 싶어했다. 그들은 모든 준비가 되어 있는 상태였으며, 많은 사람들에게 혁명적인 정치 정당이 이미 존재했다는 사실을 주장하고 싶었던 것이다.

그런 모든 노력에도 불구하고 나는 트리니다드나 베네수엘라에 사는 사람들 중에서 열 명 정도라도 과연 그의 책을 읽었을지 의문이었다. 학교에서도 그 책을 읽은 사람은 아무도 없었다. 나도 그 책을 읽지 않았다. 단지 하나의 경이로운 대상으로 취급했을 뿐이다.

나는 레브런의 『두번째 투쟁 : 1962~1972의 연설과 작문』을 보고 난 후에, 얼마 안 되어서 런던에 있는 도서관에서 그 책을 읽었다. 내가 아마도 근 십여 년 동안에 그 책을 선반에서 꺼낸 최초의 사람이었을 것이다.

그의 첫 저서 속에는 각 장마다 대단히 놀라운 정신이 간직되어 있었다. 이 책은 그 사실을 나에게 말하기 위해 항상 그곳에서 나를 기다리고 있었던 것이다. 1948년에 내가 그 사건을 얼마나 이해하고 있었을까? 그때 이 책을 읽었다면 대부분의 내용을 이해하기 어려웠을 것이다.

나는 그 당시에만 해도 레브런이 주장했던 제국주의 말기의 협소한 생각에 사로잡혀 있었다. 그 책을 쓴 저자가 혁명가였으며 미국 어딘가에서 도피중이라는 말을 들었을 때처럼 그 책을 보면서 당황했다. 그가 쓴 것들을 이해하기까지는 많은 시간과 거리 그리고 경험이 필요했다.

내가 런던의 도서관에서 그 책을 읽고 깨닫게 된 한 가지 중요한 사실은, 이 세상이 많이 변했다는 것이었다.

런던의 모습도 그 책을 출판했던 당시에 비해 모습이 많이 바뀌었다. 그 책은 출판업자들이 런던 도서관에다 기증을 한 것이었다. 학창 시절에 그 책을 본 이후로 변한 것은 나만이 아니었다. 모든 현실이 전혀 다른 모습을 하고 있었던 것이다. 내가 런던 도서관에 앉아 있었던 것도 그런 변화의 한 측면을 단적으로 보여주는 것이다.

결국 레브런도 자기가 최초로 썼던 책에 나오는 사람들처럼 되고 말았다는 풍자적인 요소들을 생각하면서, 인간의 삶 속에 존재하는 순환성에 대해 나는 미신적인 생각을 하게 되었다. 그런 느낌이 들게 되자, 내가 쓴 글에서 나 자신이 결국 돌아가게 되는 정신의 본거지는 어디일까 하는 회의가 들기 시작했다.

레브런은 정치적인 신념의 보편성에다가 그가 갖고 있던 인종적인 편견들을 가라앉히려고 노력했지만, 그의 그런 꿈은 어디론가 사라져 버렸고 노년에 이르러서는 오직 하늘만이 알고 있는 그의 정치적인 역량을 그대로 묻어버리게 되었다.

나는 이야기를 이끌어가는 그의 천부적인 능력에 대해 생각하고 있었다. 그런 재능이 그의 생애 동안에 항상 그에게 문을 활짝 열어 주었다. 하지만 거기에도 물론 약간의 히스테리가 도사리고 있었는데, 그 섬에 대한 히스테리는 주로 풍자와 농담, 환상, 종교적인 광신, 갑작스러운 잔인한 충동 등으로 나타났다.

트리니다드에서 파업이 일어났던 시기에 찰리 킹을 화형시킨 사건이 있었다. 하지만 나중에 가서는 희생자들에 대해서 거의 종교적이며 희생적인 존경심을 보여주었다. 또한 포스터 모리스를 등유 램프가 흔들거리는 목조 가옥에서 성적으로 희롱했던 일이 생각났다.

나는 머리 속에서 리젠트 거리의 버스 대기실에 서 있다가 나에게 다가오더니 자기 부인과 집을 찍은 사진을 보여 주었던 흑인을 떠올리고 있었다. 어떻게 한 세기만큼이나 오래된 흑인의 감정 세계에 들어가 볼 수 있단 말인가?

세상은 변했다. 하지만 레브런은 그가 시작했던 곳으로 돌아가지 않았다. 카리브해 연안은 모두 독립했다. 아프리카도 독립하게 되었다. 하지만 레브런은 오랫동안 떠돌아다니고 있었기 때문에 갈 곳이 없었다. 레브런도 이 사실을 잘 알고 있었다.

이제 인생의 말기에 이르게 되자, 그의 명성이 널리 알려지게 되었다. 한때 그는 원리적인 사람이었으며, 진정으로 혁명적인 인물이었다. 카리브해 연안의 정치가들은 이런 것들을 배신한 사람들이었다. 그에게 덧붙여진 명성은 참된 아프리카인 혹은 흑인의 구원자라는 것이었는데, 이것은 그가 거짓된 흑인 지도자들과는 달리 그의 주장들을 포기하도록 유혹하는 온갖 것에 대해 적극적으로 대항한 사람이었기 때문이었다.

그래서 레브런은 두 가지의 특성(혁명가의 입장에서 보면 정의로운 사람이었으며, 인종 구원자의 입장에서 보면 원리에 충실한 사람이었다.)을 얻게 되었다. 이러한 명성은 그가 지금까지 살아오면서 혁명을 위해 몸바친 결과라고 할 수 있었다.

아프리카나 카리브해 연안에서 출간된 책에서 나는 그의 이름을 한 번도 찾아볼 수 없었다. 작가들과 출판업자들도 권력을 장악하고 있는 통치자들의 기분을 건드리기를 원하지 않았던 것이다.

하지만 이런 점들이 오히려 레브런의 명성을 더욱 유명하게 만들어 주었다. 그는 금세기의 흑인 지도자로서 라디오나 텔레비전에 나와 이런저런 것에 대한 그의 의견을 전화로 말해 주는 프로그램에 참가한 적이 있었다. 레브런은 그런 일에 제격이라고 할 수 있는 사람이었다. 지금 그는 아주 늙었으며 성자처럼 가진 것이라고는 아무것도 없는 사람이었다.

그는 흑인 정부에 대항하는 말을 결코 한 적이 없었다. 아민의 우간다에서 그리고 니에레레의 탄자니아에서, 그는 '흑인 복지의 측면에서 아시아인들을 내쫓아야 한다.'고 말했다. 남아메리카의 가이아나에서는 아주 이상한 방법으로 흑인 정부를 변호했다.

어느 라디오 프로그램에 출연하는 자리에서 레브런은 노예 제도가 이루어지고 있었던 시절부터 카리브해 연안은 흑인들의 영역이라고 생각할 수 있다고 주장했다. 그는 텔레비전 방송에 출연해서 인종 문제를 언급하는 말을 한 적도 있었다.

"최초의 아프리카 노예가 상륙한 날부터 그 지역은 흑인들의 영역이 되었습니다. 만일에 그들이 앞으로 일어날 일들을 알고 있었다면 그들은 혁명을 일으키기 위해 조직을 구성했을 겁니다."

그는 생애의 말기에 가서야 그가 처음 시작한 이래 계속 추구했던 역할을 발견한 것처럼 보였다. 그는 금세기의 흑인 대변인으로 일하면서 그 섬에 있던 정치가들처럼 초월적이고 신비한 구원을 말하는 것이 아니라 좀더 고상하고 보다 일반적인 것으로 역사적인 불가피성의 요소를 갖고 있는 어떤 것을 주장했다. 이것은 그가 1960년에 러시아 잡지에다 내 책에 대해 쓴 그의 기사에서 보여주었던 전망과도 유사한 것이었다.

그는 이런 새로운 역할을 맡으면서 아프리카로 순례 여행을 떠났다. 1920년과 1930년대에는 레브런 세대의 수많은 지식인들이 아프리카 복귀 운동에 참여하였다.

하지만 한 명의 혁명가로서 그는 이런 사실을 인정하지 않았다. 그런 운동을 감상적이면서 현실 도피적인 것이라고 생각했던 것이다. 그는 그 점을 인정했지만 세상이 변했다고 말했다. 그는 유명한 흑인으로서 아프리카를 방문했다. 그곳의 지도자들은 기꺼이 그를 환영했다. 그들도 이미 레브런의 명성을 들어서 알고 있었던 것이다. 그들은 레브런에게 충고를 부탁하기도 했다.

그는 독재적인 권력을 휘두르면서 국민들을 억압하는 정치인들을 방문했다. 그가 주로 방문했던 곳은 살육과 혼란에 빠진 채 전쟁을 치르는 나라들과 경제적으로 파탄 상태에 이르른 붕괴된 나라들이었다.

그는 텔레비전 방송과 라디오에 출연해서 부수적인 것들이 모두 제거된 아프리카라는 보다 이상적인 비전을 제시했다. 그것은 그의 뉴욕에 있는 지지자들이 몇 년 전에 서인도 섬들에다가 순수한 혁명의 비전을 부여한 것과 흡사했다.

그는 방문한 장소에서 오랫동안 머무르려고 하지 않았다. 그는 항상 자신의 본거지가 되는 영국, 유럽, 캐나다로 돌아오곤 했다. 그는 1950년과 1960년에 서인도 제도에서 커다란 교훈을 배웠던 것이다. 그는 아무도 정치적으로 위협하기를 원하지 않았다. 그것은 그에게 있어서 일종의 성취였다. 어느 누구도 시기해서는 안 되는 것이다.

하지만 내 생각에는 아프리카에 대한 그의 비전은 무해한 환상에 불과했다. 그럴 즈음에 나는 프랑스령 아프리카에서 작가로 활동하는 친구로부터 한 통의 편지를 받았다. 나는 반가운 마음으로 폴의 편지를 읽어 보았다.

"그건 정말 우스꽝스러운 일이지. 얼마 전에 어떤 미국인이 이곳을 다녀갔다네. 그는 멋진 흑인 노인이었어. USIS는 내게 그 모임의 사회를 요청했다네. 하지만 나는 그 노인이 축배를 드는 꼴을 보고 싶지 않았지. 그 노인은 바로 자네의 친구 레브런이었어. 그가 스스로 찾아온 것이라네. 그는 아주 당당하고 현명해 보이더군. 브리츠는 그를 위해 잠깐 소개를 했지. 그가 마르크스를 무시하면서 아프리카가 정치화되어야 한다는 식으로 우리에게 강의하기 시작했지. 그 말에 나는 무척 놀랐다네. 나는 그가 공산주의자라고 생각했거든. 그리고 소란이 벌어졌다네. 그는 젊은 프랑스인 평화 봉사단들이 아프리카에서 날뛰는 광경을 참을 수 없어 하더군. 더구나 아프리카의 여대생들이 백인 남자 친구와 다니는 장면을 대단히 싫어했다네. 그는 모든 사람들을 조용한 방법으로 협박하기 시작했지. 그의 말은 점점 더 거칠어지고 있었지. 나는 그 모습을 지켜보면서 몹시 불안했다네. 하지만 얼마 후에는 그의 흥분이 다시 조용히 가라앉았다네."

레브런이 뉴욕에 친구들을 갖게 된 것은 그가 어렵사리 얻게 된 정치적인 해결이었다. 그런 노인이 자유로운 아프리카에서는 오래 전에 입은 상처를 드러내면서 거칠게 행동한 것이었다.

II

 그리고 얼마 후에 나는 레브런에 대한 특별한 생각도 없이, 단지 내가 오래 전부터 가보고 싶었기 때문에 서아프리카를 방문했다. 그곳은 불어를 사용하는 지역이었다. 서아프리카는 나에게 전혀 새로운 일련의 연상을 불러 일으켰다.
 프랑스어에 대한 최초의 연상은 프랑스 가이아나에서 약간 떨어진 곳에 있는 악마의 섬에 대한 것이었다. 식민지 감옥에서 배를 타고 탈옥한 죄수들과 연관되어 있는 그런 연상이 떠올랐다.
 그 당시에 나는 아주 어렸으며, 트리니다드에서 스페인 항구로 이사온 지 얼마 되지 않았을 무렵이었다. 그런데 그들이 타고 있던 배가 트리니다드 해안에 표류되었다. 그들은 사흘 동안 머물러도 좋다는 허락을 받았다. 트리니다드 가디언과 이브닝 뉴스에는 그들의 사진과 인터뷰 내용이 실리게 되었다. 그 지역의 주민들은 음식과 물과 다른 선물들도 주었다. 그런 다음에 그들은 다시 길을 떠났다.
 그와 동일한 시기에 나는 퀸즈 로열 칼리지에서 불어를 처음으로 공부하고 있었다. 퀸즈 로열 칼리지는 그 섬에서 대단히 유명한 대학이었다. 중등 과정에서 그곳으로 진학하려면 학문적으로도 상위권에 속해 있어야 했고 보다 성숙해야 했다. 그곳에서 불어를 공부한다는 것은 신나면서도 품위있는 일이었다.
 프랑스어에 대해서 내가 느끼게 된 것 대부분이 선생님을 통해서였다. 그는 젊었지만 나이가 든 사람들에게서 보여지는 안정감과 격식을 차리는 예절이 있었다.
 교사용 책상에 앉기 전에 그는 항상 학급 학생들과 "안녕하십니까, 여러분?" 하고 인사를 하였다. 무척 더운 날에는 그는 손수건을 꺼내서 이마와 입가와 목 부분을 가볍게 두드리고는 항상 접어서 놓았다.

 그는 한 유명한 흑인 가문 출신이었다. 그들은 전문직에 종사하는 교양있는 사람들로서 이런 것들은 우리의 식민지 환경에서 상당한 노력이 있었음을 나타내 주는 것이다. 그러나 그런 사람들이 흔하진 않았다.

 이 선생은 프랑스어와 프랑스 요리를 무척이나 좋아했는데 그와 그의 가족들은 북쪽에 있는 프랑스 서인도 제도인 마르티니크에서 지낸다고 들었다.(이 일은 전쟁 전에나 가능했던 것으로, 전쟁 동안에는 그 프랑스령 섬들은 출입금지 구역이 되었다.) 그들은 언어와 이국적인 풍경과 현대의 유행감각 그리고 웨이터에게 펜과 종이를 부탁해서 편지를 쓸 수 있는 카페의 분위기 때문에 그곳에 자주 갔다.

 트리니다드에서는(그곳에 있는 큰 식당들은 대부분 중국 식당들이었고 우악스럽고 평판도 나쁜 데다가 테이블에도 분리된 칸막이가 설치되어 있었다.) 그런 식의 대도시적인 감각과 접촉할 수가 없었다. 그들은 또한 인종적인 자유를 누리고자 노력하기도 했다. 나는 수많은 사람들로부터 마르티니크와 구아드루프에서는 교양을 갖춘 흑인들이 동등한 대우를 받는다고 들었다.

 이런 모든 것들은 프랑스어와 연관된 것들이었다. 나는 우리가 사용했던 전쟁 전에 나온 시에프만의 불어 읽기 교과서에도 그런 연관성이 있다는 사실을 알게 되었다. 그 책은 왼쪽에는 불어 교과서가 씌어 있고 오른편에는 H. M. 브록이 펜으로 그린 프랑스의 거리나 정원, 들판을 그린 아름다운 그림들이 들어 있었다.

 이런 것들은 거의 20년 만에 내가 마르티니크를 방문했을 때, 그곳에서 떠올리게 된 것들이었다. 그 당시에 나는 여행에 대한 책을 쓰기 위해 이곳을 여행했다. 그러나 그곳에서 나는 일주일도 채 되지 않아서 초기부터 프랑스어와 연관된 모든 환상들이 사라지는 것을 경험했다. 이 작은 섬은 원래부터 있었던 초목들이 깨끗하게 벌

목되어서(트리니다드의 북쪽에 있는 언덕에는 원시적인 숲과 늪지들이 넓게 펼쳐져 있었다) 농작물들이 자라나고 있었다. 좁고 구불구불한 길이 시야에 들어왔지만 그다지 아름다운 광경은 아니었다.

지금은 이미 없어져야 할 농노들이 여전히 눈에 뜨이는 그 섬의 분위기는 지나칠 정도로 경직되었고 사회적으로나 인종적으로 너무 통제되어 있었으며 모든 사람들을 억누르는 분위기가 팽배하고 있었다. 또한 모든 사람들의 말에는 무의식적인 잔인함이 깔려 있었다. 이런 곳이야말로 당장이라도 달아나고 싶은 곳이었다. 불어 선생님이 전쟁 전에 마르티니크에서 휴일을 보냈던 것은 섬이 간직한 매력보다는 차라리 그 당시의 세계가 흑인들에게 극심한 탄압을 했기 때문이었을 것이다.

이전에 프랑스령 서아프리카였던 그 지방에서 내가 알게 된 사람들은 국외 추방자들이었다. 아프리카인들은 그들 자신의 땅에서 그들 나름대로의 삶의 방식대로 살고 있었다.

부유한 도시에 전시된 광고들은 불어로 되어 있었고 고속도로에 표시된 교통 표시판들을 보면 프랑스 도로와 같은 느낌이 들 정도였다. 하지만 아프리카 사람들은 자기 자신들의 언어와 자신들만의 씨족들, 당파와 민족성, 종교적인 관습과 토템, 가정에서 모시는 신들과 또한 자신들이 본능적으로 숭배하는 것들을 갖고 있었다.

아프리카 사람들을 만나면 경제에 대해서라든가 누가 대통령이 될 것인가에 대해서 서로 이야기를 나눌 수 있었지만, 곧이어 그들은 우리가 도저히 미칠 수 없는 영적인 영역으로 물러가 버리는 것을 볼 수 있었다. 나는 이처럼 판이할 정도로 다른 생활이 그곳에서 벌어지고 있다는 생각만으로도 몹시 신기했으며, 마구 흥분이 될 정도였다.

하지만 친구 관계나 저녁 식사를 함께 나눌 정도의 사람, 일요일마다 해변으로 자동차를 몰고 함께 나갈 만한 사람들이란 주로 국외 추방자들뿐이었다. 그들은 주로 프랑스 사람들이거나 미국인들이었다. 그 중에는 프랑스령 서인도 여인들도 있었는데 주로 삼십대나 사십대로서 마르티니크와 구아드로프 출신들이었다.

이런 여인들은 그들이 태어난 섬을 떠나서 파리로 갔던 사람들이다. 그곳에서 그들은 아프리카인들만의 연합 단체를 만들었고 그것 때문에 이곳으로 오게 되었다. 그러나 지금 그들은 여러 이유 때문에 서로 교제를 하지 않고 있었다.

나는 프랑스령 서인도 여인들이 어떤 특별한 집단에 속한 이들이라고 생각한 적은 없었다. 하지만 지금 내 눈에는 그들은 보통 흑인들이나 내가 이미 알고 있는 황색의 서인도 여인들과도 달랐다.

그들의 세계관은 아주 다른 것이었다. 프랑스령 서인도 여인들은 1930년과 1940년대에 나의 불어 선생님이 마르티니크와 프랑스령 섬들에 대해 매력을 느끼도록 해 주었던 바로 그 언어 때문에 다른 서인도들과 분리되었다.

그 당시에 선생님은 심한 인종적인 결속 때문에 영어 사용권에서 탈출하려고 했던 것은 아니었다. 그는 마르티니크에서 불어를 사용하면서 자기 자신에 대한 새로운 생각을 발견할 수 있었기 때문이었다.

그런데 이제는 그것이 다른 방법으로 작용하고 있었다. 불어는 마르티니크와 구아드로프 사람들을 불어만을 말하는 특별한 세계로 제한하고 말았다. 다른 섬들과 대륙의 나머지 나라들로부터 단절되어 고립되고 만 것이다. 그들의 생각 대부분은 파리에 대한 것들이었다. 법적으로 그들은 프랑스 시민들이었다. 하지만 그들이 갔던 파리는 화려한 꿈 속의 도시가 아니었다. 그곳은 흑인 이민자들의 세계로 압축된 고향의 다른 모습일 뿐이었다.

그곳에서 몇 명의 여인들은 파리에 있는 축소판 아프리카에서 갖게 된 관계들로 인해서 아프리카로 다시 되돌아갔다. 지금부터 백오십여 년 전에 노예들이 떠났던 긴 여행의 길을 거꾸로 돌아가는 이상한 지그재그 형태의 길이었다. 이런 여인들은 그들 자신의 고향으로 돌아왔다기보다는 멀리 떨어진 낯선 신세계로 아무런 준비도 없이 무방비 상태로 가게 된 것이다.

서아프리카에서 나는 필리스라는 여인을 알게 되었다. 그녀의 나이는 삼십대나 사십대 초반으로 구아드로프 출신이었는데, 흑인이라기보다는 갈색 피부의 인종으로 아주 유창하게 불어를 구사하고 있었다.

필리스는 파리에서 아프리카인과 결혼했다. 그 결혼은 많은 다른 앤틸레스인들이 아프리카 사람과 결혼했을 때처럼 그녀가 남편을 따라서 아프리카로 건너가자마자 곧바로 깨어지고 말았다.

그곳은 그녀가 떠나온 나라에서 가까운 곳이었다. 결혼 생활이 실패로 끝나자 그녀는 그곳을 떠나서 이곳으로 왔다. 불어를 사용하는 것과 불어를 쓰는 아프리카의 사회구조가 적어도 그녀에게는 적응할 만한 여지를 남겨 주었기 때문이다. 그녀는 대사관에서 비서 겸 도서관 사서의 일자리를 구해서 비교적 여유가 있는 생활을 하고 있었다.

그녀는 내가 참여하게 된 국외 추방자들의 집단에 속해 있었다. 나는 그녀를 어느 곳에서나 볼 수 있었다. 그녀는 일요일마다 해변에서(그녀는 긴 머리카락을 늘어뜨리고 잘 태운 피부의 물기를 말리고 있었다.) 지방 아프리카를 위한 문화 행사로 열리는 외국 대사관에서 개최되는 공식적인 행사에 모습을 나타냈다. 이런 행사는 아프리카 사람들을 위한다고는 했지만 사실은 국외추방자 집단을 위한 것이었다. 그녀는 많은 사람들을 잘 알고 있었고 멋진 옷을 입었으며 침착하게 행동하고 있었다. 그녀는 거의 모든 파티에 참석할 정도로 사교적이었으면서 관대한 성품을 갖고 있었다. 하지만 특별한 어떤 상대나 친구는 없는 것 같았다.

그렇게 힘이 넘쳐서 밖으로 돌아다니는 것을 즐기다니! 나는 그녀를 보면서 때로는 불안한 생각이 들기도 했다. 나는 그녀가 집으로 돌아가는 것을 별로 좋아하지 않는다고 생각했는데, 그녀가 자신을 발견했던 그 아프리카에서 살고 있다는 것이 그녀로서는 달갑지 않은 삶이라는 것을 느낄 수 있었다.

나는 그녀가 구아드로프로 돌아갈 생각을 하지 않는 것이 의문스러울 정도였다. 그러던 어느 날 나는 그녀에게 물어보았다.

"당신은 구아드로프로 돌아가고 싶지 않나요?"

"난 그 섬을 무척 싫어해요."

그녀는 머리를 흔들면서 대답했다. 그곳의 사람들은 생각이 좁고 사소한 것에 만족하고 마는 사람들이라고 했다. 그녀가 생각할 만한 다른 유일한 장소는(그녀가 알고 있는 유일한 다른 장소이기도 했다.) 그녀가 살아본 적이 있었던 파리였다. 하지만 파리로는 돌아가고 싶지 않아서 지금 있는 곳에 그대로 머물면서 외출하러 다닌다고 했다.

나는 그녀의 성격에서 어떤 유동적인 특성을 발견할 수 있었다. 그녀는 다른 사람들에게 자기의 행동을 맞추는 것이 별로 어렵지 않다고 말했다. 사람들이 아프리카인들의 행동을 불평하면(공식적인 저녁 초대에 응해 놓고는 나타나지 않는다든가 대사관에서 열리는 저녁 문화 행사에 오지 않는 것 등) 그녀는 그것에 동조하는 듯이 보였다.

하지만 다른 날 우리만 있게 되었을 때 그녀는 나를 쳐다보면서 이렇게 물었다.

"왜 아프리카 사람들이 이런 외국인들이 있는 방으로 들어와서 함께 앉아 바이올린 연주를 들어야만 하나요? 그들이 이런 것들을 좀더 생각하기만 한다면 사람들에게 무슨 일을 해 달라고 요구하는 것이 얼마나 어리석은 일인지 알게 될 거예요. 아프리카인들이 그들 스스로 살아가는 모습은 무척 아름답지요. 사람들은 그런 것들을 발견하려고 노력해야 함에도 불구하고 그렇게 하는 것을 별로 원하지 않더군요."

그녀는 레브런이 프랑스령 서아프리카를 방문했던 사건에 대해서 말하기 시작했다. 레브런이야말로 우리가 공통으로 알고 있던 사람이었다. 그녀는 레브런을 동료 앤틸레스 사람이라고 생각하고 있었다.

그녀는 레브런에 대해 아주 비판적이었다. 그녀는 나를 잘 알게 되었다고 생각하기 전까지는 자기의 입장을 분명하게 나타내려고 하지 않았다. 필리스는 그에 대해서 이렇게 말했다.

"그가 여기에 왔을 때 어떤 일이 벌어졌답니다. 그는 별로 유쾌한 것처럼 보이지 않았어요. 아마도 그에게 무슨 일이 생긴 것 같았어요. 그는 딸과 함께 왔답니다. 그의 딸은 거의 백인이나 다름이 없어 보였어요. 당신도 그 사실을 알고 있었나요? 그 딸은 외모로는 그를 별로 닮지 않았어요. 아주 몸집이 큰 데다가 벽이나 문처럼 딱딱하게만 행동하더군요. 무엇인가 불행한 일이 있었나 봐요. 그녀는 자기 어머니와 함께 살고 있대요. 레브런과 함께 떠난 이번 여행은 그의 딸을 위해서 휴가를 낸 것이었나봐요."

"그 딸은 몇 살 정도이던가요?"

"스물네댓 살 정도예요."

그렇다면 그녀의 어머니는 폴란드계나 혹은 체코계였던 그 조용하면서도 매력적인 여인이었을 것이다. 메이다 베일 거리에 있는 집에서 레브런과 함께 앉아 있는 것을 보았고, 후에 뉴욕에 있는 자기 친구들에게 나를 보내 주었던 바로 그 여인이었다.

나는 필리스를 바라보면서 대답했다.

"나도 그녀의 어머니를 만났던 것 같아요. 하지만 그녀는 그를 떠나고 말았지요. 그 사연은 아마도 이럴 겁니다. 그녀는 레브런의 공산주의에 싫증을 느끼게 되었어요. 그녀는 돈을 좀 가지고 있었어요. 운동에 참가하고 있던 사람들이 그녀에게 운동을 위해서라도 그에게 돌아가라고 부탁까지 했었습니다."

"또 다른 누군가가 있지 않았나요?"

"분명히 어떤 사람이 있었지요. 레브런은 그 사실을 알고 거의 미칠 지경이 되었답니다."

"그 남자는 흑인이었나요? 아니면 백인이었나요?"

"레브런은 오랫동안 그 사실을 알지 못했답니다."

"그가 어떤 것을 더 신경쓰던가요?"

"바로 그 점이에요. 레브런은 마음 속에 큰 상처를 입고 있었어요. 그가 여기에 왔을 때, 그는 인종적인 성향을 강하게 나타냈지요. 그는 특별한 이유도 없이 어떤 백인들을 모욕했답니다. 그가 좋아하지 않는 어떤 것들이 이곳에 있었나 봐요. 그것이 무엇이었겠어요? 하지만 그는 절대로 말하지 않았어요. 여기는 부유한 도시예요. 당신도 그 점을 잘 알고 있겠지요. 부유한 도시일 뿐만 아니라 품위도 있지요. 그가 이런 점을 실제로 좋아한다고는 생각하지 않아요. 모든 자동차들과 모든 상점들, 프랑스식으로 된 고속도로들을 볼 때, 그는 아마도 스스로가 초라하고 불필요하다고 느끼게 되었을 거예요. 그는 자기가 반대하는 것들을 정치의 쟁점으로 만들었으며, 적어도 그렇게 하려고 시도했답니다. 그는 물건을 파는 흑인들에 대한 이야기를 하면서 자본주의와 제국주의를 언급했지요. 하지만 내가 그 말을 들으면서 어떻게 느꼈는지 아시겠어요? 그는 사람들이 자기에게 하듯이 그의 하얀색 피부의 딸에게도 똑같은 관심을 보여주기를 바라고 있었어요. 나는 그런 느낌을 강하게 받았어요. 그는 아프리카 사람을 잘 모르고 있었지요. 그들은 강인한 사람들이면서 또한 아주 잔인하기도 하다구요. 그가 프랑스 사람들이 흑인 여자 친구들을 사귀는 것이 훌륭한 것이긴 하지만 또한 수치스러운 일이라고 말한 것에 대해, 대학 신문에 그의 말을 풍자하는 기사를 실었어요. 만화로 풍자했지요. 백인 딸이 나이 많은 흑인 아버지에게 영어로 이렇게 말하는 만화였지요. '아빠, 우리 이 흑인들을 떠나서 집으로 돌아가는 것이 어때요?"

그것은 매우 잔인하고도 불공정한 일이었다. 이곳의 대학생들은

(새로 생긴 대학으로 조경 공사를 한 정원과 포장된 도로 그리고 붉은색 벽돌로 지은 기숙사들이 있었다. 대부분의 학생들은 가족 내에서 첫번째로 고등 교육을 받고 있었으며, 모두가 정부의 장학금을 받았다.) 레브런이 겪었던 낙담을 상상조차 할 수 없었던 것이다.

그런데 한 가지 이상한 것은 필리스가 그녀 개인의 인생사라고 할 수 있는 아프리카인과의 불행했던 결혼 생활과 아프리카에서의 공허한 생활들 그리고 국외 추방자들과의 교제에만 의존하는 이런 모든 것들에도 불구하고 아프리카인들의 편에서 레브런을 판단한다는 것이었다.

그녀는 방문객들이 아프리카에 대해서 거만하게 행동하는 것을 아주 싫어했다. 특히 방문객들이 미국이나 서인도에서 온 흑인들인 경우에는 더욱 그러했다. 그녀는 자기 자신의 결정에 의해서 아프리카로 온 것이라는 입장을 분명히 하고 싶어하는 것처럼 보였다.

어느 날 나는 그녀의 결혼 생활에 대해서 질문을 했다. 그녀는 나를 바라보면서 대답했다.

"나는 파리에 있는 사교 클럽에 자주 나가곤 했어요. 그곳은 흑인들을 위한 클럽이었으니까요. 우리는 지하실에서 모이곤 했지요. 바로 그곳에서 나는 못생긴 아프리카 친구를 만났어요. 그는 작은 체구에 검은 피부를 가졌는데, 나약하게 보이면서도 많은 금으로 치장을 하고 있었어요. 금시계와 금반지 그리고 금으로 된 펜을 지니고 있었답니다. 금빛이 피부 위로 반사되어서 번쩍거릴 정도였으니까요. 그는 나의 환심을 사려고 대단히 열심이었답니다. 내 이름인 필리스를 아주 좋아한다고 말했지요. 그리고 내 목소리도……. 그는 나에게 결혼하자고 요구하기 시작했어요. 그는 자기의 가족들이 매우 부유하다고 말하더군요. 그의 말에 따르면, 가족들은 추장처럼 아주 많은 땅과 하인들 그리고 노예들을 소유하고 있다고 했어요."

나는 그 말을 들으면서 질문을 던졌다.
"그가 정말로 노예들에 대해서 말했나요?"
"나는 그가 거짓말을 하고 있다고 생각했어요. 하지만 그런 건 아무 상관이 없었어요. 사실 그런 점 때문에 그를 좋아했으니까요. 나는 그가 나를 감동시키려고 무척 애쓰고 있다고 생각했으며, 그가 나의 마음을 얻기 위해 그렇게 애쓰는 것이 좋았어요. 그런 노력은 한참 동안이나 계속되었어요. 나는 얼마 후에 그와의 결혼에 동의했어요. 그 이유를 알고 싶으세요? 제 말을 정말 믿으실 건가요? 우스운 말 같지만 나는 그를 좋아하지 않았기 때문에 결혼에 동의한 거예요. 사실 나는 그가 아주 싫었기 때문에 결혼에 동의한 것이라니까요. 그 못생긴 얼굴하며 나약한 신체와 금빛을 받아 번쩍거리는 매끈한 피부 등 이 모든 것을 싫어했어요. 나는 내가 도저히 사랑할 수 없는 사람과 결혼하는 것이 내게는 좋을 거라고 생각했어요. 나는 사랑과 쾌락을 포기하면서 신과 거래를 하고 있었던 것입니다. 내가 잘못될 리는 없다고 생각했어요. 나는 내 방에서 나 자신에게 이렇게 말하곤 했지요. '필리스, 너는 사랑과 아름다움은 깨끗하게 잊어버리도록 해. 너의 예전의 사고 방식을 모두 버리라구. 그들은 너를 어느 곳에도 데려가 주지 않았어. 그들은 단지 파리에 있는 이 방에다 너를 데려다 놓았다구. 이제 너는 네 자신의 삶과 미래를 생각해야만 해. 그 길만이 참된 행복의 길이니까.' 그래서 나는 작은 추장을 찾아가서 결혼하겠다고 대답하고는 그의 행복에서 내 것을 찾으려고 노력했어요. 그 후에 파리에서 보낸 나날들은 아주 최고였어요. 나는 신과의 거래에서 내가 바른 선택을 했다고 느꼈어요. 그는 전보다 더욱 열정적으로 구애를 했어요. 몇 달이 지나서 그 작은 추장의 학업이 끝나게 되자 우리는 함께 아프리카로 들어갔어요. 그리고 그곳에서 모든 것들이 산산이 부서지고 말았지요. 그는 자기 가족들에게 결혼에 대해서 아무런 말도 하지 않았더군요. 그리고 그들은 나를 철저히 무시했어요. 말 그대로 그들은 내게 말도 걸지 않았어요. 심지어 내가 있는 곳에서 그에게 다른 여인과 결혼해야 할 필요성을 말하기 시작하더군요."

나는 필리스의 말이 좀처럼 이해가 되지 않았다.

"하지만 당신은 어떻게 그 나라로 갈 수 있었죠? 당신도 그 나라가 독재 정권이 지배하고 있다는 사실을 알고 있지 않았어요?"

"나는 그것을 믿지 않았어요. 내가 신문에서 읽은 내용을 믿기는커녕 그들이 거짓말을 하는 것이라고 생각했지요. 아마 또 다른 진실이 숨어 있을 거라고 생각했어요. 당신도 알다시피 우리 스스로를 얽어매는 방식으로 말이에요. 그리고 나 자신의 모험에만 관심을 잔뜩 기울이고 있었기 때문에 나는 아주 신경과민이 될 정도였지요. 나는 어느 유럽 여인들보다도 아프리카에 너무 놀라고 말았어요. 아프리카인들과 결혼한 유럽의 여인들을 잘 알고 있거든요. 그들에게는 사정이 달랐어요. 거기에는 즐거움과 흥분 심지어는 허영적인 요소가 다분히 깃들어 있을 정도였으니까요. 하지만 내 경우는 사정이 많이 달랐답니다. 나는 그 일에 너무 많은 것을 걸고 있었으니까요. 나 자신에게 너무 많은 말을 했답니다."

"당신의 작은 추장이 보호해 주던가요?"

"처음에는 그랬죠. 그는 어디를 가든지 나를 데리고 다녔죠. 그가 과장한 것은 아니었어요. 그의 가족들은 엄청난 토지와 하인들과 노예들을 소유하고 있더군요. 노예를 산 것이 아니라 단지 마을에 있던 어떤 집단들이나 어떤 가족들을 말하는 것이었어요. 그들은 그곳에 있는 다른 사람들도 보살펴 주고 있었어요. 모든 사람들이 그들에 대해서 잘 알고 있었기에, 그들이 도망칠 염려는 전혀 없었어요."

"그렇게 된 것이군요."

"우리가 도착한 지 얼마되지 않아서 어떤 일이 일어났어요. 우리는 작은 추장의 마을로 갔었지요. 그곳에서 환영하는 의미로 예식이 벌어졌는데 마무리 단계에서 작은 추장의 발을 피로 씻어 주는 것이었어요. 제가 받은 느낌을 말씀드리죠. 나는 아주 흥분되고 자랑스러웠어요. 나는 그런 의식을 좋아했답니다. 아마도 그것은 매우 오래된 관습 같았어요. 아마도 원시 시대에서부터 비롯된 것이겠지요. 내가 구아드로프에 있었을 때, 아프리카에 대해서 품고 있었던 생각과는 많이 달랐어요. 이런 의식을 지켜보면서 나는 이 세상에서 내가 있어야 할 곳을 찾은 것 같은 느낌을 받았답니다."

"당신은 아프리카의 관습을 좋아하고 있었군요."

"처음에는 그랬어요. 그런데 나중에 들은 바로는 그 예식이 있기 며칠 전에 노예 마을에서 살고 있던 한 어린 아이가 납치되었다는 것이었어요. 나는 이것저것을 종합해서 결론을 내렸답니다. 일반적으로 그런 발을 씻는 의식에 동물들의 피를 사용하지만, 모든 사람들에게 가장 훌륭한 일을 한 사람에게는 보다 높은 존경심을 나타내기 위해서 사람의 피를 사용한답니다. 그러니 당신도 한 번 생각해 보세요. 내가 얼마나 빨리, 얼마나 멀리까지 추론한 것인지를 생각해 보세요. 나는 거의 정신을 잃을 지경이었어요. 하지만 그 의식이 가진 아름다움은 내 느낌 속에서 좀처럼 사라지지 않았어요. 작은 추장은 내게 돈을 주면서 좋은 인상을 심어주려고 애를 썼지요. 하지만 내게 점점 더 중요하게 다가오는 것은 그의 삶의 예식적인 부분이었어요. 그것은 작은 추장에게도 역시 마찬가지로 중요한 것이었어요. 일단 그가 예전의 삶의 방식으로 빠져들자, 그는 내 이름이 갖는 아름다움이나 내가 사용하는 구아드로프의 불어 억양의 아름다움을 별로 달갑지 않은 것으로 생각하게 되었어요. 마침내 그가 나를 떨쳐 버리고 싶어하는 시간이 다가왔어요. 그는 자기 가족들이 원하는 대로 그의 종족 중에서 적당한 여인과 결혼하기를 원하게 되었어요. 그 다음부터 작은 추장은 나에게 난폭한 태도로 대하기 시작했어요. 금으로 치장한 나약한 작은 친구가 나를 때리기조차 하더군요. 나는 붉은 피로 발을 씻는 예식을 기억했지요. 나는 법이 적용되지 않는 지역에서 살고 있었던 겁니다. 그런 건 더 이상 말할 필요도 없더군요. 누군가 나에게 마술을 걸기라도 한 것처럼, 그곳에 하루 저녁만 더 있다가는 미쳐버릴 것만 같은 그런 날이 실제로 찾아왔어요. 그래서 당장 공항으로 나가서 이곳으로 오는 비행기를 타고 말았지요. 나의 모든 본능을 거역하면서 그와 결혼하려고 했을 때를 생각하니, 내가 신과 거래를 했던 일이 자꾸만 떠오르더군요. 하지만 그는 지금도 여전히 내 마음을 많이 차지하고 있어요. 당신이 이곳으로 오기 한 달 전에 일어났던 일을 말씀드리지요. 어느 이른 아침에 갑자기 전화가 울렸어요. 사실 나는 깨어나서도 한밤중인 줄로만 알았어요. 전화를 받아보니 프랑스인 남자 목소리였어요. 그는 아주 낯선 사람이었지요. 나는 전화 상태가 별로 좋지 않아서 잘못 걸려온 것으로 여겼지요. 이곳에서는 자주 일어나는 일이니까요. 그럴 때마다 걸려오는 목소리들은 대개가 불어라서 그런 전화를 받고 나면 고향에서 멀리 떠나 혼자 있는 느낌이 들곤 하지요. 나는 수화기를 당장 내려놓을 수도 있었는데, 다행히 그 날은 그렇게 하지 않았어요. 그 전화는 산토스 듀몽에 있는 경찰서에서 걸려온 것으로, 가짜 이름을 대는 사람이 함부로 전화한 것이 아니었어요. 산토스 듀몽은 초기에 활동하던 항공기 조종사였는데, 프랑스 정부가 북쪽에다 세운 국경에 있는 초소에 그 이름을 붙인 것이지요. 여기 경찰서에는 여러 명의 프랑스 관리들이 있었고 도시 밖으로 나가면 프랑스 군대 막사들이 있답니다. 그 장교는 내가 지역적으로 고용된 비서라기보다는 대사관 직원인 양 내게 말을 걸었어요. 그렇다고 해서 그에게 정정할 수도 없었구요. 그는 아주 정중하였기에 그것을 망치고 싶지 않았어요. 그는 국경을 넘어온 사람을 경찰서 내에 함께 데리고 있다고 말했어요. 그는 작은 추장의 이름을 대더군요. 그에게 전화기를 건네주자, 역시 작은 추장이었어요. 그의 목소리는 공포에 질려서 울고 있었어요. 그는 국경 너머에서는 상황이 아주 나쁘게 되어 버렸다고 말했어요. 그곳 대통령이 갑자기 그와 모든 나머지 쉐페리들에게 반감을 품게 되었답니다. 전날 누군가가 그에게 아침이 되면 체포될 거라고 일러 주었답니다. 그는 멀리 도망치기로 결심하고는 전날 오후부터 내내 자동차를 몰아 국경을 넘었답니다. '메르세데스 벤츠 덕분에 살았어.' 그는 마치 우리가 여전히 함께 살고 있으면서 내가 그 메르세데스 자동차를 사용하고 있는 것처럼 말하더군요. 상태가 아주 나빴고 먼지투성이의 길을 여러 시간 동안이나 달려왔어도 자동차가 망가지지 않았대요. 그런 곤란을 당한 와중에도 그는 여전히 자기 차를 자랑했어요. 하지만 그는 완전히 위험을 벗어난 것은 아니었어요. 다시 본국으로 송환될 가능성은 여전히 남아 있었거든요. 당신도 알다시피 국경 너머에 있는 자들은 모택동주의자들이었으며, 프랑스와 적대국이라서 그런지 다른 아프리카 나라들에서 이곳에 있는 정부에 대항해서 정치적인 선전을 할 기회를 놓치지 않는답니다. 하지만 나는 우리 대사에게 말씀을 드렸고 그는 몇 통의 전화를 걸어 주었어요. 그는 제 사정을 잘 알고 있었어요. 그 대사관이 잠시 동안은 작은 추장을 보호해 주기로 결정했어요. 그날 오후에 나는 작은 추장을 만나기 위해 대사관에서 나온 사람과 함께 자동차를 몰아서 산토스 듀몽으로 갔답니다. 그는 경찰서 건물 내에 있는 냉방장치가 되어 있는 방에 있었어요. 그 방은 아주 추울 정도였지요. 그는 더러운 농부 차림의 옷을 걸쳤는데, 금이라고는 전혀 눈에 띄지 않았어요. 피부에는 번쩍거리는 것이 하나도 없었어요. 그것은 작은 추장이 생각해 낸 변장술이었지요. 그의 눈에는 여전히 공포가 남아 있었어요. '나야, 나.' 작은 추장이 나를 바라보면서 계속 말했지요. '쉐페리의 사람 말이야. 그들이 나를 검은 식사 속에 다 집어 넣으려고 했어.' 그것은 당신도 알고 있는 그 유명한 검은 식사를 말하는 것이지요. 사람을 음식도 물도 없는 지하실에 집어 넣고는 죽도록 가만히 내버려 두는 것이지요. 그것은 그 나라의 대통령이 자기 정적들에게 사용하는 방법이랍니다. 제가 그곳에 있었을 때 들었던 적이 있었어요. 하지만 그것 역시 듣긴 했지만 제가 믿지 않았던 것 중에 한 가지였어요. 그때 처음으로 나는 작은 추장이 이미 그것을 잘 알고 있었다는 사실을 깨닫게 되었어요. 나는 그것에 강한 충격을 받았답니다. 나는 창문을 통해서 뜨거운 열기로 가득 찬 시골 풍경을 바라볼 수 있었어요. 그런데 아주 낯설게 보이더군요. 아주 멀리 떨어져 있는 나무들은 한 곳에 모여 있는 것이 아니라 깃대처럼 하나씩 따로 떨어진 채 서 있었어요. 먼지가 안개처럼 일어나고 있었구요. 바로 그 광경은 사람들이 구경하러 와서 기사를 쓰곤 하는 그 유명한 사막화 현상이었어요. 그곳으로 그가 밤새껏 자동차를 몰고 달려왔던 겁니다. 그런데 메르세데스 자동차는 고장이 나지 않았어요. 그는 나 자신의 처지에 대해서는 결코 묻지를 않더군요. 내가 어떻게 저 낯선 시골로 혼자 가서 직업을 구하고 그 동안 어떻게 지냈는지에 대해서 한 번도 물어오지 않았어요. 내가 그의 전화를 받은 것이나 그의 도피처를 마련해 준 것이나 혹은 자동차를 몰고 그를 만나러 온 것에 대해서도 고마움을 표시하지도 않았구요. 그는 단지 내가 그를 잘 대해 주기만을 기대했어요. 당신도 알다시피 그는 추장이니까요. 그는 자기가 겪은 고통과 배신감 그리고 밤새껏 차로 달려온 자신의 용감한 행동에만 온통 몰두해 있었답니다. 수도로 올라오는 길 내내 그는 어린아이처럼 불평만을 잔뜩 늘어놓았어요. 그는 자기 가족들이 그 대통령을 항상 지지해 왔다고 말하더군요. 그가 학교에 갈 수 있도록 도와주고 그와 그의 가족들을 보살펴 주었대요. 그 대통령이 프랑스 사람들을 쫓아내는 바람에 문제가 많이 생겼을 때에도 여전히 그의 편에 섰답니다. 그런데 그 대통령의 생각이 쉐페리에 반대하도록 중독이 되었대요. 모든 사람들이 누가 그를 그렇게 만들었는지 알고 있었죠. 바로 앤틸리스 사람인 레브런이랍니다. 레브런이 그 대통령의 정신을 홀리게 만들었다는 거죠. 그가 갖은 아첨을 떨어서 그의 생각을 돌려 놓은 것이래요. 바로 레브런, 레브런이 작은 추장을 괴롭게 만든 장본인이었답니다.”

나는 레브런이 프랑스령 서아프리카를 여행한 것에 대해서 많은 것들을 듣게 되었다. 하지만 전에는 그가 어떤 지역에다 정치적인 영향력을 미친 사실은 들은 적이 없었다.

필리스는 이렇게 말했다.

"사람들은 그가 이곳을 떠날 때 매우 화가 나 있었다고 말했어요. 아마 그가 국경을 넘어서 그 나라로 들어갔을 때, 그들은 두 팔을 활짝 벌려서 그를 맞이했을 거예요. 그들은 그와 함께 프랑스에 반대하는 선전을 했으니까요."

나는 필리스에게 물었다.

"당신은 조금 전에 작은 추장이 마음 속에 여전히 남아 있다고 말하지 않았나요?"

"대사관의 도움을 받아서 우리는 그의 돈 얼마를 그 나라 밖으로 가지고 나올 수 있었어요. 우리가 그의 서류를 준비하는 동안 그는 마음이 잔뜩 들떠 있었어요. 그는 파리에 가겠다고 말했어요. 그곳에다 많은 돈을 가져다 놓았대요. 나는 요즘 며칠 동안 이렇게 생각하고 있었답니다. '그래, 그는 지금은 파리에 가 있을 거야. 다른 여자들을 골라서 그의 말솜씨로 그들을 현혹시켜서 모든 것을 다시 시작하고 있을 거야.'"

마침내 내가 움직여야 할 시간이 되었다. 내 여행의 다음 장소는 바로 근처에 있는 독재 정권이었다. 이곳은 필리스가 전에 나왔던 나라로 그들은 모든 프랑스인들을 그들이 준 도움과 원조와 함께 내쫓아서 누군가의 말대로 원래 상태로 되돌아갔던 것이다.

미리 계획한 것은 아니었지만 나는 레브런의 발자국을 뒤쫓고 있었다. 필리스는 나를 위해 그녀가 알고 있는 그 나라 사람들의 이름을 알려 주었다. 특히 내가 반드시 만나기를 원하는 사람이 있었는데, 그녀는 내게 이 사람은 신문에서 다루지 않은 참된 아프리카에 대한 생각을 전해 줄 수 있을 거라고 말했다.

떠나기 전날 밤에 그녀는 호텔로 찾아와서 내게 작별인사를 했다. 우리는 테라스에 나가서 앉았다. 해변을 따라 개펄이 길게 펼쳐진 모습이 보였다. 그 개펄은 관광을 위한 볼거리로 개발되어 있었다. 과거에는 그 개펄이 모기와 질병으로 유명했을 것이다.

그녀는 이전에도 자주 말했던 아프리카와 서인도와 미국에서 온 흑인들이 가지고 온 잘못된 생각에 대해서 말했다. 처음에는 무료한 시간을 달래기 위해 나를 찾아온 것 같았다. 떠나기 직전에 그녀는 이곳에 온 목적대로 손가방을 열더니 은행권이 든 봉투를 나에게 전해 주었다. 그 돈은 나에게 만나보도록 부탁한 사람을 위한 것이었다. 그녀는 저 너머에 있는 사람들이 어렵게 살고 있다고 말했다.

그것은 멀리 우회하면서 돌아가야만 하는 여행이었다. 정치적인 압력 때문에 인접한 두 나라 사이를 서로 연결하는 비행기가 다니는 것은 거의 불가능한 일이었다. 중립국을 거쳐서 비행기는 북쪽으로 날아갔다. 하지만 비행기 고장으로 인해 비행장 가장자리에 있는 개방된 격납고에서 밤을 지새우며 기다릴 수밖에 없었다.

지방 경찰들은 승객들과 함께 아무런 하는 일 없이 어슬렁거렸다. 더러운 겉옷을 입은 상인들은 싸구려 고무신과 다른 물품들이 들어 있는 꾸러미 위에 앉아 있었다. 그런 다음에야 독재 정권이 있는 곳으로 흔들리는 마지막 여행을 하게 되었다.

공항에는 많은 경찰들이 대기하고 있었다. 그렇다고 해서 그다지 복잡한 곳도 아니었다. 작은 비행기가 도착하자, 그날 아침의 큰 사건이 되었고 게으른 장교들의 눈동자는 입국하는 소수의 사람들에게서 돈을 뜯어낼 생각으로 활기를 띠었다.

비행장 창고에는 오래된 사진들이 잔뜩 붙어 있었다. 지방의 풍경들을 담은 그 사진들은 관광을 장려했던 초기 시절의 유물로 남아 있었다. 나는 필리스가 자기 친구에게 전해 주라는 돈 때문에 곤란을 겪을 것만 같았다. 우리는 지니고 있던 모든 것들을 신고할 수

밖에 없었다.
　세관에 있는 장교들이 몹시 흥분하면서 사람들을 조사하고 있었다. 그런데 내 앞에 서 있던 사람이 너무 오랫동안 시간을 지체하자 (그 사람은 주위에 설치되어 있는 칸막이 방으로 들어가서 조사를 받았다.) 아침 업무를 빨리 끝내고 집에 가고 싶어하는 상관 하나가 가도 좋다고 나에게 신호를 해서 나는 그냥 무사히 통과했다.
　그곳의 기후는 다른 지방과 아주 비슷했다. 하지만 다른 곳에서는 태양빛과 열기가 생활의 일부가 되어서 활기가 넘치고 있었는데, 이상하게도 이곳의 기후는 열대지방 특유의 혹은 아프리카식의 무감각으로 느껴졌다. 새로 만든 공항 고속도로는 보수가 되지 않아서 여러 곳이 갈라져 있었고 곧장 붉은 황토흙으로 이어졌다. 주위에 마을이라고는 하나도 보이지 않았고, 단지 커다란 게시판에는 대통령의 말을 적어 놓은 것뿐이었다.
　고속도로를 마주보도록 세워 놓았던 대형 표지판에는 마치 방문객들을 위해 써 놓은 것처럼 이렇게 적혀 있었다.
　생산량 증가.
　레브런이 그의 딸을 데리고 이곳에 왔었다고 생각하니 어쩐지 이상한 기분이 들었다. 그는 낡은 관점을 철회한 후에야 비로소 존경을 받고 혁명이 성취된 것을 보게 되었는데, 이러한 사실이 나에겐 너무나 이상하게 느껴졌다. '생산량 증가'를 외치는 구호는 레브런이 공산주의 잡지의 기사에서 인용했던 약간의 근거자료와 도표의 일부를 떠올리게 하였다. 그 기사에서는 이런 종류의 생산이 다른 종류의 부유함보다 더 나은 것으로 취급되고 있었다.
　국제적인 체인점을 가지고 있는 호텔에는 나의 예상과 달리 그다지 사람들이 많지 않았다. 냉방 장치는 아주 잘 되어 있었으며 내가 들어간 방은 축축하고 곰팡내가 풍기고 있었다. 방수가 되지 않은 철제 기물에는 녹이 잔뜩 슬어 있었다.
　나의 숙소는 한참 동안이나 아무도 사용하지 않았던 방처럼 보였다. 모든 물건들이 다 비쌌다. 환율은 화가 치밀 정도로 엉터리였다. 술집과 휴게실과 다른 공공 장소들은 검은 안경을 쓴 평상복 차림의 경찰들로 가득 차 있었다. 마치 그들은 이 황폐한 곳에서의 주된 임무가 방문객들을 감시하는 것인 양 눈을 번뜩이면서 앉아 있었다.

나는 가까스로 필리스의 친구와 전화 통화를 하게 되었다. 그는 내가 필리스의 이름을 대자 반가운 듯이 환호성을 질렀다. 그러나 그는 곧 불안스러운 목소리로 물어보았다.

"그런데 어떻게 만날 수 있죠?"

내가 묵고 있는 장소를 말하자, 그는 더욱 불안해 하면서 그가 다시 전화를 하겠다고 말했다.

호텔은 몹시 조용했다. 어느 누구도 함부로 목소리를 높이지 않았다. 며칠 후 대사관에서 열린 점심 초대에 갔을 때, 나는 그런 고요함 속에 무엇인가 깃들어 있다는 사실을 감지하게 되었다.

대사관 건물은 식민지 시절에는 정부 건물로 사용되었던 곳이었다. 내가 손님의 자격으로 초대를 받았던 점심 식사는 그 지역의 행사였다. 식민지 시절에 기독교 선교 단체들의 총재는 해마다 수도를 공식적으로 방문하면서 기품 있게 통치자의 영접을 받았다. 그 점심 식사는 그런 식민지 시대의 예식을 각색한 것이었다.

지금은 통치자가 없어지고, 그 대신 대사가 이전 식민지 시대의 권한을 가지고 있었다. 과거에 통치자의 집이었던 곳은 대사의 거처가 되었다. 선교회에 대해 말하자면(그 단어도 금세기에 들어서야 나온 말이다.) 그 단체들은 식민지 시절부터 지금까지 많은 변형을 겪었다. 중요한 장소들은 의료 센터나 병원, 일반 훈련소, 종합 기술학교가 되었다.

선교회 연합은(이 단체는 초교파적인 활동을 하고 있었다.) 지금도 소극적으로 활동하고 있었는데, 이 예식을 위해서 수도에 온 대표자는 공식적으로 종합기술학교의 교장직도 맡고 있었다. 이번

해에는 처음으로 흑인이 교장이 되었다. 그는 침례교인이라고 사람들이 말해 주었다. 이 예식은 그날 점심 식사의 특별한 작은 드라마였다.

예정보다 일찍 도착한 우리는 아래층에 있는 방에서 부가빌레아 꽃에 둘러싸여 앉아 있었다. 물론 그날 아침에 깨끗하게 청소했겠지만 부가빌레아 꽃을 포함해서 모든 것들이 사막화의 영향으로 인해 먼지가 잔뜩 쌓여 있었다. 공기 중에도 모래가 감돌고 있었다. 미세하게 항상 떨어지고 있었기 때문에 신발 아래로 그것들을 느낄 수 있었다.

우리는 교장이 나오기를 기다리고 있었다. 그는 한 시간이나 늦게 도착해서 준비하는 중이었다. 그날 아침 일찍 약하게 흐르는 강줄기 위로 줄을 잡아당겨서 오가게 하는 배에 무슨 문제가 발생했던 것이다. 교장은 그래서 늦어지게 되었다.

30분이 더 지나서야 그는 교장실에서 나왔다. 우리가 있던 방은 과거에는 수석 선교사가 쓰던 곳이었는데, 활석가루 냄새가 진동하고 있었다. 교장은 체구가 약간 큰 사람으로 흑인이라기보다는 갈색 피부였고 심하게 각이 진 광대뼈를 가지고 있었다. 그는 강인하게 보이는 얼굴에다 크고 건장하게 보이는 몸과 큰 발에 커다란 신발을 신고 있었다.

그는 진한 감색 정장 차림이었다. 면도를 한 얼굴에는 부가빌레아 꽃에 떨어진 사막의 모래처럼 흐릿한 가루가 턱과 볼에 잔뜩 붙어 있었다. 그는 타고 온 배와 나쁜 도로 사정에 대해 이야기를 늘어놓으면서 아침에 늦은 이유를 설명했다.

그의 말을 들으면서 나는 하나의 그림을 연상하고 있었다. 그것은 낡은 푸조 자동차와 함께 있는 나룻배, 소택지 위를 흐르는 얕은 강, 아침에 피어오르는 안개, 뱃사공이 느슨한 줄을 강 위로 던져서 끌어 올리고 교장은 똑바로 우뚝 서 있다가 배가 암초에 걸리고 마는 장면이었다. 교장은 주위를 둘러보면서 이렇게 말했다.

"도로 사정은 몹시 나쁘고, 게다가 배는 원시적이라니……. 하지만 이런 것들은 우리가 다음 세대를 위해서 겪어야 하는 희생이지요."

손님 중의 하나가 아프리카에 대해서 나쁘게 들리지 않기를 바라면서 이렇게 말했다.

"국경 너머에는 아주 멋진 길들이 있지 않습니까?"

하지만 그것은 아주 나쁜 태도였다. 교장은 마치 모욕을 당한 것 같은 표정이었다. 나는 그의 목소리와 태도 그리고 억양에 무엇인가 깃들어 있다는 생각을 했다. 나는 이렇게 물어보았다.

"교장 선생님, 혹시 누군가 당신에게 서인도 억양의 말을 한다고 한 적이 있나요?"

그는 색다른 몸짓을 하면서 대답했다.

"그래요, 나는 서인도 사람입니다."

나는 단번에 그것이 어린 시절부터 내가 잘 알고 있던 많은 사람들의 몸짓이라는 사실을 알아차렸다. 그의 아버지는 1920년에 런던에서 공부했다고 한다. 그는 마르쿠스 가베이와 다른 사람들이 주장했던 아프리카로 돌아가자는 생각에 이끌리게 되었다고 한다. 그는 많은 사람들이 말했던 것을 직접 실행에 옮겼지만, 실제로 이룬 것은 별로 없었다. 그는 서아프리카에 와서 줄곧 이곳에서 살고 있는 것이다. 그 모든 세월 동안 이런 생활을 하면서 말이다.

어떤 여자가 그에게 질문을 던졌다.

"기독교의 천직을 갖게 된 한 가지 이유가 있다고 우리에게 말씀하신 적이 있지요?"

교장은 이렇게 대답했다.

"나는 잘 모르겠습니다. 우리 가족은 침례교인들이었는데, 내가 교회에 다니기를 원했던 이유는 내가 학교에 다닐 때 그것만이 유일하게 할 일로 보였기 때문입니다. 나는 내게 가르쳐 준 사람들처럼 되고자 노력했답니다. 내가 잘 아는 어떤 흑인 가톨릭 신자의 경우에도 역시 마찬가지였습니다. 그들은 모두 나와 같은 배경의 사람들이지요. 나는 여기에서 로마 가톨릭의 사제가 된 나이 많은 서인도 사람을 잘 알지요. 그에게 당신이 내게 물어본 것과 똑같은 질문을 한 적이 있었어요. 바로 몇 달 전에 말입니다. 그 노인은 내게 이렇게 말하더군요. '내게 다른 무엇이 있었겠나? 수도원이야말로 내가 아는 가장 안전한 곳이라네. 그리고 아주 멋진 곳이지. 또한 나는 아일랜드로 가게 될지도 모른다고 생각했었지.' 그건 내게도 역시 마찬가지였습니다. 그런 것이 바로 천직이겠지요. 하지만 잘 모르겠어요. 나는 침례교 신자입니다. 하지만 식민지주의가 아니었다면 그런 천직은 갖지 않았을 것입니다. 아마 다른 것을 믿게 되었을지도 모르죠. 이것도 역시 말씀을 드려야 하겠지요."

그런데 그 자리에 있던 사람 가운데 한 명이 이런 말을 던졌다.

"당신은 마치 이 나라의 대통령처럼 말하는군요."

교장은 커다란 어깨를 뒤로 젖히고는 그의 손바닥들을 펴는 몸짓을 했다. 그가 정부를 대변해서 식탁에 앉아 있던 모든 사람들의 비판을 받게 된 것이다. 하지만 그런 건 우리가 기대했던 바가 아니었다. 우리는 좀더 조용하면서도 간접적이고 정중한 분위기를 원했지, 호텔이나 거리에서 느낄 수 있는 침묵이나 긴장을 원한 것은 아니었다. 한 사람이 그에게 질문을 던졌다.

"사람들은 아직까지도 당신이 있는 곳의 추장들에 대해서 이야기를 하던가요?"

교장은 이렇게 대답했다.

"그들이 그런 말을 하는 것을 들어본 적이 없습니다. 레브런의 말이 옳았어요. 대통령은 쉐페리의 죄수였어요. 그들은 자기들에게 유리하게 개혁을 이용했지요. 그러나 대통령은 그들과 대결하려고 할 때, 어떤 일이 일어날지 잘 몰랐어요. 레브런은 아주 간단하게 '도끼로 나무 뿌리를 잘라 버리세요.'라고 충고했답니다. 대통령이 단호하게 처리하자, 그들은 모두 멀리 달아나 버렸답니다. 이제는 노예 제도나 의식을 위해 살인을 한다거나 대추장이 죽으면 아내들과 하인들을 함께 죽이는 그런 악습은 사라져 버렸습니다. 봉건적인 모든 미신들조차도 단 일격에 없어져 버렸어요. 그런 모든 것들은 아프리카에 오명을 끼치는 것들이었지요. '도끼로 나무 뿌리를 잘라 버려라.' 나는 대추장이 죽기 바로 전에 여인들과 종들이 멀리 도망치던 것을 기억하고 있답니다. 모든 사람들이 그런 사실들을 알고는 있으면서도 어느 누구도 언급하려 들지 않았지요. 대통령이 그들을 인민 재판에 회부했을 때, 추장들도 바로 그런 식으로 달아나 버렸답니다."

그는 추장들이 달아났다는 것을 암시하기 위해 한 손바닥을 펴서 다른 손바닥과 서로 부딪히게 하는 서인도인들 특유의 몸짓을 해 보였다.

"당신들은 나에게 국경 너머에 있는 잘 닦인 도로와 라코스테를 파는 상점들과 아름다운 집 그리고 카바레가 있는 식당들과 배나네 플람베에 대해서 이야기를 하는 건가요? 그러나 그런 곳에는 여전히 추장들이 다스리고 있답니다. 프랑스 사람들이 그들에게 일자리를 주었지만, 모두 다 추장들을 위한 것들뿐이랍니다. 무슨 일이 일어나서 프랑스 사람들이 가 버리고 나면, 봉건적인 모든 생활 양식들은 여전히 존속하게 되고, 많은 사람들을 공포 속으로 몰아 넣을 것입니다. 하지만 이곳은 사정이 다르지요. 시설이 나쁜 여객선은 있지만, 더 이상 추장들은 없답니다. 이곳에 있던 추장들은 항상 그들이 민중들을 위해 노력한다고 말했죠. 좋습니다. 그렇다면 그들을 인민 재판장으로 끌어 내어서 재판을 받도록 해야겠다는 것이 바로 대통령의 생각이었답니다."

나는 인민 재판장에 대해서 좀더 듣고 싶었다. 교장은 말을 이어 나갔다.

"그것은 민주주의의 최고 형태라고 할 수 있죠."

이 말을 하면서 그는 손바닥을 펴더니 식탁 가장자리 위로 들어

올렸다. 그는 어깨를 뒤로 젖히는 서인도인들의 특이한 행동을 하였다. 그것은 마치 그의 말이 갖는 중요성을 음미할 수 있는 여지를 만드는 것 같았다. 그는 안무를 하듯이 몸을 뒤로 흔들다가 갑자기 주의를 끄는 행동을 했다. 그는 점심 식사를 하는 식탁에서 가장 우아한 동작들을 만들어내고 있었다.

제법 솜씨가 있는 말주변과 시기 적절한 행동만으로 그는 점심 식탁을 손쉽게 장악할 수 있었다. 이런 것들은 나에게 레브런이 비좁은 메이다 베일 거리에 있는 집에서 말했던 것을 떠올리게 하였다.

나는 몇 달 전에 레브런이 이곳을 방문했기 때문에 교장의 말 속에 그의 어떤 리듬이 되살아나는 것이 아닌지 의문스러웠다. 그러나 그런 것은 아니었다. 이런 말솜씨와 동작들은 그 근원을 추적해 보면 또 다른 혈통이라고 할 수 있었다.

나는 스페인 항구, 레드 하우스의 일반 등기 사무소에서 커다란 책들을 뒤적거리며 소유권을 찾던 변호사 서기들을 기억해 보았다. 그들은 이탈리아 양식 건물의 블라인드를 친 방에서 마호가니 책상에 앉아 비밀이 많은 사람들인 양 음모를 꾸미는 듯한 태도로 한담을 나누며 이와 같은 몸짓을 취하곤 했던 것이다.

그저 흉내를 내는 것에 불과했던 것이 바로 몇 년이 안 되어서 거리 건너편에 있던 빅토리아 양식 식민지 시대의 광장에서 실제로 집회가 열렸고, 그곳에서 인종적인 구원이라는 생각이 하나의 서약으로 제시되었던 것이다. 그 서약에 대한 열정은 조금도 수그러들지 않았고 이제는 통제를 벗어나 있었다.

지금 나는 프랑스령 서아프리카 식민지 시대의 건물에서 교장이 말하는 것을 듣고(아케이드 형식으로 구성된 방에서 식탁보와 유리잔들이 놓여 있는 긴 식탁과 타일이 깔린 마룻바닥에 고운 모래와 먼지들이 쌓이고 있었는데) 대서양의 반대편에서 서기들이 열람실에서 한담을 나누고 있는 듯한 착각이 들었다.

그곳도 역시 이탈리아 양식의 건물과 두터운 벽과 기다란 블라인드가 있는 창문이 있었고 그 창문 아래에는 버팀목을 놓아서 뜨거운 아침 햇살을 피할 수 있었다. 공기와 빛은 방으로 들어오게 하고 밖에 있는 정원도 바라볼 수 있도록 되어 있었다. 두 건물 모두가 거의 동시에 세워진 것으로 금세기에 들어서 제국주의의 전성기에 건축되었다.

교장은 아프리카에서 성장한 사람이었다. 그는 아프리카 복귀 운동의 열정 속에서 자랐다. 서인도에서는 그의 몸짓과 말에 들어 있는 리듬을 듣게 되면 그를 아프리카 사람이거나 흑인이라고 생각하게 될 것이다. 하지만 이곳에서는 그런 것들이 그를 다른 사람들과 다르게 만드는 요인이 되었다.

식탁에서 그는 모든 사람들의 주의를 끌면서 동시에 모두에게 침묵을 강요하면서 계속 이야기를 하고 있었다. 낡아빠진 정장을 입은 그는 배우와도 같은 모습으로 볼과 턱에 하얀 면도 자국을 낸 채 깃 주위에는 활석가루를 날리고 있었다. 게다가 허리 위로 커다란 상체를 흔들면서 이따금씩 무용가처럼 손바닥을 펴는 몸짓을 하기도 했다.

"대통령은 국경 너머에서 정치 선전가들이 말하는 것처럼 어느 누구에게도 직접 손을 대지 않았습니다. 모두가 인민 재판정에서 이루어진 것들이죠. 그것들은 나라의 파수꾼들이랍니다. 모든 거리마다, 모든 도시마다, 그리고 모든 마을마다 고유한 인민 재판정이 있답니다. 바로 그곳에서 추장들이 재판을 받았습니다. 그들을 사랑한다고 멋대로 주장하는 자기에게 속했던 사람들에게 말입니다. 이보다 더 높은 민주주의의 형태는 발견할 수 없을 것입니다."

이렇게 말하고 나서 교장은 몸동작을 그친 채 가만히 앉아 있었다. 연극하는 사람들이 그들이 맡았던 역할을 연기하다가 공연이 끝나면 이내 자기 자신으로 돌아가는 것처럼 교장도 그런 변화를 보이기 시작한 것이다. 그는 대사관 점심 식사 모임의 성격을 이제야 이해한 듯이 보였고 자기가 가지고 있던 교장으로서의 권위를 의식하는 것 같았다. 즉 생존을 위한 그의 오랜 태도들이 그로 하여금 이러한 권위에서 벗어나 다른 길로 들어서게 했다는 것을 이해하고 있는 듯했다.

그는 침묵을 지키고 있었다. 무엇인가를 바라보지도 않았고 그저 식탁보 아래만 내려다보고 있었다. 손바닥을 움직이는 무용가의 몸짓도 더 이상 하지 않았다.

그는 전임자들처럼 그 대사관에서 며칠 동안 머무를 예정이었다. 그러나 교장은 더 이상 머물지 않고 그날 점심 식사 후에 푸조 자동차를 타고 떠나버렸다. 그는 다시 대사관으로 돌아오지 않았다. 그렇게 해서 최초의 흑인 교장과 더불어 가졌던 이러한 작은 식민지적인 전통도 끝나게 되었다.

나는 필리스의 친구를 메인 광장 안에 있는 카페에서 만났다. 그렇게 만나는 것도 그다지 쉬운 일이 아니었다. 그는 호텔로 오는 것을 싫어해서 두 번씩이나 핑계를 대며 거절했다.

"그곳에 있는 사람들은 나를 별로 좋아하지 않아요."

그는 이렇게 말하면서 머리를 흔들었다. 우리는 어쩔 수 없이 프랑스 식민지 시대의 광장에서 만나기로 약속했다. 그 광장은 허물어져서 지금은 유령이 나올 정도로 폐허가 되었고, 건물들도 더 이상 지어진 목적대로 사용되지 않고 있었다.

철제 탁자에 붉은 칠을 한 접는 철제 의자들이 놓여 있던 그 카페는 베트남에서 수입된 깡통에 든 과일과 그밖에 다른 공산주의 나라에서 들여온 상품들을 진열해 놓은 지저분한 가게들 사이에 있었다.

경찰차가 주차되어 있었지만, 그 지역에는 난폭한 거지들과 절름발이 그리고 어려서부터 불구가 되어버린 젊은 사람들이 많아서 몹시 위험했다. 나는 공산주의 나라에서 보내온 오래된 신문들이 있는 신문 판매대 근처에서 그곳에 온 후 처음으로 소매치기를 당했다.

그 일은 내가 커피를 마시고 있을 때 벌어졌다. 프랑스 식민지 양식의 광장 자체가 이런 일이 일어날 만한 분위기였다. 그곳은 마치 유령이라도 나올 것처럼 지나다니는 자동차들도 없었고 거리를 거니는 행인들도 보기 어려웠다.

소매치기 패들은 젊은 거지들과 어린 아이들로 이루어져 있었다. 갑자기 어디에선가 어린 아이들이 나타나서 나를 둘러쌌다. 내 발아래로 몸을 던지면서 나를 향해(기아에 대해서 보여주는 영화 장면처럼) 굶주림을 호소하는 아프리카의 얼굴을 들이대더니 동시에 내 신발끈을 잡아 당기면서 먹고 싶다는 몸짓을 했다. 그들은 거지 두목에게 그렇게 하도록 훈련을 받아서인지 아주 빠르게 그런 동작들을 하고 있었다. 그들은 외국인을 몹시 혼란스럽게 만들었고, 기술이 좋은 소매치기들이 훔치기 쉽도록 외국인의 주의를 흐트러뜨렸다.

하지만 그 광장에서 벌어지는 이런 범죄들은 해방되어서 자유롭게 된 사람들처럼 행동하던 그 지역의 주민들이 저질렀다. 그들은 떼거지로 몰려 다니면서 빠르게 움직이고 있었다. 절름발이들은 스케이트 보드처럼 생긴 바퀴가 달린 널판을 타고 있든지 아니면 집에서 만든 장난감처럼 보이는 상자로 된 수레를 타고 돌아다녔다. 그들은 마구 소리를 지르면서 서로간에 큰 소리로 떠들어대면서 자기들은 다른 사람들처럼 조용해야 할 필요가 전혀 없다는 듯이 행동했다.

그들의 지도자로 보이는 젊은이 역시 두 다리가 넙적다리 중간 부분에서 절단되어 있었다. 2,3인치 가량 두껍고 납작하면서 둥근 나무로 된 받침대가 그의 다리 밑에 감겨 있었다. 이 받침대는 다리의 절단된 면에다 고무나 가죽으로 된 검은색 원반을 대어서 충격을 완화하는 역할을 했다.

그가 걸을 때마다 이 두꺼운 의족도 함께 움직였다. 보폭은 어린 아이처럼 작았고 바쁘게 움직이는 의족 위에 달린 몸통은 아주 느리게 움직였다. 절반이나 망가진 젊은이의 얼굴에는 이 세상에 대한 적의와 경멸이 불안정하게 나타나 있었다.

필리스의 친구는 약속대로 붉은 칠을 한 철제 탁자와 의자가 있는 카페에서 나를 기다리고 있었다. 그는 구석에 있는 탁자에 앉아서 지방 신문을 읽고 있었다. 그는 아주 잘생긴 건장한 사십 대 정도의 남자로, 아프리카인이라기보다는 서인도에 가까운 외모와 골격과 피부색을 하고 있었다.

나는 그와 이야기를 나누면서 이곳에서 있었던 작은 추장과의 결혼 생활에 대한 필리스의 이야기 중에서 그녀가 숨겨 놓은 부분이 있다는 사실을 직감하게 되었다.

그녀는 이 사람을 아주 좋아했기 때문에, 결국 이런 곳에서 그를 나에게 자랑하고 싶었던 거라고 생각했다. 그는 나의 예상대로 필리스가 좋아했던 남자였다. 나는 그의 얼굴에서 단번에 허영적인 기미를 알아챌 수 있었다.

"필리스가 내게 약간의 돈을 주었습니다. 당신에게 이 돈을 전해 주라고 하더군요."

내가 커피를 마시면서 이렇게 말하자, 그는 얼굴을 약간 찡그렸다. 나는 그가 이전에도 여자들로부터 이런 식의 기부금을 받아 왔다는 사실을 알 수 있었다. 그는 이런 도움에 의지해서 살아가는 사람이었다.

"필리스는 당신이 나에게 진정한 아프리카에 대한 생각을 들려줄 수 있을 거라고 했어요."

내가 이렇게 말했을 때, 그는 신뢰할 수 없는 표정을 지으면서 나를 바라보았다. 그는 도시와 시골에서 살고 있는 잘 아는 현자들에 대해 말하면서, 그가 그 사람에게 부탁하면 그들은 내게 마술을 보여줄 수도 있을 거라고 대답했다. 그 사람들은 내 눈앞에서 어디론가 사라져 버릴 수도 있고 단단한 벽을 통과할 수도 있다고 했다. 그들은 손을 베어서 피가 쏟아지면, 곧이어 상처를 낫게 해서 아무런 흔적도 없이 만들 수도 있다고 했다. 그들은 텔레파시라는 경이로운 재주를 통해서 여러 대륙에 있는 집이나 사람들의 마음 속으로 들어갈 수도 있다는 것이다.

그런 것들은 내가 기대한 것이 전혀 아니었다. 필리스는 아프리카의 부족이 행한 고대 의식을 보면서 많은 충격을 받았다고 말했다. 결과적으로 나는 그녀의 말을 들으면서 너무 많은 기대를 했던 것이다.

이 사람은 아프리카 호텔 라운지에서 히피풍의 마술을 여행객들에게 권하는 사기꾼처럼 보였다. 아마도 그녀가 이 사람에게 빠지게 되었을 때, 아프리카에 대해서는 별로 알고 있지 않았을 것이다.

나는 그와 헤어지고 싶었다. 그런데 마술에 대한 이야기를 다한 후에 그는 내게 더 달라붙으려고 노력했다. 그는 나와 함께 광장을 나와서 힘차고 품위있게 그리고 아주 매력적으로 움직이면서 호텔로 걸어가기 시작했다.

거지들이 우리를 발견하고는 시끄럽게 투덜거렸다. 어떤 거지들은 수레를 타고서 맹렬한 기세로 뒤를 따라왔다. 의족에다 받침대를 대고 있던 남자가 그들을 멀리 쫓아버렸다.

필리스의 친구는 필리스가 그에 대해서 말했던 것을 지키려는 듯이 앞서 걸어가면서 이런 이야기를 꺼냈다.

"유럽 신문들을 보면 아프리카에 대한 나쁜 소식들만 읽게 될 것입니다. 전쟁이나 기아에 대한 기사들뿐이지요. 하지만 당신에게는 사실대로 말해 드리지요. 아프리카에는 일곱 군데 신성한 장소가 있답니다. 이 대륙의 모든 힘이 그 일곱 장소에 집중되어 있답니다. 이런 장소에는 각각 성자들이 있습니다. 한 달마다 이 성자들은 한 곳에 모여서 아프리카의 운명을 정한답니다."

그 말에 담긴 의미가 무엇인가? 그렇다면 우리가 그 일곱 개의 장소 중에서 한 곳에 있고 그가 그 성자들 중의 하나란 말인가?
"그 일곱 성자들은 어떻게 서로 만나지요?"
나는 그를 바라보면서 질문을 던졌다. 그는 중지로 머리 위에 원형을 그리면서 말했다.
"텔레파시로 만나지요."
그는 마술을 하는 아프리카 사람인가? 아니면 대양을 건너서 온 아프리카에 대한 환상의 일부인가? 오래된 문화가 가진 힘에 대한 히피풍의 환상이 이곳으로 와서 번창하고 있었다. 그들은 이런 종류의 마술을 필요로 하는 여행객이나 이방인들 그리고 외로운 사람들에게 흥미거리를 제공하고 있었던 것이다.
우리가 호텔 입구에 도착했을 때, 그는 서부 아프리카의 어떤 장소에 정착한 외계인에 대한 이야기를 늘어놓고 있었다. 하지만 그는 호텔 입구에 경찰들이 있는 것을 보고는 깜짝 놀라서 나를 따라 들어오지 않았다.

우리는 세계의 구조물 속에서 살아가고 있다. 고대의 사람들은 그들만의 것을 소유하고 있다. 우리의 조상들도 역시 그들의 것을 갖고 있지만, 우리가 그들의 구조물 속으로 들어갈 수는 없는 일이다.
모든 문화는 그들만의 고유한 것을 갖고 있으며, 사람이란 무한히 순응적인 존재들이다. 아마도 필리스는 아프리카 생활을 통해서 습득하게 된 융통성이 있는 성격으로 많은 사람들에게 각기 다양한 형태를 취할 수 있어서(아프리카에 대해 비판적이거나 유럽에 대해서 서인도인이나 미국 흑인들에 대해서 다른 집단에 대해서 말할 때 어느 집단이 비판적이라든지 하는 경우들) 세계에 대한 그녀 자신의 구조물을 세우게 된 것이다. 그런 유동성이나 그런 이동성에서 그녀는 자유를 발견한 것이다. 아마도 세월이 흐를수록 그녀 자신의 배경과 점점 더 멀어지고 말 것이다. 그리고 논리적인 것도 사라지고 말 것이다. 교장의 아버지가 아프리카로의 복귀 운동(혹은 투쟁)에 가담하면서 교장의 두 가지 본성을 결정하게 된 것처럼, 필리스의 구조물도 그녀가 작은 추장과 결혼한 것과 그 이전에 프랑스령 서인도에서 떠나온 것(그곳은 내게 처음으로 불어를 가르쳐 주었던 흑인 선생에게 자유로움을 안겨 주었던 곳이다.)에 의해서 결정된 것이다.

그녀는 자기가 버리고 떠나온 곳으로 다시 돌아갈 수 없었다. 자기가 실행해 버린 어떤 것도 절대로 원상태로 돌릴 수 없었다. 그러나 그것은 그녀가 지닌 여성적인 본성의 일부였다.

하지만 레브런의 경우는 달랐다. 그는 항상 도피 중이었으며 아무런 기반도 없는 혁명가였고, 한편으로는 항상 실패하지만 다른 한편으로는 행운도 있어서 자기가 행동한 결과에 따라서 살지 않아도 되었다. 그는 항상 자유롭게 움직이면서 살았던 것이다. 아마도 그는 자기가 프랑스령 서아프리카에 있는 독재자에게 한 말의 결과가 어떤 것인지를 결코 알지 못했을 것이다. 그 당시에 처음으로 그는 자기의 제자가 될 준비가 되어 있는 한 나라의 통치자를 발견한 것인데, 이것은 그의 충고가 그 통치자 자신의 필요에 아주 맞아 떨어지는 것이었기 때문이었다.

독재정권이 무너지고 황량한 나라의 모습이 드러나게 되었을 때, 아무도 그에게 설명을 요구할 생각을 하지는 않았다. 그는 이런 황폐함에 연루되어 있는 사람이 아니었다.

그는 차라리 혁명과 아프리카인의 구원이라는 두 가지 생각에만 강하게 집착하고 있던 사람이었다. 아프리카나 카리브 제도의 혼란한 와중에도 그는 항상 순수하게 행동했다.

그는 이제 매우 늙어서 식민지 시대와 후기 식민지 시대의 역사에 대해 관심이 있는 사람들 사이에서나 유명할 뿐이다. 하지만 그에 대한 비평을 쓰는 사람들은 그를 진정으로 이해할 수가 없었다. 그들은 그와는 다른 세계에서 자라났기 때문에 레브런보다는 너무 단순한 사람들이었다.

  그의 자의식에 대한 미덕을 강조하는 전기 작가들이나 텔레비전 면담가들은 그가 이미 오래 전에 얻은 명분만을 다루고 있을 뿐이었다. 그들은 전혀 위험을 겪은 적이 없었다. 그들은 레브런이 금세기 초기에 태어나 아주 혹독한 세계에서 살아가면서 각 단계마다 지적인 성장을 하다가 결국에는 그가 정치적인 해결을 얻게 되었다는 사실을 이해할 수 없었다.

  레브런이 제시한 정치적인 해결은 그의 존재 깊은 곳에서 일어나고 있는 그의 영적인 투쟁의 본질이 되었다. 그들은 면담 서류를 들고 찾아와서는 항상 비슷한 질문을 되풀이했다. 그들은 특히 그의 어머니의 아저씨에 대해서 거듭 질문을 던졌다.

  그는 영국 가정의 마부로 일하면서 그들을 따라 바바도스에서 런던으로 갔던 사람이었다. 그는 티시본 가의 집에서 그에게 차와 케이크을 주었던 하인들과 친구 사이가 되었던 사람이었다. 레브런은 그 이야기를 반복해서 들려 주었다. 생애의 말기에는 그도 가끔씩 이야기의 초점을 잊어버리곤 했다. 그 늙은 하인은 레브런에게 과거에는 흑인과 백인들이 하나였다는 말을 들려 주었다. 레브런은 이야기를 이끌어 가면서 그 다음에 무슨 말을 해야 하는지 고민했지만, 면담자들이나 텔레비전 담당자들은 그것만으로도 충분했다.

  그들은 레브런의 번민이 바로 거기, 즉 늙은 마부가 이전의 노예 제도가 있던 시절로 거슬러 올라가서 그 당시가 좋은 시절이었다고 말한 것에서 시작되었다는 사실을 이해하지 못하고 마는 것이다. 하지만 노년에 이른 그도 이제는 어린 아이처럼 되어서 평화만을 찾고 있는지도 모른다.

제6장
종이묶음, 담배말이, 거북이 : 기록되지 않았던 이야기

제6장
종이묶음, 담배말이, 거북이 :
기록되지 않았던 이야기

연극이나 영화 혹은 두 가지의 혼합물. 그것은 오래 전에 실현할 수 없는 충동으로 나에게 떠오른 것이었다. 첫 장면은 제임스 I세 시대의 선박 '운명호'의 갑판에서 벌어지는 광경이다.

시대적인 배경은 1618년. 무대는 남아메리카의 대륙을 적시면서 흐르는 강. 잔잔할 때에는 회색이지만 물결이 조금이라도 일렁이면 이내 진흙탕이 되고 만다. 때는 새벽 무렵. 하늘은 은빛으로 빛나고 있다. 이중으로 겹쳐진 무대 장치는 약간 어두운 편이다. 하지만 열대의 태양은 빠르게 솟아오르고 있다.

새벽이 오기 전의 고요함이 육중한 물소리로 인해 깨어졌다. 한 사람이 물 속으로 뛰어내렸다. 잠시 후에 배의 갑판에서 사람들이 마구 소리를 지르면서 빠르게 달리는 발소리가 들린다.

그와 동시에 조명이 부엌에서 제임스 1세 시대의 군복을 입고 있는 남자를 비춘다. 그 남자는 체격이 마르고 나이가 아주 많아 보인다. 이 사람이 바로 월터 로리 경이다. 나이는 예순네 살. 그는 여러 달 동안이나 계속 병을 앓고 있으며, 앞으로 여덟 달 정도밖에 살 수가 없다.

월터 로리 경이 자유의 몸이었던 것은 단 2년 동안이었다. 그 이전에 13년 동안 그는 왕과의 불화로 인해 런던탑에 감금되어 있었다. 그는 이제 남아메리카에 있는 가이아나의 엘도라도 금광을 찾기 위해 구금에서 풀려났다. 그는 항상 오리노코 강변 어딘가에 금광이 있으며 자신이 그 위치를 정확히 알고 있다고 말해 왔다.

지금부터 22년 전에 월터 로리 경은 오리노코와 엘도라도의 입구를 지키는 트리니다드 섬에 있는 스페인 사람들을 습격한 적이 있었다. 그 당시에 그는 엘도라도 지방의 통치자 격이었던 스페인 정복자 베리오를 포로로 사로잡았다. 그것은 대단한 성과라고 할 수 있었다.

월터 로리 경은 스페인 정복자가 가지고 있던 금광 지역에 대한 모든 정보들을 입수했다고 말했다. 그리고 그 지역의 모든 원주민들을 자기 편으로 삼았다고 주장했다.

이제 그는 자기가 말한 것을 입증할 수 있도록 석방되었다. 그는 내기와도 같은 조건들을 그대로 받아들였던 것이다. 만약 그가 금을 찾게 된다면, 과거의 모든 죄들을 용서받게 된다. 하지만 금을 발견하지 못하거나 스페인 사람들을 방해하게 되면 즉시 처형될 것이다.

가이아나는 스페인 소유의 영토였다. 이 지역은 월터 로리 경이 황금 제국의 통치자로서 원주민들의 왕이 되는 것을 꿈꾸던 곳이다. 그는 아카디아와 같은 이상향으로 그곳을 마음에 품고 있었으며, 그 지역을 자세하게 기록해 두었다.

지금 그는 엄중하게 포위되어 있었다. 원주민들은 그를 피하고 있었다. 그는 자신이 기록해 두었던 피치 레이크의 강에서 생선들을 잡을 수가 없었다. 트리니다드에 있는 스페인 사람들은 비록 소수였지만, 유리한 입장에서 그를 감시하고 있었다. 그들은 구식 소총을 갖고 있었던 것이다.
　스페인 사람들은 무모하게 총을 쏘지는 않았다. 그들은 적이 가까운 곳으로 다가올 때까지 기다리다가, 대략 40보 정도의 거리에 이르면 조심스럽게 겨냥했다.
　배 밑창의 작은 틈을 메우는 일에 필요한 역청을 구하기 위해 혹은 굴을 따거나 식량과 물을 구하기 위해 몇 사람씩 해안으로 나가야만 했다. 그럴 때마다 그들은 한두 명의 선원들을 잃어버리고 말았다.
　날이 갈수록 식량이 점점 부족해지고 있었다. 금광의 탐험을 위해 절반 이상의 사람을 남쪽의 오리노코 강 상류에 있는 곳으로 보냈다. 그러나 벌써 몇 주일이 지났지만, 그곳에서는 아무런 소식도 없었다. 월터 로리 경은 커다란 상실감을 느낄 수밖에 없었다.
　포로로 잡은 원주민을 안내자로 태우고 소식을 알아보기 위해 강 상류로 떠나간 소형 범선도 돌아오지 않았다. 월터 로리 경은 강 상류에서 일어난 일들이 원주민 마을에 알려졌을 거라고 생각했다. 그런 생각은 거의 확신에 가까운 것이었다. 원주민들은 모두가 스페인 말을 하고 있었던 것이다.
　원주민들이 월터 로리 경 때문에 스페인 사람들을 무시할 이유는 전혀 없었다. 월터 로리 경은 결국 지난 22년 동안 멀리 떨어진 곳에서 살고 있었던 것이다.
　강 상류의 소식을 알아보기 위해 월터 로리 경은 포로로 잡은 세 명의 원주민(그들은 비밀스러운 스페인 통역가들로 트리니다드와 본토에 있는 스페인 사람들과 밀접하게 연결이 되어 있었다) 가운데 두번째 사람을 다시 해안으로 보내기로 결정했다. 그리고 세번째 원주민은 인질로 남겨 놓기로 결정했다.
　두번째 원주민은 가능한 많은 신선한 식량과 피치 레이크와 라브레아의 연못에서 잡히는 생선 그리고 시골의 맛 좋은 꿩을 잡기 위해 해안으로 향했다. 그리고 운이 좋으면 소식도 알 수 있을 것이다. 군인 한 명이 월터 로리 경의 선실 문을 두드리고 들어오더니, 세번째 원주민이 도망쳤다고 보고했다.

"도대체 누가 보초를 섰지?"

월터 로리 경이 화를 내면서 물었다.

"피터입니다."

"피터를 혼자 범선에 태워서 오리노코 강 상류로 보내는 벌을 주는 것이 어떨까?"

"보트에서 내려서 그 원주민을 다시 잡아올 수 있습니다."

"생각대로 될 수 있을까?"

"쉽지는 않겠지만, 한 번 해 보는 것이 좋을 겁니다."

"물론 쉬운 일이 아니지. 자네가 보트에서 내려 갑옷을 입을 무렵이면, 그는 아마 숲속에 있을 걸세. 일단 그 원주민이 나무에 오른다면 자네와 그 원주민 사이는 그것으로 끝이야. 배 위에서도 지키지 못했는데, 숲에서 그를 잡는 것은 더욱 힘든 일이야."

"마을에 간 그의 친구가 돌아오지 않았기 때문에 오늘 그 원주민을 교수형에 처하려고 했습니다. 하지만 선원들은 그 인질을 교수형에 처하는 것을 좋아하지 않았어요. 그들은 지금 자신들이 한 모든 행동이 다시 자기에게 되돌아올 거라고 믿고 있어요. 이미 불운을 너무 많이 겪었기 때문입니다."

"그러니까 한 가지 생각나는 것이 있군. 어서 가서 군의관을 데리고 오게. 약을 먹어야겠어. 그런데 자네는 왜 갑옷을 입지 않았지? 내가 분명히 지시했을 거야. 우리는 항상 준비가 되어 있어야만 하네. 쇠도 뜨겁지만 독이 묻어 있는 화살은 더욱 뜨거운 법이야."

"그 원주민이 배에서 강으로 뛰어내릴 때, 저는 갑옷을 입고 있던 중이었습니다."

"이 인간 쓰레기들······."

"군의관을 불러 오겠습니다."

"이런 형편없는 선원들이 군인들이라니……. 이 얼빠진 인간들의 친구나 가족들은 아마도 그들이 바다에 빠져 죽거나 영원히 사라지기를 원했기 때문에 바다로 보냈을 거야. 때때로 나는 나에게 보내진 사람들이 단지 음식만을 축내기 위해 태어났다고 생각해. 그들은 나의 마지막 남은 사과마저도 훔쳐버렸어. 나는 사과 몇 개를 그 모래통에다 넣어 두었어. 그런데 그들이 사과를 발견하고는 그만 훔치고 말았지. 우리가 영국을 떠나기 전에 나는 몹시 힘들게 모래 속에 그 사과를 집어 넣었어."

하늘이 환하게 밝아지고 있었다. 아주 무더운 날씨였다. 군의관이 선실로 들어와서 노인에게 약을 건네 주었다. 그들은 달아난 원주민에 대해 이야기를 나누었다.

그들은 원주민이 교수형에 처해지지 않은 것이 더 나았다는 것에 동의했다. 교수형에 처하겠다고 한 것은 단지 위협이었을 뿐이다. 영국산 물품을 매매하면서 식량이나 소식을 알아오도록 마을로 보낸 원주민이 반드시 다시 돌아오게 하기 위한 것이었다. 하지만 마을로 간 원주민의 태도는 배에 남겨진 친구나 동족이 희생되든지 말든지 아무런 상관도 없다는 것이 분명했다.

"한 모금 마시세요."

군의관이 노인에게 약을 주면서 말했다.

"저기에서는 향료를 구할 수 있다네. 1595년에 와나와나르의 사람들로부터 조금 얻었던 적이 있었어. 이번에 육지에 상륙했을 때에는 아주 조금밖에 구할 수 없었지. 아마 자네가 맡아본 것 중에서 가장 향기로운 향료일 거야. 안젤리카와 아주 비슷하지. 이십여 년 동안 그 냄새는 항상 내 곁을 떠나지 않았어. 그들이 우리에게 그것을 보여 주었어."

월터 로리 경은 향수에 잠긴 듯한 표정을 짓고 있었다.

"이제 그런 것들은 잊으셔야만 합니다. 우리는 상륙하지 못하게 될 거니까요."

군의관은 걱정스러운 시선으로 월터 로리 경을 바라보았다.
"그리고 굴도 있었어. 물 속에서 자라는 홍수림의 뿌리에 작은 것들이 붙어서 자라고 있지. 홍수림 뿌리 하나를 자르면 열두 개 정도의 생굴을 얻을 수 있지. 입에서 살살 녹는 굴맛이란 자네가 이제껏 맛본 어떤 것보다도 더욱 기막힌 맛일 거야. 그리고 피치 레이크의 얕은 웅덩이에 고여 있는 빗물을 마셔보면 타르맛이 나는데, 바로 그것이 그 물의 단맛을 내게 하는 역할도 한다네."
"선장님은 그런 이야기로 당신 자신과 다른 사람들을 괴롭히고 있어요. 우리에게 달콤한 것들에 대해 얼마나 많은 약속을 하셨나요! 카사바 술에 대해서도 여러 번이나 말씀을 하셨어요."
군의관이 투덜거리는데도 월터 경은 계속 말을 했다.
"나는 1595년에 그것을 처음 본 이래로 지금까지도 기억하고 있어. 바로 여기 가이아나 연안에서 있었던 일이야. 원주민 여인들이 카사바를 씹어서 그릇에다 뱉아내더군. 영국에서도 여인들이 술을 만드는데 여기에서도 역시 여인들이 술을 만들고 있었어. 하여간 그 당시에는 분명히 그렇게 했었는데, 지금은 어떤지 알 수가 없어. 그들의 마을에 가 보았던 적은 없었으니까. 카사바를 씹는 것은 주로 여인들이 하는 일인데, 그 이유는 이미 오래 전에 여인들의 침이 카사바를 빨리 발효시킨다는 사실을 발견했기 때문이라더군. 한 무리의 여인들이 땅바닥에 주저앉아 카사바를 씹어서 우묵하게 패인 나무 홈통 속에 뱉는다네. 그들이 일하는 모습을 보기 위해 가까이 다가갔을 때, 그 여인들이 자네의 모습을 보고 서로 키득거리며 웃는 광경을 상상해 볼 수나 있겠나? 모리키토 부족의 여인들이 카사바 술을 만드는 광경을 처음 보게 되었을 때, 나는 너무나 이상하게 보였기 때문에 걸음을 멈추고 물어 보았어. 그러자 그들은 모두 소리를 내면서 커다랗게 웃어대더군. 나는 그들이 그저 장난을 치는 줄로만 알았어. 그런데 일이 다 끝나자 그것은 지금까지 한 번도 맛본 적이 없는 가장 깨끗하고 감미로운 술이 되더군. 어떤 견과류보다도 더욱 달고 어떤 맥주보다도 더욱 깨끗했던 거야. 주연이 벌어지면 추장들은 마을에 있는 나무 그늘에 걸어 둔 자신의 그물 침대에 드러누워서 한가롭게 이리저리 몸을 흔들거리면서 그 술을 마셨어. 나무 그늘은 이곳에 있는 갑판 위처럼 덥고 땀나는 곳이 아니었어. 그곳은 숲속이었기 때문에 아주 시원했지. 여인들은 이따금 작은 국자로 술을 가득 채워서 추장들에게 대접했어. 그렇게 시중을 드는 여인들은 통통한 몸매를 가지고 있었어. 영국에 있는 예절바르게 교육받은 여인들처럼 아주 멋지더군. 하얀 피부에 균형 잡힌 용모 그리고 검은 머리카락을 하고 있었지."

월터 로리 경의 시선이 군의관을 향하고 있었다.

"당신은 우리가 카나리아 제도를 출발했을 때부터 줄곧 그런 것들에 대한 이야기를 들려 주었어요. 우리가 그곳에서 스페인 사람들 때문에 곤경을 겪을 때, 우리가 불평 없이 항해를 계속하도록 격려하기 위해서 당신이 했던 이야기들이에요."

군의관이 불만을 늘어놓았다.

"이 쓰레기 같은 놈, 그런 어리석은 이야기를 하다니……. 나는 오래 전부터 탐험을 떠나고 싶었어. 나는 그토록 오랫동안 탐험을 떠나게 해 달라고 간청했지만, 막상 그 순간이 다가오자 이제는 그것이 나와는 동떨어진 그 자체의 생명력을 가진 어떤 것처럼 여겨지더군. 단순하게 나 자신을 어디에 맡겨 버리고 만 것처럼 말이야. 그리고 나서 그 질병이 찾아왔지. 모든 선원들이 병에 걸려서 우리가 탄 새로 만든 배에서 죽어갔지. 나는 그 모든 친구들을 위해서 슬퍼할 수도 없었어. 지금도 나는 나에게 슬픔밖에 남은 것이 없다는 사실에 깜짝 놀라고 있어. 아마도 내가 슬픔에 가득 차서 감각을 잃어버렸나 봐. 나의 충실한 요리사였던 프란시스도 죽고 말았어. 런던에서 가장 훌륭했던 금정련공이었던 파울러도 역시 죽었어. 우리 배는 움직일 수도 없는 병자들과 매장해야 할 시체들에서 풍겨나는 악취로 가득 차게 되었던 거야."

"그런 와중에서도 당신은 대서양 저편에 있는 이상향에 대한 이야기를 했어요. 모든 사람들의 사기를 북돋우려고 애썼던 거지요. 황금뿐만 아니라 신선한 음료와 음식 그리고 당신을 자기들의 왕으로 삼기 위해 기다리고 있는 친절하고 아름다운 사람들에 대해서 말해왔던 겁니다."

"나도 역시 병에 걸렸어. 그건 무서운 열병이었지. 낮에도 세 벌의 셔츠가 필요했고 밤에도 역시 셔츠를 세 번이나 갈아 입어야 했어. 옷들은 모두 땀으로 흠뻑 젖었어. 우리는 18마일 이상이나 움직이지 않았기 때문에 조용한 하루 하루를 보낼 수 있었어. 우리의 머리 위에는 태양이 이글거리면서 불타고 있었고 오후가 되면 바다가 반짝거리면서 빛을 내었어. 하지만 나는 상태가 그다지 좋지 않았어. 탐험이란 그 자체의 생명력을 가지고 있고 나는 단지 그것에 굴복해 버렸어. 그것이 나를 날마다 질질 끌고 다녔던 거야. 나는 어떤 일에도 의욕을 가질 수가 없었어. 그리고 무슨 일을 벌일 만한 여지도 없었지."

월터 로리 경이 고개를 떨구었다.

"열 척의 배에는 병자들과 죽은 사람들로 가득 찼어요. 우리가 도착해 보니 덴마크 선박 한 척이 무역을 하고 있었어요. 담배와 소금과 가죽을 사들이고 손도끼류와 칼 그리고 금속 무기들을 팔고 있었어요. 우리는 온통 황금을 찾으러 가는 병자들과 죽은 사람들뿐이었구요. 여전히 몸을 움직일 수 있는 사람들이 폭동을 일으키지 않고 있었다는 사실이 놀랍지 않은가요? 그들은 여전히 당신에게 묻고 있었어요. 자기들을 어디로 인도할 것인지를……. 아마 당신이 자신들을 영국이나 스페인 혹은 인도인조차 알지 못하는 이 세상의 가장 신비스러운 장소로 이끌 것이라고 여겼나봐요. 우리가 이곳에 도착했을 때, 존슨 선장이 이미 무역을 하고 있더군요. 당신은 셔츠 바람으로 상륙해서 신선한 공기를 마시고 원기를 회복한 후에 죽은 시체들을 매장했어요. 그러는 동안에도 작은 원주민들의 카누는 그 덴마크 사람에게 가고 있었어요. 당신의 신하가 되겠다고 했던 그 사람들이었지요. 그들은 스페인말과 덴마크말을 할 수는 있었지만 영어는 단 한 마디도 하지 못했어요. 그들은 결코 당신에게 다가오지 않았던 거예요."

"하지만 그건 나의 책임이 아니야."

"당신은 왜 그렇게 많은 사람들에게 스스로 원주민의 왕이 될 수 있다고 말했나요? 이곳에 도착했을 때, 사람들은 아주 많은 것을 기대하고 있었어요. 그들은 여행을 하면서 너무나 많은 고통을 겪었어요. 우리 모두가 아주 극심한 고생을 했던 거예요. 저는 추장들이 당신을 맞이하고 경의를 표하기 위해 달려나올 것이라고 생각했어요. 신선하고 감미로운 물과 작은 컵에 가득 채워진 술과 여인들 그리고 신선한 음식들, 사슴고기와 생선 그리고 생굴 같은 것을 잔뜩 기대했어요. 하지만 우리에게 남은 건 아무것도 없었어요. 우리는 갖고 있던 식량만 먹고 살아야 했어요. 케미스 중위는 통역자를 가장 가까운 마을로 보내서 두 명의 원주민 하인을 요청했어요. 추장이 아니라 하인을 말이에요. 그 사람들은 당신이 1595년에 영국으로 데리고 왔던 사람들이었지요."

"그들에게 원주민 말을 배웠지."

"우리는 두 주일 동안 기다렸어요. 당신이 레오나드라고 부르던 그 사람도 결국 돌아오지 않았어요."

"그도 건강이 좋지 않았기 때문에 아마 죽었을지도 모르지. 내가 그를 돌려 보낸 것은 거의 10년 전이었으니까. 그는 고향에서 평온하게 죽음을 맞이하기를 원했어."

월터 로리 경이 군의관을 바라보면서 말했다.

"두 주일이 지난 다음 카누가 한 척 다가왔는데, 거기에는 낡고 허름한 영국 옷을 입은 병든 노인 한 명이 타고 있었어요. 맨발의 늙은 원주민은 마치 영국 누더기 옷을 걸친 허수아비와도 같았어요. 몇 개 남지 않은 치아는 여행할 때 허기를 달래기 위해 피우는 담배로 인해 검게 변해 있더군요. 카사바 빵조각들이 카누 바닥에 실려 있었고 검은색의 담배말이와 음식들이 나뭇잎으로 조심스럽게 싸여 있었어요. 우리는 이제 두 추장의 만남을 목격할 수 있을 거라고 생각했어요. 두 노인의 회담이지요. 그런데 당신은 해리와 이야기를 나눌 수 없었어요. 왜냐하면 그는 영어를 완전히 잊어버렸던 겁니다."

"나도 그 사실을 알고 깜짝 놀라고 말았어. 그는 14년이나 나와 함께 있었어. 나는 그가 영국에서 결혼하기를 원했지만, 그는 향수병에 걸리고 말았어. 그는 면으로 된 파란색과 하얀색의 원주민 머리띠를 갖고 있었어. 향수병에 걸리자 그는 이마에 머리띠를 묶고는 벽을 향하여 앉아 있곤 했어. 그는 런던탑에 갇혔을 때에도 종종 그렇게 행동했어. 말도 하지 않고 움직이거나 눈을 감지도 않은 채로 하루 종일 그러고 있었던 거야. 향수병이 완전히 사라질 때까지……. 그건 보기에도 끔찍한 일이었지. 나는 더 이상 가만히 두고 볼 수가 없었어. 그래서 그를 윌리엄 하르코트와 함께 이곳으로 돌려보내고 말았어. 그게 9년 전의 일이야. 그는 영국 옷을 여러 벌 가지고 가고 싶어했지. 그는 옷을 무척이나 좋아했거든."

"그런데 바로 그날 선원들은 거의 폭동을 일으킬 지경에 이르렀어요. 아마 당신은 그것이 얼마나 숨가쁜 순간이었는지를 잘 모를 거예요. 그날인가 아니면 그 다음날인가 당신은 이 선실에 앉아서 아내에게 편지를 썼어요. 원주민들이 여전히 당신 이름을 기억하고 있고 그들의 왕이 될 수 있을 거라는 내용이었지요. 그것은 당신이 배로 보낸 편지들 가운데 하나였어요."

군의관이 월터 로리 경을 응시하면서 말했다.

"그들이 내 편지들을 읽었을 거라고는 생각하지 않았어."

월터 로리 경은 마치 변명을 하듯이 재빨리 대답했다.

"그것을 읽지 않았다면 게으른 것이겠지요. 모두가 죽음뿐인 이런 엄청난 탐험에서 말입니다. 우리가 진정으로 원하는 것은 평화였지만, 모든 상황들은 우리를 곤경에 빠뜨릴 뿐이었어요. 그래서 우리는 당신이 의도하는 바가 무엇인지를 알아야만 했어요. 아시다시피 당신이 쓴 편지들은 모두 다 복사되어서 영국에서 당신을 지지하는 사람들에게 전달되었습니다."

"우리가 항해를 하는 동안, 나를 감시하는 사람이 있다는 것을 이미 알고 있었지만 그게 누구인지는 확실하게 몰랐어. 병에 걸리기 전 수주일 동안은 그것을 밝혀 내려고 무척 애를 썼지. 나는 그 첩자가 바로 자네라고는 전혀 생각하지 못했어. 나는 자네보다는 런던탑에서부터 친구로 지냈던 존 탈보트가 첩자일 것이라고 짐작했어. 그러다가 그가 병들어 죽자, 나는 더 이상 이 배에는 첩자가 없다고 생각했던 거야. 그도 역시 우리가 이곳에다 묻어야 했던 사람들 가운데 한 명이었지. 나는 항상 그가 좋은 사람이라고 여겼어. 훌륭한 학자이기도 하고……. 그는 런던탑에서 나와 함께 거의 11년이라는 세월을 흘려 보냈어. 하지만 그는 밖으로 나가기를 원했어. 나는 그가 첩자라고 해도 별로 개의치 않았을 거야. 그것 때문에 그를 비난하지는 않아."

"사실 그는 우리에게 대단히 유용한 사람이었습니다."

"내가 어떻게 처리했으면 좋겠나?"

"우리는 지금까지 아주 어려운 시간을 보냈어요. 우리는 이곳에서 두 달 동안이나 머물러 있어요. 우리는 아주 많은 사람들을 잃고 말았어요. 탐험을 떠날 때마다 사람을 잃기는 하지만, 우리의 경우에는 인명 피해가 너무 커요. 식량도 거의 바닥이 나고 있구요. 당신은 다섯 척의 배에 400명 정도의 인원을 태워서 강 상류로 올려보냈지만 그곳에서 어떤 일이 벌어졌는지는 알 길이 없어요. 당신이 사로잡아서 보트에 태워 마을로 보낸 원주민도 돌아오지 않았어요. 그는 돌아오지 않을 것 같습니다."

군의관이 걱정스러운 표정을 지었다.

"그 일에 대한 대응책을 생각하고 있다네."

"멕시코 만의 트리니다드 방향에는 스페인 사람들이 구식 소총으로 무장한 채, 우리가 상륙하는 것을 막고 있어요. 우리는 반대편 강 위에 있는 산토메 개척지에서 어떤 일이 벌어졌는지 알 도리가 전혀 없어요. 다만 우리가 알 수 있는 것은 단지 스페인 통치자가 트리니다드에서 그곳으로 갔다는 정도입니다. 보나마나 그곳의 경비를 강화하기 위해서 간 거겠지요. 이 통치자는 새로 부임해 온 사람입니다. 그는 스페인에서 직접 파견한 사람이라고 합니다. 그는 과거 식민지 시대의 패거리들과는 아주 다른 인물입니다. 귀족 출신으로 런던에 있는 스페인 대사의 친척이라고 합니다. 우리는 케미스 중위나 당신의 아들에게 무슨 일이 일어났는지 정확하게 알 수가 없어요. 당신이 보낸 다섯 척의 배와 400명의 사람들이 어떠한 상황에 처해 있는지도 역시 알 수 없어요. 하지만 무슨 일이 일어난 것만은 분명해요. 당신도 그렇지요? 이상한 분위기를 느낄 수 있으니까……. 하지만 잠시 후에는 우리가 그것을 밝힐 수 있을 겁니다. 그렇게 된다면 당신이나 저나 이렇게 앉아서 이야기를 할 만한 형편은 아닐 겁니다."

"자네, 혹시 종이나 펜이 필요한가? 무엇인가 중요한 내용을 기록할 작정인가?"

월터 로리 경이 궁금한 듯이 물어보았다.

"아직 그럴 단계는 아닙니다. 하지만 저는 항상 기록된 문서를 갖고 다니면서 일하는 것을 좋아합니다. 기록해 두지 않으면 금방 많은 것을 잊어버리고 마니까요. 사람들이 흔히 말하기를, 어떤 것은 반복해서 읽어야만 진정한 의미를 깨닫게 된다고 합니다. 말이 글로 쓰여진 채, 눈 앞에 있는 거지요. 그것이 무엇인가를 발견할 수 있는 유일한 방법이에요. 간단한 것들은 이렇게 시작할 수 있어요. '하지만 나는 그 문장이 이해가 되지 않아.' 혹은 '여기에서 저기로 어떻게 연결이 된다는 것인가?' 특히 당신처럼 말을 능숙하게 다루는 사람들은 그렇게 묻지요. 사실 당신과 로렌스 케미스, 두 사람은 수 년 전에 아주 상세한 보고서를 작성했어요. 두 사람 다 가이아나와 엘도라도 그리고 당신이 발견한 것들에 대해서 책을 썼어요. 리처드 해클루트가 그것들을 편집해서 다시 인쇄했어요. 당신의 런던탑 친구였던 존 탈보트가 우리에게 주선해 주었던 책이 그것이랍니다."

"그 책을 읽어 보았다는 말인가?"

"그렇습니다. 그 책은 우리에게 이렇게 말했어요. '여기에 모든 것이 들어 있소. 22년 전으로 거슬러 올라가 그런 책들을 연구하고 분석하시오.' 나는 여행을 떠나기 전에 영국에서 그 책들을 읽으려고 했지만 아주 어려웠어요. 낯선 원주민들과 사람, 장소, 종족들에 대한 스페인식 이름들 때문에 흐름을 잃고 말았어요. 너무나도 많은 이름들을 기록했더군요. 오히려 그것 때문에 의심이 가기도 했어요. 여행을 하면서, 특히 병이 생긴 이후에 책을 읽게 된 것은 어쩌면 당연한 일이었어요."

"그렇게 된 것이었군."

월터 로리 경이 한숨을 쉬면서 말했다.

"우리가 멕시코 만에 도착한 이래, 보다 정확하게 말하자면 케미스와 당신 아들이 엘도라도의 금광을 찾아 떠난 다음에야 나는 그것을 읽기 시작했어요. 그들이 떠난 이후 우리는 갑자기 시간이 많아졌어요. 아무런 할 일도 없이 시간을 보내게 되었지요. 아침 6시부터 저녁 6시까지 태양빛이 비추었지요. 그 때 비로소 저는 당신이 쓴 책을 반복해서 읽을 수 있었어요. 그 책은 아주 미끈미끈한 작품이었기 때문에 내용을 충실하게 파악하기가 몹시 어렵더군요. 당신도 결국 미끄러져서 자신의 입장을 잃어버리고 말았어요. 몇 장 정도는 아주 훌륭하면서도 평이하고 명료하면서도 재치가 번뜩이는 글이었어요. 하지만 이내 주의를 기울이지 않은 흔적이 도처에서 나타나더군요. 아마도 어떤 것을 빼먹었다고 생각했는지 다시 처음으로 되돌아갔지만 빼먹은 건 아무것도 없었지요. 단지 글을 쓰는 과정에서 무엇인가 잘못되었던 거예요. 이런 일이 여러 번 있었어요. 그래서 당신 자신도 그 글을 아무리 주의 깊게 읽는다고 해도 역시 서술의 흐름을 잃어버리고 말 거예요. 무엇보다도 어려운 것은 글이 갑자기 바뀌는 부분에서 정확히 우리가 어디에 있는지를 알아내야 하는 것이었어요. 하지만 그런 것들은 당신이 확인해 주어야 하는 바로 그런 장소들이지요. 작가가 더하거나 아니면 숨겨 두기로 작정한 장소들이니까요.”

군의관이 생각을 정리하면서 말했다.

“나는 그런 장소를 숨기지 않았어.”

“당신의 책에서 가장 특이한 것 중에 하나가 '광고'라고 하는 부분이었는데, 그것은 편지로 된 헌사와 책 사이에 서문처럼 실린 것이었어요. 그런 중간적인 타협 지점에 아주 중요한 것을 싣는 것은 대담하고도 효과적인 것이었어요. 그렇지만 그것은 사람들이 주의 깊게 읽지 않는 부분이었어요. 당신은 그런 광고를 쓰게 된 경위를 설명했어요. 영국으로 돌아갔을 때, 당신이 엘도라도에 대해서 거짓말을 하고 있다고 주장하는 사람들에게 답변하기 위해서라고 말이지요. 그들은 당신이 가져온 소위 '광석'이라는 것이 사실은 모래에 불과하다고 했어요. 그리고 당신이 보여 주었던 가이아나 황금 조각도 사실은 전에 북아프리카에서 가져온 것이라고 떠들어 대었어요. 그 광고에 나타난 어조는 남자답고 정직하더군요. 당신을 비방하는 사람들이 말한 것에 대해서 아주 분명하고 솔직한 방법으로 설명했어요. 당신이 금광석을 찾기 위해 40명을 보냈더니 그들이 모래를 가지고 돌아왔다고 썼어요. 하지만 모두가 같은 모래가 아니었어요. 여러 가지 다양한 색깔의 모래를 골라서 가져왔던 거예요. 당신이 그들에게 그것이 모래에 불과하다고 말해 주었지만 사람들은 여러 가지 이유를 대면서 그 모래를 가지고 영국으로 돌아가겠다고 고집했어요. 당신은 그것을 단지 허락한 것뿐이라고 말했어요.”

"그건 어쩔 수 없는 상황이었어."

월터 로리 경의 시선이 군의관을 응시하고 있었다.

"하지만 책 속에는 이런 모래 수집에 관한 일화를 전혀 언급하지 않았어요. 언제 그들에게 이런 광석을 수집해 오라고 명령했는지 그 시기도 알 수가 없었어요. 그렇기 때문에 만일 당신의 적들이나 다른 사람들이 당신이 거짓말을 해서 트리니다드와 가이아나에서 모래를 가져왔다고 말해 주지 않았다면, 아마 우리는 그 40명의 사람들이 당신의 명령에 따라 사금을 찾아서 배로 가져왔다는 사실을 전혀 몰랐을 거예요. 런던에서 사람들이 당신을 조롱하고 의심을 품고 있을 때, 당신은 북아프리카에서 가져온 금조각을 꺼내 놓으면서 가이아나에서 가져온 거라고 말했던 거예요. 급류가 흐르는 강 근처에 위치한 금과 다이아몬드가 매장되어 있는 광산에서 캐낸 것이라고 말했어요. 당신은 바보가 아니었다고 입증될 판이었지요. 반역자이자 해적이며, 스페인 왕과 동맹을 맺은 사람이라고 판명되는 것이 바보나 광대라고 불리는 것보다는 나았을 거예요. 드레이크나 호킨스 이후에 광대짓을 하는 해적이나 탐험가가 되는 것은 죽는 것보다 더 불행한 것이라고 할 수 있으니까요."

"나도 그렇게 생각한다네."

"우리는 모두 여러 가지 이유로 인해 일을 하고 있었어요. 그 이유들 가운데 어떤 것들은 아주 사소하게 보이는 것도 있어요. 아마 이번 모험을 떠나게 된 동기 속에도 이런 이유 중에 하나가 작용하고 있을 겁니다. 어쩌면 그 이유는 하나뿐일지도 모르겠어요. 그렇게 많은 생명을 희생하고서라도 우리를 이곳에 오게 만든 것이 세계의 끝까지 이르게 한 기사 정신이나 영웅적인 태도 혹은 실패할 수밖에 없었던 한 노인의 숭고한 정신 때문이 결코 아니에요. 보다 근본적인 이유는 당신이 모래를 금이라고 착각하면서 고향에 잘못 가져온 것이 아니라는 것 그리고 자신이 바보가 아니라는 사실을 입증하고 싶은 당신 자신의 오랜 바람 때문일 거예요."

군의관이 냉소적인 목소리로 말했다.

"나는 바보가 아니었어."

"당신은 북아프리카산 금을 다른 사람들에게 보여 주었어요. 그러자 사람들은 당신이 꾸며낸 엘도라도에서 왜 더 많은 금을 가져오지 않았느냐고 물었어요. 당신은 그 광고란에다 아무도 금에 대해 더 이상 물어볼 자격이 없다고 다소 매섭게 말했어요. 그것은 물론 당신에게 더 많은 금을 살 만한 돈이 없어서 그런 것이었어요. 당신은 계속해서 말하기를 엘도라도의 강에 이르렀을 때, 시간도 연장들도 그리고 사람들도 없었다고 설명했어요. 금은 아주 험준한 바위에서 캐내어야만 하는 것이라고 하면서……. 그러자 사람들은 그 점을 수긍하기 시작했어요. 하지만 당신은 몇 년 동안이나 탐험 준비를 충실하게 했기 때문에 많은 인원과 배가 마련되어 있었어요. 당신은 엘도라도 지역의 스페인 정복자를 사로잡아 그에게서 충분한 정보를 얻은 다음 금광을 찾아 떠났어요. 그런데 당신이 연장도 없었고 시간도 충분하지 않았다는 것은 무척 이상하게 들리더군요. 당신은 강물의 흐름이 너무 세차서 강둑에 오래 머무를 수 없었고 배에서 너무 멀리 떨어진 곳이었으며 무방비 상태로 왔기 때문이라고 변명했어요."

"그건 모두 사실이야."

"결국 당신이 영국으로 가져온 것은 모두 엄청난 백철광 모래였어요. 그런 모래 사업을 부끄럽게 만들었던 또 다른 사건을 말씀해 드리지요. 프랑스 사람들 몇 명이 당신과 똑같은 짓을 해서 웃음거리가 된 일이 있었어요. 많은 사람들이 그들을 비웃었지요. 그리고 당신보다 몇 주일 전에 한 영국 귀족 청년이 그와 똑같은 일을 벌였어요. 그 사람은 로버트 더들리 경이었는데, 레세스터 백작의 아들이었지요. 그 사람도 역시 트리니다드로 갔어요. 그는 멕시코 만 해안가에서 만난 원주민들에게 금광에 대해서 물어 보았어요. 바로 그런 식이었어요. 그곳에 도착하자마자 그곳의 언어나 다른 어떤 것에 대해 전혀 알지도 못한 채 말이에요. 그는 원주민들이 보여주는 표시를 '네, 저기 해안가 위로 조금 떨어진 곳에 금광이 있어요'라는 의미로 받아들였던 거예요. 그들은 완전 무장을 한 채, 달려가서 모래 사장에서 반짝거리는 백철광을 보게 되었어요."

군의관이 선장실의 장식장을 둘러보면서 말했다.

"그래, 많은 사람들이 금광을 찾기 위해 혈안이 되어 있었지. 나도 그들 중에 한 명이었어."

"더들리의 부하들은 사흘 동안 모래를 배에 실었어요. 스페인 사람들은 이것을 지켜보면서 전혀 방해를 하지 않았어요. 그리고 나서 당신이 도착하자 더들리 경은 서둘러 떠나 버렸는데, 그는 엘도라도라고 부르는 그곳에서 당신에게 혹시 발견되지나 않을까 몹시 불안에 떨었다는 겁니다. 이 일은 당신이 멕시코 만에 도착해서 모든 스페인 사람들을 죽여 버리기 몇 주일 전에 일어난 사건이었어요. 당신이 가이아나 강변을 탐색하는 동안 더들리 경은 백철광을 싣고 영국으로 돌아오고 있었어요. 와이어트 선장은 이런 모험을 대단히 낭만적인 언어로 묘사했어요. 그것은 필사본으로 배부되었어요. 리처드 해클루트가 그것을 다시 책으로 인쇄해서 출간했어요. 더들리 경은 자기가 모래를 가지고 왔다는 말을 들었어요. 그는 모든 사실을 이미 다 알고 있었지만 일부러 모래를 가져왔다고 변명을 꾸며 대었어요. 당신이 트리니다드의 모래를 가지고 돌아왔을 때에도 바로 같은 말을 했어요. 하지만 당신은 더들리 청년의 모험에 대해서는 전혀 몰랐을 거예요. 당신이 발견한 것은 아무것도 없는 셈이지요. 당신이 쓴 책을 보면 당신이 무엇인가를 발견했다는 말이 전혀 없거든요. 단지 한두 명의 추장과 이야기를 했다는 것이 전부예요. 발견한 것은 아무것도 없었어요. 당신이 쓴 책의 제목에 '발견'이라는 말을 넣었음에도 불구하고 당신은 아무것도 발견한 게 없었던 거예요. 그 책은 아주 난해해서 읽기가 쉽지 않더군요."

"자네가 그렇게 생각했다면 정말 유감이로군."

월터 로리 경이 이마를 잔뜩 찌푸리면서 말했다.
"저는 그 책이 일부러 난해하게 쓴 것이라고 생각했어요. 하지만 이곳에 와서야 그 책이 그토록 난해한 이유를 알게 되었어요. 그 책은 구식의 환상과 현대적인 진실이 계획적으로 혼합된 작품이었어요. 멕시코 만의 동쪽에 해당하는 트리니다드에 대해서 쓴 것은 모두가 정확하고 분명했어요. 모든 지명과 모든 종족, 작은 원주민 항구까지 전부 정확했어요. 착실한 조사 연구를 통한 실제적인 지식이었지요. 하지만 강쪽에 대한 것은 다르더군요. 당신은 오리노코 강을 따라 내려오면서 다이아몬드 광산과 부족 그리고 사슴들과 새들이 살고 있는 낯선 지역을 기록했어요. 그것은 아름답기는 했지만 단지 한 폭의 그림처럼 느껴질 뿐이었어요. 나는 그 책을 읽으면서 마치 두 사람이 쓴 작품이라는 느낌을 강하게 받았어요. 당신은 가이아나에서 강 상류를 따라 여행하게 되면서 늙은 스페인 정복자가 얼마나 바보스러운 노인이었는지를 알게 되었을 거예요. 빈곤하게 사는 종족들을 보면서 엘도라도라는 것이 존재하지 않는다는 것을 알았던 거지요. 그래서 당신은 강을 여행하는 것이 싫어졌을 거예요. 당신의 글을 보면서 그런 종류의 여행이 얼마나 어려운 것인지를 이해할 수 있었어요. 태양과 희박한 공기, 끊임없이 암초에 걸리는 배, 그리고 배설물과 요리한 음식들이 배 안에서 그대로 뒤섞여 있는 모습을 상상해 본다면 충분히 이해할 수 있어요. 사람들은 눅눅했다가 다시 건조해지고 다시 눅눅해지는 좁은 공간에서 땀냄새로 가득 찬 여행을 할 수밖에 없었을 거예요."
"그런 항해는 정말 고통스러운 것이었지. 어쩌면 자네가 도저히 이해할 수 없을 정도로 말이야."
"당신은 다른 사람들과 다르게 식사를 했다고 말했어요. 당신이 아무리 호킨스나 드레이크처럼 되려고 노력해도 그들이 했던 것들을 그대로 할 수는 없어요. 당신은 배와 선실에서 그렇게 멀리 떨어져 있기를 원하지 않았어요. 하지만 당신은 너무도 많은 사람들을 죽였어요. 그리고 엘도라도에 대해서 너무도 길게 말했어요. 당신이 영국으로 돌아왔을 때, 당신은 싣고 온 모래 때문에 바보가 되고 싶지 않았던 거예요. 그래서 엘도라도 이야기에 대해 그렇게 집착할 수밖에 없었던 거지요."

"아니, 그렇지 않아. 황금의 땅 엘도라도는 분명히 존재하고 있어. 다만 우리가 찾지 못하고 있을 뿐이야."

"우리가 강 상류에 있을 때 만약 당신이 엘도라도를 포기했다면 당신이 한 행동들은 앞뒤가 맞지 않는 것이 되었을 거예요. 당신은 원주민과 함께 단 한 사람만을 황금의 도시로 가도록 했어요. 당신은 숲속에 단지 한 사람만 남겨 두었어요. 원주민 추장은 스페인 사람들로부터 자신들을 지켜주도록 50명을 남겨 달라고 부탁했어요. 하지만 당신은 그 부탁을 들어주지 않고 한 사람만을 남겨 놓았던 겁니다. 그 모든 여행과 준비 그리고 그 동안 답사한 후에 당신이 남겨 놓은 사람은 길포드 선장의 부하였던 프란시스 스패로우라는 하인 한 사람뿐이었어요. 프란시스 스패로우는 당신을 항상 비난하던 성가신 사람 가운데 하나였기 때문에, 당신을 위해 엘도라도를 발견하도록 지시받은 사람이 된 것이지요. 그리고 당신은 영국에 있는 사람들에게 당신이 있었던 곳을 보여주기 위해 추장 토피아와리의 아들을 데리고 왔어요. 그 대신에 교환 조건으로 한 소년을 남겨 두었는데, 열여섯 살이 된 휴 그윈이라는 소년이었어요. 당신이 어떻게 그런 일을 할 수 있었는지 알 수 없어요. 당신이 쓴 책을 자세히 읽어 본다면 사람들은 그런 행동에 대해 비난할 것이 분명합니다. 케미스는 다음해에 그 불쌍한 소년에게 무슨 일이 일어났는지 알게 되었어요. 케미스가 그 내용을 기록했는데 스페인 사람들이 보고한 내용 속에서도 우리는 그 사실을 발견할 수 있었어요. 당신이 멕시코 만으로 다시 돌아가기도 전에 그 소년은 살해되고 말았어요. 원주민들이 스페인 사람들에게 말한 바에 따르면, 그 소년은 영국 옷을 입고 숲속을 걸어가고 있었는데, 호랑이 한 마리가 소년이 입은 옷을 보고는 화가 나서 그 소년에게 달려들어 죽여버리고 말았다는 거예요. 그 이야기는 그럴 듯하게 들리기도 하고 또 한편으로는 스페인 사람들이 조롱하는 이야기처럼 들렸어요. 저는 그것이 어리석은 이야기라고 생각하기도 했어요. 하지만 어느 누가 알겠어요? 어쩌면 스페인 사람들이 그 소년을 죽였거나 원주민들이 죽였을지도 모르는 일이에요. 배에서 내릴 때 가지고 온 것들 가운데 가장 좋은 옷을 입고 숲속을 걷고 있던 소년을 생각하면 지금도 눈물이 나올 지경입니다. 배들이 하류를 향해 하루에 수백 마일씩 빠른 속도로 떠나가고 있을 때, 그 소년은 마을에 혼자 남아 외롭게 거닐고 있었을 거예요."

"가엾은 소년이었어. 나는 그런 일이 일어나리라곤 생각조차 못했다네."

"하지만 프란시스 스패로우의 경우는 더 심했어요. 그는 결코 엘도라도나 마노아라는 도시를 발견하지 못했어요. 당신이 그를 그곳에다 두고 떠난 후에, 채 며칠도 지나지 않아서 그는 스페인 사람들에게 잡혀갔어요. 원주민들이 스페인 사람들에게 그에 대한 정보를 알려주었을 거예요. 스페인의 기록 문서에 따르면 그가 스페인 감옥에서 7년을 보냈다는 사실을 알 수 있어요. 당신은 스페인 감옥이 개신교도들을 얼마나 무시무시하게 학대하는지 잘 알고 있을 거예요. 그리고 이곳의 섬들에도 종교재판소가 있다는 사실을 알고 있나요?"

군의관이 장식장에 놓여 있던 화살촉을 만지면서 물었다.

"아니, 나는 그 사실을 전혀 모르고 있었다네."

"당신은 이미 엘도라도에 대한 꿈을 오래 전에 포기한 상태였어요. 이런 엄청난 사상자들이 생긴 이후에 나는 강 상류에서 400마일이나 떨어진 숲속에 남겨진 두 소년이 당신의 아주 특별한 희생 제물이 되었다고 생각하게 되었어요. 우리가 그들에 대해서 아는 것은 단지 이름뿐이에요. 당신은 그런 부류의 사람들, 즉 노동자들이나 배에서 노젓는 사람들에 대해서는 결코 관심을 갖지 않았던 거예요. 이제 여기를 보세요. 이 진흙투성이의 멕시코 만에서 당신 아들과 케미스 중위에 대한 소식을 기다리고 있는 우리를 둘러보세요. 당신이 우리 모두를 어디로 데리고 왔는지 살펴보세요. 낮 동안에는 트리니다드에 있는 스페인 사람들이 가끔씩 총을 쏘아서 그들이 경계하고 있다는 것을 알려 주고 있어요. 해가 저물기 직전에는 원주민들이 해안에다 불을 환하게 피우지요. 그들은 카누를 저어 가까이 지나가지만 아무도 우리에게 접근하려고 하지 않아요. 당신은 이곳에 온 이후에도 여전히 아내에게 당신이 서인도섬 원주민들의 왕이 될 수 있다고 편지를 썼어요. 그 점에 대해서는 나중에 다시 이야기를 하기로 하지요. 저는 나중에 다시 찾아와서 날씨가 시원해지면 두번째 약을 마시게 해 드리겠어요. 당신의 믿을 수 없는 말에도 불구하고 저는 아무래도 책을 좀더 읽어 보면서 생각을 정리하는 것이 좋겠어요. 여기 초록색의 비단 커튼 사이로 햇빛이 비치는 것을 보세요. 벌써 날이 저물기 시작하는군요."

해가 저물자(멕시코 만의 강어귀에 있는 물들은 절대로 시원해지는 법이 없었다. 항상 강렬한 햇빛을 받으면서 온기를 머금고 있었던 것이다.) 노인은 군의관을 향해 말했다.

"자네는 얼마 전에 왜 내가 아내에게 그렇게 편지를 써 보냈는가에 대한 이유를 물었어. 아마 몇 달 후에 아내는 그 편지를 받아볼 거야. 그녀가 그 편지를 읽을 무렵에는 이 모든 일이 이미 다 끝나버린 후일 거야. 그렇기 때문에 내가 그 편지에 무슨 내용을 쓰건 별다른 문제가 되지 않아. 과거에는 내가 원주민들의 왕이 될 수 있다는 것이 사실이었어."

"하지만 그건 아주 오래 전의 일이에요. 그건 1595년에 일어난 것이었으니까 지금부터 23년 전의 일입니다."

"나는 그 당시에 모든 트리니다드 원주민의 왕들과 추장들을 스페인 사람들로부터 구해 주었어. 나는 이곳에서 스페인 사람들이 벌였던 일을 응징한 최초의 사람이었던 거야. 스페인 항구에 있던 스페인 사람들을 죽이고 도시 안에 있었던 감옥을 부수고 그 속에 감금되어 있던 왕들을 자유롭게 풀어주었어. 원주민들은 스페인 마을에 불을 질렀지. 스페인 사람들의 마을이 불타는 모습은 장관이었어. 그런데 내가 책에다 그 왕들의 이름을 기록했을 때, 영국에 있던 사람들 중에는 내가 그들의 이름들을 조작했다고 말하는 사람들이 있었어. 와나와네르, 캐로아리, 마쿠아리마, 타로파나마, 아테리마가 바로 그들이었어. 나는 아직도 그 이름들을 분명하게 기억하고 있어. 다행하게도 스페인 배 한 척이 스페인으로 보고서의 사본을 가지고 가다가 붙잡혔는데, 거기에서 그 이름들이 나왔지. 스페인 사람들은 와나와네르의 영토에 스페인 항구라는 도시를 세웠던 거야."

월터 로리 경이 차분한 목소리로 말했다.

"그래서 어떻게 되었나요?"

"스페인으로 보내는 보고서에는 와나와네르가 자신의 영토와 백성들을 스페인에 건네주는 일에 기꺼이 동의했다고 기록되어 있었어. 하지만 내가 만났던 그 왕은 작은 감옥에서 벌거벗겨진 채로 고문을 심하게 당해서 거의 죽을 지경에 이른 사람이었어. 다섯 명의 쇠약할 대로 쇠약해진 왕들이 얼굴을 벽을 향한 채 한 개의 쇠사슬에 묶여 있었어. 몸에는 뜨겁게 달군 베이컨 기름에 데인 상처들이 군데군데 나 있었어. 스페인 사람들은 그들을 그곳에 가만히 내버려 두었던 거야. 만약 우리가 구해주지 않았다면 그들은 그대로 감옥에서 죽어버렸을 거야. 트리니다드에서 스페인으로 보내는 보고서의 사본을 실은 배가 잡히지 않았을 수도 있었어. 만약 그렇게 되었다면 영토와 백성들을 스페인 사람들에게 넘겨 주겠다고 동의한 다섯 왕들의 이름이 들어 있는 보고서가 발견되지 않았을 거야. 그러면 아무도 그 왕들이 존재했었고 또한 그들이 폐쇄된 감옥에서 그런 고초를 겪었다는 것을 믿지 않았을 테지."

 군의관이 월터 로리 경을 쳐다보면서 말했다.

 "스페인 사람들은 항상 그런 식으로 일을 처리합니다. 그들은 모든 것을 기록한 다음, 공증인이 증명을 하고 나면 스페인으로 가는 여러 배편을 이용해서 두세 부씩 복사한 것들을 보냅니다. 그렇게 하면 문서를 도중에서 잃어버리는 일이 거의 없어요. 그것들은 우리에게도 커다란 도움이 되었어요. 그 덕분에 하나의 이야기 속에 들어 있는 당신의 양면을 접할 수 있게 되었던 거예요."

 "사람들이 그 일들에 대해서 알지 못했거나 아니면 그 왕들에 대해서 쓴 나의 글을 믿지 않았을지도 모른다고 생각하면 몹시 끔찍하다네."

 "멕시코 만의 트리니다드에 대해 쓴 것들은 모두가 사실이었어요. 아주 놀라울 정도예요. 모든 종족들과 마을 그리고 모든 강들이 당신이 말한 그대로였어요. 그리고 당신이 와나와네르와 다른 왕들을 구해 주었던 것도 사실이구요.

 나도 그 사실을 알고 있습니다. 하지만 당신이 가 버리자 스페인 사람들은 다시 돌아왔어요. 그들은 몇 달 후에 멕시코 만으로 대규모의 탐험대를 보냈어요. 당신이 떠나버린 후에 와나와네르와 그의 백성들 그리고 다른 모든 사람들에게 무슨 일이 일어났는지 아무도 몰라요. 스페인은 많은 사람들을 그곳에 정착시켰어요. 당신이 도와주었던 원주민들에게는 더 이상의 기회가 없었어요. 당신이 강 상류에 두고 온 두 소년들 역시 가망이 없었어요. 다음해에 당신이 케미스를 보내어 정찰하도록 시켰을 때, 그는 아주 조심스럽게 움직였어요. 만약 그렇게 하지 않았다면 임무를 달성할 수 없었기 때문입니다. 그는 심지어 트리니다드에 상륙할 수조차 없었어요. 나중에 들은 바로는 스페인 사람들이 원주민들을 멕시코 만의 양쪽에 재정착시킨다는 소식이 있었어요. 그것이 무엇을 의미하는지는 당신도 잘 알 수 있을 거예요. 케미스는 와나와네르에 대한 이야기는 하지 않았어요. 이상한 일이었지요. 제가 의미하는 바는 케미스의 경우를 말하는 거예요. 1595년에 당신이 모든 배와 사람들을 갖추게 되었을 때, 당신이 몇 주 안에 원주민들의 왕이 되는 게 가능한 일로 여겨졌겠지요."

"그건 충분히 가능한 일이었어."

월터 로리 경이 군의관의 말을 가로막으면서 말했다.

"하지만 당신은 그 사람들을 우롱하고 말았어요. 케미스가 다음 해에 갔을 때, 한 원주민 추장이 전쟁 준비를 갖춘 스무 척의 카누를 이끌고 강어귀로 그를 마중나왔다고 해요. 추장이 케미스에게 다른 배들은 어디에 있느냐고 묻자, 케미스는 미리 준비한 거짓말로 대답했어요. 자기는 스페인 사람들과 싸우려고 온 것이 아니라고 말했던 거예요. 바로 전해에 당신이 스페인 사람들을 모두 죽였기 때문에 이번에도 대규모의 군대를 보냈다고 말한다면, 원주민들은 당신이 그들의 영토를 침범하려 한다고 생각했을 거예요. 케미스가 두 번이나 그렇게 말하자 종족들 사이에 그 말이 널리 퍼져서 아무도 케미스를 보러 오지 않았어요. 강 상류에 사는 원주민들이 생각할 수 있었던 것은 오직 스페인 사람들을 피해서 평화롭게 지내고자 하는 것뿐이었어요."

"그래, 원주민들이 진정으로 원했던 것은 전쟁이나 투쟁이 아니라 평화였어."

"당신은 원주민들에게 평화를 안겨 주지 않았어요. 오히려 당신은 여기 멕시코 만에 있는 사람들을 온통 들쑤셔 놓고는 어디론가 사라지고 말았던 거예요. 당신은 그렇게 23년 동안이나 멀리 떨어져 있었어요. 수많은 사람들에게 당신이 만든 일의 결과를 감당하도록 한 채로 말이에요. 스페인 사람들은 많은 사람들을 정착시켰어요. 우리는 함부로 그들을 비난할 수 없어요. 당신이 스페인 항구에서 죽인 스페인 사람들은 여러 해 동안이나 섬에만 갇혀 있었던 가난한 사람들이었어요. 어떤 사람들은 당신이 불명예스러운 행동을 했다고 비난합니다. 월터 로리 경, 그들은 당신의 선원들에게 린네르 천을 사려고 배에 올라탔던 거예요. 당신은 그들을 격려해 주고 버지니아에 대한 이야기를 하면서 당신이 그곳으로 가는 길이라고 말했어요. 그리고 그들이 수년 동안 마셔본 적이 없는 술을 대접하면서 여러 날 동안 그들을 즐겁게 만들어 주었어요. 그런 다음에 당신의 나머지 배들이 멕시코 만에 도착하자마자 지원을 얻어서 스페인 사람들을 모조리 죽이고 말았던 거예요."

월터 로리 경은 군의관의 말에 귀를 기울이고 있었다. 하지만 월터 로리 경은 군의관의 의견에 동의할 수가 없었다.

"그것은 내가 그 이전에 보냈던 사람들에게 그들이 저지른 짓의 결과였어. 그 스페인 사람들은 내가 보낸 사람들에게 숲에서 사냥을 하자고 초청했지. 그들은 선원들로 하여금 배에서 떠나도록 만들었어. 스페인 사람들에게는 원주민들과 개들까지 있었어. 우리 선원들이 해안가에 가까이 다가가자 그들은 총을 쏘기 시작했어. 그래서 모두 죽이고 말았던 거야."

"맞습니다. 당신은 비록 복수를 했지만, 원주민들은 모두 떠나버렸어요. 그렇기 때문에 다시 스페인 사람들이 정착할 수 있게 만들고 말았어요. 하지만 원주민들은 결코 잊어버리지 않았어요. 스페인 사람들도 역시 마찬가지였어요. 그리고 14년이 지나서 당신의 친구 가운데 하나인 런던 상인 홀이 두 척의 배를 멕시코 만으로 보내서 무역을 하게 했어요. 그 무역은 주로 담배를 가져오는 것이 목적이었어요. 스페인 식민지 내에서 이런 식으로 외국인이 무역을 하는 것은 불법이었어요. 하지만 스페인 통치자는 자기 나라의 법률을 어기는 것을 별로 상관하지 않았어요. 스페인 통치자는 런던에서 온 그 배에 타고 있던 사람들과 많은 이야기를 나누었어요. 그러다가 그 배의 소유주인 홀이 당신의 친구 가운데 한 명이라는 사실을 알게 되었지요. 어느 날 배에 타고 있던 서른여섯 명의 사람들은 스페인 항구에 상륙하자마자 모두 잡혀서 밧줄에 묶이고 말았어요. 그들 서른여섯 명은 등을 서로 맞대고 묶인 채, 모두 목이 잘리고 말았어요. 그것은 처참한 죽음이었지요. 스페인 항구의 해안에 있는 검은 모래 위에서 일어난 일이었어요. 그 일을 실행한 사람은 1595년 경에 당신이 사로잡은 채 끌고 다녔던 늙은 스페인 정복자의 아들이었답니다. 그 당시에 죽었던 서른여섯 명은 아주 운이 나쁜 사람들이었어요. 하지만 그 일로 인해 늙은 정복자의 아들은 당신에게 빚을 진 셈이 되었죠."

군의관은 두 번 다시 떠올리기 싫은 과거에 대해 이야기를 늘어놓고 있었다.

"나는 그런 일이 일어나리라고는 꿈에도 생각하지 못했어. 그 일로 인해 많은 사람들이 귀중한 목숨을 잃다니……."

"그런 일은 당신이 남겨 놓은 것들 가운데 일부였어요. 멕시코만은 항상 피와 보복의 장소이자 원주민들의 분산과 재정착의 장소가 되곤 했어요. 심지어 스페인 사람들이 다스리기 전에도 그랬었지요. 과거에 식인종의 일족인 카리브 족들이 그곳으로 이동하면서 끔찍한 전쟁이 있었어요. 당신은 그런 것에 사건을 약간 더 첨가한 것뿐이에요. 하지만 당신은 이곳을 떠나 강 상류에 있는 손상되지 않은 낙원에 대해서 책을 썼어요. 당신 혼자만 접근했던 지역에 대한 글이었어요. 원주민들은 아름다운 계곡에서 살고 있었습니다. 그들 주위에 널려 있는 금이나 다이아몬드의 가치를 알지 못한 채로 살아가고 있는 곳, 바로 그곳에서 당신만이 원주민들이 알 수 없는 비밀을 간직하게 되었다고 썼지요. 나는 당신이 어떤 모험을 했고 어떻게 그런 책을 쓰게 되었는지 밝혀 내고자 합니다. 당신도 문명 세계에서 살고 있는 사람들처럼 엘도라도에 대해서 들은 적이 있었을 겁니다. 그리고 트리니다드와 가이아나 그리고 엘도라도 지역을 통치하는 늙은 정복자에 대해 알게 되었겠지요."

"나는 그 지역을 반드시 손에 넣고 싶었지."

월터 로리 경이 고개를 끄덕이면서 말했다.

"당신의 그런 욕심이 모든 비극의 시초가 된 겁니다. 당신은 군대를 소집해서 그 늙은 통치자를 사로잡고 말았어요. 그리고 마흔 명이나 되는 사람들을 시켜 모래를 파서 배에 싣도록 강요했어요. 그런 다음에 늙은 통치자와 함께 탐험을 떠났어요. 당신은 그를 바보라고 생각했어요. 아무것도 발견하지 못했으니까요. 당신은 학식이 높고 똑똑한 사람이었어요. 당신은 엘도라도에 대한 신념을 대부분 잃어버렸기 때문에 단지 한 사람의 하인만 그곳에 남겨 놓았어요. 엘도라도를 찾도록 말이에요. 바로 그런 경우지요. 당신은 늙은 스페인 정복자이자 트리니다드 통치자의 몸값을 얻으려고 시도했어요. 그런 사실이 당신의 책에는 나와 있지 않지만 스페인 문서에는 분명하게 기록되어 있어요. 인근에 있던 스페인 장교들 가운데 어느 누구도 그 몸값을 지불하려고 들지 않았어요. 사실 그들 모두는 그 노인이 빨리 죽기를 원하고 있었던 거지요. 그래야만 그가 소유한 지역의 권리를 요구해서 금이 나는 것은 무엇이나 갖게 될 수 있으니까요. 이 단계에 이르러 갖은 곤경을 겪고 그렇게 많은 사람들을 죽이고 난 이후에 당신이 얻게 된 것은 모래가 고작이었던 거예요. 그리고 바로 여기가 그 흑인이 우리에게 무엇인가를 말해 주었던 곳이지요."

월터 로리 경이 군의관의 말에 반박하기 시작했다.

"1595년은 나에게 몹시 중요한 해였지. 하지만 그 당시에 나에게는 흑인이 단 한 명도 없었어."

"그건 저도 이미 알고 있는 사실입니다. 당신은 군대를 이끌고 영국으로 곧장 돌아갔어요. 저는 가이아나 강변이나 들판 혹은 폭포 근처에서 피어난 꽃들을 보고 있다가, 갑자기 당신 책에 등장한 흑인들에 대해서 생각해 보았어요. 당신의 말에 따르자면 그 강에는 수천 마리의 악어들이 들끓고 있을 거예요. 그리고 악어들이 있다는 것을 알고 있는 흑인들이 수영을 하기 위해 배에서 뛰어내리면 곧장 산 채로 잡아 먹히고 만다고 말했어요. 그리고 그것이 전부였어요. 책에는 더 이상 악어나 흑인들에 대해 언급한 것이 없더군요. 저는 당신 책에서 갑자기 흑인들이 사라져 버린 것에 대해 많은 생각을 해 보았어요. 그리고 나서 확신하게 된 것은 존 호킨스가 1564년에 서아프리카에 있는 기니와 서인도 제도를 항해할 때 묘사했던 것을 당신이 인용했다는 사실이었어요. 가이아나에서 호킨스는 흑인 한 사람이 강가에서 물을 채워 넣다가 악어에게 물린 채 끌려가는 것을 목격한 적이 있었거든요. 당신은 정말로 가이아나에 간 적이 있다는 것을 사람들에게 증명해 보이고 싶었던 거예요. 토피아와리의 아들을 영국으로 데리고 갔던 것처럼 다른 유명한 모험가들이 보았던 것을 당신도 역시 보았다고 사람들이 믿어주기를 원했지요. 그 점을 밝히기 위해 책에 이국적인 모험에 대해서 썼던 거예요. 흑인과 연관된 것이 조금 더 있어요. 호킨스는 노예이자 해적이면서 동시에 스페인 도시들을 약탈한 사람이었어요. 당신은 여행을 하는 동안 무척 고생했다는 증거를 보이기 위해 단지 모래만을 갖고 멕시코 만을 떠났을 때, 아마도 당신은 도시를 약탈하려는 생각을 가지고 있었을 겁니다. 당신의 머리 속에는 호킨스가 떠나지 않고 있었으니까요. 그가 했던 것을 당신도 해 보자는 생각이 들었을 거예요. 멕시코 만 근처에 서쪽으로 그다지 멀리 떨어지지 않은 곳에는 아라야 반도가 있어요. 그 반도의 염전에는 쿠마나라는 도시가 있어요. 그곳은 이 지역에 있는 스페인풍의 도시들 가운데 가장 오래된 곳이에요. 당신은 스페인 항구를 공략한 것처럼 그 도시도 손에 넣으려고 생각했어요. 하지만 그곳을 지키는 스페인 통치자는 당신에 대한 소식을 듣고 소총수들과 독화살을 가진 원주민 사수들을 배치하고 당신을 기다리고 있었어요. 그 지역엔 바다에서 도시로 경사진 언덕이 있었어요. 모래로 된 광활한 그 지역에는 가시투성이의 선인장들이 빽빽했지요. 당신의 선원들은 보트에서 내리자마자 대량으로 학살당하고 말았어요. 당신의 책에는 이 일에 대한 언급이 전혀 없지만, 스페인의 문서에는 마흔 명 가량이 그곳에서 죽었다고 기록되어 있어요. 그들은 모두 중요한 사람들이었어요. 스페인 문서에는 그 사람들의 이름까지 기록되어 있었어요. 그들이 그 이름들을 조작할 수는 없었을 거예요. 쿠마나 해안가에서 소총이나 칼에 맞아 죽은 사람들은 그래도 운이 좋은 경우였어요. 원주민들의 독화살을 맞은 사람들에게는 더욱 끔찍한 일이 일어났을 테니까요. 아마 갈증으로 미쳐 버렸을지도 몰라요. 내장이 터지고 몸뚱이는 검게 변했을 거예요. 배 안에 가득 찬 냄새는 몹시 지독했겠지요. 당신이 질질 끌고 다니던 늙은 정복자에게 해독제에 대해 물어 보았지만 그 역시 모른다는 대답뿐이었어요. 결국 그도 당신에게 보복을 한 셈이지요. 그의 무식함과 무관심을 아무리 비난해도 소용이 없는 일이었어요. 그는 모른다고 대답했으니까요. 당신은 쿠마나를 공격했던 사건에 대해서는 물론 책에 전혀 언급하지 않았어요. 하지만 독화살의 효과에 대해서는 아주 자세하고 성실하게 말하고 있더군요. 당신은 그것을 여담인 것처럼 가이아나 편에서 슬쩍 다루고 있었어요. 당신은 가이아나의 어떤 사람에게서 전해 들은 해독제에 관해서도 쓰고 있어요. 하지만 이 사람이 말한 것을 보면 당신이 다른 장에서 배반자라고 묘사했던 그 스페인 사람과 같은 사람이더군요. 그들은 쿠마나에서 좀더 아래쪽 해안에서 살고 있었는데, 당신은 그들이 이미 외국인들과 무역을 할 준비가 되어 있었다고 기술했어요. 해독제에 관해 말한 사람은 어떤 스페인 사람들이 마늘즙으로 치료가 되었다고 하면서 중요한 것은 상처를 치료하기 전에 물약을 바르지 않는 것이라고 했어요. 독화살에 맞은 스물일곱 명은 그대로 배 안에서 죽음을 당하고 말았지요. 그 숫자는 늙은 정복자가 스페인 조사관에게 전해준 거예요. 늙은 정복자는 그 무렵 배에서 내리게 되었는데, 아마도 두 명의 영국 죄수들과의 교환을 조건으로 풀려났을 거예요. 스물일곱 명이 배 위에서 죽어갔을 때, 당신은 그 냄새와 고통에서 벗어나기 위해 할 수 있는 모든 것을 다했다고 하더군요. 아라야 반도에서 조금 떨어진 곳에 두 척의 덴마크 배가 정박하고 있던 중이었어요. 그들은 의심할 여지도 없이 밀수입한 소금을 배에 잔뜩 싣고 있었어요. 그들은 해독제에 대해 당신에게 말해 주었던 바로 그 사람의 묵인 하에 거래를 하고 있었어요. 당신은 배에서 죽어가는 사람들의 냄새가 가장 심하게 나는 낮 동안에는 그들과 함께 지냈어요. 그러다가 밤이 되면 당신의 선실로 돌아와서 초록색 커튼을 쳤어요. 바로 이번 여행에 사용하는 것과 같은 종류의 커튼이었어요. 그리고 나중에 멕시코 만에 도착하자 이번의 경우처럼 죽은 자들을 땅에 매장했어요."

"그래, 1595년의 여행은 살인으로 시작되었지. 그리고 선원들에 대한 대학살과 배에 가득하게 된 죽음의 악취로 끝을 맺게 되었어."

"당신이 보여주었던 것은 모래가 전부였어요. 그 모든 죽음에 관해서는 아무런 설명을 할 필요가 없었어요. 탐험을 하다보면 사람들은 항상 죽게 마련이니까요. 아마 당신이 그 모래를 가져 오지 않았다면, 당신은 조롱거리가 되지는 않았을 거예요. 그랬다면 당신은 아무것도 쓰지 않았을지도 몰라요. 아니면 멕시코 만과 강을 탐험한 것에 대해서만 조금 기록했겠죠. 하지만 당신은 바보가 아니라는 사실을 입증해야만 했기 때문에 금이나 전리품 같은 것보다 더욱 중요한 것을 발견해야만 했던 거예요. 결국 당신은 영국을 위해 새로운 신하가 되려고 하는 원주민들의 제국을 설정하게 된 거예요. 그래서 당신은 환상과 역사를 당신 자신이 진짜로 겪은 탐험과 함께 뒤섞으면서 아주 난해한 책을 썼지요. 멕시코 만에 대한 모든 것들은 사실이지만, 다른 내용에 대한 모든 것들은 환상에 지나지 않아요. 오히려 그런 것들이 당신이 글을 쓰는 것을 쉽게 만들기도 했어요. 하지만 그와 동시에 아무도 엉킨 것을 풀 수가 없기 때문에 극히 소수의 사람만이 읽는 그런 책이 만들어진 거지요. 책의 제목부터가 대부분의 사람들이 근접하기 어려운 것이었어요. 나는 몹시 힘겹게 『마노아라는 위대한 황금 도시와 가이아나라는 광대하고 아름다운 제국(스페인 말로는 엘도라도) 그리고 인접한 강에 있는 다른 나라들에 대한 발견과 기록 : 월터 로리 경이 1595년에 완성하다』를 읽었어요. 그 책은 읽는 사람들에게는 그것이 당신의 말을 입증하는 하나의 증거 자료가 되었어요. 하지만 보다 중요한 증거는 당신 자신의 행동이었어요. 당신은 엘도라도가 존재한다고 주장하면서 원주민 하인까지 데리고 왔으니까요. 다음해에는 케미스를 가이아나에 보내기도 했었지요. 당신은 계속적인 관계를 유지하기 위해 사람들을 끊임없이 그곳에 보냈어요. 그러나 당신 자신은 결코 그곳에 돌아가기를 원하지 않았지요. 당신은 그 대신에 케미스를 보내고 그 후에는 다른 사람들을 보냈어요. 하지만 당신 자신은 결코 돌아가지 않았어요. 그리고 생애 말기에 이른 지금에 와서도 강 상류로 올라가기를 원하지 않는군요. 당신은 23년 전에 이곳을 떠났을 때와 마찬가지로 이번에도 배 안에 죽음의 악취를 풍기게 하면서 이곳에 도착했어요. 다시 한 번 죽은 사람들을 당신의 손으로 매장했어요. 하지만 여전히 이곳에 머물러 있는 것을 더 좋아하고 있군요. 당신은 정말로 알고 싶어하지 않아요. 다만 행운을 기대하고 있는 거예요. 아니면 아무것도 기대하지 않을지도 모르지요. 가이아나에는 어떤 엘도라도도 존재하지 않으니까요. 스페인 사람들도 엘도라도를 찾는 일을 몇 년 전에 그만두었답니다. 프랑스 사람들도 이미 포기했어요. 덴마크 사람들은 아예 그곳을 찾으려는 시도조차도 하지 않았어요. 그들은 항상 무역을 위해 이곳에 와서 담배와 소금을 얻어가고 있어요. 당신이나 케미스 둘 모두 강 상류에서 본 것은 어떤 것도 없었어요. 당신들 두 사람은 그렇게 많은 사람들이 엘도라도를 찾아 헤매고 있는 모습을 보면서도 그저 가만히 앉아서 엘도라도가 존재하는 곳은 과연 어디일까 하는 생각에 잠길 뿐이었어요. 케미스는 자기의 책에 엘도라도가 분명히 있다고 썼어요. 그는 오직 하느님의 섭리로 표시해 주실 때에만 스페인이 그랬던 것처럼 영국도 하나의 제국을 얻을 수 있을 것이라고 말했어요. 그러니 이제 우리는 케미스 그리고 당신의 아들과 함께 강 상류로 간 사람들의 소식을 기다려 봅시다."

멕시코 만을 따라 흐르는 큰 강의 줄기를 타고 내려오던 배와 카누들이 강의 지류로 들어갔다. 상류로 거슬러 올라가서 멕시코 만으로 진입한 배들은 동쪽으로 나 있는 다른 길을 이용했다.

그곳은 강물의 흐름이 그렇게 빠르지 않았다. 지금부터 50년 전만 하더라도 단지 원주민들만이 이런 강을 능숙하게 다룰 수 있었다. 지금은 큰 강의 어귀를 통과하는 기술이 모두에게 알려져 있었다. 원주민의 카누들은 보초를 서고 있는 배들을 무시하면서 지나다녔다. 그러던 어느 날 카누인지 증기선인지 잘 모르겠지만 배가 한 척 나타났다.

태양이 떠오를 무렵의 드넓은 멕시코 만을 상상해 보라. 길게 드리운 여러 개의 수로들이 강 어귀에서 서쪽과 남쪽으로 연결되어 있고, 트리니다드 남서쪽에 있는 모래투성이 반도에는 기다란 장벽들이 동쪽을 향해 이어지고 있다.

아침이 되어서 해가 하늘 높이 떠오르면, 강물은 따사로운 햇살을 받으면서 잔잔하게 흐른다. 땅을 적시면서 흐르던 강물이 대서양과 서로 뒤섞이면서 거품이 일어나는 다양한 색깔의 띠를 만들고 있다. 항토색으로 흐르다가 갑자기 다양한 올리브색을 띠더니 다시 회색으로 변한다. 커다란 강 어귀와 반도 사이에 나 있는 길에는 솔다도(스페인어로 군인이라는 의미를 담고 있다.)라고 불리는 구조물이 높게 서 있다. 그것은 부서진 바위들로 이루어진 구조물이었다.

그곳에는 펠리칸과 프리게이트라고 불리는 새들의 무리가 서식하고 있었다. 그 새들은 아마 십여 세기 동안 그곳에서 살아왔을 것이다. 그들은 그 장소에 둥지를 짓고 살다가 죽을 때가 되면 둥지에서 그다지 멀지 않은 곳에 무척이나 단정한 모습으로 다리를 접고 앉는다. 새들이 배설하는 분뇨와 죽은 새들의 뼈가 부서진 회색빛 바위의 갈라진 틈새를 메우고 있었다. 그것들은 날카롭던 바위턱 위에 방석처럼 쌓여서 일종의 토양을 만들게 되었다. 바로 그곳에 식물들이 자라고 있는 것이다.

밤이 되자 강물은 일출 때보다 더욱 거칠게 흐르기 시작했다. 물결에 흔들리면서 멕시코 만 안에 정박해 있는 운명호에서 새어나오는 희미한 불빛은 멀리 떨어진 곳에서도 바라볼 수 있었다.

한낮이 되면 하늘은 푸른색을 띤다. 새들은 바위 위로 원을 그리며 날아다니고 파도치는 물결들은 아무런 색조를 띠지 않고 다만 햇빛을 받으면서 반짝거리기만 한다. 물결은 멀리 떨어져 있는 사물들을 흐릿하게 보이도록 만들었다.

어느 날 오후에 동쪽으로 나 있는 수로에서 작은 범선 한 척이 나타났다. 그 범선은 아래위로 흔들거리면서 반짝거리는 물결 속으로 나타났다가 사라지는 것을 반복했다.

원주민들의 카누는 이제 운명호가 있는 곳으로 가까이 다가오지 않았다. 그들은 오히려 운명호에 대해 경계의 시선을 보내고 있었다. 하지만 이 범선은 꾸준히 다가오고 있었다.

보초선이 그 범선을 향해 신호를 보냈다. 운명호의 선장은 안경을 끼고 강을 바라보았다. 다가오고 있는 배의 윤곽이 하얗게 반짝거리는 물결 속에서 흐려졌다가 다시 분명해졌다. 배에서 보초를 서고 있는 군인들의 얇은 가죽 신발 밑에 있는 갑판은 몹시 뜨거웠고 그들이 입고 있는 제복에서 땀이 흥건하게 배어나고 있었다.

드디어 선장의 안경 속에 배의 모습이 분명하게 드러났다. 그것은 원주민의 카누가 아니라 영국 배였다. 돛이 보이기 시작했다. 선원들은 노젓는 일을 잠시 동안 쉬고 있었다.

몇 명의 무장한 군인들이 갑판 위에서 대기하고 있었다. 멋진 옷을 차려 입은 어떤 신사가 좌석에 앉아 있는 모습이 보였다. 하지만 그 옷은 영국 옷이 아니라 스페인 옷이었다. 그렇다면 그 신사는 스페인 총독일 수밖에 없었다. 스페인 총독이 포로가 된 것일까? 그렇다면 전쟁이 일어났다는 말인가? 아니면 그가 귀족 대 귀족으로서 타협안을 제시하고 평화 교섭을 하기 위해 찾아오고 있는 것일까?

오후가 되자 선실 내부가 후끈거리는 열기로 몹시 더워졌다. 바다와 강 어귀에서 풍기는 냄새가 방 안의 질병 냄새와 뒤섞여 있었다. 선실의 작고 하얀 커튼이 빛을 받아 반짝거렸다.

노인은 방에서 총독을 맞이하기 위해 옷을 갈아 입기 시작했다. 군의관이 그를 도와주었다. 장군을 위해 마련한 셔츠는 깨끗하게 세탁되어 있었다. 하지만 옷에서는 그것을 빨았던 소금기 있는 강물의 냄새가 그대로 배어 있었다. 옷을 입은 뒤에 노인과 군의관은 햇빛이 내리비치는 갑판 위로 걸어 나갔다. 배가 점점 가까이 다가오고 있었다.

"저것은 팔로미크인가?"

노인이 손으로 배를 가리키면서 물었다.

"저 사람은 원주민입니다. 그에게 스페인 옷을 입혔나 봐요. 총독의 옷이거나 아니면 다른 귀족의 옷을 입힌 것 같습니다. 하지만 저 사람에게는 옷이 너무 크군요."

군의관이 차분한 목소리로 대답했다. 노인은 잠시 동안 침묵에 잠겼다. 그 범선은 속도를 늦추면서 운명호가 있는 곳으로 접근했다. 마침내 두 척의 배는 뱃전을 서로 마주하게 되었다.

스페인 옷을 입고 있던 원주민이 고개를 들자, 겨우 얼굴만 보였다. 범선에 타고 있던 군인 한 명이 사다리를 걸치더니 운명호의 갑판 위로 올라왔다. 다른 군인이 그에게 범선에 있던 물건들을 건네주었다. 사다리 위에 서 있던 군인이 이렇게 말했다.

"장군님에게 드리는 케미스 선장님의 선물입니다. 오렌지와 레몬을 담은 바구니입니다."

그는 이미 시들어버린 과일들을 갑판에 있던 소총수에게 주었다.
"그리고 담배말이와 종이 묶음도 들어 있습니다."
"스페인 문서들이군."
종이 묶음을 받아서 자세히 살펴본 군의관이 작은 목소리로 이렇게 중얼거렸다.
"한 마리의 거북도 있습니다."
사다리에 있던 군인이 살아 움직이는 생물을 갑판 위로 올려주었다. 햇빛을 받은 거북이의 등껍질은 아주 따뜻했지만, 아래 부분은 차가웠다.
"그리고 단 호세입니다."
그가 바로 원주민이었다. 원주민은 사다리를 타고 올라갔다. 그가 입고 있던 옷은 발 하나가 더 큰 사람의 옷인 듯 헐렁했다. 멀리서 보이던 것처럼 그렇게 좋은 옷은 아니었다. 옷에는 진흙이 잔뜩 묻어 있었고 군데군데 더러운 얼룩이 져 있었다. 푸른색 실크 소매는 땀으로 인해 자줏빛 얼룩이 남아 있었다. 하지만 그가 어떤 부족의 원주민인지는 분명하지 않았다. 그는 놀란 눈으로 하얀 수염을 기른 노인을 바라보고 있었다.

우리는 그 원주민의 눈동자를 계속 바라보았다. 얼마 후에 그 눈동자는 침착해지고 자신감마저 나타나기 시작했다. 우리는 몇 걸음 뒤로 물러선 다음, 그 모습을 전체적으로 바라보았다. 그 눈동자의 주인은 자코뱅 방식의 옷을 걸치고 있었다.
그는 천장이 높고 가구가 하나도 없는 방에서 무겁고 진한 색깔의 탁자 앞에 앉아 있었다. 밖은 여전히 태양이 빛나고 있었지만 방 안은 시원했다. 딘딘한 벽들은 회빈죽으로 울퉁불퉁하게 발라져 있었고 돌출된 부분마다 먼지들이 잔뜩 달라붙어 있었다.
그리고 한 해가 지났다. 단 호세는 지금 영국식 옷을 입고 있었지만, 우리는 영국이 아니라 신세계, 그것도 멀리 떨어진 남아메리카에 있는 뉴 그라나다에 와 있다. 지금 단 호세는 스페인의 신세계에 대한 역사를 서술하고 있는 프레이 시몽이라는 사제에게 증거를 제시해 주고 있다.

프레이 시몽은 단 호세의 증언을 들으면서 열정적으로 기록한 서류의 뒷부분을 읽고 있었다.

"증인은 말하기를 '이런 선물들이 다 전해지자, 군의관은 다른 사람들의 소식을 물어 보았다. 그런데 한 통의 편지가 장군에게 전달되었다. 그 편지를 절반 정도 읽어보자, 그 장군은(증인은 당시 그의 이름이 밀러 구아트럴이라고 생각했다.) 갑판과 바다와 하늘을 바라보았다. 그런 다음에 하늘에서 날아다니는 새들을 힐끗 쳐다보다가 다시 갑판으로 눈을 돌렸다. 그는 모든 사람들이 있는 곳에서 아들의 죽음을 슬퍼하면서 소리없이 울기 시작했다.' 그리고 어떻게 되었지?"

프레이 시몽이 궁금한 듯이 질문을 던졌다. 단 호세가 차분한 목소리로 대답했다.

"군의관이 앞으로 나와서 그 노인을 부축했고, 노인도 그에게 몸을 맡기더군요."

범선에 승선한 채, 흐름이 빠른 수로를 타고 내려가는 모습을 눈으로 그려보자. 그러면 물과 둑만이 보이게 될 것이다. 우리는 배가 운항하는 정도의 속도로 여행하면서 원시림 사이를 따라 흐르는 강물을 바라보게 된다.

그곳은 바로 1년 전에 케미스 선장이 네 척의 배에 중무장한 사백여 명의 군인들을 태우고 지나갔던 곳이었다. 그 당시에 배에 타고 있던 병사들 중에는 노인의 아들이 지휘하는 창부대도 끼여 있었다.

커다란 새들이 전방의 숲에서 이리저리 날아다녔다. 하얗던 하늘이 노랗게 변하다가 이제는 붉은 빛으로 타오르고 있었다. 진흙투성이의 강물은 희미한 빛을 받아서 보라색으로 바뀌었다. 점차 강과 둑이 어두워지자 작은 관목으로 이루어진 숲이 노래를 부르기 시작했다. 우리는 천천히 하류를 향해 내려갔다. 이 탐험대는 스페인 정착지 근처로 가까이 다가가고 있었다.

여기에서 우리는 단 호세의 말을 따라 그 상황을 그림으로 그려 보고자 한다. 이제부터 서술자는 바로 단 호세가 된다.

"산토메에 사는 사람들은 영국인들이 온다는 소식을 듣고는 모두가 놀라서 기절을 할 지경이 되었습니다. 그들은 영국인 배가 강어귀에 정박했다는 말을 들었습니다. 그 소식을 듣자 그들은 모든 재산을 인디언 정착지로부터 강 한가운데에 있는 섬으로 옮겨 놓기 시작했습니다."

단 호세가 이야기를 시작했다.

"인디언 정착지라구?"

프레이 시몽이 다시 한 번 물었다.

"그렇습니다. 그곳에 재산을 숨겨 두었어요."

"그건 오두막을 말하는 것인가? 정말 그런 것을 의미하는 거야? 그들이 정말로 오두막에서 살고 있었다는 말인가?"

"그 지역을 지배하는 총독만이 집에서 살고 있었어요. 그의 집에는 없는 물건이 없었어요. 감옥과 왕립 보물창고, 그 밖의 모든 것들이 다 있었어요. 그 보물창고는 주민들의 재산으로 가득 차 있었습니다. 총독 단 팔미타는 아주 엄격한 사람이었어요."

"팔로미크. 팔-로-미-크."

"총독은 주민들이 법을 어겼을 경우에 그들의 모든 재산을 몰수했습니다. 주민들은 빌금을 물 수 있는 돈이 없있거든요. 그는 내난히 엄격한 총독이었어요. 단 팔로미크는 주민들이 외국인들과 거래하는 것을 별로 좋아하지 않았어요."

"단 디에고. 단 디에고 팔로미크."

"단 디에고는 이런 종류의 거래 행위가 국왕의 법률을 어기는 것이라고 말했어요. 그는 그런 행동을 단호하게 근절시키겠다고 결심했습니다. 그래서 주민들의 모든 재산을 몰수한 거예요. 그는 사람들의 존경을 받지 못했어요. 산토메에 있는 그의 집 보물창고에는 이전 총독의 부인이 가지고 있던 은접시들이 잔뜩 쌓여 있었습니다. 제가 이 사실을 말할 수 있는 것은, 한때 그 집에서 일한 적이 있었기 때문이에요. 사실 전에 있던 총독은 저의 아버지였어요. 단 페르난도 베리오가 바로 그 사람이지요. 제 얼굴을 보시면 제가 스페인 사람이라는 것을 알 수 있을 거예요."

단 호세가 손으로 자기의 얼굴을 가리켰다.

"하지만 난 잘 모르겠어."

프레이 시몽이 머리를 흔들면서 대답했다.

"저는 단지 사람들이 말하는 대로 이야기하는 것뿐이에요. 저의 어머니는 물론 원주민 여인이었어요. 주민들은 새로운 총독으로 부임한 단 디에고를 별로 좋아하지 않았어요. 만일 그에게 푸에르토리코에서 데려온 군인들이 없었다면 주민들은 그를 트리니다드나 산토메에서 죽이고 말았을 거예요. 그는 그 두 장소를 오락가락했어요. 그렇기 때문에 비록 군인들이 함께 있었다고 하더라도 사고를 당할 수 있는 지점들이 많이 있었어요. 강에는 그런 위험한 장소들이 많아요. 저는 어떤 주민들이 영국사람들이 오고 있다는 소식을 듣고 기뻐하는 것을 보았지만 절대로 발설하지 않았어요. 그런데 한 원주민 하인이 단 디에고 총독이 듣는 곳에서 그런 말을 했어요. 총독은 그 어리석은 사람을 즉시 잡아들였어요. 총독은 우리가 광장이라고 부르는 넓은 마당에서 그를 채찍질하고는 집에 있는 감옥에다 쇠사슬로 묶어서 가두어 놓았어요. 그 일은 영국인들이 오기 사흘쯤 전에 일어난 일이었어요. 다음날이 되자 영국 군대의 규모에 대한 소문이 퍼졌어요. 주민들은 사백 명이나 오백 명 혹은 칠백 명 정도의 중무장한 군인들이 쳐들어 온다고 말했어요. 밤이 되자 작은 마을의 주민들은 갖고 있던 모든 식량을 모아서 강에 있는 섬으로 가 버렸습니다. 저희 마을의 사람들도 역시 그렇게 했어요. 그들은 나를 뒤에다 남겨 놓았는데, 영국인들이 들어와서 어떤 일이 벌어지게 되면 제가 총독의 집에서 은접시들을 쉽게 가져올 수 있었기 때문이었어요. 그날 저녁인지 다음날 저녁에 푸에르토리코에서 온 군인들은 멀리 도망가 버렸어요. 그들은 약 오십 명 가량 되었지요. 그들도 마을 사람들이 가 버린 섬으로 달아났어요. 다음날 아침이 되자 마을에는 단지 열두 명의 주민들만이 남아 있었어요. 제가 그들의 수를 세어 보았습니다. 총독의 집에는 채찍질을 당한 원주민이 쇠사슬에 묶인 채 그대로 남아 있었어요. 그리고 저와 세 명의 원주민 여인들이 있었어요. 그리고 주인으로부터 혼자의 힘으로 알아서 살아가라고 버려진 두 명의 흑인들이 있었지요. 그 외에 절름발이 사제와 포르투갈 소년도 남아 있었어요. 그리고 총독이 있었는데, 두 명의 지휘관인 몽제와 에레네타가 함께 남아 있었습니다."

"아리아스 니에토가 공식적인 문서에 나와 있는 이름이야."

프레이 시몽이 끼여들면서 말했다.

"총독 단 디에고는 정말로 남자답게 행동했습니다. 그 점을 반드시 말해야겠어요. 군인은 단지 세 사람뿐이었지만, 그들은 마치 삼백 명이라도 되는 것처럼 행동했습니다. 그는 제가 본 사람들 중에서 가장 체구가 큰 사람이었어요. 그는 건장한 스페인 사람이었습니다. 저는 그가 손으로 작업을 하는 것은 한 번도 본 적이 없었어요. 그런데 이제는 그가 얼마나 많은 일을 할 수 있는지를 보여 주더군요. 그와 다른 두 명의 지휘관들은 새벽부터 요새를 강화하는 작업을 시작했고 푸에르토리코에서 온 군인들이 광장 주위를 바위로 둘러쌌어요. 총독과 지휘관들은 땅을 팠어요. 그들은 두 명의 흑인들과 저에게 함께 땅을 파도록 시켰어요. 그래서 여섯 명이 땅을 팠는데, 하루만에 엄청나게 많은 양을 파 내었어요. 그들은 열두 자루 정도의 소총을 들고 있었어요. 그것을 세 줄로 놓아두고 방어선을 만든 다음에 준비를 갖추었어요. 우리는 나뭇가지들을 잘라서 각각의 소총이 놓여 있는 자리에 방책을 둘렀습니다. 가장 앞쪽에 있는 줄에는 소총들을 멀리 약 40미터 정도씩 떼어 놓았어요. 그리고 두번째 줄에는 좀더 가깝게 만들고 마지막 줄인 광장에는 아주 가깝게 놓아 두었어요. 그들은 소총에다 받침대를 세워 놓았는데, 몇 개의 소총에는 화약을 충분히 재어 두었어요. 그들에게는 별로 승산이 없었지만 할 수 있는 한 최선을 다했어요. 그들이 그런 의지력을 갖고 일하는 동안 오후가 되었습니다. 그 날은 몹시 더운 날씨였어요. 주위가 조용해지자 저는 오늘이 그들의 마지막 날이 될 것이라는 생각을 하기 시작했어요. 그러자 갑자기 그들이 존경스러워졌고 저도 그들과 동일한 의지를 갖고 일을 하게 되었습니다."

"그래서 어떻게 되었나?"

"원주민 여인들이 우리를 위해 음식을 준비해서 물과 함께 날라다 주었습니다. 총독은 절름발이 사제를 잊어버리지 않고 있었어요. 우리는 그날 하루종일 일을 했어요. 매우 조용한 날이었어요. 주민들이 모두 떠난 후, 버려진 광장에서 우리 모두는 아주 열심히 일했던 겁니다. 포르투갈 소년은 정찰병 역할을 맡아서 강을 경계하고 있었어요. 해가 저물기까지 두 시간 가량 남게 되자 총독은 그들이 할 수 있는 만큼 의무를 다했다고 말하더군요. 한 시간 동안은 그와 다른 두 사람이 소총과 소총이 놓여진 사이를 뛰어다니면서 한 줄에서 다른 줄로 후퇴하는 연습을 했어요. 그런 다음에 마지막 음식으로 식사를 마치고 피워 놓았던 불을 껐습니다. 해가 저물자 낮 동안의 정적이 사라지고 숲이 술렁거리기 시작했어요. 우리는 몸을 숨기고 영국군이 다가올 때까지 기다렸습니다. 얼마나 많은 시간이 흘렀는지는 잘 모르겠어요. 숲에서 들리는 소란스러운 소리 때문에 포르투갈 소년이 보내는 휘파람 소리나 신호를 들을 수 없을 거라는 생각이 들었어요. 바로 그때 네 발의 소총이 발사되는 소리가 들렸어요. 단지 네 발뿐이었는데, 연발로 울린 것이었어요. 그리고 더 이상 아무런 소리도 나지 않았어요. 단지 숲의 소리만 들릴 뿐이었습니다."

단 호세가 숨을 몰아쉬면서 말했다.

"얼마나 오랫동안 정적이 감돌았지?"

프레이 시몽이 궁금한 듯이 물어보았다. 단 호세는 잠시 동안 생각에 잠겼다가 다시 말하기 시작했다.

"아침이 되자 다시금 고요한 정적이 감돌았어요. 그런데 영국 군인들이 광장에 나타났어요. 그들은 아주 커다란 창들을 들고 있었어요. 저는 그 당시에 베리오의 집에 있었어요. 군인들은 손쉽게 저를 찾아내었지요. 그들은 원주민 정착지 안에 숨어 있는 세 명의 원주민 여인들을 발견했습니다. 그리고 포르투갈 소년과 두 명의 흑인들도 찾아냈어요. 그들은 우리를 총독의 집으로 매우 거칠게 끌고 가면서 영어와 괴상한 스페인어 같은 말로 마구 소리쳤어요. '너, 카스텔라노?' 그들이 저에게 물었어요. 저는 이전의 총독이 나의 아버지라고 말하고 싶었지만, 그 사실을 어떻게 말해야 할지를 몰랐어요. 그래서 저는 그저 맞다는 행동만 했어요. 그러자 그들은 완전히 화가 나고 말았어요. 군인 가운데 한 명이 자기 허리띠에 감았던 밧줄을 풀었어요. 만약 흑인들이 '카스텔라노가 아니에요. 절대로 카스텔라노가 아니랍니다. 인디오, 인디오. 원주민이에요, 원주민!'이라고 소리치지 않았다면 그들은 나를 그곳에서 교수형에 처했을 거예요. 총독의 집에는 많은 군인들이 있었어요. 우리는 방과 사무실 안에서 붕대를 감고 피가 묻은 찢어진 옷을 입은 사람을 보았어요. 그는 소총에 맞아서 상처를 입고 있었어요. 또 다른 방에는 가슴에 왕립 문장이 있는 사람과 또 한 사람이 죽어 있는 것을 보았습니다."

"왕립 문장이 있는 사람이 죽어 있었다는 거야?"

"그렇습니다. 아마 신분이 무척 고귀한 사람처럼 보였어요."

단 호세가 고개를 끄덕이면서 대답했다.

"그가 누구인지 알 수가 없었나?"

"그 당시에 저는 겁에 질려 있었어요. 그런 것을 생각할 만한 여유가 전혀 없었습니다. 우리는 침실로 끌려갔어요. 그곳에서 처음으로 영국 지휘관을 보게 되었어요. 그는 노인이었는데 스페인 총독만큼 키가 아주 컸지만 바싹 마른 사람이었어요. 그는 눈이 몹시 나쁘더군요. 지휘관인 그는 1미터 정도나 되는 기다랗고 광택이 나는 막대기를 가지고 다녔습니다. 그는 통역관을 통해서 여인들에게 말했어요. '몇 명의 스페인 사람들이 간밤에 죽었다. 그들이 누구인지 우리에게 말해 주었으면 한다.' 그들은 우리를 요새로 데리고 갔습니다. 그곳은 바로 우리가 아주 많은 양의 흙을 파낸 장소였어요. 영국 군인들이 발로 밟아 버렸지만, 우리가 나무를 잘라서 땅 위로 질질 끌고 간 자국은 여전히 남아 있었어요. 단 팔미타와 에레네타 그리고 지휘관 몽제는 앞줄에 있던 소총자리에서 죽어 있더군요. 우리는 하루 종일 그 작업을 했지만, 싸움은 단지 몇 분 안에 끝나 버리고 말았던 겁니다."

"저항은 심하지 않았나?"

"네 발의 소총을 쏜 것이 전부였어요. 단지 한 사람만이 총을 두 번 쏘았어요. 그 네 발의 총으로 두 명의 영국 군인이 죽었고 다른 한 명이 부상을 당했어요. 그리고 한 발이 빗나갔지요. 그런 다음에 총을 쏘았던 세 사람 모두 전사했어요."

"상대가 되지 않았군."

"우리는 커다란 영국 창들이 나뭇가지 주위에 놓여 있는 것을 볼 수 있었어요. 영국인들이 그런 창을 들고 강 상류까지 올 것이라고는 전혀 예상하지 못했어요. 에레네타와 지휘관 몽제는 옷을 입은 채였지만, 단 팔미타의 옷은 이미 벗겨진 상태였어요. 그는 옷이 벗겨진 상태로 더러운 모습을 하고 있었어요. 그에게서 흘러나온 피는 이미 검게 변해 있었어요. 얼굴에는 정수리에서부터 이빨 부근까지 깊게 베인 상처가 나 있었습니다."

"참혹한 죽음이었군."

"저는 사령관에게 죽은 사람들이 누구인지 말해 주었습니다. 그는 벌거벗겨진 사람이 총독이었다는 말을 듣고 안색이 변했어요. 여인들은 죽은 사람들을 보면서 하염없이 울고 있었어요. 영국인 사령관이 그 여인들에게 죽은 사람들을 매장하라고 요청하자, 그 여인들은 어떻게 매장하는지를 모른다고 대답했습니다. 저는 그 사령관이 무슨 규칙을 따르고 있는지 잘 모르겠더군요. 왜 그가 여인들에게 죽은 사람들을 매장하라고 시켰는지 그 이유를 몰랐어요. 그는 저나 흑인들에게는 매장을 요청하지 않았어요. 여인들이 죽은 사람을 매장하는 방법을 알지 못한다고 말하자, 그는 어떻게 해야 하는지 모르는 것처럼 보였어요. 그는 통역관을 통해서 여인들에게 이렇게 말했어요. '잘 알겠다. 알겠어. 우리를 위해 음식을 만들어 달라. 우리에게 음식을 만들어 주기만 하면 아무 일도 없을 거야. 그런데 우리에게 어떤 음식을 만들어 줄 수 있지?' 여인들은 옥수수밖에 가진 것이 없었어요. 그나마 충분하지 않은 것을 주민들이 모두 털어서 섬으로 가져가 버리고 말았어요. 여인들은 그런 사정을 알려 주었습니다."

"전쟁에서 승리한 사람들도 곤경에 처할 수밖에 없었을 거야."

프레이 시몽이 우울한 목소리로 말했다.

"여인들이 아직도 남아 있던 약간의 옥수수를 다른 풀잎과 함께 삶아서 요리하자, 사령관은 저와 쇠사슬에 묶인 채로 구금되어 있던 다른 원주민에게 총독의 집에서 함께 식사를 하자고 부르더군요. 그들은 우리를 정중하게 대해 주었습니다. 그런 대접은 전혀 기대하지 못했던 것이었어요. 그들은 쇠사슬에 묶여 있었던 사람을 세뇨르 단 페트로라고 불렀어요. 하지만 그것은 그의 진짜 이름이 아니었어요. 아마 놀리려고 그랬던 것 같아요. 죽은 두 사람의 시체가 보물 창고 안에 내내 방치되어 있었어요. 그 중에 하나가 영국 장군의 아들이었다고 합니다. 밖에는 다른 세 구의 시체들이 놓여 있었어요. 일단 사람이 죽으면, 땅 속으로 사라지도록 하는 것이 좋겠습니다. 시체는 대지와 영혼을 무겁게 짓누르는 것처럼 느껴졌어요. 그날 늦게 피곤이 좀 풀리고 나서야 몇 명의 영국 군인들이 시체가 있는 밖으로 나갔어요. 그들은 시체들을 정리해서 함께 묶은 다음 전날 우리가 파 놓았던 구덩이 가운데 하나에다가 묻어 버렸어요. 그러자 한결 기분이 나아졌어요. 절름발이 사제는 자기 집에서 기도문을 읽었어요. 다음날에는 총독의 집 안에 있던 두 사람의 시체를 매장했습니다. 그들은 배에서 수의를 가져오더니 시체들을 감쌌어요. 그리고 시체들을 널빤지 위에 올려놓았습니다. 몇 명의 군인이 그 널빤지를 초가 지붕과 어도비 벽돌로 만든 교회 앞의 넓은 광장으로 가져갔어요. 사령관은 혼자서 널빤지 뒤로 걸어 갔어요. 그것은 정말 이상한 광경이었습니다. 나는 그 사령관이 어떤 규칙에 따라 그렇게 행동하고 있는지 알 수가 없었어요. 몇 명의 군인들이 깃발을 아래로 향하고서 대형을 지어 행진했습니다. 다른 군인들은 오른손에 커다란 창을 들고 있었는데, 창 끝이 비스듬하게 위로 향해 있었고 나무로 된 손잡이는 그들의 뒤쪽에서 땅에 질질 끌리고 있었어요. 그들은 두 번이나 광장 주위를 걷더군요. 그리고 나서 우리가 전날에 팠던 다른 구덩이에 그 시체들을 파묻었어요."

"장례식 절차가 끝난 것이군."

"그 일이 끝난 후에 사령관은 다시 금을 찾기 시작했어요. 그는 원주민 오두막들이 있는 땅이란 땅은 모두 다 파헤쳤어요. 한 번은 아침 내내 포르투갈 소년을 채찍질하면서 정착촌 이리저리로 끌고 다녔습니다. 아마도 사령관은 그 포르투갈 소년이 금이 있는 곳을 알고 있다고 생각했나봐요. 그 소년이 사용하던 약간 이상한 억양 때문에 그렇게 생각했을지도 모르겠어요. 사령관은 그 가엾은 소년을 그대로 내버려 둔 채, 군인들을 시켜서 날마다 땅을 파게 했습니다. 어느 날 저녁인가 그는 정착촌 밖으로 나가더니 다음날 아침에 모래를 들고 나타났어요. 그것을 저에게 보이면서 이렇게 물었어요. '이것이 금이 맞는가, 단 호세?' 그는 조금씩 정신착란 증세를 보이기 시작했습니다. 시력이 나쁜 눈동자가 점점 더 제멋대로 깜박거렸어요. 그는 강을 따라 위 아래로 오르내렸습니다. 한 번은 섬에 너무 가까이 다가갔기 때문에 푸에르토리코에서 온 군인들이 영국 군인을 여섯 명이나 죽였습니다. 이런 식의 사소한 사건들로 인해 사령관은 날마다 사람들을 잃게 되었어요. 우리는 거의 날마다 장례식을 치렀는데, 매번 그들의 규칙을 행하지는 않았어요. 한 번은 사령관이 여러 날 동안 범선을 타고 강 위로 올라간 적이 있었어요. 이런 식으로 200마일 정도를 여행했는데, 그 여행에 나를 데리고 갔어요. 우리가 출발하기 전에 그는 이 강에 대해서 잘 알고 있다고 말했어요. 하지만 그 강이 사령관에게는 생소하다는 사실이 금방 드러났어요. 그는 둑 위에 있는 사람들이 독이 묻은 화살을 쏠지 몰라서 두려워했던 겁니다. 그는 바위나 색깔이 들어 있는 흙이나 모래를 보기만 하면 금이 들어 있는 것인지 알고 싶어 했어요. 하지만 화살을 너무나 무서워했기 때문에 강둑에 오랫동안 머무는 일은 결코 없었습니다. 우리가 정착촌으로 다시 되돌아왔을 때, 사령관의 배 가운데 하나가 어디론가 떠나버린 것을 알게 되었어요."

단 호세가 기억을 떠올리면서 이야기를 늘어놓았다.

"사령관을 두고 떠난 것인가?"

"아마도 그럴 겁니다. 그런데 이상한 일이에요. 저는 총독이었던 단 디에고를 몹시 미워하고 있었어요. 그런데 저번에 그가 죽자 그를 위해 슬퍼하게 되었더랬어요. 그런데 이제는 단 디에고를 죽인 사람이 어쩐지 가엾고 불쌍하게 보이기 시작했어요. 그는 몹시 놀라고 있었어요. 그의 모습은 아주 불행해 보였어요. 잘 닦아서 광택이 나는 지팡이에 의지해서 서 있었지만, 더 이상 어떻게 할 줄을 모르고 있었답니다. 군인들은 병이 들어서 죽어가고 있었어요. 이제는 비축해 두었던 식량도 모두 떨어졌습니다. 그의 부하들은 더 이상 그를 존경하지 않게 되었어요. 그는 더 많은 배들이 달아날까 봐 염려했습니다. 바로 그때 그는 강 입구에서 기다리고 있는 장군에게 나를 보내기로 결심하게 되었습니다. 그는 총독의 집에 있는 침실에 앉아서 편지를 썼어요. 장군에게 그분의 아들이 죽었다는 사실에 대해서 아무 말도 하지 말라고 저에게 명령했어요. 장군이 먼저 그의 편지를 읽도록 하라고 했어요. 그리고 여러 가지 물건들을 배에 실었어요. 장군의 죽은 아들이 이틀 동안 뉘어져 있었던 보물 창고에서 가져온 서류들과 오렌지 그리고 레몬들을 배에 실었어요. 그리고 산토메에 있던 유일하게 금으로 만든 것들도 집어넣었어요. 정착촌에는 몇 군데에 푸른 경작지가 있었는데, 그것은 모두 담배였어요. 어디에나 담배가 자라고 있었어요. 주민들이 외국 배들과 거래를 하기 위해 재배하던 것들이었어요. 만약에 그것들이 먹을 수 있는 것이었다면 아무도 굶주리지 않았을 거예요. 사령관은 거북이에 대해서도 생각하게 되었어요. 그는 아마딜로라는 동물을 장군에게 보내고 싶다고 말했었어요. 1595년 어느 날인가 강 위에서 그와 장군이 다른 군인들과 함께 아마딜로를 가지고 잔치를 벌인 적이 있었어요. 거북이는 먹을 수 없었지만, 장군이 이 신기한 동물을 보면 흥미있어 할 거라고 생각한 것이지요. 저는 그 거북이를 차갑게 만들어서 보관했답니다. 그리고 제가 떠나기 바로 전에 그는 죽은 총독에게서 벗긴 옷을 저에게 입혔지요. 그 옷은 대단히 멋진 것이었지만 저에게는 너무나 컸어요. 헐렁한 모습을 보자 그는 크게 웃고 말았어요. 저는 그런 식으로 장난할 시기가 아니었기 때문에 이상하다고 생각했어요. 하지만 그는 자기 나름대로의 규칙에 따라 행동하고 있었던 것 같아요. 과거에 그와 그의 군인들은 총독의 집에 묶여 있던 원주민을 풀어주고 그 원주민을 '세뇨르 단 페트로'라고 부르면서 나와 함께 앉아 삶은 옥수수를 먹게 했었어요. 저는 그 당시와 비슷한 느낌이 들었어요. 그 당시에도 밖에는 세 사람의 시체가 매장되지 않은 채 그대로 방치되어 있었고 안에 있는 다른 방에서도 두 명의 시체가 뉘어 있었답니다."

눈을 들고, 강줄기를 따라 흘러가도록 하자. 범선이 떠나갔던 그 곳을 바라보면, 북쪽에 있는 강둑에서 그리 멀지 않은 곳이 보인다. 한 시간에 5마일 정도의 속력으로 빠르게 움직이자, 어느 시점에 이르러서는 지류를 떠나서 북쪽으로 흐르는 수로로 진입하게 된다.

다시 한 번 천천히 내려가 보자. 더 이상 물의 흐름을 따라 움직이지 않고, 그 대신 바람에 의지하면서 이쪽에서 저쪽으로 강둑이 사라지는 곳까지 흘러가 보자. 우리는 다시 드넓은 멕시코 만으로 나오게 되고, 이내 무겁게 보이는 갈색의 펠리칸과 유선형의 몸을 가진 새들이 하늘 위로 날아다니는 것을 보게 된다.

초록색과 갈색 그리고 노란색이 어우러진 평평한 땅과 강물을 바라보고 있을 때, 갑자기 역사학자인 프레이 시몽의 목소리가 들린다.

"자네는 이제 여행을 아주 많이 한 사람이 되었군. 이 세상에의 그 어떤 사람들보다도 자네는 훌륭한 여행을 즐겼어. 영국에 간 적도 있으니 그 나라의 굉장한 도시들과 건물들도 모두 보았겠지. 자네는 내가 본 적이 없는 것들까지 전부 보았을 거야. 살리스버리의 첨탑과 윈체스터와 사우드워크에 있는 대성당들 그리고 줄리어스 시저가 세웠다는 런던탑도 보았겠지. 아마 중요한 인물들도 만났을 거야. 스페인에도 가 보았을 테지. 토레도와 살라만카에도 갔을 것이고 세비야에도 들렀을 거야. 아메리카 대륙의 강 위에서 갈레온도 보았겠지. 그리고 지금은 여기 자네가 태어났던 뉴 그라나다로 다시 돌아왔어. 단 호세, 자네는 정말 뛰어난 사람이야. 한 번 생각한 것을 실천으로 옮기는 사내의 결단력은 부러울 정도라네."

"그것은 모두 영국 장군이었던 구아트럴 경의 덕분입니다. 그 분은 단지 한 마디의 말만으로도 저를 사형시킬 수 있었거든요."

"그가 자네를 좋아하게 된 이유가 무엇이었나?"

"그는 그 이유에 대해 한 번도 말한 적이 없어요."

"자네가 그의 죽은 아들과 조금이라도 닮은 구석이 있었기 때문에 좋아했을까? 아니면 자네가 자기 아들을 마지막으로 본 사람들 가운데 한 명이었기 때문이었을까?"

"우리는 그 점에 대해 이야기를 한 적이 없어요. 그는 저에게 자기 아들에 관해 물어본 적이 전혀 없었습니다."

"자네는 그 장군이 앞으로 몇 달 이내에 죽을 수밖에 없다는 사실을 알고 있었나?"

"몰랐어요. 오히려 몰라서 다행이었어요. 그 모든 일들이 일어난 후였기 때문에 아마 당시에 그것을 알았다면 전 도저히 견디지 못했을 거예요. 저는 제 자신의 슬픔만으로도 가슴이 터질 지경이었으니까요."

"자네는 죽은 사람들 때문에 슬펐던 것인가, 아니면 자네가 배로 보내지게 되었기 때문에 슬펐던 것인가?"

"지난 몇 주일 동안 그런 슬픈 감정이 계속 이어졌어요. 전 배에 타고 나서야 제가 느끼고 있던 것을 올바로 이해하게 되었습니다. 저는 가이아나 사람이 아니었어요. 전 뉴 그라나다 출신이지요. 그런데 베리오스와 함께 강을 따라 내려가는 긴 여행을 떠났었던 거예요. 저는 항상 가이아나를 떠나 저의 고향으로 돌아갈 수 있기를 바라고 있었어요. 그 길을 찾을 수 있기를 빌었답니다. 주민들이 정착촌을 버리고 강에 떠 있는 섬으로 도피하고 난 다음에야, 저는 세계가 바뀌었다는 사실을 느낄 수 있었어요. 제가 익숙했던 것들과의 접촉이 끊어지고 만 거예요. 배 위에서 느낀 그런 슬픔은 점점 더 커져만 갔어요. 비가 온 뒤에 웅덩이에서 장난치면서 놀던 어린 아이가 웅덩이에 하늘이 비치자 갑자기 놀라는 것과 똑같아요. 저는 하늘 속으로, 바다 속으로 온통 빠져버리는 듯한 기분을 느꼈어요. 저는 마음을 강하게 먹기로 결심했지요. 그러자 하늘 속으로 떨어진다는 생각이 어쩐지 저를 위로해 주더군요. 저는 그 생각을 붙잡고 늘어지기 시작했지요. 저의 운명에 대한 그런 생각이 저를 다른 사람들보다 더욱 뛰어나게 만들었을 거예요. 저는 아무도 인정하지 않겠다고 생각했어요. 사람들이 내가 입고 있는 옷을 보고 비웃든 아니면 미소를 짓든 저는 그들에게 결코 미소를 보내지 않기로 결심했어요."

"바로 이 얼굴로 장군의 배에 올라타고 그를 대면했나?"

프레이 시몽이 궁금한 듯이 물어보았다.

"네."

"자네는 대단한 행운아로군. 그는 이미 오래 전에 원주민들에 대한 애정을 모두 버렸거든. 원주민들이 그의 기대를 저버리고 그를 배반했다고 생각한 거야."

"제가 조금 전에 말씀을 드린 대로, 그는 한 마디 말로 저를 사형시킬 수 있었어요."

"아마도 자네의 태도가 그에게 무척 인상적이었나 보군. 자네를 보면서 자신의 운명을 깨닫게 되었을지도 모르지."

"처음에는 저를 쳐다보려고 하지도 않았어요. 그리고 저도 군인 바위라고 부르는 바위 위를 날아다니는 새들에 대해서만 생각하고 있었어요. 그런데 제가 가져간 편지를 읽고 난 다음, 그는 자기 아들을 위해 눈물을 흘렸어요. 군의관이 다가오더니 그를 부축했어요. 그런 다음에야 그는 저에게 시선을 던지더군요."

"물론 자네만이 그가 가이아나에서 영국으로 가져간 유일한 것이 되었지."

"그것은 사람들이 나중에 한 말이었어요. 그 당시에는 노인의 시선이 제 얼굴에 집중되는 것을 느끼면서, 저는 비로소 편안한 감정을 갖게 되었어요. 서는 그 시선을 마주 바라보면서 편안한 감성을 느꼈어요."

"나는 지금 자네에게서 또 다른 것들도 얻어 내기를 바라고 있어. 역사가로서 지금 내가 느끼고 있는 것은 소식을 전하는 순간을 가능한 단순하게 다루었으면 하는 거야. 나는 단지 사실만을 제시해야 하거든."

프레이 시몽이 귀를 기울이면서 말했다. 우리는 다시 군인 바위 위로 높게 날고 있는 프리게이트 새들에 대한 생각을 해 보자. 그리고 허공에 떠 있는 스페인 돛배의 모형처럼 어색하게 생긴 펠리칸들도. 펠리칸들은 좀더 낮은 곳에서 반짝거리는 바다 위로 반듯하게 정렬한 채 이리저리 날아다니고 있다. 펠리칸들의 무거운 몸체와 부리, 균형을 이루지 못하는 꼬리를 생각해 보자.

이런 상념 너머로 프레이 시몽이 그가 서술한 역사를 읽어 내려가는 목소리가 들린다.

"용감한 단 디에고 팔로미크 드 아쿠나가 전투에서 전사했다는 기쁜 소식이 전해졌다. 그러나 그와 함께 장군의 아들도 전사했다는 소식으로 기쁨이 사라지고, 배는 온통 죽은 자를 위한 애도에 잠겼다."

다시 단 호세에게 이야기의 초점을 맞추도록 하자. 그는 자신감이 넘치는 얼굴에 멋지게 차려 입은 제임스 I세 시대의 옷을 입고 그 당시의 상황을 계속 설명하고 있다.

장군은 기운을 회복하자 나를 그의 선실로 데리고 갔습니다. 그는 그곳에서 나에게 자기의 옷을 입히도록 보좌관에게 명령을 내렸어요. 그러자 당장에 배에서의 제 위치가 변해 버렸어요. 저를 보면서 조롱하던 사람들은 당장 그런 행동을 그만두게 되었지요. 심지어는 제 이름마저도 다른 방식으로 발음했습니다.

장군의 선실은 작았지만, 지금까지 제가 보았던 그 어떤 것보다도 고급스러운 것이었어요. 저를 데리고 선실로 내려갔던 보좌관은 마루에 놓여 있던 커다란 상자를 열고 옷들을 모두 꺼낸 다음, 나에게 입을 것을 고르라고 했어요.

장군은 저와 체격이 거의 비슷했어요. 스페인 총독의 옷을 벗어 버리고 나니 무척 편안했어요. 그 옷은 정말 멋진 옷으로 총독이 전쟁을 할 때 입는 것이었어요. 옷에 묻었던 피는 검게 변해 있었어요. 그리고 전투가 벌어진 밤에 묻은 산토메의 붉은 진흙들은 완전히 말라서 가루가 되어 있었습니다.

그 옷에서는 죽음과 숲 그리고 강물과 오래된 눅눅한 낙엽들의 냄새가 배어 있었어요. 다른 냄새들도 풍겼어요. 오래 전에 총독이 옷에 향기가 스미도록 하고 벌레를 쫓기 위해 옷상자에 넣어 두었던 향기로운 풀뿌리의 냄새가 희미하게 나기도 했어요. 저는 그 옷을 아주 단정하게 접어서 상자 위에다 내려 놓았습니다.

저는 보좌관의 도움을 받으면서 새 옷으로 갈아 입었습니다. 그런 다음에 장군과 군의관이 선실로 들어왔어요. 저는 밖으로 나가야 하는지 어떤지 몰라서 그냥 망설이고 있었어요. 그들은 저에게 장군의 선실에서 자도 된다고 알려 주었어요. 그 선실에는 이미 제가 사용할 그물 침대가 설치되어 있었어요. 저는 장군의 개인적인 하인이 된 셈이지요.

장군은 저에게 사람들의 시중을 드는 방법을 잘 알고 있는지에 대해 물어 보았어요. 저는 예전에 트리니다드와 가이아나의 총독의 집에서 시중들었던 적이 있었다고 말했어요. 하지만 총독이 저의 아버지였다는 사실은 결코 말하지 않았어요.

제가 맡았던 첫번째 임무는 저녁 식사를 준비하는 것이었어요. 장군의 요리사가 여행 도중에 죽어 버렸기 때문에 장군은 식당에서 만드는 음식을 먹고 있었어요. 그날의 메뉴는 옥수수 오트밀이었어요. 하지만 장군은 음식에 거의 손도 대지 않더군요.

조금 후에 장군은 군의관과 나란히 걷기도 하고 거북이와 장난을 치기도 했습니다. 저녁에 우리는 선실에서 함께 앉아 있었어요. 하지만 아무런 이야기도 나누지 않았어요. 그는 혼자 있기를 원하지 않았어요. 저와 함께 있기를 원했어요. 그러나 단지 이방인으로 곁

제6장 종이묶음, 담배말이, 거북이 : 기록되지 않았던 이야기 … 279

에 머물러 있게만 했던 거예요.
 깊은 밤중에 장군은 면으로 된 그물 침대에서 일어났어요. 그는 무엇인가를 먹고 싶어했어요. 그는 영국에서 직접 가져온 통에서 끓인 자두를 꺼내 먹었어요. 그가 뚜껑을 열자 자두나 통의 생김새가 그다지 좋아 보이지 않았을 뿐만 아니라 냄새도 역시 역겹게 느껴졌어요.
 그는 항해를 하던 도중에 그만 병이 들었어요. 그 이후로 자두만이 쉽게 먹을 수 있는 유일한 음식이 되고 말았어요. 그리고 그것마저도 이제 얼마 남지 않았다고 설명해 주더군요. 영국에서 사과를 가지고 왔지만, 마지막으로 남아 있던 것을 사람들이 훔쳐갔다고 말했어요. 셔츠 바람으로 있던 장군의 몸은 몹시 야위어 보였어요. 제가 보기에도 아주 불쌍할 정도였어요.
 장군은 나이도 많고 병에 걸렸으며 체격도 몹시 허약한 사람이었어요. 하지만 그는 다른 사람들에게, 특히 시중을 드는 사람들에게 아주 거칠게 대했어요. 그는 자기가 그들을 염두에 두고 있지 않다는 것을 보여 주고 싶었던 겁니다. 그는 큰 소리를 질러대기도 했어요.
 그런데 장군은 어떤 이유에서인지 저에게는 그런 식으로 대하지 않았어요. 그래서 배에 탄 영국인들 중에서 제가 단연 돋보이게 되었답니다. 제 생애에 있어서 그런 대접을 받아본 적은 한 번도 없었어요. 뉴 그라나다나 산토메에서 베리오스와 함께 있었을 때조차 그런 대접을 받지는 못했어요.
 그러나 저는 이런 행운이 그렇게 오랫동안 지속되지는 않을 것이라는 사실을 잘 알고 있었어요. 왜냐하면 여기 멕시코 만에 있는 장군의 위치는 강 상류에 있는 그의 사령관의 위치와 비슷했기 때문이었죠. 장군의 운명은 이미 결정되어 있었어요.
 우리 모두가 그 사실을 알고 있었어요. 군의관도 선원들도 군인들도 심지어는 배에서 음식을 만드는 사람들까지 모두가 그 사실을 알고 있었던 거예요. 장군은 이미 많은 부하들과 친구들 그리고 귀족들을 잃어버렸어요. 자기 아들마저도 잃어버리고 말았으니까요. 게다가 그의 손으로 스페인 사람들의 피를 흘리게까지 만들었어요. 그런 일이 일어나지 않도록 했어야 하는데 말이에요.

이전에 장군은 영국 왕에게 스페인 사람들과 싸우지 않겠다고 약속을 했었어요. 산토메에서의 전투는 일어나지 말았어야 했던 거지요. 저는 나중에야 그런 사정을 이해하게 되었어요. 그 당시에 이해한 것은 그가 금을 발견하지 못했기 때문에 영국에 돌아가면 즉시 왕의 명령에 따라 체포되어서 처형당할 것이라는 정도였어요.

이것이 그를 기다리고 있는 암담한 미래였어요. 하지만 그 일이 다가오기 전까지 그는 여전히 장군이었어요. 그에게는 마음대로 처분할 배와 부하들이 있었어요. 선원들과 시중을 드는 사람들에게 여전히 소리도 지를 수 있었습니다. 물론 그가 금광을 발견하기만 한다면 모든 상황은 한꺼번에 역전될 수 있었어요. 그는 살아날 수 있을 뿐만 아니라 위대한 명성도 얻게 될 것이니까요.

만약 그가 금을 발견할 수만 있었다면 모든 것이 달라졌을 겁니다. 그는 많은 사람들에게 자신만이 금을 발견하는 방법을 알고 있다는 사실을 믿도록 만들었어요. 하지만 금은 그 어디에도 존재하지 않았어요. 산토메에서 살고 있는 주민들에게 영국인들이 우리의 금광을 차지하기 위해 오고 있다는 소식을 들으면서도 저는 그것이 농담인 줄로만 알았으니까요.

운명호나 다른 배에 탄 사람들 가운데 여전히 금광이 있다고 믿는 사람은 아무도 없었어요. 그렇지만 그들은 모두 생명이 거의 다한 장군의 지휘 아래 멕시코 만에 그대로 머물러 있는 상태였어요. 그들은 아무런 하는 일도 없이 마냥 기다리고만 있었어요. 그들의 장군처럼 말입니다.

그러던 도중에 몇 사람은 기다리는 일에 지쳐 버리고 말았어요. 제가 그 배에 도착한 지 며칠이 지나자 장군의 배 중에서 두 척이 멕시코 만의 북쪽으로 뱃머리를 돌리더니 드래곤 마우스와 카리브 해로 빠져나갔어요. 장군은 그 사실을 알아차리지 못한 것 같았어요.

군의관은 하루에 서너 차례 선실에 들어왔어요. 장군은 그와 많은 이야기를 나누었어요. 장군이 이야기를 나누는 유일한 사람은 바로 군의관뿐이었어요. 장군은 트리니다드를 공격해서 스페인 항구를 볼모로 잡아 그 값을 요구하자고 말했어요. 그는 23년 전에 그렇게 한 적이 있었는데, 지금 다시 한 번 해보자는 것이었어요.

장군은 이번에는 스페인 사람들에게 20,000파운드를 요구하자고 말했어요. 그리고 스페인 사람들이 돈을 지불할 때까지 하루에 도시 하나와 거리를 불태우자는 것이었어요. 또한 쿠마나와 푸에르토 카발로를 공격해서 플로리다에 기지를 세우자는 말도 했어요.

처음에 저는 장군이 말하는 것들을 심각하게 받아들였어요. 하지만 그는 가망성이 전혀 없는 상태였어요. 이 세상에서 숨을 만한 곳도 전혀 없는 처지였어요. 다행히 장군이 구상한 계획을 감행한다고 하더라도 아마 영국에서 보낸 배들이 계속 그를 추적했을 겁니다. 스페인 배들이 세계에 산재한 우리 지역들로 계속 들어오고 있는 것처럼 말이에요.

저는 장군이 군의관에게 감동을 주기 위해서 그런 이야기를 한다는 것을 이해하게 되었어요. 그는 군의관에게 말했던 것을 다시 한 번 저에게 들려주곤 했어요. 그리고 거의 농담조로 이렇게 묻곤 했어요.

"자네는 어떻게 생각하나, 단 호세?"

군의관이 떠나고 장군과 나만이 선실에 남게 되면, 노인은 무거운 침묵에 잠겼어요. 저는 장군이 밤낮으로 죽은 아들 때문에 슬퍼하면서 앞으로 닥쳐올 자신의 죽음에 대해 생각하고 있다는 것을 느낄 수 있었어요. 한두 번은 어떤 책을 꺼내더니 책상 앞에 앉아서 무엇인가를 쓰려고 했어요.

하지만 그는 결국 아무것도 쓰지 않았어요. 나중에 사람들이 말해 주었던 바에 따르면, 그 책은 배와 사람들을 이끌고 영국을 떠나온 이후로 계속 간직해 온 장군의 일기라고 합니다. 아주 심하게 병이 들었을 때조차 그는 일기를 계속 썼다고 했어요. 하지만 제가 산토메에서 있었던 소식을 가지고 온 이후로 그는 아무것도 쓰지 않았어요.

장군은 산토메에서 사령관이 돌아오기를 기다리고 있었어요. 패배한 군인을 기다리는 것만이 우리가 멕시코 만에서 하고 있는 모든 일이었어요.

제가 그곳에 도착한 지 보름이 지난 어느 날 사령관의 배가 남쪽에서 나타났습니다. 그 배는 우리의 왼쪽에 나 있는 수로를 따라서 올라오고 있었습니다. 보초선이 신호를 보내자 선원들과 군인들이 소리를 질러서 그 소식을 전했어요. 배 안에 있던 사람들이 사령관을 맞이하기 위해 갑판으로 뛰어나갔어요.

하지만 장군만은 예외였어요. 나는 장군이 갑판으로 걸어나갈 수 있도록 도와 주었어요. 그러나 장군은 사령관의 배가 도착했다는 소식을 들을 때부터 나에게 자신의 상태가 좋지 않다고 말했어요.

그가 거짓말을 하고 있는 것 같지는 않았어요. 얼굴색이 창백하게 질려 있었거든요. 그는 떨고 있는 것처럼 보였어요. 갑자기 주름살이 늘어났고 얼굴은 더 늙어 보였답니다. 그는 선실에 그대로 앉아 있겠다고 하면서 저에게 밖으로 나가서 무슨 일이 일어나고 있는지 살펴보라고 했어요.

저는 선실 밖으로 나갔습니다. 정오가 되기 직전이었기 때문에 새로 신은 신발 밑창으로 갑판이 뜨겁게 달구어진 것을 느낄 수가 있었어요. 하얀 구름들이 하늘을 가득 채운 채 움직이고 있었어요. 파도가 치고 있는 바다는 온통 반짝거리고 있었어요.

느린 속도로 배가 다가오자 바다와 하늘에서 흘러나오는 빛이 배 주위에서 춤을 추고 있었어요. 그에 따라 마스트와 돛의 색깔과 형상이 이리저리 흔들렸어요. 군인 바위에서 날아온 새들이 하늘 높이 떠다녔어요. 배가 가까이 다가오자 우리는 두 개의 하얀 깃발이 펄럭이는 것을 보게 되었습니다. 그것이 무엇을 의미하는 것인지 알 수가 없었어요.

배는 약간 떨어진 장소에 닻을 내렸어요. 작은 보트가 내려지더니 노를 젓는 사람들이 밧줄 사다리를 타고 보트로 내려갔어요. 마침내 사령관이 배의 갑판에 모습을 드러냈어요. 제가 그를 마지막으로 보았을 때와 똑같은 옷차림을 하고 있었어요. 키가 큰 사령관은 여전히 광택이 나는 지팡이를 들고 서 있었어요.

사령관은 오른손에 그 지팡이를 들고서 사다리를 타고 내려왔어요. 그는 우리가 있는 배로 건너왔어요. 그 순간까지는 여전히 강의 병력을 지휘하는 사령관의 모습이었어요. 하지만 그가 배에서 내린 다음 사다리를 붙잡고 갑판에 올라서자 그런 권위는 모두 다 사라지고 만 것 같은 모습이었습니다.

바로 몇 주일 전만 해도 산토메에서 영국 공병대들이 저를 교수형에 처하려고 했지요. 흑인들이 저를 구해 주었는데, 그 일이 벌어진 다음 여러 주일 동안 저의 생명은 이 사람의 손에 달려 있었습니다.

그러나 지금 저는 장군의 배에 머물러 있으면서 다른 모든 사람들과 더불어 그가 사령관 지팡이를 들고 줄사다리를 타고 올라오는 모든 동작들을 지켜보고 있었던 거예요.

그는 바짝 여위어 있더군요. 배에도 먹을 것이 충분하지 않았어요. 그가 있던 강 상류에는 먹을 것이 거의 없었을 거예요. 옷도 몹시 더러웠고 손도 마찬가지였어요. 손은 때에 절어 있었고 새로 생긴 상처들과 아문 상처들로 뒤덮여 있었어요. 전투를 하는 군인의 손이었기 때문에 매우 거칠다고 추측할 수 있었을 거예요. 하지만 그 당시에는 그런 생각을 해 본 적이 없었습니다.

한쪽 눈동자는 거의 죽어 있는 듯이 조용했고 시력이 나쁜 다른 눈동자는 거의 제멋대로 움직이고 있었어요. 그는 저를 바라보지 않았어요. 그는 내가 스페인 총독의 옷을 입혀서 장군에게 죄수로 보냈던 사람인 줄 알아보지 못했던 것 같아요. 아니 알아 보았다고 하더라도 그의 얼굴에는 아무것도 나타나지 않았을 거예요.

 사령관은 장군의 선실로 올라갔어요. 그는 선실로 가는 길을 잘 알고 있었습니다. 모든 사람들이 그를 쳐다보았어요. 군의관이 그의 뒤를 따라갔고 저도 군의관을 따라갔어요.

 장군의 방문은 활짝 열려 있더군요. 사령관이 문을 두드렸지만 아무런 대답이 없었어요. 사령관은 지팡이를 든 채, 허리를 숙이더니 선실 안으로 들어갔습니다. 그는 키가 아주 큰 사람이었기 때문에 작은 문에 머리를 부딪치지 않기 위해 허리를 굽혔던 겁니다.

 장군은 그물 침대 속에 들어 있었어요. 제가 장군을 선실에 두고 나온 후에 그는 몸이 몹시 아팠어요. 셔츠도 땀에 흠뻑 젖어 있었구요. 얼굴은 눈두덩과 볼 외에는 모두 하얗게 변해 있었어요. 그는 아무 말도 하지 않았어요. 장군과 사령관은 아주 오래된 친구였다고 합니다.

 사령관이 이야기를 시작했어요. 노인은 여전히 대꾸도 하지 않더군요. 사령관은 계속해서 이야기를 했어요. 저는 그가 말하는 것들이 장군에게 아무런 문제도 되지 않는다는 것을 느꼈어요. 시간이 조금 지나자 사령관도 자기가 말하고 있는 것에 장군이 전혀 주의를 기울이지 않고 있다는 것을 알아차렸어요.

 선실 안에 있던 모든 사람들은 그물 침대에 누워 있는 병자가 분노를 터뜨리기만을 기다리고 있는 것 같았어요. 일단 노인의 분노가 폭발하자 그것은 한참 동안이나 계속되었어요. 여러 주일에 걸친 그리고 그 전의 여러 해 동안에 걸친 기다림과 실망 그리고 슬픔들이 이 한순간에 모두 다 응집된 것처럼 보였어요.

 키가 커다란 늙은 사령관은 천장이 매우 낮았기 때문에 허리를 구부리고 있었어요. 장군이 말을 하는 동안, 그의 몸은 점점 더 낮추어졌어요. 장군은 사령관이 모든 일을 망쳤다고 말했어요.
 사령관이 여러 해 전에 장군의 경비로 금광을 찾기 위해 나갔는데, 그 당시에 반드시 금광을 찾았어야만 했다고 장군이 말했습니다. 장군은 산토메에서 금광을 운영하는 사람들이 세 명이나 있다고 말하더군요. 그들의 이름까지도 알고 있었는데, 단 호세도 역시 그 이름들을 안다고 했어요. 프란시스코 파사도가 금광을 소유하고 있고 헤르마노 프런티노와 페드로 로드리고 파라나 역시 금광을 하나씩 갖고 있다고 말했어요.
 제 이름이 나오자, 저는 군의관의 눈을 올려다보았습니다. 그는 장군이 말한 것을 스페인 말로 통역해 주었어요. 저는 그것이 사실이 아니라고 말하고 싶었어요. 산토메에는 금광이란 전혀 없고 장군이 말한 그런 이름을 가진 사람들은 실제로 존재하지 않았어요. 그리고 파라나는 사람의 이름이 아니라 강의 이름을 말하는 것이고, 헤르마노란 형제를 의미하는 단어라고 말하려 했어요.
 하지만 군의관이 저를 무섭게 노려보면서 머리를 흔들어서, 저는 아무 말도 하지 않아야 한다는 것을 알았습니다. 우리는 그대로 장군의 광기를 참아야만 했습니다. 그런 광기는 그의 생애에 남아 있는 전부였어요. 그 분노가 아들을 잃은 병든 장군에게 일종의 생명력을 주었던 거지요.
 노인은 오후 내내 사령관에게 몹시 화를 냈어요. 태양이 초록색 커튼처럼 빛을 던지고 있었어요. 그 열기를 견디는 것은 쉬운 일이 아니었어요. 하지만 노인이 터뜨리는 분노와 시력이 몹시 나쁘고 의복과 손이 몹시 더러운 사령관의 슬픔도 역시 견디기 어려운 것이었답니다. 사령관은 오랫동안 굶은 듯했어요.
 제가 선실 밖으로 나왔을 때, 모든 사람들은 조용하게 그 모습을 지켜보고 있었어요. 저는 그들의 기분이 별로 좋지 않다는 것을 알게 되었지요. 운명호와 다른 배에 있는 모든 사람들에게 숨겨진 일이란 아무것도 없었으니까요.

마침내 사령관은 지팡이도 들지 않은 채 자기의 선실로 올라 갔어요. 그의 선실은 장군의 선실 바로 위에 있었어요. 얼마 후에 장군이 저를 불렀어요. 그래서 저는 장군의 선실로 들어갔어요.

장군은 그물 침대 위에서 심하게 몸을 떨고 있었어요. 얼굴이 하얗게 질려 있었고 셔츠도 완전히 땀에 젖어 있었어요. 그는 몹시 춥다고 불평을 하더군요. 그가 저에게 말했어요.

"단 호세, 나는 많이 아프다네."

사령관의 광택이 흐르는 지팡이가 장군의 옷상자 위에 놓여 있었어요. 우리는 사령관이 장군의 선실 위에 있는 자기 선실로 올라가는 소리를 들을 수 있었어요. 장군은 사령관이 내는 모든 소리들과 사령관이 아직 살아 있다는 표시들마저 하나의 모욕으로 여기는 듯이 행동했습니다. 일몰이 되기 직전에 장군은 사령관을 소환해서 다시 공격하기 시작했어요.

사령관은 옷을 어느 정도 벗은 상태였고 셔츠의 단추도 풀려 있었어요. 이번에는 사령관도 장군의 말을 오랫동안 들으려 하지 않았어요. 그는 제가 알아듣지 못하는 어떤 말을 하고는 더 이상 아무 말도 하려고 하지 않았어요. 그리고 바로 자리에서 일어나더니 자기 선실로 올라갔습니다.

마치 장군은 정신이 나간 사람 같았어요. 그는 그물 침대에서 빠져나오더니 자신의 책을 꺼냈습니다. 그는 촛불 아래에서 종이에 글을 쓰기 시작했어요. 제가 그 배에 탄 이래 처음으로 장군이 촛불을 사용하는 것을 보았답니다.

그런데 갑자기 머리 위에서 총소리가 났어요. 장군은 얼굴을 잔뜩 찌푸렸어요. 촛불이 켜져 있었지만 방은 아주 어두웠어요. 만약 어둡지 않았다면 저는 장군이 그 소리를 듣고 미소를 지었다고 말했을 겁니다. 총소리가 난 후에도 장군은 계속해서 글을 썼어요. 저는 장군과 함께 있었던 이래로 그가 일기를 쓰는 것을 단 한 번도 보지 못했었어요.

제 6장 종이묶음, 담배말이, 거북이 : 기록되지 않았던 이야기 … 287

얼마 후에 군의관이 찾아와서 장군과 이야기를 나누었어요. 우리 세 사람은 사령관의 선실로 올라갔어요. 그곳에 가 보니 사령관은 도착했을 때 입었던 옷으로 다시 갈아 입은 채, 마룻바닥에 드러누워 있었어요.

사령관이 입고 있는 옷은 산토메에서 나를 범선에 태우고 장군에게 거북이와 서류들 그리고 담배를 선물로 보냈을 때 입고 있던 바로 그 옷이었어요. 사령관은 바닥을 향해서 얼굴을 돌린 모습이었어요.

다른 사람들은 아무도 사령관의 얼굴을 보고 싶어하지 않았어요. 그러나 장군은 다른 사람들이 보고 싶어하지 않는 것을 보고 싶어서 견딜 수 없는 사람처럼 사령관의 몸을 돌려 놓았어요.

우리는 총알이 셔츠를 찢고 바싹 마른 가슴의 갈비뼈를 뚫고 지나간 것을 볼 수 있었어요. 아주 길고 가느다란 칼도 주위에 놓여 있었어요. 갈비뼈 사이로 깊게 찌른 상처가 나 있었습니다. 어떤 것이 먼저였을까요? 칼이었을까요? 총이었을까요? 제 생각에는 총이 먼저 사령관의 목숨을 앗아간 것 같았어요.

선실은 이내 사람들로 가득 찼어요. 장군은 사령관의 시체를 모든 사람들이 보게 되기를 원했습니다. 하지만 사람들은 아무도 그것을 보려 하지 않았어요.

나중에 들은 바로는 그들은 자살을 한다는 생각 자체를 별로 좋아하지 않았다고 합니다. 죽은 사람이 자기 자신에게 가한 심판과도 같으니까요.

하지만 원주민이나 부분적으로 원주민이라고 할 수 있는 우리와 같은 사람들 사이에서는 불명예스럽게 사는 것보다는 차라리 스스로 목숨을 끊는 것이 낫다는 생각이 일반적이랍니다. 그날 밤에 장군은 몇 시간 동안이나 신들린 사람처럼 글을 썼습니다. 이름 모를 어떤 영혼에게서 에너지를 받은 사람 같았어요.

다음날 아침에는 사령관의 장례식이 있었습니다. 아무런 예식도 없이 단지 품위를 지키기 위해 시체를 수의로 감싼 채, 그대로 멕시코 만의 바다에 던져 버렸습니다. 사령관 자신은 산토메에서 장례를 치를 때 규칙을 따랐었어요. 그곳에서 전사한 장군의 아들과 다른 영국 귀족들을 매장할 때 수의로 시체를 감싼 뒤에 그 뒤를 걸어 다녔었지요.

하지만 사령관의 장례식은 시체를 물에 던지는 것으로 끝이 났어요. 더 이상 그곳에서 할 일이 없었습니다. 다른 배에 있던 선장들이 장군을 찾아와서 무엇을 어떻게 해야 할지를 물어 보았어요.

장군은 자신이 매우 불운한 사람이라고 말했습니다. 그는 몸이 몹시 아프고 아주 늙었으며 아들마저도 잃어버렸습니다. 그리고 모든 사람들, 심지어 가장 오래된 친구에게서도 버림을 받은 사람이었습니다. 그는 그러한 자신을 따르는 사람들이 모두가 불행해지기 때문에 어서 자기 주위에서 떠나야 한다고 말했습니다.

선장들은 장군의 말에 따라 그대로 떠나 버렸습니다. 그래서 멕시코 만에는 더 이상 아무것도 남아 있지 않게 되었습니다. 장군은 떠나버린 사람들을 배은망덕한 자들이라고 비난했어요.

장군은 저와 군의관 그리고 다른 사람에게도 마구 비난을 퍼부었어요. 하지만 그 속에는 열정이 전혀 없었어요. 그냥 빈 말이었을 뿐이었죠. 그는 자기가 말한 것조차도 믿지 않았어요. 나중에는 지쳐서 모든 감정들이 완전히 소진된 상태였습니다.

결국 마지막 순간이 다가왔습니다. 장군은 어떤 일을 할 수 있다고 말했지만, 막상 그 시간이 되자 그는 고향으로 방향을 돌렸습니다. 그는 아주 단순하게 국왕의 손에 자기의 운명을 맡기기로 결정하고 말았던 겁니다.

그 불쌍한 사령관(저는 그가 몹시 두려움을 타는 사람이란 것을 이제야 이해하게 되었습니다.)이 산토메에서 장난스러운 태도로 저에게 커다란 옷을 입히고 범선에 태워서 강 아래로 보냈을 때, 저는 머리 속으로 저의 운명에 대한 하나의 그림을 그릴 수 있었습니다. 그 당시에 저는 바다 속으로 떨어지는 느낌 그리고 하늘에서 떨어지는 느낌을 받았어요.

저는 저 자신의 운명에 대한 그림에 초점을 두게 되었습니다. 저는 그 속에서 위로를 받을 수 있었어요. 그 이유는 그런 그림이 담고 있는 운명이 아주 완벽했기 때문입니다. 인간들의 삶과 슬픔 그리고 세상 자체의 의미를 모두 담고 있는 것이었어요.

우리가 타고 있던 배는 지금까지 머물렀던 곳에서 떠나게 되었어요. 우리가 멕시코 만을 떠난 지 며칠이 지났을 때, 저는 이 세상이 제가 머리 속에 그렸던 그 그림과 아주 비슷하다는 사실을 발견하게 되었어요. 멕시코 만을 떠난 지 얼마 되지도 않았지만 많은 것들이 저에게 익숙한 것으로 여겨지게 되었던 겁니다.

베리오스와 함께 했던 여행 덕분이기도 했지요. 그리고 많은 사람들로부터 들었던 이야기들이 그것들을 친근하게 느끼도록 도와주었어요. 군인 바위는 강한 날개를 지닌 펠리칸들이 죽을 시기가 되었을 때 정착하는 곳이었어요.

스페인 사람들이 트리니다드라고 부르는 섬에 있는 호수와 아나파리마의 높으면서도 쓸쓸해 보이는 언덕은 멕시코 만을 여행하는 모든 사람들에게 하나의 표지가 되고 있었어요.

구아나가나르의 콘크라보 혹은 큐무큐라포라고 하는 영토는 제 아버지의 아버지가 스페인 사람들의 도시를 세웠던 곳이었어요. 차카차카르의 높이 떠 있는 섬들 그리고 드래곤 마우스에 있는 아주 작은 섬들도……

모두가 저에게는 익숙한 장소들이었어요. 그곳에는 항상 구름과 하늘과 바람과 바다가 함께 있었어요. 그러나 이제 세상은 완전히 변했습니다. 저와 다른 모든 사람들을 위해서 말입니다.

그 후 며칠 동안 저는 오래된 꿈의 세계 속으로 들어가 있었어요. 물과 하늘이 있는 그런 세계였습니다. 배 자체는 하나의 작은 세계입니다.

선상에서 보내는 나날들은 그 자체의 리듬을 가지고 있어요.

노인은 자기의 선실에서 조용하게 지냈습니다. 엄청나게 많은 양의 글을 쓰기도 했고 군의관과 이야기를 나누기도 했습니다. 저에게는 많은 시간을 할애해서 영어를 가르쳐 주기도 했습니다.

장군은 죽어버린 거북이 때문에 무척이나 슬퍼했어요. 거북이 죽은 것은 배가 너무 더웠기 때문입니다. 그 생물이 살기에 적합한 신선한 물이 없었던 탓이었어요.

노인은 이런 식의 활동과 감정들(저에게 영어를 가르치기도 하고 거북이를 위해 걱정하기도 하는) 때문에 자신을 신뢰할 수 있게 되었어요. 하지만(나의 생각으로는) 그는 대부분의 시간을 자기 자신의 운명에 대한 걱정으로 흘려 보냈기 때문에 마치 감각이 정지된 사람처럼 우리와 분리되어 있었어요.

저에 대해 장군이 가지고 있던 관심은 절대로 사라지지 않았어요. 군의관은 사람들에게 저를 어떻게 부를지에 대해 여러 번 가르쳐 주었어요. 사람들은 저를 가이아나에서 온 원주민이고 장군의 하인이라고 부를 거라고 했어요. 대서양의 저편에서는 그저 평범한 사람이었지만, 지금은 한 인간으로서 더욱 소중하게 취급되었지요.

영국에 도착해서 사람들이 저를 보게 된다면, 노인에 대해 나쁘지 않게 생각하게 될 것이라고 했어요. 저는 그의 머리 속에 여전히 남아 있는 황금으로 된 왕국의 잔재이자 증거물과도 같은 존재였습니다. 그래서 저는 그에게 남아 있는 허영심의 일부이자 텅 빈 바다 너머에 있는 세상에 대한 그의 생각의 일부가 된 것입니다.

마침내 우리가 육지에 이르러 바다의 공허를 뒤로 하는 날이 다가왔습니다. 모든 사람들이 배에서 해방되었습니다. 사람들은 딱딱한 육지를 걷고 싶어했습니다. 그들은 깨끗한 물과 신선한 음식을 먹고 싶어했습니다.

하지만 장군으로서의 노인의 권위는 우리가 육지에 상륙하자마자 끝나고 말았습니다. 육지에 닿자마자 그는 국왕의 죄수가 되었던 겁니다. 그렇지만 쇠사슬에 묶이지는 않았어요. 그를 데려 가기 위해 기다리는 사람들도 없었어요.

우리는 노인의 집에서 머물렀습니다. 그는 그곳에서 오랫동안 슬픔에 잠겨 있었습니다. 모든 사람들은 노인이 생명을 잃게 될 것이라는 사실을 알고 있었습니다. 사람들은 왕이 적절한 조치를 취하기만을 기다리고 있었습니다. 하지만 국왕은 결코 서두르지 않았습니다.

우리가 육지에 도착한 후, 며칠 동안 저는 여전히 배에 타고 있는 것처럼 발 밑에 있는 땅이 흔들리는 것 같은 느낌을 받았어요. 우리는 육지를 밟고 서서 안전한 상태로 하늘이 머리 위에 낮게 드리워지기를 원했어요.

저는 그렇게 기원하던 육지에 도착하게 되었지만 이상하게도 산토메에서 운명호까지 강을 따라 여행하면서 느꼈던 기분을 다시금 갖게 되었어요. 우리가 육지에 도착하기 며칠 전부터 그런 감정이 일기 시작했어요.

사람들이 육지에 대해 말하는 것을 듣게 되었을 때, 갑자기 그런 기분이 들더군요. 저는 육지에 도착한다는 생각 자체가 싫었어요. 그런 생각으로 인해 저는 신경이 무척 날카롭게 되었습니다.

우리가 육지에 도착해서 장군의 집으로 향할 때, 저는 그런 우울증에 사로잡혀 있었습니다. 심한 우울증이 저를 짓누르고 있었어요. 그것은 마치 차가운 액체처럼 전신을 타고 흘렀습니다. 그것은 저의 꿈 속으로도 파고 들어왔어요. 그것은 제가 하는 모든 일의 밑바닥에 버티고 서 있었어요. 제 어깨를 짚고 있는 영혼과도 같았어요.

범선이 강을 따라 내려올 때에는 하늘에서 떨어지는 꿈으로 인해 너무나 기분이 좋았었어요. 하지만 이번에는 심한 우울증으로 인해 모든 것들과 모든 사람들과 단절이 되었습니다. 그저 당장이라도 죽고만 싶었어요.

장군의 집에 있는 사람들이 저에게 제공한 방에서 저는 다시 어린아이가 된 것처럼 천을 이마에 묶고 눈을 누르는 감각을 느껴보려고 했습니다. 그러다가 얼굴을 벽쪽으로 돌려 버렸습니다.

저를 둘러싼 모든 것들로부터 멀리 달아나고 싶었어요. 저는 벽을 바라보면서 절대로 눈을 감지 않았어요. 어린 시절에 보았던 하늘을 보는 것 같았어요. 저는 열심히 그것을 바라보았습니다. 그리고 느끼고 생각하는 모든 감각들이 멈추기를 갈망했습니다.

때때로 장군과 군의관이 멀리에서 저를 부르는 소리가 들리는 것 같았어요. '단 호세, 단 호세' 하는 소리가 들리는 것 같은 착각에 빠졌던 거예요. 그 소리가 분명하게 들릴 때마다, 저는 곧 장군과 그의 운명을 생각하게 되었습니다.

어떤 때에는 공허감이 금방 사라지기도 했어요. 그런 일이 일어나면 혓바늘이 돋고 숨조차 가빠지곤 했습니다. 마치 제 머리 속과 심장 그리고 위장에 있던 불행이 저의 내부에 그런 냄새를 만들어서 상태를 나쁘게 만드는 것처럼 생각이 되더군요.

마침내 국왕의 사신이 찾아왔습니다. 우리는 집에서 나와 커다랗고 무거운 마차에 올라탔어요. 군의관과 제가 장군을 동행했습니다. 다른 마차 한 대가 앞에서 달려가고 있었고, 뒤에서는 말을 탄 군인들이 따라왔어요.

날씨는 무척 따뜻했어요. 태양은 제가 알고 있었던 것보다 더 일찍 뜨고 더 늦게서야 지더군요. 우리가 지나가는 마을마다 사람들이 장군을 보기 위해 기다리고 있었어요. 그들은 또한 저를 보고 싶어했어요. 말을 탄 군인들은 사람들이 너무 가까이 다가오는 것을 가로막았어요. 군의관과 장군은 때때로 많은 이야기를 나누었습니다.

그러는 동안에도 우리는 이 나라의 수도를 향해, 그리고 장군을 기다리는 운명을 향해 점점 더 다가가고 있었어요. 어느 날 오후에 우리는 커다란 광장과 질서있게 배치된 집들이 있는 도시에 도착했어요.

　광장의 한 면 전체에는 아주 커다란 탑을 가진 대규모 교회가 자리하고 있었어요. 노인은 기분이 아주 좋은 것처럼 보였습니다.
　"저것 봐, 단 호세. 저렇게 높은 건물을 두 번 다시 볼 수 없을 거야. 저곳에 올라가고 싶지 않나?"
　저는 노인이 그저 농담을 하는 줄로만 알았어요. 하지만 그는 탑 안에 꼭대기까지 올라가는 길이 있다고 말했어요. 저는 그렇게 높이 올라간다는 생각만으로도 아찔한 느낌이 들었어요.
　그런데 그 아찔한 느낌과 더불어 저는 제가 지금까지 빠져 있었던 슬픔에서 조금 벗어나는 것을 느꼈어요. 저의 그러한 반응이 노인을 즐겁게 만들었어요. 노인이 모든 것을 가볍게 생각할 수 있도록 만들었던 겁니다.
　우리는 저녁을 먹기 위해 그곳에서 멈추었어요. 하지만 우리가 마차에서 나오자 노인은 머리가 아프다고 불평을 했습니다. 노인이 초소 안으로 들어가자 군인들이 식사할 방으로 그를 데려다 주었습니다. 노인이 고통스럽게 신음을 했기 때문에 부축해서 방으로 들어갔어요.
　노인은 옷을 입은 채 그대로 바닥에 누웠어요. 요리사가 식사를 가져왔지만 그대로 돌려 보내고 말았어요. 두통이 너무 심해서 눈이 멀 지경이라고 말하더군요. 군인들과 장교들은 매우 걱정스러워했습니다.
　군의관은 마실 것을 준비하고 곧이어 상처에 바를 연고를 만들었어요. 장군은 그러는 동안에도 계속 신음을 하면서 괴로워했습니다. 마침내 노인은 잠을 자고 싶다고 했습니다. 군인들은 그를 다른 방으로 옮겨 주었어요. 군인들 가운데 한 명이 문 앞에서 보초를 섰습니다.
　그런데 노인이 음식을 토하기 시작했습니다. 저는 그가 옷을 벗도록 도와 주었어요. 그리고 나서 그릇을 가지러 밖으로 나갔어요.

시간이 좀 걸린 후에 다시 그 방에 돌아와 보니 그는 옷을 벗은 채로 마룻바닥을 기어다니면서 널려 있던 마른 갈대를 씹어 먹고 있었어요.

저는 군의관이 발라준 연고 때문에 드러난 상처를 보고 독화살 때문이라고 생각하게 되었습니다. 제가 문 앞에서 보초를 서던 군인을 부르자, 그는 상황을 보고 도움을 요청하기 위해 다른 사람들에게 소리를 질렀습니다.

군의관의 표정은 아주 심각했습니다. 그는 장군이 쉬지 않으면 위독해질 거라고 말했어요. 그래서 국왕의 군대를 통솔하고 있던 장교는 우리가 머무르고 있는 곳에서 밤을 지내기로 결정했습니다.

그들은 노인의 옷상자를 방으로 가져다 주었어요. 우리만 남게 되자 저는 잠자리에 필요한 것들을 준비하기 시작했어요. 그런데 노인이 저에게 말했습니다.

"단 호세, 종이를 주게. 종이를……."

장군은 셔츠만 입은 채, 저에게 미소를 짓고 있었어요. 그가 요구하는 대로 종이를 꺼내주자 그는 탁자에 앉아서 대단한 속도로 글을 쓰기 시작했어요. 마치 운명호에 있을 때 우리 위층에 있던 사령관이 죽은 이후에 선실에 남아 글을 썼던 날처럼 홀린 듯이 글을 써내려 갔어요.

노인은 글을 써내려 가다가 가끔씩 저를 바라보면서 미소를 보냈어요. 저는 그에게 무엇을 쓰고 있는지 물어 보았어요. 그가 저에게 말했어요.

"산토메에 있는 금광에 대해서 쓰고 있어."

노인은 주위가 어두워질 때까지 계속 글을 썼어요. 벌써 여러 장이나 되는 글이 작성되어 있었어요. 잠시 후에 그가 말했어요.

"손목이 아파, 단 호세. 아무래도 그만 쓰는 것이 좋겠어."

이윽고 밤이 되자 군의관이 찾아왔어요. 그는 여행용 외투를 입고 있었어요. 두 사람은 서로를 마주보면서 미소를 지었어요. 그리고 군의관은 외투 아래에서 천으로 싼 것을 꺼내었는데, 그것은 조금 전에 노인이 거절했던 저녁 식사였어요.
　노인은 군의관에게 그가 쓴 편지와 문서를 전해 주었어요. 군의관은 그 종이들을 접어서 주머니 속에 넣었어요. 노인이 다시 저를 바라보면서 말했습니다.
　"단 호세, 자네도 이리 와서 우리와 함께 저녁 식사를 하지. 몹시 시장할 거야."
　장군은 희미하게 빛나는 등불을 켰어요. 그리고 우리는 나무 접시에 담긴 음식들을 모두 먹어 치웠습니다. 노인은 기분이 무척 좋아졌어요. 저는 노인의 기분이 그렇게 좋아진 모습을 한 번도 본 적이 없었어요.
　그 상황은 마치 산토메에서 사령관이 죽은 총독의 집에 감금되어 있던 원주민과 저에게 함께 앉아서 삶은 옥수수를 먹자고 했던 때와 비슷했어요. 그 당시에 옆방에는 두 구의 시체가 누워 있었고 밖에는 세 구의 시체가 전날에 파놓은 구덩이에서 햇볕을 받으며 누워 있었습니다.
　노인의 기분이 좋아졌기 때문에 저의 사기도 높아졌어요. 하지만 동시에 죽음이 우리 모두에게 가까이 다가왔다는 사실을 알 수 있었어요. 우리가 수도에 도착했을 때, 장군의 죽음은 순식간에 다가왔어요. 감옥은 강 위에 위치하고 있었어요.
　장군은 제가 가장 좋은 옷을 입기를 원했습니다. 그리고 그들이 장군에게 행한 일의 증인이 되기를 원했어요. 그래서 저는 그렇게 했습니다. 그 후에 저는 방으로 돌아갈 수 없었어요. 얼굴을 벽으로 돌리고 그 안에서 하늘을 바라다보았어요.
　저를 자기 집에 두고 싶어하는 영국 귀족이 있었어요. 노인은 그 사실을 알고 무척 좋아했어요. 하지만 저의 슬픔은 너무나 컸어요. 처음에는 베리오스를 위해서 슬퍼하다가 그날 오후에 단 팔미타를 위해서 슬퍼했고, 그리고 나서 영국 사령관을 위해서 그리고 죽음의 사슬에 묶여서 적들에게로 이송되는 노인을 위해서 슬퍼해야 했던 저의 슬픔은 엄청난 것이었어요.

대서양에서의 여행이 끝난 후에 저는 제가 자랐던 세상으로 돌아갈 수 없다면 죽어 버리겠다고 생각했어요. 영국 사람들은 아주 신사적이었어요. 그들은 저를 데리고 있으면서 모피 옷을 입혀 주었어요. 하지만 그들은 스페인 대사에게 저에 대해 이렇게 말했습니다.

"단 호세는 집으로 돌아가기를 원하고 있어요."

그 대사는 단 팔미타의 친척이었어요. 스페인 대사는 저를 스페인으로 가도록 주선해 주었어요. 제가 그곳을 떠나기 전에 사람들은 제가 입고 있던 노인의 옷가지를 포함해서 몇 벌의 영국 옷을 주었어요.

스페인에서 저는 세비야라는 커다란 도시로 갔습니다. 그곳에는 갤리라고 하는 돛배들이 강을 가득 채우고 있었습니다. 바로 그곳에서 저는 그 갤리를 타고 카르타헤나로 여행을 떠났던 것입니다. 그리고 지금은 이곳에 있습니다.

"그래서 저는 다시 이곳으로 돌아온 것입니다."

단 호세가 두 눈을 감으면서 말했다.

"자네는 이미 대서양을 두 번씩이나 횡단했군. 그리고 지금은 자네가 태어난 마을이었던 뉴 그라나다로 다시 돌아왔어. 자네는 길을 잃은 것이 아니야. 배들은 항상 그들이 가고 있는 곳을 알고 있어. 바다를 바라볼 때마다 자네는 항상 두려운 생각이 든다고 했지. 그런데 지금은 어떤가?"

프레이 시몽이 미소를 지으면서 물어보았다.

"신부님, 저도 그 점에 대해 많이 생각해 보았습니다. 그리고 우리 사이의 차이점에 대한 것도 생각해 보았습니다. 원주민이나 스페인 사람들과 영국인들 그리고 덴마크 사람들과 프랑스 사람들 사이에는 항상 차이점이 있습니다. 우리가 가는 곳이 어떤 곳인지 알고 있다면, 그러한 사람들에게 세상은 보다 안전한 곳이라는 생각을 했습니다."

* 〈세계 속의 길·하권〉으로 계속 이어집니다.